浙江电力文学丛书

# 山河与草木

浙江省电力作家协会 编

百花洲文艺出版社
BAIHUAZHOU LITERATURE AND ART PRESS

**图书在版编目（CIP）数据**

山河与草木／浙江省电力作家协会编. -- 南昌：
百花洲文艺出版社，2024. 11. -- ISBN 978-7-5500
-5740-1

Ⅰ. I267

中国国家版本馆 CIP 数据核字第 2024AD4295 号

# 山河与草木
## SHANHE YU CAOMU
浙江省电力作家协会／编

| | |
|---|---|
| 出 版 人 | 陈　波 |
| 责任编辑 | 蔡央扬　郝玮刚 |
| 装帧设计 | 书香力扬 |
| 出版发行 | 百花洲文艺出版社 |
| 社　　址 | 南昌市红谷滩区世贸路 898 号博能中心一期 A 座 20 楼 |
| 邮　　编 | 330038 |
| 经　　销 | 全国新华书店 |
| 印　　刷 | 四川科德彩色数码科技有限公司 |
| 开　　本 | 710 mm×1000 mm　1/16　　印张　24.5 |
| 版　　次 | 2024 年 11 月第 1 版 |
| 印　　次 | 2025 年 3 月第 1 次印刷 |
| 字　　数 | 370 千字 |
| 书　　号 | ISBN 978-7-5500-5740-1 |
| 定　　价 | 68.00 元 |

**赣版权登字　05-2024-344**

# 总序

张 浩

习近平文化思想丰富和发展了马克思主义文化理论，构成了习近平新时代中国特色社会主义思想的文化篇。"仓廪实则知礼节，衣食足则知荣辱"，广大民众在具备了文化自信的物质基础之后，追求更高水平的精神文化生活日益成为现实需求。在这个大背景下，浙江省电力作家协会编选这套《浙江电力文学丛书》，总结五年来协会会员创作成果，可以说适逢其时、水到渠成。

《浙江电力文学丛书》为四卷本，分别是小说卷《百合》、报告文学卷《光芒叙事》、散文评论卷《山河与草木》、诗歌电影剧本卷《光明的诗卷》。丛书收录的作品时间跨度为 2019 年至 2023 年五年，在国内报刊或公开发表，或获得奖项，其中不乏电力题材的作品，既有温度，也有鲜明的电力行业辨识度。

五年来，浙江省电力作协会员创作出版了一批有中国电力行业特征、浙江电力行业特色的文学作品。如陈富强、潘玉毅采写的长篇报告文学《点灯人》，以"时代楷模"钱海军和他的志愿团队为蓝本，为中国文学画廊贡献了一位乃至一群"点灯人"文学形象。由孔繁钢组织策划，王琳、鹿杰等 8 位电力行业作家集体采写的《东方启明》是全国首部反映省级农村电网发展的长篇报告文学。协会会员还创作出版了电力题材的长篇纪实作品《中国电力工业简史》《火焰传》《光耀那曲》《正道沧桑》《中国焊匠》，长篇小说《夯基》，散文集《瓯越之光》等。陈富强的《能源工业革命》获"《人民日报》重磅推荐：2019 年 30 本值得一读的好书"，并获得浙江省优秀文学作品奖。何丽萍的长篇小说《在云城》、鲁晓敏的散文集《廊桥笔记》、尹奇峰的《探险左世界》等作品获得较好社会反响。费金鑫的长篇小说《归位》，陈富强、潘玉毅的长篇报告文学《点灯人》，邱东晓的诗集《托举的光芒》获首届中国电力文学奖。

五年来，为进一步激发创作活力、诠释时代价值，浙江省电力作协组织开展了第四届浙江电力文学奖评选、"江浙之巅·文学书写"文学志愿服务活动、1+1+1（省市县）三级文学志愿服务活动、"垦荒杯"征文比赛、"光耀亚运"浙江省电力原创诗歌大赛。开展"守护生命线""建党百年·辉煌电力""致敬时代楷模·书写奋斗故事""致敬劳模·喜迎亚运""能源科普原创作品"等主题征文活动。组织南湖电力文学论坛、凤起电力文学论坛等，借助文学作品及文学活动展现电力人的精神风貌。浙江省电力作家协会工作受到中国电力作家协会和浙江省作家协会的好评，并写入浙江省作家协会第十次代表大会主报告。

五年来，为提供更多展示平台、激发会员创作，浙江省电力作家协会积极发挥内刊作用，会刊《东海岸》出刊20期，计400余万字。浙江省能源集团工会主办的《浙能文艺》、浙能温州发电有限公司文学协会主办的《瓯江潮》、华电杭州半山发电有限公司文学协会主办的《花港》等，也发表了大量电力行业职工的文学作品，为培育和壮大浙江电力系统的文学创作队伍发挥了不可替代的作用。徐衎、吴楠、陈芷莘等6位青年作家入选"中国电力作家协会百名重要中青年作家人才"。蓝莉娅、余涛等入选浙江省作家协会"新荷计划"人才库。目前，浙江省电力作家协会共有中国作家协会会员10人、浙江省作家协会会员47人、中国电力作家协会会员87人，这是一支宝贵的职工文学创作队伍，是不可多得的企业文化建设人才。

《浙江电力文学丛书》正是在上述坚实基础上，必然结出的丰硕果实。编选这样一套丛书，既是学习贯彻习近平文化思想在浙江电力系统的生动实践，也是检验浙江电力职工文化工作的重要方式。希望通过本套丛书的出版，进一步激发广大电力作家的写作热情，创作出更多更好反映浙江电力工业发展，与时代交相辉映的精品力作。

2024 年 5 月

（本文作者系国网浙江省电力有限公司职工董事、党委委员、工会主席，浙江省电力作家协会主席）

# 目录
## CONTENTS

**散文卷**

郑义门            鲁晓敏 / 002

点亮生活，点亮梦想     潘玉毅 / 015

与袁可嘉为邻       潘玉毅 / 020

我和电网的青春期      江华东 / 025

雨 夜           孔繁钢 / 037

丁香空结雨中愁      周玲雅 / 041

寻找父亲         陈富强 / 044

门前有条河        王微微 / 049

茶人茶事         林新娟 / 059

走在"浙里"的小路上     廖 毅 / 066

南北湖赋         李正光 / 069

登万佛塔赋        陈国友 / 075

朗读论          李 栋 / 076

绍电光明赋        屠毓慧 / 078

山河与草木

五　味　　　　　　　　　　　　　　　　　　　司　空 / 079

草长湖州白鹭飞　　　　　　　　　　　　　　　凌建华 / 093

月夜探梅　　　　　　　　　　　　　　　　　　黄瑾瑶 / 097

总有春梦在人间　　　　　　　　　　　　　　　李　沙 / 100

大慈岩银杏　　　　　　　　　　　　　　　　　李　茜 / 108

走进电网弄　　　　　　　　　　　　　　　　　谢作尾 / 112

母亲的纸板箱　　　　　　　　　　　　　　　　奚彩霞 / 115

月亮升起时　　　　　　　　　　　　　　　　　冯惠新 / 119

铁崖山上读书人　　　　　　　　　　　　　　　何永林 / 121

绮　怀　　　　　　　　　　　　　　　　　　　王　琳 / 125

一把银梳子　　　　　　　　　　　　　　　　　王建莉 / 128

故人老张　　　　　　　　　　　　　　　　　　帕瓦龙 / 130

一碗榨面，一台戏　　　　　　　　　　　茹继英　王　桥 / 138

老樟树下的日子　　　　　　　　　　　　　　　王继如 / 142

不逢知己不开花　　　　　　　　　　　　　　　张林忠 / 148

寻忆电力工人　　　　　　　　　　　　　　　　汤茂荣 / 153

霉干菜，博士菜　　　　　　　　　　　　　　　楼良明 / 157

在西白莲的无忧日子　　　　　　　　　　　　　王晓晖 / 161

桂花花事　　　　　　　　　　　　　　　　　　袁洪俊 / 166

径山宋韵　　　　　　　　　　　　　　　　　　刘卫东 / 169

六门风云　　　　　　　　　　　　　　　　　　殷　俏 / 172

陪伴母亲　　　　　　　　　　　　　　　　　　赵金岗 / 177

西湖的绿色　　　　　　　　　　　　　　　　　周定波 / 187

山河与草木　　　　　　　　　　　　　　　　　蓝莉娅 / 191

亮　光　　　　　　　　　　　　　　　　　　　李长健 / 197

大　姨　　　　　　　　　　　　　　　　　　陈小菊／206

指南村里听光阴的故事　　　　　　　　　　　陈　雄／210

竹林往事　　　　　　　　　　　　　　　　　程亚军／213

月　夜　　　　　　　　　　　　　　　　　　程灵华／216

一名老党员的工作笔记　　　　　　　　　　　褚　颖／219

东极岛散记　　　　　　　　　　　　　　　　刘远平／223

别了，老屋　　　　　　　　　　　　　　　　洪瑜阳／226

村　庄　　　　　　　　　　　　　　　　　　吴熙君／229

最是梅子红时雨　　　　　　　　　　　　　　徐芝婷／233

回乡记　　　　　　　　　　　　　　　　　　李其春／236

行走西湖　　　　　　　　　　　　　　　　　杨寿松／238

守望百年的江南传统村落　　　　　　　　　　周　游／248

牛　郎　　　　　　　　　　　　　　　　　　朱　坚／251

烤番薯　　　　　　　　　　　　　　　　　　朱巧娟／255

齐云山　　　　　　　　　　　　　　　　　　朱旭辉／257

小溪从村边淌过　　　　　　　　　　　　　　朱育新／260

我在雨夜绣了两棵树　　　　　　　　　　　　赵　波／263

聊聊"体检"　　　　　　　　　　　　　　　黄海珍／265

渐行渐远的故乡　　　　　　　　　　　　　　黄吉祥／268

从三里街村三官桥说起　　　　　　　　　　　李钧军／276

听野课　　　　　　　　　　　　　　　　　　林应强／280

读懂父亲　　　　　　　　　　　　　　　　　陆　烨／283

雪中的印记　　　　　　　　　　　　　　　　冉　豪／286

暗　香　　　　　　　　　　　　　　　　　　宋秀华／289

丰收时节去看田　　　　　　　　　　　　　　王黎敏／291

山河与草木

配电房 ⋯⋯⋯⋯⋯⋯⋯⋯⋯⋯⋯⋯⋯⋯⋯⋯⋯⋯⋯⋯⋯ 王洛枫 / 295

出了线头的红棉袄 ⋯⋯⋯⋯⋯⋯⋯⋯⋯⋯⋯⋯⋯⋯ 吴荣芬 / 297

我在衢江边上住 ⋯⋯⋯⋯⋯⋯⋯⋯⋯⋯⋯⋯⋯⋯⋯ 徐艳丰 / 301

桂花三弄 ⋯⋯⋯⋯⋯⋯⋯⋯⋯⋯⋯⋯⋯⋯⋯⋯⋯⋯⋯ 邱国福 / 304

家乡的粽味 ⋯⋯⋯⋯⋯⋯⋯⋯⋯⋯⋯⋯⋯⋯⋯⋯⋯ 杨极云 / 307

种太阳 ⋯⋯⋯⋯⋯⋯⋯⋯⋯⋯⋯⋯⋯⋯⋯⋯⋯⋯⋯⋯ 余登分 / 310

同学会 ⋯⋯⋯⋯⋯⋯⋯⋯⋯⋯⋯⋯⋯⋯⋯⋯⋯⋯⋯⋯ 张水明 / 316

父 亲 ⋯⋯⋯⋯⋯⋯⋯⋯⋯⋯⋯⋯⋯⋯⋯⋯⋯⋯⋯⋯ 章妙妙 / 318

缅怀我的音乐老师陆申 ⋯⋯⋯⋯⋯⋯⋯⋯⋯⋯⋯ 傅海静 / 322

向书而栖 ⋯⋯⋯⋯⋯⋯⋯⋯⋯⋯⋯⋯⋯⋯⋯⋯⋯⋯⋯ 黄瑾瑶 / 330

东南沿海行记 ⋯⋯⋯⋯⋯⋯⋯⋯⋯⋯⋯⋯⋯⋯⋯⋯ 郎 建 / 333

怀念蔡利民老师 ⋯⋯⋯⋯⋯⋯⋯⋯⋯⋯⋯⋯⋯⋯⋯ 王重阳 / 347

黄山走笔 ⋯⋯⋯⋯⋯⋯⋯⋯⋯⋯⋯⋯⋯⋯⋯⋯⋯⋯⋯ 陈飞月 / 355


**评论卷**

在"私人地理"上构建的沙丘

　　——舟子《倒带·玄鸟掠过海的空》诗集序 ⋯⋯ 冬 箫 / 360

史料中透出诗情画意

　　——谈《中国电力工业简史》的文学色彩 ⋯⋯ 卢炳根 / 365

绽放在新时代的玫瑰

　　——《经山海》里的女干部新形象 ⋯⋯⋯⋯⋯ 吴苗堂 / 371

《乌溪江文艺》：映照湖南镇电站的来时路 ⋯⋯⋯ 周 萍 / 374

格非的先锋与传统 ⋯⋯⋯⋯⋯⋯⋯⋯⋯⋯⋯⋯⋯⋯ 马春江 / 376

# 散文卷

山 河 与 草 木

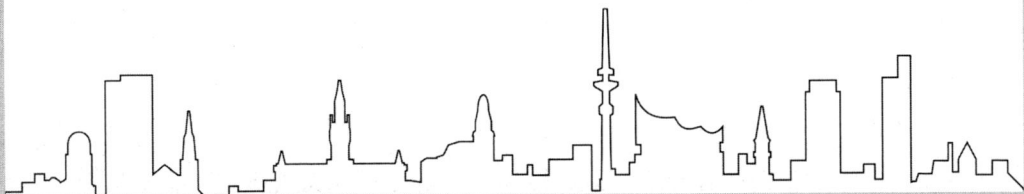

# 郑 义 门

鲁晓敏

## 一

穿过新建的牌坊群，绕过一方书有"孝"字的壁照，一座略显笨拙的门楼闯入我的视野。没有高挑的马头墙，没有威仪的石狮，没有步步高升的台阶，但门楼上"江南第一家"的牌匾明白无误地告诉我，这就是曾经显赫一时的"郑义门"旧址——浙江浦江县郑氏宗祠。

郑氏宗祠的简单狂放，与"郑义门"的地位形成了强烈的反差。

"江南第一家"，为明朝开国皇帝朱元璋所敕封，与牌匾相伴的是一副书写周正的对联："三朝旌表恩荣第，九世同居孝义家。"江南第一家、九世同居，拉开了空间的宽度与时间的长度。事实上，后来的历史证明，郑氏家族的同居历史延拉了十五世，"郑义门"由此成为中国历史上响亮的"义"字招牌。大的义门一般都会立有朝廷亲赐的下马碑，上书"官员人等至此下马"，不知道"郑义门"有没有受此恩荣，但我还是不由得正了正身子，脚步缓慢了下来。

大门两侧，"忠、信、孝、悌、礼、义、廉、耻、耕、读"十个大字徐徐展开，仿佛一群从水底钻出来的黑鲤，浮在水面上，闪着黑漆漆的鳞光。十个字组成了"郑义门"三百四十余年时光轴，每一个字都是它剖面，每一个字都构成了"郑义门"精神境界上的乌托邦。

进入大门，只见一排古柏横亘在太平池边，如同一群从岁月深处踱步而出的长者，虽佝偻着身子，依旧精神矍铄。它们保持着肃穆的姿态，标明了这个宗祠的古老，其实郑氏宗祠远比这些柏树更加古老。

我走过数百座宗祠，但眼前的这座着实让人吃惊，建筑占地面积达到了惊人的六千六百平方米，五进六十四间，号称千柱屋。如此庞大的建筑群能够完整地保存下来，甚至保留了枝梢末节，实在是一个奇迹。它躲过了各个朝代在江南旷日持久的争夺战，躲过太平军的火把，这座"封建余孽"的代表作居然也躲过了红卫兵的大刀阔斧，这除了郑氏族人的精心呵护之外，冥冥之中好像得到了某种神力的眷顾。

这一切的神力，都源于"孝义"，一个"孝"字深入郑氏子孙的骨血，一个"义"字深植灵魂，两个简单的汉字像指南针一样指示他们的生存和生活。

二

我们将时间摆渡到南宋绍熙四年（1193），在浙江浦江县的郑氏宗祠，发生了一场在当时看起来很寻常的立嘱事件。

或许，立嘱是在一个朔风横吹的冬夜。七十六岁的郑绮预感到自己的生命即将走到终点，他穿上祭祀用的礼服，命人击响了宗祠的钟声。片刻钟的工夫，一阵阵细碎的脚步声从各个方向汇集到了宗祠。郑绮用尽气力坐直了身子，环视着跪在地上的子孙，沉吟片刻，从喉咙里生硬地迸出一句话："吾子孙有不孝不悌、不共财聚食者，天实殛之！"

郑氏子孙从此永不分家，违背者将遭到天诛地灭的惩罚！这道遗嘱如同惊雷一般在子孙们的头顶炸响，大家不由得心头一震，悄悄抬起头来瞄了一眼，郑绮冰冷的面色融化在黑漆漆的光线中，仿佛一块坚硬的铁板。这个性格中多少带着几分偏执的郑氏同居第一代先祖，是不是预见到只有同居才可以化解家族今后的灾难呢？

这不仅是一道遗嘱，是一道立誓，也是一道路标，郑绮决绝地将后世的发展引到自己设计的轨道上，并严苛地要求子孙永远按照这一路线坚决执行到底。在这一刻，郑绮站在了十五世同居的起点上，他的勇气、意志、耐性在郑氏家族的历史长河中原原本本地沿袭了下来，一代代地薪火

山河与草木

相传，他们成为一群与时间、与毅力竞赛的人。

五世、七世同居的大家族并不少见，这些忠孝的典范常常会受到朝廷的隆重旌表，他们往往被统治者旌表为"义门"，援为社会的楷模。据统计，历史上共有一百九十四家义门载入了正史，著名的有河南台前县同居九世的张家、江西九江同居十三世的陈家，而浦江义门郑氏，跨越宋元明三朝，历十五世，以"孝义"或"孝友"列传载入三朝正史，简直是一项旷古绝伦的家族同居世界纪录。

郑氏家族从宋元一路走来，虽屡遭朝廷旌表，并未大红大紫，真正将这个家族推向巅峰的是明太祖朱元璋。

明朝刚刚建立，朱元璋为新朝制订了"以孝治天下"的理念，这其实是历朝的老调重弹，忠孝是中国封建文化架构中的核心价值观，只有遵守孝义的人才会忠君，才会忠于国家。朱元璋急切寻找这样的家族和个人作为范本，郑氏就这样进入了他的视野。朱元璋开始大力表彰郑氏，甚至还给了郑氏特批，每年可派代表与孔子、孟子、颜回、曾子的后人同时入朝参拜，品学兼优的子孙可以越过科举直接入仕。明朝初年的浦江郑氏达到了历史上恩荣的鼎盛时期。

师俭厅上挂着一块明太祖朱元璋手书的牌匾"孝义家"，孝友堂上挂着一块建文帝朱允炆手书的牌匾"孝友堂"，有序堂上挂着一块朱熹手书的牌匾"忠孝传家"，它们就是那个辉煌时段的见证。

一座"郑义门"，成为一个国家的楷模、一个时代的精神坐标。这个问题放在国家统治需要的大背景下很好理解，家虽小，却是国之根本，只有将家的价值观与国的价值观高度统一起来，才能最大化地维护统治阶级的利益。朝廷希望天下人都像"郑义门"一样绝对服从指挥，为国家提供了家族生存的蓝本，成为家的代言人，为国人行为提供效仿的样板。朝廷需要"郑义门"这样的道德标兵，成为统治者的宣传工具，也成为国家推行价值观的试验田，所以历次朝代更迭，郑氏地位待遇始终不变。即使乱兵和暴动者进入浦江县，一双双血污之手亦不敢轻易推开"郑义门"，他们相互告诫，不得擅自闯入，那是一处神圣不得侵犯的领地，玷污之将遭受天谴。

郑氏家族与朝廷有千丝万缕的关系，又有着数量众多的为官子弟，经济上也是富甲一方，这样的家族往往会坐大一方，成为遗祸地方的豪强，严重的将会影响国家社会的安定。但是，从宋元明三朝历史记载来看，郑氏家族恪守国法家规，从不恃强凌弱，更多的是在地方上担当起了维护社会稳定的职责，贡献出自己的社会责任。每年协助官府修筑水利设施，拨出专项的资金用于铺路修桥；每逢稻谷歉收或者青黄不接时，他们设立赈仓，按月救济贫农谷子六斗；开办免费医疗站，为看不起病的乡邻治病，不收取医药费；设立义冢，出资埋葬孤寡老人；十里八乡遇到清官难断的家务事，或者邻里之间的争斗，只要请出郑氏调停，一般都能妥善解决。

这样的义举在各种记载中不胜枚举，郑氏家族经常捐赠库存的白银和粮食，甚至有过毁家赈灾的行为，他们的仁义精神在物资匮乏社会中被极度赞誉，乐善好施也不是他们的一时快意行为，而是郑氏家族三百四十余年来坚持不懈形成的家族传统。义，的确成为郑氏家族最宝贵的家产之一。

## 三

穿过师俭厅，便是一条并不敞亮的过厅，两侧排列着十多块一人高的《郑氏规范》木牌，身在法令庄严的条规当中，憋着一股无法排遣的情绪，仿佛郑绮那双幽暗的眼睛从廊柱、檐瓦、牌上咄咄逼视过来，让人觉得异常压抑。当年郑氏子孙每次经过过厅的时候，他们在身体上和思想上都接受了祖先的检阅，内心的杂念一一轻轻卸下，迈开规正的脚步，铿锵有力地挺身而过。

郑氏家族血脉相连，并不代表行为统一，他们有自己的个性和思想，他们依靠什么才能步调一致？仅仅靠血亲是不够的，唯一有效的措施就是绝对地服从宗族家法。在严苛的家法下，藐小的个体不具备与之对话的可能，也不具备挑战的资本，只有完全照搬执行，把遵守当作一生的荣耀，把违背当成永世的耻辱。这符合郑绮规定的生存逻辑，也是他们对于生活的共同认识。

在历代郑氏先人前赴后继的接力下，《郑氏规范》渐渐丰富起来，形成了一套严而有序的家法，这也是郑氏治家的最大法宝。以孝为主线，以义为中心，融会了道德规范、行为准则、生产管理、奖惩措施等制度，这些齐全完备的家庭管理条例被郑氏子弟熟练地背诵着，每一个充满智慧的字眼都镌刻在他们心间。一部《郑氏规范》成为郑氏家族永恒的黏合剂，一个庞大家族的秩序由此严丝合缝地建立起来。

元末，郑氏聘请大儒宋濂修订完善《郑氏规范》，要完成这样浩大的工程，宋濂一定翻阅了堆积成山的青史黄卷，可谓殚精竭虑。他的儒家教义和法律功底在这部家规中得以淋漓体现，他的自信和满有把握也在此间得到了最大的诠释。经过宋濂的悉心修订，《郑氏规范》最终定格在168条，某些条例精细程度甚至超越了国法。经过修订的《郑氏规范》着重强调三点：厚人伦，孝敬父母，友爱兄弟，恭让族人；办学堂，教化宗族子弟，鼓励出仕；讲廉政，奉公勤政，杜绝贪黩。

通过《郑氏规范》这个抓手，宋濂第一次将修身齐家治国平天下的儒学理念付诸实施。宋濂为此积累了大量的经验，为日后参与制定《大明律》打下了扎实的基础。《郑氏规范》日后成为明代典章制诰的蓝本，一部家规成为国法的框架，在中国历史上也仅此一例。

《郑氏规范》明确族长是名义上的最高领袖，但是他并不参与具体事务的管理，只在祭祀等家族重大活动中行使权力。郑氏实行家长负责制，族长总理一家大小事务，在家族中的权威不容置疑，整个家族的运转如同一只精密的仪器一样操纵在他的手上，不容出半点差错。除了家长之外，家规中还设立了协助家长管理的"典事"、纠正一家是非的"监视"、负责缴纳赋税与增加田产的"掌门户"等十六个岗位，这些岗位经过民主选举产生，设立任职年限，不称职的将遭到弹劾下台。通过岗位竞聘提高族人管理积极性，规避腐败，培养了大批的管理岗位人才，为家族对内管理对外竞争储备了人才。

通往"郑义门"的道路有两条，一条是看得见的道路，另一条隐藏在家规中。族人在字里行间行走、奔跑，他们一生严守家规，不得作奸犯科，不得贪赃枉法，如此生者才能进入宗祠拜祭祖先，死后才可以获得通往家族墓地的通行证，牌位才可以安然供奉在宗祠的神龛中，姓名才可以在族谱上落户，自己才不会成为游荡在宗族之外的孤魂野鬼。

师俭厅前后三口池塘环绕，搭成一个品字，一排古柏成一字形排列，寓意着一品大员，当初煞费苦心的设计本想鞭策后人，事实上郑氏子孙并没有在品第上达到祖先的期望。然而，同居十五世期间，郑氏七品以上的官员多达一百七十三人，这些官员职位差距巨大，他们任职的地域跨度数千里之遥，经历也相当驳杂，从七品到二品，从衮衮大员到闲职小吏，涉及各个时代，除一人受诬罢官，其余均无贪渎记录，达到了历史上任何家族都难以企及的高度。

可以说，这个家族并不是朝廷刻意制造的结果，也不是某个历史事件催生的特殊产物。与其说他们信仰儒家学说，信仰孝义和廉洁，不如说他们信仰自己的祖宗，信仰家法，他们深信自己生活在祖宗的庇佑下，祖宗给予他们一切生活的力量和前进的方向。他们在祖宗和家法的召唤下，彼此信任，相互体谅，家中的亲属被诬陷入狱后，往往出现子替父死、兄弟替死的大义凛然，他们都愿意成为郑氏义门的典范，成为跳跃在后人舌尖上的温暖故事。

# 四

郑氏宗祠虽然没有过多的进深和曲折，也没有令人眼花缭乱的雕饰，但我依旧觉得这是一座壮如宫殿般的建筑，它为我提供了无穷无尽的想象。这是一个不可思议的家族，不似许多历史事件纯属虚构，成为文字和感情的骗局，它明明白白地摆放在那里，让人难以置信，却不得不信。

穿过有序堂，一拐弯，看见廊柱下悬挂着一口大得令人咋舌的铜钟，我首先被它的气势给镇住了。我在锈迹斑斑的铭文里找到了钟名——会膳，那些遥远的年月悄悄地爬进了耳朵，似乎隐约听到了旷远的钟声，那钟声在宗祠中扩散开来，消退了历史的沉重，依旧能够让后人去领略钟声里的故人音貌。

十五世同居共食，鼎盛时三千多人同吃一锅饭。三千人的大锅饭，开

山河与草木

饭少不了那口大钟。然而，那钟的功能不仅仅用于通知吃饭，它更是郑氏家族的指挥棒，一切行动必须听从它的调遣，必须令行禁止。族人从出生的第一天起，他们的脚步完全跟随着金铁钟鸣一路前行。

我随意截取历史上的某一天，重新敲响"郑义门"的钟声。也许就像这个盛夏的凌晨，天刚麻麻亮，"郑义门"的建筑在晨曦中露出潦草的线条，这是江南小镇一个平常一天的开始。

"当——""郑义门"上空忽然传来一声沉闷的钟声，宗祠老树上的栖鸟"噗噜噜"地惊飞起来，在宗祠上空徘徊着。紧接着，"当——"又是一声沉闷的钟声响起。连续二十四声之后，一扇扇大门"啪啪"地打开了，"郑义门"在钟声的催促中清醒过来。

稍停片刻，又响起了四下钟声，族人端着脸盆纷纷走向了水井、溪边，蹲下身子开始汲水洗漱。接着又是八响。族人衣冠端正地从各自的家门中走出，有白发苍苍的老者，有皮肤黧黑的农人，有相貌端正的读书人，有裹着小脚的妇女，有懵懂初开的孩童，他们相互作揖致候，从四面八方涌向宗祠。族人按照男女分队，按照长幼辈分前后排序坐定。

这时，两个童子捧着族规出列，一个站在男队面前，另一个站在女队面前。男子先听取童子朗诵"男训"。稚嫩的童音在大堂上响起，舒缓而平稳，将生硬的条框融成动听的音律。"男训"强调居家要讲究孝悌，处事要讲究仁恕，不得"恃己之势以自强，克人之财以自富"。待"男训"朗诵完毕后，另一个童子开始朗诵"女训"。"女训"强调孝顺公婆，恭敬丈夫，关心弟妹，慈爱子孙，不得"摇鼓是非，纵意徇私"。

族人默不作声地坐在有序堂上，阳光透过窗棂将格子映照在人群中，他们神情肃穆，在阴暗的大堂中，他们表情如同宗祠门窗上的雕板。阳光照不亮他们的眼脸，家规却照亮了他们的内心。

待童子诵毕训诫，家长略略环视人群，他的脸色有着郑绮一般的深厚，声色低沉地作出重要训示，布置完一天的重要工作，起身退出大堂。族人向家长作一长揖，自然分成两列退出宗祠。

最后一次钟声连续九响，男女分堂用早膳。用完早膳的族人开始了一天的劳作，后生耕种，年长者畜牧，女人织布，少儿读书。

家族的权威除了钟声，便是鼓声。每逢节日，族人在族长带领下进行隆重的祭祀仪式，二十四声鼓响，将族人带进庄严的氛围中，高声朗诵对先祖的敬意牒文，以鼓声表达对祖先的敬仰，对宗族的敬畏。

我要说的是，这不是虚构，而是真实的"郑义门"。"郑义门"就在这样周而复始的钟鼓声中平静地度过了数百年的时光。

## 五

朝廷的支持是天时，"郑义门"所在的浦江居浙江之中，占据地利之势，人和则是郑氏持家的人性光辉。人和思想打通他们的经络，将他们牢牢地凝聚在一起，如同一支阵容严整的军队。

儒家教义是天理，家法是天理，人和同样是天理，天理是不可违背的，这是一个坚守信念的家族，祖祖辈辈恪守古训，齐心协力，同心同德，把一生奉献给家族，不求回报，不求索取。他们幻化了自己的眼脸，模糊了自己的性格，都化成了"郑义门"的一砖一瓦，写成了家规中的一撇一捺。

宗族血亲关系如同一张巨大的网，人和的力量如同网上的绳结，将族人紧紧地扭结在一起。他们的气息是相同的，他们丝丝相扣，成为一个密不可分的整体。

他们齐心协力经营庞大的家族产业，形成一个物质与精神相套的生存状态。这个家族的经济状况一直非常好，以集团的优势进行规模化的农业生产和手工业生产，盘活的资金用于药材、木材、布匹等方面的投资和经营，经营结余交入族库。郑氏的这种生产模式类似于规范的大企业，族人成为企业的一名员工，他们享受配给制，男子到了六十岁就可以退休，由家族统一提供养老。

他们分工严密，有人事、生产、营销、纪检等部门。各方面的负责人必须经过严格的筛选和选举，必须是操守端正、品行纯正的人才可以担当。各部门分工合理，定期地轮岗，选举有能力的人担任要职，极大地促进了族人的参与性。

山河与草木

宗族是一个企业实体，几个家庭形成一个生产车间，一个家庭作为一个生产作坊，在宗族的统一调配和调度下，家庭之间协作配合，人与人之间步调一致。他们仿佛一只只飞出蜂房的蜜蜂，严格遵守纪律，即使以个体的劳作形式，收成也一律交工。蜂房就像宗族，他们的一生依附于此，他们的翅膀再有力量也飞不出蜂房。

宗族的力量在日常运作的过程中越来越显示出威力，而家庭的力量越来越消减，个体的力量完全被集体所吸收，个人的创造力遭到了严重的削弱，他们对自身的能力产生了深切怀疑，觉得离开了宗族就会漂萍无依，进而无比依赖宗族，将自己的一切源源不断地交给宗族。

郑氏家族的生存模式似乎与一万年前已经在这片土地上生活的上山人有某种近似，所不同的是生产力更为先进、组织模式更为严密。或许他们正是这支文化的历史余脉，或者只是历史中的巧合，他们在不同的时间段中灿烂地呈现在我们的面前，让我们大吃一惊。

一个庞大的家族要做到和睦团结，他们之间必须相互谦让、容忍、妥协。只有一个忍字，才能保持相安无事。当年唐高宗召见张公艺，想听听九世同居的张家治家方略，张公艺在纸上默默地写下了一百个"忍"字。郑家何尝不是这样，他们百"忍"成钢，互相体谅，求同存异，不计名利得失，他们共同把忍耐当作一项崇高的事业。

在常人看来，郑氏家族背负着旌表，人性压制在了家规之下，过着常人无法容忍的生活。然而，他们享受着这一相互认同的幸福感。一个庞大的共有家族使得他们少有贫富差距，也少有人与人之间的不平等，没有嚣张，没有攀比，没有僭越，他们习惯了自己的生活就不觉得乏味枯燥，并乐于浸润于此。延续祖先的梦想使得他们淡泊、坦然、安宁，他们其乐融融地建立起一个农耕文明中少有的和谐家园。

# 六

在时间摆渡的过程中，我搜索到了一些历史的枝梢。郑氏家族与社会之间始终隔着一道看不见的墙，他们绕行于政治之外，他们并不是缺乏政治智慧，而是担心卷入政治的惊涛骇浪而导致家族倾覆。

任何执政者都不希望家族的力量过于强大，生怕他们尾大不掉而遗患无穷。唐高宗强令张公艺兄弟十人分食十道，这个大家族被迫析居全国各地。宋仁宗也曾下旨将义门陈分家，将三千九百余口族人分迁到七十二州郡。这两大义门最终被皇权一手拆散。因此，郑氏家族在处理与朝廷的关系时一直相当低调，他们懂得树大招风的道理，谨小慎微地生活在自己的世界里，在朝廷需要他们的时候就挺身而出，不需要的时候就隐身而退。

在那个轻则问死、重则灭门的明朝初年，郑氏更是不敢有半点差池，生怕一个蝴蝶效应带给他们的是一场飓风。尽管小心翼翼，一场政变最终还是让郑氏滑入万劫不复的深渊。

这一切源于明初的靖难战争。当时整个中国分裂成两大板块，大量在朝为官的郑氏族人立场鲜明地站在代表正统的建文帝一方，即使建文帝战败，他们依旧帮助旧主出逃。他们和朱棣的对抗行为表现出不折不扣的遗民心态，一反常态地呈现出莫大的政治勇气和赴死决心，这种心态在以往的岁月中极为罕见，他们宁可以整个家族的玉碎来报答前两代皇帝的知遇之恩和再造之恩！

我们在这个时候看到了朱棣的老练与沉着，他并没急着清算郑氏家族，这是当时的政治需要，并非不计前嫌，而是等待时机。"郑义门"代表了当时大多数世族的立场，这样的家族只可安抚不可剿杀。他也不想亲自砸掉父亲树立起来的金字招牌，生怕被后人指责不孝。朱棣对"郑义门"采取冷处理，不再旌表，不再赏赐钱物，逐步剥夺优待政策，大量的丁赋徭役抽空家族的劳动力，赋税滚雪球一样越来越庞大，郑氏一门渐渐落入入不敷出的境地。

当时有人埋怨朝廷政策，有人怀疑家长的领导能力，但没有意识到"郑义门"衰败最大的症结是出在制度上，制度变成套在他们额头上的紧箍。累世同居大都发生在生产力并不发达、人口相对稀少的宋唐之前，到明代社会经济得到了高度的发展，人口急剧攀升，土地资源骤减，相当于计划经济的配给制度在朝廷政策扶持下可以正常运转，失去朝廷的眷顾后立即成了制约经济发展绊脚石。"郑义门"想尽一切办法，在减少劳动成本、减少各项开支、对外创收上下足功夫，尽量延缓家族衰败的脚步。但是，他们成为拖着泥腿子与人赛跑的运动员，失败是必然的结果。

"郑义门"在前行的过程中少不了磕磕绊绊，有很多的偶然完全可以让这辆轰然前进的列车停止。之前他们不断地自我修复，一次次跨越了难关，一次次地化险为夷。然而这一次，触及政治底线的郑氏再也无法实现自救。假如他们有足够的勇气敢于进行断臂求生式的改革创新……但僵硬的封建道德成为制约人性的武器，也成为绑架他们的工具。在政治与封建道德的重压之下，此时的郑氏注定不可能产生一个力挽狂澜的领军人物，不可能主动分家或者包产到户，所有人都只能循规蹈矩，死死守着祖宗的规矩而不敢革新。在苦苦徘徊了几十年后，几个世纪积累下来的财富逐渐掏空，郑氏家族还是走不出破产的死局。

到了明天顺初年，内外部的双重压力已经超过了"郑义门"所能够承受的极限，大家变得焦躁不安，对前途失去了信心。在困境危机中，人性的弱点暴露，很多人为了维护自己的利益打起了小算盘，盼着家族早日分裂。在这个生死攸关的时刻，人心思变，家长失去了绝对的权威和信任，已经无法操控庞大的家族，此时的郑氏家族如同一辆失去刹车的火车，出轨倾覆只是时间问题。

天顺三年（1459），一场遮天大火降临郑氏宗祠，燃烧了几天几夜，族人眼睁睁看着经营了三百多年、耗尽家族资本的雄伟宗祠变成满地的焦炭，化作了天空中的一缕轻烟。

"分家吧。"不知是谁在围观的人群中小声地嘟哝了一句话，人群中顿时出现了骚动，众人惶恐地回头张望，他们看到一张张同样惶恐的眼脸。他们有足够畏惧的理由，古谚有"五世而斩"之说，难道这会是上天的旨意吗？

"分家吧……分家吧……分家吧……"那个细微的声音在废墟中层层放大，潮水一样汹涌而来。分家，对于他们来说是不孝不义，他们被郑绮的目光逼视得胆战心惊。分家，对于他们来说更是人心所向，那个勇敢的族人将大家不敢说的话给说了出来。很多人为此长长地舒了一口气，在他们的脸上没有看到过多的忧伤，看到更多的是解脱后的疲惫。一场大火彻底烧散了人心，烧毁了仅存的一点信念，一幢绵延了三百多年的宗族大厦就此轰然倒塌。

罗贯中著的《三国演义》中知名的一句话：天下大势，合久必分，分久必合。任何一个朝代或者一个家族，都没有永恒的可能。一个庞大的家族，在重压下缺乏自我纠错的能力，错过了喘息的机会，最终因为不堪重负而解体符合社会秩序。

繁华的"江南第一家"在中华五千年的文明史上成就了一则大同神话，那片绵延在白鳞溪畔的庞大建筑成为中国家族史的标本，成为血亲社会的乌托邦，在郑氏后人的眼里成了故国山河，成为世人一处温暖的故乡。

# 七

穿过第一进师俭厅，依次是第二进和义厅、第三进有序堂、第四进孝友堂、第五进寝室，整个郑氏宗祠宽阔规整，以一个平展的目字框定了它的形状。这仿佛是一个暗示，如同大地睁开的眼睛，注视着郑氏家族的一举一动。

在宗祠中行走，我总觉得身处迷宫，视线穷尽之处，依旧是一幢接一幢的大屋、一条接着一条的通道、一扇接一扇的门窗，无穷无尽地连接着历史和现实。我紧紧地跟随着浦江文友徐水法，一进一进地穿越宗祠，仿佛身着一袭青衣长袍，卷走了三百四十余年的旧光阴。

我经过的每一幢屋宇，每一幅壁画，只不过是数百年前的某一个瞬间。历史呈现在面前的不仅仅是建筑物，而是附着在建筑中的精神，我读过的每一块牌匾、每一副对联，或者家规中的某一段都使我感到我不过是古代一个循规蹈矩的族人，或者是他们的灵魂附体，我从远古跋山涉水而来，让我今天依旧虔诚地驻足在这里，倾听宗祠的潮水般的钟声，聆听童子的朗读，呼吸着弥漫着樟木气息的空气，这就是亲临"郑义门"所遭遇的强劲感染力。

穿过一处长方形天井，来到宗祠第五进——寝室，一幢廊柱式一层建

山河与草木

筑，这也是宗祠最后一组建筑。面前展现出一排整齐划一的门窗，它们像一列从岁月深处驶来的列车一样安静地停放着，停靠在它抛锚的时间点上。幻觉始终未曾远去，这个幻觉在我进入建筑物的内部时尤为浓烈。徐先生推开最右侧一扇斑驳的门，我跟着他闪进建筑物，循着昏黄的光线，我依稀瞅见一块块木牌。

徐先生打开了大堂中间的大门，大堂瞬间亮了起来，我看清楚了，那些木牌是层层叠叠的灵位，刷着厚厚的红漆。徐先生手指着那些木牌，一一讲述着他们的身份，光影落在他的手表镜面上，不规则地跳动着，落在屋瓦上，仿佛一只翩飞的蝴蝶。大堂两侧依旧是密密麻麻的牌位，那些暗红色的牌位上书写着模糊的字，仿佛一段段减去的时光，减到最后，只剩下自己。在那种氛围下，我心生忌惮，甚至不敢靠前观看牌位上的年份。

大堂正中的位置浮现出三张无比宁静的面孔，徐先生指着正中身着宋人衣冠的老者，说那是郑绮。这位累居十五世的大同神话缔造者面目慈祥而不失威严，他的目光似乎有些飘忽，带着一丝细微的暗示，让后人产生了许多无端的猜测。

当年郑绮在这里发出了永不分家的命令，那些踌躇满志的话语还停留在建筑物的内部没有消散，仿佛还有一丝余音。其实，这个勇敢的老人是向时间发出挑战，然而世界不会有永恒，一切美好的愿望随着时间的流逝往往变成了一厢情愿，他美好的初衷最后化成了一句谶语。

在九百年的时间倒腾当中，我突然心生悲悯。郑氏家族是一个有理想的群体，郑绮的命题被不折不扣地执行了三百四十余年。然而，即使是再完备的制度、再严密的组织、再巨大的财富、再宏大的宗祠，都敌不过时间的侵袭，任何力量都无法挽回这个庞大的家族一步步走向凋零。

这又有什么呢？"郑义门"用十五世的孤寂时光写下了绝版的孤本，我们翻阅它的时候，可以轻易穿越众多的文字与郑氏族人一一相遇，或许这就足够了。

（原载《文学港》2022 年第 7 期）

# 点亮生活，点亮梦想

潘玉毅

开春时的大凉山，气温还有些低。地里的积雪还未化尽，又下了一场大雪。

家住四川省凉山彝族自治州布拖县日嘎村的吉子友伍清晨起来，推开门，映入眼帘的是满目的梨花白。他用卷尺量了量屋顶的雪，竟有四十多厘米厚。

儿子和女儿尽情地笑着、跳着，友伍却不由得皱了皱眉头：下了雪，西昌通往布拖的路就不太好走了。

从正月初七开始，友伍就时不时地站在村口向着远方眺望，好似在等待什么人的出现，心里默默祈盼着：大雪快点融化吧。

此时，一团阳光仿佛听到了友伍内心的呼唤，撞破厚厚的云层，从莽莽苍苍的大凉山深处奔跑而来，不偏不倚地落在友伍家的屋顶上。阳光明晃晃的，照在人身上暖洋洋的。

这明媚的阳光，不由得让友伍联想到夜里亮起的灯光。而一想到灯光，他的脑海里便浮现出一个个身影、一个个名字：钱海军、胡群丰、刘学、江建铭……

虽然他们离开布拖县已经几个月了，可几个月前发生的事情，友伍依然历历在目。

2021 年 10 月的一天，友伍正在院子里忙碌，县残联的同志带着一群人来到他家，说这些人是从浙江宁波慈溪过来结对帮扶的，这次来，主要是为了调研布拖县困难残疾人家庭的室内照明线路和用电设备，根据实际情况实施"千户万灯"公益项目。

友伍把他们带进屋。一个戴眼镜的中年男子把屋子的角角落落仔细看了一遍，然后对同行的人说："线路有隐患，需要整改。"

友伍看了他一眼，嘴上没有说什么，但心里略微有些不以为然。家里的线路、灯盏都是他自己照着网络视频接装的，虽然算不得专业，可用的都是大品牌产品，怎么到了这人嘴里，就成了"有隐患"？

许是看出了友伍心中的疑虑，那个中年男子耐心地给他指出了问题所在，诸如没有安装漏电保护器、线头搭接的地方绝缘没有做好等等，这些都极易酿成火灾事故。见他说得在理，友伍心中的疑惑也就渐渐散去了。待听到中年男子说"我们这次只是来打个前站，下次带专业的电工师傅来"，他确信这些人是来干实事的。

交谈中，中年男子得知友伍是日嘎村的残联专委，县里和镇里的残联干部对他的工作很是认可，便客气地加了友伍的微信。友伍一看，对方的微信名叫"钱海军"。中年男子笑着说："我微信是实名的，请惠存，回头少不得要麻烦你！"

进入 10 月中旬以后，布拖县的昼夜温差已经很大了。到了夜间，气温能一下子跌落到零下。友伍以为钱海军所谓的"回头"再快也是年后了，谁知才过两天，他就接到了钱海军从慈溪打来的语音电话。

电话那头，钱海军告诉友伍，他们的团队想在 11 月初进场。为了提升效率，他拜托友伍先对日嘎村残疾人家庭的用电情况和残疾人信息做一个初步筛查。

此时正是村里农忙的季节，友伍白天要去地里收玉米，但他没有推脱。他不推脱，不只为电话那头那一句诚恳的"友伍，拜托了"，更因为自己也是残疾人，深知残疾人的不容易。而且上次家里的用电隐患经钱海军指出之后，他发现，类似的隐患其实在当地的残疾人家里十分普遍。作为村里的残联专委，他也希望大家用电时都能更加安全。

于是，一连数天，友伍白天在地里劳作，天黑以后，拖着疲惫的身体开始走访和排摸，有时连饭都顾不上吃。

日嘎村是由友伍原先所在的苏嘎村和另外两个村庄合并而成的，村里有四十多户残疾人家庭，其中十余户已经搬去了安置区，剩下的需要他挨家挨户去走访。之前苏嘎村的情况，友伍是熟悉的，哪家哪户的残疾人缺了护具、拐杖、轮椅、助听器什么的，他都会帮忙领取，有时还和妻子一起帮他们干农活。但另两个村里的残疾人他还不太熟悉，只能请分管的组长带路。组长将他带至门口便离开了，有时户主不在，友伍就只能在门口静候。若是久等不来，也只能先去下一户人家，然后再回来。有一户人家，他足足跑了四趟才见上户主。

夜里的风很冷，路也不好走，但友伍的心是火热的，也是快乐的。

那几日，他在网上搜索过钱海军的相关情况，知道钱海军是国网浙江慈溪市供电有限公司的一名普通职工，二十多年如一日利用自己的一技之长，无偿为社区居民尤其是空巢老人和残疾人提供免费的电力维修及生活关怀，前前后后帮助过万余人，也因此被授予全国劳动模范、全国"最美志愿者"等荣誉。他还成立了慈溪市钱海军志愿服务中心，以项目制的形式开展帮扶活动。"千户万灯"公益项目正是由该中心联合地方民政局、残联和社会各界力量所发起，旨在为生活困难的残疾人排除家中用电隐患，让放心灯照亮每个家庭。几年里，钱海军和同事们把项目从慈溪本地扩展到宁波市，再到浙江省各地，甚至在西藏、贵州、吉林等地也留下了他们的足迹。

看到报道中那些受益户的笑容，友伍明白，钱海军他们做的是一件十分有意义的好事、实事。友伍很高兴自己能成为与之并肩奋斗的伙伴。

友伍在走访中发现，很多残疾人和他自己当初一样，并不认为家里的线路、设备有什么隐患。友伍便耐心地向他们解释，告诉他们所有的线路、开关、人工都是免费的，改造是为了让家里的用电更安全，并将改造好的照片拿给他们看。征得同意后，他将屋内的线路、电器、开关一一拍照，并将残疾证等信息做好登记。

为了及早完成任务，不负所托，友伍将田里的农事交给了妻子，自己则专心走访。他用了整整四天时间，走遍了日嘎村的所有残疾人家庭，还拍了一千多张照片。将资料传给钱海军的那一刻，友伍的脸上笑得特别灿烂。

山河与草木

11 月 1 日，钱海军如约而至，前后脚到来的还有另外几名志愿者。他们搬着材料来到友伍家里，打造起了"样板间"。

热情的友伍和妻子拿出食物、酒水想要款待他们，却被婉拒。只见钱海军一行人背着梯子，拿着工具，在房间里忙个不停。随着老旧的线路一条一条被拆除，新电线、新开关、漏电保护器被装上，整个房间就像变戏法一样，立时就变了一副模样。

打开开关，看着屋里亮起的灯，妻子感叹："改造过后，灯更亮了，整个房间都显得更大了！"儿子和女儿更是不停地按动开关，满眼都是新奇和欢喜。

友伍在一旁全程目睹了志愿者接线、装灯的手法，对比自己之前的技术，真切地感到了差距，也对用电安全有了新的认识。他浮想联翩："要是我也有这技术就好了！"

为了学习技术，也为了现身说法，让电路改造更顺利地推进，志愿者去其他残疾人家中时，友伍都会一同前往，早出晚归，毫无怨言。志愿者听不懂当地话，友伍就给他们当翻译；志愿者人手不够，他也会主动帮忙运材料、递东西，化身为钱海军志愿服务中心的"编外"一员。

钱海军见友伍每次说起"电"时眼里都透出浓厚的兴致，便问他："友伍，如果我们在镇上开设'乡村电工培训班'，把老师请到这里来，你想不想学？"

友伍脱口而出："想啊，我的梦想就是学电工。"

事实上，友伍曾经还有另一个梦想，那就是考个驾照，放假时带着家人一起去看看外面的世界。遗憾的是，十二岁的时候，他的眼睛被钢筋扎伤，落下了残疾，考驾照的梦想难以实现。如今，志愿者们不仅点亮了友伍的生活，也点亮了他新的梦想。

自从见识了志愿者的本领，友伍的脑海里经常闪过那些家中用电存在隐患的残疾人。他不止一次想过：要是我能把电工技术学好，就不用总麻烦远方的朋友了，无论乡亲们什么时候需要，我都可以帮忙解决，那该有多好！所以，当钱海军问"学了电工，必须为布拖县的困难残疾人服务，你愿意吗"时，他毫不犹豫地表示"我愿意"。

他是这样说的，也是这样做的。友伍拜了钱海军为师，每次去困难残疾人家里改造线路，他总是认真观察、认真学习，还在钱海军的指导下动手参与实践。友伍说："我也想像师父一样，学习更多的知识，帮助更多的人！"

　　在布拖县实施的这一次室内照明线路改造，直到年底才结束。改完后，志愿者就离开了。友伍暗下决心，等到乡村电工班开班时，自己一定要报名。

　　东风乍起，草木萌动。友伍的梦想，也在和志愿者一次次的联系中，越发蓬勃起来。此刻，积雪在融化，朋友们要来了。他梦想的实现，一步步近了，更近了！

（原载《人民日报》2022 年 4 月 9 日）

山河与草木

# 与袁可嘉为邻

潘玉毅

我最早识得袁可嘉的名字，是在钱理群、温儒敏等老师编撰的《中国现代文学三十年》里。编者在言及"九叶诗派"的时候提到了袁可嘉的名字，虽然着墨不多，但一个作家能被载入文学史已足以证明他的不凡。不过，那时的他于我而言，与书中的任何一位作家没有区别，虽然只隔着薄薄的纸张，但彼此间仿佛有一条鸿沟，从这头到那头，才一尺宽，却难以逾越。及至多年以后回到慈溪，这种疏离感才渐渐消失。

偶然间听人说起，我才知道原来大名鼎鼎的"九叶派"诗人袁可嘉竟是慈溪人。为了纪念他对中国当代文学做出的巨大贡献，弘扬独立、先锋、开放的学术精神，慈溪市人民政府还联合十月杂志社设立了一个以他名字命名的文学奖项——袁可嘉诗歌奖，并已连续举办多届，奖掖了一批成果卓著、富有探索精神和影响力的诗人、诗歌翻译家、评论家。于是乎，原本已经渐渐淡忘的书页里的知识又重新自脑海里奔涌而出。

时光如能倒流，退回到1980年，当可见证一件文坛盛事的酝酿过程。这一年的1月，寒冬的冷意尚未消散，袁可嘉和同在北京的诗友杜运燮、郑敏、陈敬容、杭约赫（曹辛之）以及在外地的王辛笛、唐湜、唐祈商定，每个人各自挑选中华人民共和国成立前的诗作若干首，再加上已故诗人穆旦的诗，结集成册。第二年，这部以"九叶"为名的诗集由江苏人民出版社正式出版。一经问世，就轰动了学界，深受国内外读者的欢迎。从此，中国文学史上就有了"九叶诗派"。

"九叶诗派"虽定名于20世纪80年代初期，但形成流派却在抗战后期及解放战争时期，这也是中国新诗最为辉煌的时期。受西方现代主义文艺思潮的影响，当时有一大批优秀的诗人在东西方文化的融汇与创新中不断尝试，写下了许多脍炙人口的作品，袁可嘉更被称为"新诗现代化的躬行者"……回忆就像一匹脱缰的野马，跑起来后便再也停不下。

　　我真正造访袁可嘉故居是在一个立冬的晌午。那天，阳光明媚，天气晴好。虽是立冬，空气里却没有冬日的萧条与肃杀。微风不鼓不燥，而是温和地、礼貌地、静静地向人发出邀约。车子在袁家东路停稳之后，往里行不多远可见一栋坐北朝南的二层洋房，造型风格和内外装饰与民国相近。洋房的前方是一处宽敞的院子，院子里有一块石碑，石碑上写着"袁家大院"四个大字，下有括弧，以略小一号的字体标注着"袁可嘉故居"。说是大院，四周却没有高耸的围墙，不过称其为故居，倒是名副其实。相传此屋为袁可嘉的父亲袁功勋所建，少年时代的袁可嘉在这里出生，在这里长大。

　　如今，这个旧居处已被改成了"袁可嘉文学馆"，门楣上方有吉狄马加题写的匾额。进入文学馆，最先瞧见的是位于左手边的一块写有"十月，在袁可嘉故里"的牌子和一张《袁可嘉生平年表》——长长的一页纸，以时间为轴，简要地概述了袁可嘉的一生。四下里望去，墙上展示的更多的是作家、评论家们对袁可嘉一生功绩的言说和肯定。

　　相比于正厅，东厢房里的陈列则要丰富得多。里头图文并茂，有袁可嘉生平事迹成就的描述，有他与家乡山水故人的勾连，还选录了他的两首代表诗作《沉钟》和《母亲》。

　　"让我沉默于时空，如古寺锈绿的洪钟，负驮三千载沉重，听窗外风雨匆匆；把波澜掷给大海，把无垠还诸苍穹……""迎上门来堆一脸感激，仿佛我的到来是太多的赐予；探问旅途如顽童探问奇迹，一双老花眼总充满疑惧；从不提自己，五十年谦虚，超越恩怨，你建立绝对的良心；多少次我担心你在这人世寂寞，紧挨你的却是全人类的母亲……"有学者曾说前者是西方现代主义经典构思在古老东方的回应，诗人以"负驮三千载沉重"的洪钟自喻，表达了深沉的爱国情怀；而后者被母性的光辉所笼罩，字里行间流露的尽是母亲对孩子的爱护之情，同时这个"母亲"又蕴含多重寓意，寄托着诗人对故乡、对祖国的歌颂与赞美。

阅读袁可嘉的诗作，我能深切感受"别具炉锤"这四个字的含义。但他的"别"又岂止体现于他的诗歌？众所周知，袁可嘉为人们所熟知的身份有两个，一个是诗人，另一个则是译者。作为诗人的袁可嘉已是鼎鼎有名，不过，相较于他的译者身份而言，似乎仍有一些差距。因为"九叶诗人"袁可嘉惊艳了一代人，而翻译家袁可嘉则影响、启迪了无数现当代人。

在那个相对封闭的环境里，袁可嘉别具慧眼，为时人打开了一扇窗，让窗外的空气也能进到里面来。他一边写诗、写评论，一边以"信达雅"为准绳，对西方现代派文学进行翻译与研究，尤其是他与董衡巽、郑克鲁合编的现象级畅销书《外国现代派作品选》，曾经一版再版，不但为中国作家和诗人的创作提供了新的视野，而且促进了当时人们的思想解放，被认为是在中国新诗和西方现代派文学交融借鉴过程中，介绍最早、成果最多、影响最大的中国学者之一，"对中国式现代主义诗学体系的建立做出了巨大的贡献"。

记得第四届袁可嘉诗歌奖颁奖的时候，我曾采访过诗集奖的获得者余怒老师，当时他说的一句话，让我至今仍然印象深刻。他说："你们慈溪有一个伟大的文学教育家，叫作袁可嘉。（20世纪）80年代，由他主编的《外国现代派作品选》不仅对我，对我们这一代的写作者影响都很大……我很喜欢袁可嘉的东西，他翻译的作品很好，而他主编的那一套书影响更大，改变了人们的审美习惯，也改变了人们的美学观念。"推崇若此，足可见袁可嘉对他的影响之大。而那一句"你们慈溪"，更让我由衷地生出了一股同为慈溪人的骄傲。

虽然袁可嘉所在的崇寿镇与我所在的横河镇相距十六七公里远，并不算太近，但站在慈溪、宁波、浙江的角度去审视，两个镇子就跟邻居无异。而且同为慈溪人，要是到了慈溪以外的地方，便是同乡故知。斯人可嘉，同乡里有这样一个了不起的人物，没有理由不让人生出"与有荣焉"的自豪感来。若是我们早生个几十年，说不定也有机会与之同堂而学或者一道出游，听他谈诗歌、谈文学、谈对时事与生活的思考。每每想到这里，心头的那股自豪感顷刻间又变成了"恨不早生一甲子"的深深向往和淡淡遗憾。

乡间有句俗谚，道是"一方水土养一方人"。其实，确切地说，水土不只养育了一方人，也装载着一方人的记忆，而且这种装载如同一个镜像，它在记录的同时也将自己投射于人的灵台。袁可嘉先生便是最好的例子。即使他与故乡之间堪称"阔别"，但故乡从不曾离开他的心里。袁可嘉百年诞辰时，他的两个女儿袁晓敏、袁琳写过一篇《三言两语话父亲》，里头就曾讲到袁可嘉先生对故乡文化事业发展的关心：支持故乡文联和作协的活动，给故乡的文艺家赠书、与他们座谈，为《浙东文艺》撰稿，推荐来自故乡的年青诗人……若关心是一个难懂的词，这些具体的实实在在的事情岂不是最好的注脚？

对于童年时代的家乡，对于海塘小镇崇寿，袁可嘉始终保留着美好而温馨的记忆。他在晚年曾写下《故乡亲，最亲是慈溪》一文，文中有如许温情字句："相公殿离我家不过三里，是我父辈一手开辟起来的河港。虽说只有一条小街，却也颇有不少店铺，如布店、米店、杂货店、理发店等等，是姚江农村一个小小的集散地……"

触景生情，睹物思人，这好像是人情感流转的自然轨迹。顺着那深情凿就的轨迹，以及轨迹上铺开的文字，我们的思绪跳过眼前的方寸之物，回到八九十年前的崇寿，在六塘头的某个埠头或是某处渡头，一个少年望着幽幽的河水，眺望着前方，向往着远方。从这里到那里，只是一个字的距离，却可能要穷尽人的一生。也许，那时的袁可嘉也不知道自己此生将行多远，能行多远。也许，那时的他也曾因此而迷茫。但最后，他勇敢地跨了出去。

谁没有过年轻的时候呢？十七八岁的时候，我也曾负笈远游，想要走出山海的环绕，看看外面的世界是什么样子，故而胸中才学虽不及前辈的万一，可是因为在同样的年纪怀揣同样的心思，待到读了这若干回忆文字，陡然间觉得与这位曾居于此间的同乡变得更亲近些。

从文学馆出来，屋外的阳光仿佛更明媚了些。间或，迎面走来几位参

山河与草木

观者，他们聊着文学，聊着袁可嘉的诗歌，也聊着崇寿这片土地以及土地与人的关系。听着听着，我忽然觉得这故居没有围起来也挺好，因为这样，那些文学青年可以三三两两随时前来。来朝圣，又或者拜访一位隔着近百年光阴的老邻居；来寻梦，又或者找寻这片土地过去的记忆。

（原载《十月·长篇小说》2023 年第 4 期）

# 我和电网的青春期

江华东

## 一

国网缙云供电公司领导约我参加老中青三代电工一起学习党史的座谈会，今天这个位置，是五十年前，我由下乡知青回城招工到缙云电厂当学徒工，四十三年前我加入中国共产党的地方，让我思绪万千。借此机会，按照今天座谈的主题"学党史、忆历史、讲故事、树信念、振精神"的要求，我将自己的工作经历和体会向大家汇报。

1969年2月，随着知青上山下乡的时代洪流，持着县革命委员会安置办公室的介绍信，我来到了距离缙云县城30公里的农村插队落户，开始了春耕夏种秋收冬修水利的农村生活。

清晨，在"东方红太阳升"的广播乐曲中，带着农具和干粮，和农民乡亲一起，集结在村头，听从生产队长分配农活任务。傍晚，在落日余晖中收工，携带着在白天工间休息时收拾的枯枝残叶和杂草（充当柴火和牲畜栏肥）回家。夜幕降临，大家一般都会到生产大队的大会堂，在唯一的大号煤油灯下，收听广播，或者听大队支书传达上级指示，或者听大队文书念报纸，听革命样板戏，唱毛主席语录歌；在农作物收获的季节，在完成上交公粮的任务之后，大家都在这里排队领取分配给各家各户的稻谷、麦子，或者地瓜、土豆、玉米等等。然后，大家手持松明、竹篾、灯笼或手电筒在夜色中挑着、扛着劳动果实回家。

当时，除县城和几个区、一些公社所在地能有柴油发电机或小水电站可以供电夜间照明以外，大多数农村还没有电灯、电话，农村的夜间照明只有煤油灯、蜡烛、松明、竹篾等。带电的东西只有手电筒和生产大队进村入户的广播喇叭，公社的广播站配有小型柴油发电机或蓄电池，只为向各村庄（那时叫生产大队）定期或不定期转播党中央及各级党政机关的声音，也充当单向的电话通信。现在的互联网是时刻联系着每个人的手机，那时的广播网络，可以让广大城乡的家家户户都能听到党中央和各级党政机关的声音。

那几年，在这里，我亲身经历体验了农民劳动的艰辛、生活的艰苦和精神的悲喜。直至今日，再回望那些艰苦质朴的时光，仍然浮现沉静纯粹的心情。这是一段磨砺精神和对社会最基层的人生领悟的难忘岁月。

我个人感觉，城市的知识青年，以适当的方式和机制（鼓励和支持）充分了解农村、农业、农民是必要的。

## 二

1971 年 3 月，经县革命委员会安置办公室安排，以下乡知识青年回城的名义，我被招工安排到地方国营缙云电厂当学徒工（当时的规定是：第一年月工资 13 元，第二年 15 元，第三年 18 元，满三年转为正式工 24 元），从此，开启了我与电网结缘的人生旅程。

那时候的缙云电厂，共有 50 多名员工，有电气班、线路班和发电班。除了用一台 300 马力（约 220649.7 瓦）柴油发电机负责县城所在地五云镇的夜间照明供电外，还负责对壶镇电厂、新建电厂的行政管理，当时，缙云县有五云电网、新建电网和壶镇电网三个部分，全县只有 10 千伏线路，长度大概为 70 公里，其中五云电网 10 千伏线路长 20.6 公里，新建电网 10 千伏线路长 18.2 公里，壶镇电网线路长约 16 公里。当时，全县只有县、区、部分公社所在地和邻近的农村有小火电厂或小水电站提供夜间照明。

到缙云电厂报到后的第二天，我被安排到壶镇电厂下属的壶镇供电所，在那里做了一个月的线路电工，初步了解和掌握线路电工的安全规程和应知、应会、应做的基本技能。之后，到壶镇南宫寺火电厂当了一个星期的柴油发电机运行班见习生，再之后被安排到壶镇浣溪一级电站做水电运行工，开始了每天与水轮发电机组亲密接触的生活。

1969 年，缙云县最大的工厂——缙云棉纺厂兴建的同时，为了解决用电问题，县里开始筹建县城最大的水电工程——大洋水库和盘溪流域梯级水电工程（当时共有五级水力发电站同时建设）。1971 年 7 月，我和两位同事一起，被抽调到为全流域水电工程（包括大洋水库大坝工程）提供施工建设用电的盘溪二级电站当运维电工。在这里，我亲身经历了盘溪流域水电工程建设初期那段激情燃烧同时艰难困苦的岁月。

## 三

1970 年初，缙云县成立了盘溪流域水电工程建设指挥部，建立了相关的指挥协同、计划、生产调度、技术、物资、后勤保障、安全保卫、宣传等专门机构，组织了相关的管理、技术人员和动员全县的民工、技工采取边规划、边勘测、边设计、边施工、边投产（比如二级电站）的方式，在建设大洋水库的同时，打通从上游水库大坝到下游各梯级电站的穿山引水隧道，修筑明渠，建设各级电站厂房等基础设施，主体工程于 1970 年 8 月全面开工。

所谓工程建设相关的管理人员和技术人员，管理人员由全县所有的行政事业单位、业务部门抽调，县、区、公社医院、卫生院的医务人员和农村的"赤脚医生"等人员，都被分配到工程现场参加建设。技术人员主要以县水电局和县电厂为主提供，同时争取省、地水电部门的支援。

开工之初，尽管当年全县财政收入仅 12 万元，县财政还是紧缩开支筹资 10 万元作为工程的启动资金。在组织动员全县人民投工投劳中，规定所有参加工程建设的民工在生产大队记出勤工分，同时由县里补助每人每天 2 角钱，半斤粮票。将参加工程建设的民工、技工、技术人员、管理人员的名额，以县里的文件形式下任务到各单位、公社、生产大队。由单位、公社、生产大队干部带队，按照统一分配指定的建设、施工任务，自带工

山河与草木

具（锄头、扁担、簸箕等）、自带铺盖、自带口粮（米面、杂粮、地瓜干、霉干菜等），定时定点自行（绝大多数是步行）由四面八方到达各施工工地。在各自工地就近无偿借用民房，或林场仓库、公路道班，或就地取材搭建工棚、砌灶立锅，安营扎寨，迅速全面投入工程建设。全体指挥机构人员、技术人员、管理人员、医务人员和民工技工一视同仁，同吃同住同劳动在工程建设一线。整个工程，最多时每天出工出勤5400人。其间，工程沿途所有村庄的人民群众，都自觉、自发为施工队伍提供尽力而为的生活便利，经常无偿送给施工队自己生产的杂粮、蔬菜、中草药等等。

为了一个共同目标，为着早日建成水电工程，为着早日实现"楼上楼下，电灯电话"企盼光明照亮黑暗的梦想，大家在这战天斗地、自力更生、艰苦拼搏的日子里，仍然始终保持着纯粹的劳动热情和乐观的生活激情。

我和工程发电班的同事被安排和隧道工程队的技工民工吃住在一起，100多人住在林场仓库铺满稻草的大通铺，食堂建在附近民房的院子里。那时，除了上班，就是惦记着一日三餐的喜悦和滋味，一到饭点，大家争先恐后挤在充满水蒸气的特大蒸笼前寻找自己的饭盒饭钵，然后就着霉干菜，和房东大娘无偿提供的青菜萝卜、苦叶菜、马兰头等等一边吃饭，一边看着同伴各自饭盒里各色各样的地瓜饭、土豆饭和杂粮饭……晚上，大家在完成统一安排的集中学习任务之后，躺在大通铺上，在稻草的醇香和各色异味中，天宽地阔地闲聊以淡化白天的辛劳，尽管时有跳蚤和蚊子光临，照样呼呼大睡。

在那个特殊的年代，在浙江大地上发生着这样的事情，应该是受到了省里和地区的特别关注。1971年11月25日，时任浙江省委副书记率全省60多位地（市）县委书记在盘溪梯级电站工地召开现场会，现场表态省里帮助解决资金80万元，时任丽水地委书记表态帮助解决50万元，用当年的话讲，是大大激发了全县人民的斗志、干劲和决心。省里召开这次会议以后，省内应该有不少地方，开始规划，努力寻求开发当地小水电资源的时机。

# 四

为了使盘溪梯级电站电能顺利地输送到全县各地，1971年，县里和县水电局着手考虑加快全县输变电网络建设，筹建与盘溪梯级电站配套的35千伏缙云输变电工程，并在县城东郊五里牌村边，建设一座占地6600平方米的35千伏缙云变电所。

35千伏缙云变电所由盘溪流域水电工程线路办公室负责设计和建设，缙云电厂负责设备安装。盘溪二级电站至缙云变电所的35千伏线路简称"盘城线"，即盘溪梯级电站的输电线路，由盘溪流域水电工程线路办公室抽调缙云电厂外线班和缙云棉纺织厂电工班分段施工建设。

输变电工程于1972年动工兴建，这时候，我被抽调到35千伏缙云输变电工程建设设计室做描图员，负责描图和晒图工作。在这里，我开始接触了电力工程土建、电气和电力线路的规划、勘测、设计、施工、竣工等基本知识和流程，并对全县电网的分布和发展脉络有了相对全面的了解。

1973年9月，我由缙云电厂推荐，作为工农兵学员到浙江大学电机系念书，开始了为期三年的学业。1976年9月毕业后，回到缙云电厂（后来改为县水电局下属的县电力公司）担任技术员。1978年9月，我加入了中国共产党，我的入党介绍人是时任缙云电厂党支部书记叶有富同志和厂长朱志昌同志。

随着盘溪二级电站至缙云变电所的35千伏输变电工程、缙云变电所至壶镇变电所的35千伏线路相继竣工投运，缙云县开始以35千伏电压等级通过金华、丽水两个方向与浙江电网连接。到了1975年3月，35千伏缙云至丽水输变电工程建成投运，缙云、丽水实现并网运行，缙云开始向丽水供电，缓解丽水的缺电状况。

缙云电网的又一个里程碑是1977年4月。这一年，全县性的电网初步形成，开始实行集中电力调度，县电网经35千伏永壶线连入浙江电网，这时候，供电质量就得到了极大的改善。至此，丽水地区（2000年撤地建市，改为丽水市）形成以小水电为主的3个独立的35千伏网络，即缙云、

山河与草木

丽水、云和、景宁电网，遂昌、松阳电网，龙泉、庆元电网，青田县仍单独以 10 千伏电网供电。

缙云小水电大规模的发展，亦与 1975 年水电部的第 27 号文息息相关。文件提出，"在电网供电区和电网邻近地方的小水电，在符合经济、安全运行的条件下，在自发自用的基础上联入电网，实行余缺调剂。"这份文件对于农村小水电的意义非同寻常，各地的小水电除了自供自用，还可以将盈余的电量卖出去，这就打通了小水电发展的天花板，农村小水电进入了快速发展期。

小水电的发展，自然促使联结广大农村的电网应运而生、迅速发展，广大农村终于实现了"楼上楼下，电灯电话"的梦想。并网发电后，小水电可持续发展成为可能，有效缓解了枯水期的生产生活用电难题，丰水期又将小水电发的电量送给大网，有效调节丰水期与枯水期的电量余缺矛盾，带动农村电气化过程，促进了地方经济社会发展。

随着电网不断扩展，1978 年，缙云县电网供电量达到 1056.9 万千瓦·时，实现通电的乡和村分别占全县乡、村总数的 87%、44.7%。1977 至 1979 这两年间，缙云电网向丽水电网输送电量达到了 1689 万千瓦·时。

## 五

1983 年，由上级党组织安排，我调任县水电局副局长。

进入 80 年代，电力发展的历程就是小水电不断扩大综合版图的现代化进程。1983 年 8 月 22 日，浙江省人民政府出台《关于发展小水电事业的若干规定》，要求坚持大中小并举和国家办电与地方办电相结合的方针，"自建、自管、自用"为主的方针和"以电养电"的政策，充分调动各级办电的积极性。是年，全省新增小水电 158 处，新增装机容量 3 万多千瓦，小水电资源开发利用的热潮在丽水地区兴起。

小水电的发展极大地推进了丽水地区电气化进程，许多农村安装上了电灯，缙云县政府也积极倡导电能替代，推进农村电气化建设，鼓励居民和农民多用电，并出台补贴资金让居民购置电水壶、电饭锅等家用电器的政策。1983年12月，国务院批准缙云县列入全国首批100个农村电气化试点县名单。从此，广大农村结束了只有广播和手电筒带电的历史。同时，农村电气化中电能替代的功能，使传统的居民做饭、取暖所消耗的木材大大减少，自然保护了森林资源的良性循环，也就有了我们今天看到的绿水青山。

1986年8月，经过不懈努力，盘溪梯级电站终于全部建成投产，装机17台，总容量8930千瓦，水系采取筑坝蓄水、引水补源、拦集区间、级级相接的梯级开发方式，建成大洋和插花潭2个水库以及6级电站，装机总容量8930千瓦，共利用水头606米，耗水率0.83米$^3$/千瓦·时。

从一批水电站建设开始，到自发、自管、自用的小水电网与大电网并网，从小河流域梯级开发，到农村电气化试点县建设，盘溪梯级电站积累了丰富的建设经验与科学的理论技术，锻炼培养了一批水电建设技术员，探索了一条中国特色的农村电气化发展经验。海内外专家纷纷前来参观考察，有专家称赞"盘溪梯级电站把技术与美学巧妙地结合在一起，为迫切渴望发展自己山区小水电的第三世界国家提供了一个完美典型"。此后的一段时间，由我国政府组织，派出若干批水电建设技术人员，作为专家，不远万里支援一些非洲国家建设小水电，其中就有我们缙云电力公司的技术人员。

1986年，在杭州参加国际小水电会议的16个国家代表到盘溪梯级电站参观考察，为后期国际小水电中心落户杭州起到积极的推动作用。1988年12月，缙云县农村电气化达到初级阶段标准，经浙江省水利厅验收通过，成为浙江省第三个实现初级阶段电气化县。1989年5月，缙云县电网被水利部授予"全国小水电优秀县电网"称号。

1985年，由上级党组织安排，我调任缙云县新碧乡党委书记，这期间，得到电力部门的支持，解决了两个位于山区的行政村的通电问题，成为全县实现村村通电的乡镇之一。

现在，我们回头看到，盘溪流域水电工程凭借凝聚的精神和传承的"红色根脉"，从1970年以10万元启动资金，动员全县人民投工投劳建设"盘电"工程，1986年全部建成投产，到1985年以4500万元投资建设，

山河与草木

1994 年建成投产的方溪龙宫洞水电厂，再到 2017 年由国家电网公司投资超百亿元开工建设，将于 2025 年建成投产的缙云抽水蓄能电站。我们在今天学习党史、回忆历史的时刻，可以想象，在缙云这片 20 世纪前半叶曾经的浙南革命老区的红色土地上，演绎着在共产党领导下新中国水电建设事业的前世今生！尤其是，缙云抽水蓄能电站，将成为浙南地区创新实践"绿水青山就是金山银山"理念的生动样本之一，是为国家创造财富和回馈给革命老区人民的千秋大业！

从 20 世纪 70 年代初期，全县只有零散的 10 千伏线路电网，广大农村只能靠油灯火篾照明夜间，发展到今天广大农村家家户户"楼上楼下、电灯电话"，全县拥有 220 千伏变电所 2 座，110 千伏变电所 7 座的坚强县域电网，这也是全国电网从小到大、由弱到强的写照。

## 六

1987 年至 1997 年，由上级党组织安排，我先后担任遂昌县委常委、宣传部部长、副县长、副书记、县长。

这个九山半水半分田的浙西南山区县，曾经是中国工农红军挺进师在这里建立苏维埃政权的地方，是浙江革命老区，当地的人民群众为中国革命的胜利做出过不朽的贡献。中华人民共和国成立以后，一直是支援国家建设的林业大县和矿产资源大县。在国家建设乌溪江水库及水电工程中，遂昌境内库区人民响应党和政府号召，离乡背井，顾全大局，做出了无私的奉献。

在这里工作十年的经历，让我更进一步加深对农村、农业、农民这个社会基层的社会生态的了解，认识到在以经济建设为中心的同时，注重对这一层面事关民生民利的教育、卫生、文化建设方面的重点关注和努力。

## 七

1997 年，由上级党组织安排我回到电力系统，担任丽水电业局党委书记。这期间，我参与组织实施丽水农村电网和农电体制改革。这时候，全国电力建设进入快速发展阶段，对电网建设提出了更高的要求。自 80 年代农村电气化建设以来，1996 年全省实现了"村村通电"，浙江省农村用电水平大幅提升。但是，地处浙西南偏远山区的丽水地区 214 万农村人口年用电量仅 1 亿多千瓦·时，人均用电仅 47 千瓦·时，远低于全省农村平均用电水平。丽水地区农网设施陈旧落后，2 万多千米的高低压线路有 70% 投产运行年限超过 20 年，农网布局不适应、不合理，变损、线损率高。

1998 年 10 月，国务院办公厅转发国家计划委员会《关于改造农村电网、改革农电管理体制、实现城乡同网同价的请示》（简称"两改一同价"），对农村电网实施建设和改造。1999 年开始，浙江省各地（市）县全面开展农村电网和农电体制改革。

丽水地区农网改造分两期进行，累计下达计划总投资为 10.049746 亿元。2001 年，丽水市在农网改造中投入 1.24 亿元对小水电自供区进行全面改造，涉及全市 9 县 540 个行政村、73580 家农户、275287 人。共有 10 千伏线路 1703 千米，调杆 24594 支，新建低压线路 355.054 千米，新增配变及台区 121 台，改造配变及台区 426 台，改造户表 73583 只。随着农村电网改造全面完成、城乡同网同价全覆盖，居民生活用电平均电价从 0.75 元降到 0.53 元，农村电力实现三公开、四到户、五统一。

在全国上下实施"两改一同价"的同时，农电管理体制改革同步进行。

1999 年 9 月 2 日，丽水地区行署主持召开全区趸售县（市）供电企业代管协议签订仪式。受省电力局委托，丽水电业局与 8 县（市）政府签订了代管协议。8 个趸售供电企业代管协议的签订，标志着丽水地区农电体制改革进入实质性运作阶段。1999 年，丽水、遂昌、松阳、庆元等 5 县（市）完成体制改革。2000 年 4 月，其余 4 县（市）也相继完成。

在丽水地区，以"地方为主、县为实体、统一规划、集中调度、分级管理"为指导原则，理顺并建立符合丽水地区农村经济发展的农电管理体制。1998 年底，丽水电业局撤销了 13 个偏远或小的乡镇站，在 7 个镇所在地成立了 8 个农电联站，其中，城东联站系实行高低压营业合一管理模式的试点。从 2001 年起，电网实施"两改一同价"。

2002 年，由上级党组织安排，我调任浙江省电力公司党组成员、省电力工会主席，2006 年改任省电力公司党组成员、纪检组组长。这期间，曾有一段时间兼管全省的农电工作。参与组织实施全省农村两改一同价和全省农村户户通电的工作，在全国率先达到了户户通电的目标。组织实施重点支持省内欠发达地区小水电送出网络的建设。参与组织实施农村配网的抗台抢险、抗冰灾保电网工作。

# 八

我的青春遇见了一个县的电网从无到有、从小到大、从弱到强的过程，我亲眼看到为了电力事业的青春期，在那特殊的年代，在十分恶劣的自然环境条件下，用大量非机械化、纯人力艰苦施工而做出贡献的民工、技术人员、管理人员和领导干部辛勤的汗水、受伤的血水和激动的泪水，甚至生命。

从青少年时下乡务农和供电所、水电站、电厂学徒工、技术员的经历，中途到地方工作，后又回到电力系统，对于电力事业，我始终保有一份美好的想象，亦看到了电力事业的发展带给世间美好的过程。

随着我对全省电力事业和电网建设发展历程的了解，我感觉到，一个县电网发展的青春期，其实也是全国电网发展过程的缩影，尤其是广大的农村电网，一代又一代劳动人民、技术人员、管理人员和各级领导干部，为着追求光明，追求美好生活，自觉地履行党的初心使命，而不懈坚持在艰难困苦中奋力拼搏。

2002 年，我和我的同事一起创建了"浙江电力作家协会"及《东海岸》文学季刊，为省电力系统中爱好文学创作的电力员工搭建一个表达和展示广大电力员工努力学习、艰苦创业、勤奋工作的平台。我们设想应该以文学的形式，用文字记录我们这个时代的电力事业，在电力建设发展过程中所筑立的精神铁塔和精神丰碑，一代一代传承下去。至今，浙江电力作家协会共有会员 208 名，其中中国作协会员 8 名，中国电力作协会员 78

名，省作协会员 39 名。《东海岸》从 2004 年 3 月创刊号开始至今，共出刊 70 期，以每期 20 余万字计，共发表浙江电力系统和部分全国电力行业、社会作者的文学作品逾 1300 万字。比如以下几部已经闻名全国的纪实报告文学，都在系统内外引起积极反响，成为社会公众了解中华人民共和国电力建设历史功绩的经典文献。

《中国亮了》表达着：

我们这个时代的人已经看到，中华人民共和国成立后，正是老一辈和新一代的领导人，老一辈和新一代的电力技术专家，老一辈和新一代的电力行业一线从事建设、运行、维护、技术改造、供电服务的电力工人和民工、技工长年累月呕心沥血、艰苦奋斗，成就了"中国亮了"的今天。

《点灯人》，让我们回想和看到：

从前，曾经，广大农村的人民群众，当夜幕降临，只靠点燃油灯、蜡烛、松明……照亮黑暗。

今天，有千千万万工作在供电服务第一线的电力职工，长年累月、披星戴月、舍小家为大家，以"你用电、我用心、不停电"的为民服务宗旨，给千家万户以光明，给困难群众送温暖；在艰难险急的抗灾抢险保安全的现场，最先出现的总是人民电力职工和人民子弟兵……

《能源工业革命》让我们从实践和理论上充分认识电力事业对人类社会文明进步的重大意义。

让我们深刻认识到，中国共产党领导下的中华人民共和国取得了举世瞩目的成就，展现了走向光明，从站起来到富起来和强起来，以及造福全人类的理想和实践！

中华人民共和国的电网，实际上是广大的农村电网从无到有、从小到大、由四面八方与城市电网连接；同时，城市电网也逐步由各自为政到互相连接，以全网一盘棋大格局服务于全国人民，使广大农村的小康进程与城市同步，终于建成今天能够走向世界的坚强的中国电网！这是因为我们党，历来就是心中只有人民，心中不忘农民。我们看到了，全心全意为人民服务的事业一定是前途光明，一定是可以长久的事业。就如习近平总书记说的：历史充分证明，江山就是人民，人民就是江山！

山河与草木

今天，在建党百年之际，我们学习党史，知道了百年党史是苦难而辉煌的历史，是用鲜血、汗水、泪水、勇气、智慧、力量铸就的百年，是披荆斩棘、艰苦创业、砥砺奋斗、充满艰险、充满传奇的百年，是苦难中铸就辉煌、挫折后毅然奋起、探索中收获成功、失误后拨乱反正、转折中开创新局、奋斗后赢得未来的百年。百年党史为我们伟大的祖国铸就了坚实的基础；我们回忆历史，知道了美好生活必须经过艰苦奋斗才能得到。

我们有幸生长在中国共产党领导下的伟大时代，我们有幸工作在为人民大众输送光明的伟大行业，每念至此，我的心中充满感恩、荣幸和自豪。

学党史，忆历史，让我们知道，应该不忘过去、牢记初心，珍惜现在、展望未来，坚定信念、振奋精神，以昂扬的姿态自觉融入奋力开启全面建设社会主义现代化国家新征程。

（作于 2021 年）

# 雨　夜

孔繁钢

　　那年的岁末之夜，我在单位机关值班。突然电话铃急促响起，调度室打来电话，一千一百千伏高压1159线跳闸停电，要求立即分段找寻故障点，要我们派人巡查从县城到邻县崇福这段线路，以便安排抢修。我知道这条一千一百千伏高压线路是供给全县的主要电源，这条线路跳闸停电，意味着整个县有一大半地区已经停电，当时正处二十世纪八十年代初，全县的乡镇企业正在发展初期，电力是十分宝贵的资源，情况紧急。楼下是线路队的值班室，那天事故处理多，值班的人都外出抢修去了，只留下一位姓严的师傅。我立刻找到他。他又给调度回了电话，问清了情况。当时外面天黑，又下着雨。按照规定，这样的巡线应该有两个人一起去。时间紧迫，找其他人来不及了，于是我自告奋勇，与那位严师傅一起冒雨出发了。

　　我们穿着雨衣，骑着自行车，沿着线路的起点开始巡线。没多久出了县城，到了农村的田野就不能骑自行车了，只能徒步行走。严师傅四十多岁，细高挑的个子，黑黑的脸，瘦瘦的尖下巴，动作很机灵。由于平时线路登杆作业快捷灵活，技术了得，队里人给了他一个"猴子"的绰号。他家在农村，平时喜欢抽烟喝酒，讲粗话，吊儿郎当，还经常和老婆吵架，被当地派出所叫去过，我为此出面调解过几次。我当时二十出头还未结婚，对这种人自然没有好印象。路上没有什么话题，只有默默地走着。四周漆黑一片，几乎看不清前面，乡间的道路泥泞不堪。冬天的雨特别冷，手指冻得麻木了。我是县城里长大的，白天走乡下的湿滑的泥路就很不适应，更别说是晚上。穿着长筒胶鞋，我一路跌跌撞撞，时常滑倒，身上沾满了烂泥。他背着工具袋倒是很稳当地飞快地走着，如走平坦的马路，还不时停下脚步，回过头来用手电筒照着我，以怜悯的眼神看着狼狈的我，令我心里惭愧和不快。

雨越下越大，前面的视野模糊，看不清线路上是否有故障。长长的手电筒光柱里只看见密集的雨点和雨线舞动。严师傅瞪着细小的眼睛始终盯住前方的高压线杆塔，不知道他能否看清什么。这条高压线路从桐乡县（今桐乡市）的石门镇到海宁县（今海宁市）的硖石镇，总共有 30 多公里长，线路的路径是取直走的。因此，巡查线路实际上大多路程是没有路的，要穿过田野、村庄和河流。这里地处水网地带，我们走到一条河边就没了路，河边也没有船。村庄离得很远，夜深人静也找不到人来帮助。我说能否绕过去找座桥，他迟疑一阵说那要绕好长的路。他四周看了一下。然后肯定地说附近有一条"路"可以走。

于是我们沿着河岸向上游走去。不远就找到所谓的"路"，竟然是悬在河中的两根钢绞线，这是为巡线工人专门架设的巡线便桥。他带点轻视地看着我笑着说，敢不敢走过去？我看了后心中忐忑不安。宽阔的河面上乌黑一团，借着手电光看见水流湍急，两根黑黑的钢绞线晃晃悠悠，能走过去吗？我心里在想。还没等我开口，严师傅就悄无声息地两手扶着上面的钢丝，脚下踩着下面的钢丝，手脚麻利，像一只猴子般敏捷快速消失在黑暗中。很快对岸就传来他的声音："手抓紧，脚慢慢移动，眼睛看前面，不要看下面！"他打着手电筒给我照着"路"。我于是装着胆大，学着他的样子，上了"路"。只感到手紧紧握着冰冷的钢绞线晃晃悠悠，脚不沾地了，在严师傅的鼓励下，我手脚笨拙，慢慢地移动着，越到河中央越晃动得厉害，全凭着感觉走着"路"，雨打在脸上也顾不得了，汗水和雨水交织着，等到上了岸衣服里面竟然也湿透了。这是我平生第一次在黑夜里走这样的路。

也许我敢走这样的"路"，有点改变了他对我这个机关小青年的文弱的印象。于是一路上开始话就多了起来。他告诉我，他们线路工平时巡线经常走这样的"路"，天气越不好巡线查故障的活就越多。冬天还好，夏天晚上巡线最不好，闷热不说，乡下一大群蚊子会围着你，赶也赶不走，还有蛇和蜈蚣之类的，被咬了以后就麻烦了。他还对我讲，线路工人上了杆塔工作最烦的是等待，技术不行手脚慢的人一般不让他上杆作业。因为一条线路上有一个点的工作没有结束，所有人都得等，不能下来的。有时候等得肚子饿得咕咕叫不说，最烦的是尿憋得急了，下面的田野里还有许多女人在干活，真是要命。要是下面没有人的话就可以"天女散花"了，他诡秘地呵呵笑道。

走着走着，不觉已经到了午夜，我腰腿酸疼，肚子饿得咕咕叫了，口渴得厉害。但四周寂静，人迹皆无。这时雨停了，风依然很大。手电筒照出田野一大片绿油油的叶子。我问严师傅，这田里种的是什么？他说是萝卜，说这里种的青头萝卜味道甜水分多。说得我禁不住咽口水。一会儿，他拔了两个萝卜，在河里洗洗干净，用电工刀削了皮，递给我一个。我当时犹豫了一下说："这是人家种的，这样不是违反纪律了吗？"他严肃地说："我在拔萝卜的地方放了两个五分硬币，算是付过钱了。"过了一会他又说，"这种事你小青年不要做，你还要上进的。"说着他一边咬着萝卜，一边又大步往前面走了。我紧跟在他后面，吃了冰冷但汁水清甜的萝卜，顿时觉得口不渴了，精神好了许多。

快到崇福镇的时候，只听走在前面的严师傅忽然大叫一声"找到了！"我不由得一愣。在手电筒雪白的光柱照耀下，在河边的一根高高的电杆上发现了一支高压瓷横担断了，导线跌落下来绞在一起了。故障点终于发现了！我们惊喜万分。要立刻报告给调度室！当时还没有移动电话。于是我们加快了脚步，赶到崇福镇上，敲了一家旅馆的门。女服务员睡眼惺忪地打开窗户，听说是供电局抢修停电线路，要借电话报告调度，她倒也很配合，立刻开了锁电话的木盒让我们打电话。严师傅将线路故障点的详细情况报告调度以后，像个孩子那样向上伸展开两只胳膊，开心地笑着对我说，新年的第一项任务圆满完成了！当时已经是凌晨四点钟了，崇福镇上的茶馆和点心店开始生火开门了，实际上已经是新一年的第一天了。

我们在一家点心店找了张桌子，各要了一大碗热气腾腾、香气扑鼻的

红烧羊肉面，上边还放了许多青翠的蒜叶。三角钱一碗，外加三两粮票。我们呼啦呼啦地吃着，吃得浑身发热。那是我印象中最好吃的羊肉面。当天边一轮朝霞出现的时候，我们已经到了线路抢修现场，参加了第二天元旦修复线路的工作。

那个无眠的雨夜已经过去四十年了，然而那时的情景和画面却始终在我的记忆里。

（作于 2022 年）

# 丁香空结雨中愁

周玲雅

从华山西峰索道下来，潮润的空气里隐隐充盈着轻灵的暗香。闻着此香，原本混沌拖沓的脚步似乎也不那么笨拙了。时值盛夏，草木葱郁，华山本多松柏，步道两侧皆是丈高数十尺的古树，却鲜少见到花。只有依附在藓色地衣上黄白间色的小花，似被遗落在林间的小小精灵。随着人潮往北峰攀爬，过了一个岔口，幽深的香气渐次厚重。

近处崖壁的山石上丛生着几簇植物。星星点点的花朵缀满枝头，似旧时堂屋檐前轻薄的残雪。花朵打开呈伞状，每一个伞状花球里簇拥着几十朵四叶小花，寡寡淡淡的紫，那是林水初生的颜色。每一个花朵那样小，却并不显得孱弱，叶片仅半指宽，透着参差的绿，花茎挑着细细的花朵，从坚硬的石壁探出一枝柔情。

这丛带着古典意象、带着淡淡忧愁的花，肆意地开在秦岭北麓，散发着江南的气味。对这丛突然跳跃至视线里的花我并没有马上得到分辨，只觉记忆深处似曾相识，进而恍然醒悟，哦，是了，是丁香。

戴望舒的《雨巷》有一个丁香一样结着愁怨的姑娘，那姑娘有丁香一样的颜色，丁香一样的芬芳，丁香一样的忧愁，在雨中哀怨。这首诗并没有对丁香有过一笔描写，但从诗人营造的氛围里我仿佛对丁香有了自己的定义。一种生性敏感而又坚毅的花。她不像其他花儿，在孟春就赶着趟儿似的早早占住了我们的眼睛。丁香花开在仲春时节，此时，春天已过去一半，万紫千红渐渐被满目苍翠所替代，而她则到了一季里最好的时候，白得耀眼，紫得朦胧，一簇簇一团团，带着盈盈笑意向我们走来。一到春尽

山河与草木

041

花事了，丁香易谢，所以人们说到丁香往往感怀伤春。

"芭蕉不展丁香结，同向春风各自愁。"这种忧愁在心中郁结不开，就有了"丁香结"这个词。贾维忠在《中国古典诗词中的丁香意象》一文中有过比较全面的梳理和阐释。他认为"从现有的文献资料看，丁香是在唐代后才进入诗人的创作视野的。""竹叶岂能消积恨，丁香空解结同心。"韦庄在《悼亡姬》中就用丁香空结同心来反衬自己失去爱姬的悲悼之情。"苏小西陵踏月归，香车白马引郎来。当年剩绾同心结，此日春风为剪开。"许邦才的《丁香花》于此处化用苏小小的典故，表明了苏小小对爱情的坚贞，丁香花成为当年苏小小与阮郁在西陵松柏下所绾的同心结。

空山新雨后。微雨后的华山似披盖了一层薄薄的纱，使得雨后的丁香更加莹澈。走近细看，一柄斜逸的枝条上顶着几个羸弱的花苞，花苞顶端呈十字形。宗璞在《丁香结》中说丁香的花苞鼓鼓的，圆圆的，恰如衣襟上的盘花扣。而我却觉得未曾开放的花蕾好似少女紧闭的心门，愁结了一团无法言说的心事。古人在诗词中多以实物比拟情感，如折柳与送别，又如丁香结与愁心，"青鸟不传云外信，丁香空结雨中愁。"草木有心，从古至今，丁香结与微雨，确是绝配。

少时外公老墙门内也栽植了几株丁香。每到春深，花丛团扶，芳香袭人。记得花开之时，外婆总会折几枝丁香、玉簪插在花瓶里，惹得一室馨香。外婆骨子里向来有股文人的浪漫。她爱读古典小说，爱听留声机，也爱极了花花草草。外公外婆相识于西安，后来随着外公工作调动，先后去了上海、杭州，最后才定居在了宁波，并且这一住就是一辈子。年轻时的他们眉目清澈，前后育有三子三女，是人人称羡的一对。我年幼时经历过的春光几乎都和这几株丁香联系在了一起，一到花季，繁如星辰，一团叠着一团，照得窗前莹白如雪。不知外公外婆年轻时是否也在暮春时节同游过华山，并也恰巧碰到了这样一丛茂盛的丁香，所以才会在所有的花中独独对丁香情有独钟。

但生活总不会事事尽意，晚年外婆病重，长久卧于病榻，外公除了料理生活起居总也不忘折花插瓶，日日摆放在外婆的床头，使愁苦的生活里生出那么一点欢喜。后来为了给外婆看病，外公变卖了大部分家产，包括老墙门里的三进房子，连着那几株丁香也易了主。饶是如此，生活的重担并没有压垮外公，虽然清苦，外公的衣服永远洁净，家里所有物件均是井井有条、一尘不染。那时燃气灶并不十分普及，他就用煤球炉子做红烧肉爆蛋、煮鲜虾小馄饨、炸糖糕、煎土豆饼给我们吃。外婆缠绵病榻十余载，身上永远干干净净，发髻整齐利落，丝毫不像一个重病缠身的人。直至外婆过世，外公从来未曾有过一句怨言。

只是后来院子里不知何时又多了一株小小的丁香。每到春末，丁香花开，外公照例还是会折两三枝丁香细细插好放在外婆以前睡过的房间里。柜子上盖着外婆钩织的纯色纱幔，花瓶虽然没有了旧时的釉泽，却还是亲人的模样。丁香的气味还像记忆中那样历久弥新，就像堂屋檐下那把依然摇晃的躺椅，像那只还在冒着烟火气的煤球炉子，像案几上嘀嗒作响的自鸣钟一样，已和这个略显空荡的院子安静地融为一体。

(原载《北京文学》2019 年第 7 期)

山河与草木

# 寻 找 父 亲

陈富强

　　母亲去世后的两年间，身体一向不错的父亲，迅速衰老。甚至出现轻微的阿尔茨海默病症状。借居小姐姐家的一段时间里，他外出，也常常会找不到回家的路。有时，差点将盛饭的塑料盒子放到煤气灶上加热。我去看他，带上一把电动剃须刀，演示给他看，他像个孩子一样，听话地抬起下巴，我发现，父亲曾经十分坚硬的胡子，看上去显得有些柔软，但已悉数花白。我轻轻地推送剃刀，父亲很享受地闭起眼睛。我看着他苍老的脸，一阵无法抑制的辛酸从心底涌上来。我竭力忍住，不让眼泪掉下来。我曾经那么威严的父亲，真的老了。

　　剃干净胡子，父亲摸摸下巴，很满意的样子。我又掏出几张新版的百元面额人民币，这是他第一次见到这种版式的人民币，在纸面上反复摩挲，看上去很喜欢。他拉开床头柜抽屉，小心翼翼地取出一只铝皮制作的小箱子，又从怀里摸出一串钥匙，用其中最小的一把打开铝箱的锁，然后把几张纸币放了进去。这只小小的铝箱，父亲总是随身携带。他去世后，我们打开，里面装了户口本和一些票证，还有不少现金。这些现金，是从他微薄的退休金和儿女们陆续给他的零用钱里积攒下来的。最后居然用在了料理他的后事上，并且还有少量富余。

　　父亲属于那种沉默寡言的人，但给我的印象是不言自威。他和母亲一共养育了七个孩子，我排行最小。我一个姐姐因病夭折。我现在无法想象，他和母亲那么微薄的工资，是如何将我们姐弟六人养大成人的。我相信，肯定也有揭不开锅的时候，但父亲从来不会在我们面前流露出生活的艰难。记得有一次，我上小学三四年级的时候，我生病没去上学，躺在楼上休息。父亲带人进了屋子。我想父亲一定忘记楼上还有一个小孩。我屏住呼吸，不敢大声喘气。父亲在和那个人说话，想卖掉一根楼板下的椽子。我家的祖屋是晚清时候建的，木结构，因为三面与左邻右舍相靠，看上去似乎很结实稳定，但如果去掉其中的一根椽子，对房屋，特别是楼板的质量肯定是有影响的。父亲之所以要卖掉其中一根椽子，我几乎可以肯定，是家里确实没钱了。那根椽子卖了多少钱，我不得而知，我只知道，我家的厨房，又有米下锅了。

虽然家里很清贫，但我的口袋里，永远会有一些零花钱。记得有一次，我感冒，父亲一早去医院挂号，嘱咐我起床后去医院，他会在那里等我。我从床上爬起来，脸也没洗，牙也没刷，饭也没吃，就往医院跑。路过小镇中街的一家饭店，突然闻到一阵浓郁的香气，那时正好是用早餐的时间，有一些顾客在店里吃面。我停下脚步，望向店里，从出货窗口飘出的热气迷糊了吃客们的脸。我摸摸口袋，有一张一毛钱的纸币。我左右看了一下，毅然决然地跨进了饭店的门槛。走到开票处，小声说，我要一碗光面，说着，将一毛钱递进去。我知道，光面的价格是九分钱。所谓光面，就是除了猪油和葱花，没有其他佐料，但香得令我垂涎欲滴。我吃得满头大汗。感冒似乎也好了。

我心满意足地跨出店门，居然忘记去医院了。神思恍惚地往家里走。父亲在医院左等右等没有等到我，急得团团转。一路小跑，回到家里，看到我坐在屋外的石阶上看书。我一看到父亲，才想起早上他的嘱咐，因为吃了一碗光面，居然把正事给忘了。我很怕父亲会责备。但没有。父亲蹲下身子，伸出手摸了摸我的脑门，自言自语：奇怪，不烫了。

在我记忆里，父亲无所不能。每天清晨去菜场买菜，回家做饭，给我们洗衣，甚至过年前，上房整理瓦片，粉饰墙壁。或许是我母亲要比父亲小很多，母亲在家务上，包括女红，都要依赖于父亲。我上小学的第一只书包，是用洗白了的军用挎包改制的，也出自父亲之手。书包上绣了一颗红五星。这只书包我用了好多年，差不多整个小学，我都是挎着这只书包去上学的。

　　父亲高小毕业，在他那一辈，属于知识分子了。他写得一手好字。我参加工作后，我们的交流主要是依靠书信。那时，没有网络，也没有手机，打电话也是十分奢侈，而家书是唯一互通信息的手段。每次我给父亲写信，他总会很及时回复。相比之下，父亲的字要比我的工整，看上去也更漂亮一些。对于我的每一点微小进步，父亲总会字斟句酌，但我能读出字里行间流露出来的欣慰。

　　从我有记忆的那一年起，父亲就在镇上的环卫所工作。他每天早晚穿行在小镇熙熙攘攘的人流中，没有人会注意这个身材不高的中年男人。熟悉父亲的人，在街头见到，会打一声招呼。不论大小，大家对父亲有一个很亲切的称呼，叫"大大爹"。镇上有这个称呼的，好像就我父亲一人，或许大家觉得我父亲是一个值得尊敬的人，只是连他最亲近的人，也不曾想过，这个小镇再也普通不过的男人，在他年轻的时候，居然有过惊天动地的经历。可是，他一直将那个秘密深埋心底，直到离世，也没有给我留下一个完整的故事。

　　我只记得奶奶和我讲过。父亲失踪了很长一段时间，有好多年，谁也不知道他去了哪儿。奶奶以为他已经不在尘世，每年除夕，祭祀列祖列宗，总会在桌上多放一副碗筷，代表父亲。父亲突然归来，已经三十而立。爷爷奶奶问他这么些年去了哪儿，父亲总是顾左右而言他。问得多了，爷爷奶奶也就不问了，只要人活着回家就好。就在那一年，父亲娶了小他13岁的母亲为妻，去了上海工作。这时，我奶奶才知道，父亲已经在上海找到工作，并且工作好多年。我看过母亲身着旗袍的照片，那时候的母亲真是年轻，她不到20岁，她在上海和父亲一起生活，直到因为精简机构，辞别上海回到故乡。

　　偶尔，少言的父亲也会和我讲讲从前的一些故事，比如当时的国民党如何抓壮丁，抓了壮丁送去前线打仗的故事。还有部队的通信员主要是为长官服务，不用上战场拼刺刀。类似的故事父亲讲过很多次。我后来才明白，父亲讲的，其实就是他自己的故事。

　　石破天惊的信息，出现在父亲去世后的那年清明。母亲去世后，二哥有一段时间在家陪伴父亲。二哥告诉我，父亲断断续续给他讲了自己年轻时被抓壮丁，被迫从军的经历。父亲说，他们的部队一直去了云南中缅边境，在那儿驻扎，经历过大大小小的战斗。好在父亲断文识字，没有到前线真刀真枪干过，担当的是连部通信员角色。后来，部队回撤，在淮海战役中，被打得落花流水。就在部队被打得七零八落时，父亲看准时机开了小差，离开部队，回到故乡。

我听完二哥的叙述，以前父亲曾经给我讲过的那些碎片，由模糊而清晰，全部变得逻辑分明，有机地串联起来了。父亲年轻时被抓了壮丁，他所在部队开拔去了中缅边境。这支部队，其实就是中国远征军的一个分支。抗战结束，父亲随部队去了徐州一带。后来父亲所在的部队战败，父亲离开部队，回到家乡。所有的碎片，连起来，就是父亲从军记。但是，父亲生前没有留下任何可以证明他是远征军一员的物证，连口述，也没有留下。

另外一件能够佐证父亲对云南那块土地有着特殊感情的事，是我第一次带女朋友回家。我告诉父亲，她是云南昆明人。父亲一听，我明显感觉到父亲的身子轻微震颤了一下，他抬起头，定定地看着她。父亲的眼神里，有一种我无法读懂的感情。后来的日子里，无论是我，还是妻子，都能感觉到父亲对妻子的特别慈祥与爱护。如果我们有较长时间没有返乡，他也会很出乎意料地给我打个电话，表面上是问候，虽然没有明说是想让我们回家，但我能听出这个电话背后的真实意思。起初，我们都认为这是父亲对最小一个儿媳的宠爱，就像特别宠爱我一样。后来，我明白，他是希望我能带妻子多回家。但回家后，他和妻子的话并不多，他只是尽量做好吃的给妻子。父亲的拿手好菜是红烧肉，我和妻子都说，这是我们吃过的最好的红烧肉，用煤炉文火慢炖，肥而不腻，比杭州楼外楼的东坡肉还美味。父亲的蛋炒饭也是一绝，可能是因为自家养的母鸡下的蛋，反正我们吃了，后来无论是自己做，还是去饭店吃，都没有父亲的蛋炒饭好吃。

最令我们吃惊的是，母亲还把家里唯一一枚祖传的、作为传家之宝的黄金戒指送给了妻子，我和妻子都颇感意外。因为在江南一带，通常类似的祖传之物，公婆只会传给长媳，而这枚金戒指，恰恰是我奶奶传给作为长媳的我母亲的。在父亲去世后，我对妻子说："这枚金戒指之所以没有

山河与草木

传给大嫂和二嫂，而传给了你，很有可能是父亲的决定。看到你，让他想起他的从军往事。他是要以这种方式，来纪念他在云南，在中缅边境的那段历史。"

从此，我开始搜寻中国远征军有关的史料。包括在孔网购买了《中国远征军》。去云南陆军讲武堂瞻仰"中国远征军主题展"。我在所有能够接触到的史料与实物之间，寻找我的另一个父亲。年轻的父亲，在抗日战争胜利后，无心再战，悄然离开，辗转回乡。从此，父亲隐姓埋名，先上海，再小镇，娶妻生子，平淡而艰辛地工作与生活，最终，将他的出生地，一座名叫安昌的江南小镇作为生命的终点。

2019 年春节，我第九次重返昆明。在近郊的金陵公墓，意外发现一处远征军墓园。去墓园要通过一条红梅小道，立春已过，小路两旁的红梅花开得鲜艳欲滴，令我不由得想起那些血染的岁月。墓园的背景是一组远征军雕塑，稍显粗糙。这儿，埋葬着近百位远征军英灵。

我伫立墓碑间，想起父亲，不禁泪目。本来，父亲也应该有如此荣耀，在死后埋入一处远征军墓园。至少，可以在他的墓碑上刻上"中国远征军抗战老兵"，但是，他隐姓埋名，为了儿女们生活平安，销毁所有能证明他远征军身份的物证，将他的远征秘密深埋心底，带进坟墓。但我相信，父亲的名字，一定在中国远征军的名录里。在某一个我不知道的地方，熠熠闪光。他的沉默不语，影响不了他为民族征战的光芒。

一个士兵，不是战死沙场，便是回到故乡。

我的父亲，一个曾经的远征军抗战老兵，他做到了。无论他埋在哪里，他在我的心里，永远是不朽的中国远征军一员。况且，他现在和我的母亲埋在一起，那座山，在我的家乡，江南古镇安昌的东面，名西扆山，是传说中大禹召集诸侯议事的地方。我每年清明上山，总能看到父母合葬的坟墓上芳草萋萋，仿佛是父母在和我窃窃私语。那么，父亲终于有可能，在那个世界，和大禹，以及诸侯们，亮出他的身份，说一说他参加中国远征军的故事了。

（原载《散文百家》2020 年第 10 期）

# 门前有条河

王微微

## 一

近几年，我时常会陷入一种恍惚的混沌的影影绰绰的幻象里，陷入一条河流倏忽明灭的苍茫里，时常被一种难以名状的感动攫住气息难喘。对于每一条河流，我都是热爱的，却从未有生发过如此的忧郁、依恋、疼痛，甚至窒息。

一条寂寂无闻的小溪，环绕着一个寂寂无闻的村庄，兜兜转转几百年，它从未流进文人雅士的视野里，当然也流不进历史厚重的书扉里。但它一直在我的心里流淌，从未丢失，从未间断。近几年，越发地清晰起来。

它是飞云江水系北面支流当作口溪上游的一个小支流。发源于石垟林场崇山峻岭间，穿越奇峰峡谷幽林，一路飞扬激滟，经梧溪、西坑，与发源于石垟乡枫树亭的西坑（溪名，因位于梧溪之西而得名），在西坑属地汇聚，再流经叶岸村、下背村，然后浩浩荡荡一路向东南，经三板桥、岩门、双溪、汇溪，最终在小溪口注入飞云江。

流经下背村这一段，我们叫它"下背坑"。"坑"，本义是沟壑或地面凹陷处，而在我们方言俗语里就是河流的意思——坑边、溪坑、坑儿、坑涧等等，指向都是或大或小的溪流。

下背坑宽十几二十米，顺着山势林带蜿蜒，如一条伸长的手臂，紧抱着略显苍凉弱小的村庄。竹林松林灌木林，沿河依山排列的水稻田，田岸下的野花杂草，甚至炊烟农具狗吠蝉鸣，都朝向它，朝向它吮吸畅饮，朝向它弯腰致意。那时候，水清岸绿，河道丰茂幽美，阳光穿透树冠，水流声划过耳际，欢快简单而富足。

## 二

那是乾隆年间的事了。

一条河，撞撞跌跌，从发源地出发，翻山越岭，刚好在它最健硕的年龄，遇见一个柔美的村庄，于是，它落在这青山秀水的缠绵里，再也绕不过去了。

王氏七兄弟，为了逃离生活的苦难，拖家带口，从福建古田一路跋山涉水，历经磨难，来到了这人迹罕至，林木葱郁，沟壑幽深，清泉激湍的地方，并最终在这里定居了下来。从此，西坑畲族镇的地图上多了一个叫"下背"的自然村，飞云江支流的细枝末节上，有了一条叫"下背坑"的河流。

听爷爷讲，那时候河流两岸树林灌木高大丰茂，河流狭窄处，拉着枝条，一晃荡，就可以荡到河的那一头，或许，祖公们相中的就是这一份河岸的清幽宁静，超然尘外。他们在这里定居了下来，开始开山造田，补充耕地，他们种植水稻红薯棉花，也种植蓝草烟草蓖麻。他们将烟草晾晒切成上好的烟丝，自用也拿来交换，将蓝草加工成靛青，挑到码头，沿着水路，一篓一篓远销温岭、福建等地，换成银圆，再回来购田置地。农民是靠双手吃饭的，因为勤劳，加之兄弟妯娌团结合心，一大家子相亲相爱，小日子很快就安稳踏实起来。

那还是个缺衣少食的年代，许多穷人家"穷得揭不开锅"的时候，就去砍烧柴火，挑到大户人家去兑换点大米，或去大户人家帮工，以缓解年月饥荒。一担大秤百斤的烧火柴，可以换一斗米，一天的工钱也是一斗米。据说，其他地方的大户人家量米时，总是把米斗刮得平平的，而祖公们不计这些小头，虽然他们不是大户人家，也仅是刚够温饱而已，但看到比自己穷的人，总是尽量多给一点，米在斗上堆得饱满，有时甚至另外再加给一大把番薯丝。慢慢地，一传二，二传三，许多人慕名而来，帮工的、交换的，小村庄越来越热闹了起来。

下背村村口有一株大香樟树，底下有一块石头，深陷在香樟树盘错的树根里，略略凸起，像门槛一样，拦挡在路中间，人们来来往往时，都要抬脚从石头上跨过去。有一年，一位挑烧火柴的农人向祖公们提了个建议，说这块石头居路正中，你们自己来来往往已经习惯了，其他人挑着东西，每每都要很费力气地抬脚跨过这块石头，何不把它挖掉，方便来往行人行走，这也是你们王家人积德积善。

祖公们觉得他说的有道理，就把那块石头挖了。就在当年，一场史无前例的大水差点把村庄淹没了，几天几夜，山洪退去后，所有菜地稻田种植园全部被毁，山上泥土被冲刷得干干净净，从此往后，下背村灾年连连，洪水瘟疫，没有停息。据说，那人是邻村请来的一位阴阳先生，邻村人看到下背人把日子过得"芝麻开花——节节高"，认为自己的风水都被下背村拉走了，于是，心生诡计。而那块石头，是村庄的风水石，等祖公们醒悟过来，赶紧把石头安回原来的位置，请来道士先生，唱颂唱悔，做各种佛事道场，但往后村庄贫瘠如洗，种什么都不行，再也没有起色。

两百多年过去了，这事件口口相传，早已经无从查证。但可以证实的是，迁居到下背村的王氏祖先，经过两百多年的繁衍生息，并没有发展壮大，当年七兄弟，病的病，死的死，外迁的外迁，留下的几支，子孙后人们各立家门。到1995年下背村移民时，加上叶姓金姓，还不到一百人。前两年，我的二伯父还躺在病床上跟我聊起这些事。

## 三

这是一条河流的前身。

我对一条河流的最初记忆，应该是刚刚会记忆的年龄吧，五岁？六岁？或者七岁？晚饭后，大人牵着小人的手，拎着一个小水桶，水桶里放着一个写着"为人民服务"的搪瓷杯和一支手电筒，搪瓷杯是父亲退伍时发的，洋气得紧，一般人家没有，手电筒也是那时候最珍贵的小电器，有

山河与草木

051

三节电池的，很多人家也没有。

拿着手电筒干吗？当然是去河里抓螃蟹和虾，走夜路有星月罩着，我们的视力是很好的，我们一直生活在烛光煤油灯的年代，我们对光是很敏感的。

我们坐在河边等星星等月亮，等天色昏暗下来。天地开始混沌的时候，河蟹螺蛳小虾就分不清天南地北了。我们只要将脚丫子伸进水里，一动不动，不一会儿，就有小鱼小虾跑过来亲你吻你抚摸你，有趣得很。老螃蟹驮着红褐色的背盖横行，虾弓着背，捋着胡须，在浅滩上闲庭信步，螺蛳们伸吐着舌头，大个帮小个，在岩石上水草间叠罗汉，星星在眨眼，溪水在轻唱，风顺着山沟呼呼地窜下来，在我们的衣衫里头钻来窜去捉迷藏，大人们卸下一天的疲倦，眉头舒展，陪着孩子们摸螺抓鱼泼水嬉戏，在水里忘情。

小鱼在水里窜来窜去，跑得飞快，是抓不住的。螃蟹长着两个大钳子，耀武扬威，小孩子们也是不敢去触碰它的，螺蛳紧紧吸附在岩石的边缘或底部，一动不动，最容易抓。而最有趣的是抓小虾，你抓它的时候，它不是往前跑，而是倒退着逃跑的。父亲教我，抓虾就是打太极，要悠着来，先把左手弓成弧形，挡在虾屁股后面，然后把右手放在虾前面，它只看前不顾后的，驼着背，一弓一弓防备着倒退着，一下子就退到你左手的掌心里。哎，小虾米嘛，玩不过人类的。

再长大一点，就是上学的年龄了。每天都要跨过这条小河，到西坑镇去上学。记忆里的河流是有情绪的，我能否上学完全取决于它的心情，它温顺的时候，我们可以在它上面轻松地来来往往，它哭泣发脾气的时候，我们就整夜整夜地提心吊胆。

那个小木桥，从这头到那头分架三条，最尽头的那一条小木桥，基本上是发一次洪水，就被冲走一次。村里的叔伯们呼三吆五，几天时间，新的木桥又架上了，如此反复，越到后面，木桥越小，被冲走的次数也就越多。记得有一次，好几个月都是在零乱堆叠的石头上跳着过河的，幸好不是河流的中间段。我想，可能是砍得多了，村里再也没有这么大的可用作木桥的树了，也或者是砍得烦了，随意就近砍一根松树就架上去了。所以，最后那一段小木桥越来越窄，桥面也是越来越不讲究，时常连树皮都没有削干净，而走上去的时候，步子倒是得越来越小心越来越讲究了。

"流水落花春去也，天上人间"，那是暮春时的河流，两岸那些开得筋疲力尽的花开始零落，它们飘飘摇摇，栽落到草丛里、浅滩碎石上，随着流水的涨退悄然退场，有的在水洼漩涡处，稍作停息，小憩那即将随波逐流的灵魂。少女时期的我，时常捧一本书，坐在河边看着它们发呆。落花有些还是完整的，只是少了颜色，多了苍白，有些则已支离破碎，瘦骨伶仃，它们在水洼漩涡里的一声一声的叹息，也轻轻地砸在了我的心上——流水将会把它们载向哪里？它们将会在哪一段流水里下沉、淹没、幻化、重生？我们将会在哪一年的春天相逢重遇？

那无数的看不见的小生命，被河水收容着，这些生命，从水里开始，又从水里结束，循环往复，这是自然的轮回，也是人类的轮回？

水一直在往前走，水边上的人，也沿着水流的方向，一直往前走，村庄是不动的。她看水，比如看自己，一滴一滴汇聚成涧成溪成江河湖海，接受它的沉潜干枯，也接受它的激流澎湃，它滋润你也侵蚀你，在河边居住久了，把自己一点一点交付给它，不知不觉自己也成为河流的一部分。

与它相处的二十多年里，我早已习惯于它的情绪语言，喜欢它偶尔的刚烈暴躁，更喜欢它平常日子的低柔深情，我也像那条小木桥一样，任由刚烈或低柔反复拍敲锤打，心里永远盛着满满的感动。不知道哪一位哲人说过，人道就是如水的天命。下背坑，那就是我的天命，生命的原初。

## 四

暮春之后，夏就来了。

七月流火，那个山里干农活回来的男人，身上脸上头发上挂满了草叶与杂屑，他多像山林间用力生长的一棵树啊！他正大步跨过小桥，扑通一声跳进河里畅游了起来。村子里的男人妇女们，白天在山上田里砍柴吆牛开山种地，傍晚回家时顺带背回一捆烧火柴或一捆喂兔子的草，如果是炎夏，就顺带跳进河里清洗清洗再回去。一位正在河边洗衣服的女子，一件

山河与草木

衣服不小心被调皮的流水冲走了，"呀！"她轻轻地叫了一声，他三下两下游过去，捡起衣服扔给她。晚饭时，男人家里响起了河东狮吼："你敢！你敢！往后你给我离那个狐狸精远点！"

男人沉默不语，河流沉默不语，"狐狸精"沉默不语。

但河流晓得，一个村庄的善良、简单与辛酸，他们有爱就用力去爱，有恨就用力去恨，有肉就大口大口地吃，有醋就仰起脖子一饮而尽。爱恨可以是蓬头垢面的村妇，可以是干净得体的贤妻，也可以是体态风韵的"狐狸精"。

"参差荇菜，左右流之。窈窕淑女，寤寐求之。"这是《诗经》里最美丽最浪漫最清明的一条河流，人间岁月，纵使衣食艰辛，亦可春思浪漫。什么事也没有，又仿佛什么事都有，这些无因无由的，从水里一跃而出的心思，唯美又清和，这是人世间的可爱，亦是人世间的酸楚。

有一次暴雨山洪，小桥被淹没了好几天。第一天，从山那边来了几位水淋淋气呼呼的男子，说他们是上游某某村庄的，村里一个壮年男人被山洪冲走了，他们沿河一直在找，如果有看到，请帮忙，请给他们捎信。村里几位热心人，马上陪同他们在下背坑这一段来回打捞寻找，直到第三、第四天洪水退去，落出半桥，桥上隐隐挂着一个人，被洪水泡得发白。村人吆喝一声，第一时间拿上麻绳、竹竿等，手拉手跳入河里将死者打捞上岸，取旧衣物盖之。这位死者的亲人来了以后，千恩万谢，跪在河边号啕大哭。

这一件事，当时给我极大的恐惧，也给我极大的震撼，至今记忆如刻。恐惧是因为小小年纪的我第一次清清楚楚地看到尸体，一个被洪水石头冲撞得伤痕累累的尸体，震撼是因为村里那些叔伯们毫不犹豫跳进激流去拖尸的样子，是因为那些悲怆欲绝的哭泣。水江边的人，跳河救人是时有的事，除了胆大艺高水性好，最重要的是他们的热血与人性。是的，人性。

上善若水。河流，从《诗经》开始，就是一个村庄的全部柔情，也是人世间的全部柔情。一个没有河流流经的村庄，看不到太阳月亮云雾山峦水里嬉戏的身影，听不到溪鱼虾米水中抢食吧吧唧唧的声音，感受不到

"关关雎鸠，在河之洲。窈窕淑女，君子好逑"情愫暗生的唯美意境。什么是"一溪流水秀空灵，云自无心水自闲"？什么是"杏花开过雪成团，惜朱颜，负清欢。只道今年，春意已阑珊。却是地偏芳信晚，红数点，小溪湾"？什么是"谁道人生无再少？门前流水尚能西！休将白发唱黄鸡"？你看，这就是河流，有河流，才有人世间的悲苦欢喜，才有人类的文明，才有灵魂的诗意，才有近在眼前的远方。

水是生命之源，亦是文明起源，自古以来，人类逐水而居，从中国文明与长江黄河，古埃及文明与尼罗河，古印度文明与恒河，古巴比伦文明与两河，甚至塞纳河之于法国，泰晤士河之于英国，黄浦江之于上海，钱塘江之于杭州，瓯江之于温州，当然，还有下背坑之于下背村。

没有下背坑，就没有王氏祖先的迁徙定居，就不会有小桥流水人家，就不会有烟草靛青苎麻，就不会有顺着流水漂走的衣衫，就不会有河东狮吼狐狸精，就不会有一个沉没的村庄，就不会有我和我看到的悲欢与离合。

## 五

是的，村庄沉没了，小桥流水消失了。

飞云江上游支流多，沿河的小村庄多，春夏暴雨洪水也多。支流水系皆盘缠在高山深谷之中，一个村到另外一个村，几里长的路，有时就要涉水好几次，石拱桥、木桥、碇步，甚至是河里几块天然的不规则的大石头垫起来的"桥"，人们在上面跳跃着走，水在脚下欢快地流。

如今，这景致越来越少了。农村道路四通八达，生活水平也是节节攀升，原来的穷山恶水，变成了现在的青山绿水。旅游业发展蓬勃，小水电更是如雨后春笋般起来，它们给一个地方带来社会效益与经济效益的同时，也极大地改变了当地的自然景观。

一条条河流再也不能奔跑欢唱，它们被层层拦河筑坝，它们的手脚肢体被截了再截，堵了再堵，它们的肌肤筋骨老了又老，千山万壑里，它们不是肌黄枯瘦旱渴荒凉，就是臃肿膨胀淹没窒息。它们在万家灯火的辉煌

山河与草木

里，无声无息地倒下了。我心疼它们。

扩张的水库代替了清澈秀美的溪流，水位下降后裸露的黄土石窟和五颜六色的腐殖垃圾，灼人眼目。再也走不进看不到河流两岸细碎的小花、茂盛的水草，以及沿水草而息的小鱼小螺小虾。是的，峡谷深山，深潭浅碧，风过处，水波粼粼，许多人爱慕它现在的蓄满水时的容颜，赞美它为人类的现代化建设发光发电，却看不到它的阻滞郁闷内伤，看不到水位回落后的伤痕累累，更忘了它原先的健康清秀的模样。

我对"下背坑"是有特殊的感情的，高山流水，日日清唱，它就在我家门前，每天早晨推开窗，它就像仪式一样出现，接纳我，滋养我，温暖我。这仪式，仿佛俗常日子里的修行。而那时，我不能洞悉全部，直至，星月浮云，时间如流水。

二十多年了，它沉潜了下来，往日的清唱，变成了沉默的思想。它包容了这个小村庄两百多年的大是大非和鸡毛蒜皮。它也在我的内心沉潜了下来。我不用每天跨过小桥去上学，但我时常跨过这条河，追寻我曾经的童年和少年，追寻那些逝去的亲人，我仿佛看到他们在河边搅拌着石灰石混合着靛青，清洗晾晒着烟草苎麻叶，清洗那一双被靛青染蓝的手，清洗着河流边上那一段最清宁安稳的日子。

这是我生命的河流，承载着岁月的全部。无戒备，不申诉，那缄默无声里，一定藏着一条河流的古老神灵。我搭乘着它，尽数这途中浮世风景，无论深山峡谷，卵石沙滩，它总能流出一条最深的美色。它平凡得无从着笔，也美丽得无从着笔。

每一条河流都不年轻不容易，甚至那些雨后山涧路边沟渠，为了在世间明明白白走一遭，谁知道它们在地下酝酿了多久？要冒多大的险遭多大的苦难？我们对它永远只有汲取与消化，我们不屑去体会它在人间消失的情感事实。

有多少人像我一样，享受着它的现在，却又念想心疼它的过往？我不知道。对于一条河流来讲，转身变成水库，这样的状态好还是不好，我不知道。我不知道用什么样的价值来评判，我也不知道，我该以怎样的一种方式面对它。

几十年过去了，我还在这里来来回回，我把我的童年交付于它，我的少年青年交付于它，直至现在。作为河流的它，早已消失在实际意义的地理地图上了，而我依然在它的前面来来往往，我并不感到它消失了，它在我心里一直流淌着，它的贫瘠与富有、它的狭隘与宽厚、它的苍凉肃杀与清音绕耳，我坐在昏黄混浊的尘世里，任由它掀起我内心的烽火狼烟与万般柔情，是那么无奈与矛盾。

唉，我不能过多地描述现在的它。

我在一条河流的影子里，看清了所有的河流。

岁月催我衰老，但我内心角落仍藏着一个多愁善感的少女，藏着一条清明通达的河流，它一直柔软在我的胸腔中，它是我永远的文学，是我温凉的泪。

# 六

文字写到情绪高潮的时候，心里倾诉的欲望也像一条河流一样，汩汩地流了出来。

但是，就是这一条小小的河流，却让我感到笔力的不从心，找不到准确的词，去描述，去表达，去概括它蕴含的精神，进而感到内心的破败不堪。但还是要写，只有写，才能倾听到它的挣扎，才能找到自己内心的平衡。

河流养育着我们的生活，也养育着我们生存的语言语境。我们谈论天地的阴雨晴缺；谈论五谷杂粮的播种收获；谈论草木荣枯，昆虫发蛰，候鸟往来的时序；谈论螺蛳的屁股剪多少，煮起来的时候更好吮吸一点；谈论河里哪一种鱼鱼刺更少更长膘；谈论螃蟹什么季节肥、怎么腌、腌多久恰恰好；谈论虾为什么倒退着走，人为什么往高处爬；谈论有些虫子为什么与树叶长得那么像，以后人类会不会也变成这样；谈论天堂地狱的距离、人鬼狐仙的差距，从而告诫自己，要好好做人，否则来生就会坠入地狱沦为魔鬼；谈论远方到底有多美多远，当然，仅仅是远方，与诗歌无关。

山河与草木

我们的语言只有泥土味草木味人情味，没有商业味金属味。吃了吗？喝了吗？要帮忙不？我们随意地问候轻松地聊天，轻声细语敞开通透，没有负重心，没有敏感脆弱的神经，没有居高临下的冷漠。不怕自己的笨嘴笨舌被人取笑，也不怕自己讲错话不小心伤害到了谁，或伤害到了自己。

我对这种不设防的简单充满了依恋。溪流声在耳旁叮叮当当、哗哗啦啦，偶尔怒吼一声，随即回归清和。这些简朴自然的声音，一直珍藏在我的内心世界里，那是我最珍贵的文学，几乎没有败笔。

"草木管时令，鸟鸣报农时"，那是生态，没有被破坏的自然生态。村庄是河流的一部分，村庄里的人也是河流的一部分，我们都是河流里的一滴水，清清爽爽、简简单单。

而离开一条河流，走进城市，走向生命的繁华喧嚣处，这漫长的生命之旅，却把"我"变得复杂了。

生态与文明，生活与仪式，或许，我们是可以减负前行的。

我想念门前那条河。

（原载《海燕》2021 年第 12 期）

# 茶人茶事

林新娟

千里钱塘江，一江挑两龙。一龙，指源头的开化龙顶茶；另一龙，则是源尾的杭州龙井茶。

十多年前，我日夜捧读作家王旭烽的《茶人三部曲》。后在梅家坞参加笔会，望着茶山，喝着龙井，谈着文学。南方有嘉木！原来，生活和文化可以如此诗意结合。

我与开化，生于斯；与龙顶，长于树下。这情，稳稳的，妥妥的，在心里悠居。

因为工作，每年我会陆续走访茶企。开化茶园十多万亩，涉茶人员十多万人。春天的开化，蒲儿根金色的花朵绣满大地，龙顶茶鲜嫩的芽儿绿满山川。

一

在路口村益龙芳茶厂，遇见老同学王芳萍。她正身穿白大褂，头戴黑色渔夫帽，穿梭在六条生产流水线上。厂房内，机声隆隆，茶香盈盈。

开化每个乡镇都有规模不同的茶企，但如池淮镇，一个镇上拥有三家大型茶企，却不多见。

滩头村是开化县第一个茶产业村。1960年正月十四，淳安县毛家滩头村的615人迁居至开化县池淮镇石板桥村，改村名为滩头。曾经十里干滩的源头，茅草丛生，第一任村党支部书记项雪元带领村民垒屋建新家，造田种水稻，劈山种玉米。第二任村支书方良华，以军人的魄力与眼光，引领村民深化农田水利改造，将低丘缓坡建茶园，上至老叟，下至稚童，都提了锄头上山种茶去。460亩绿油油的茶山，让滩头村忽然成了绿色家园。90年代后，大宗茶叶生产跌入低谷，第三任村支书项彩进带领村干部大刀阔斧改造集体茶园，新发展名茶，成立村名茶合作社，打造"石板桥"龙顶名茶品牌，全村1200多亩茶园碧连天。

那日去滩头村采写百村故事，至村巷里转一圈，只见楼房林立，却难得一遇开着大门的农家。村干部说大家都在茶山上呢！曾经干锅烤玉米饼的他们，如今85%的农户都是茶叶老板。全村有十余家炒茶大户，一到晚上，村里飘满茶香。

每次走进芹源村的御玺茶园，习惯摘叶茶芽含于唇齿，或坐于亭间听音乐闻风声，或和着音乐漫步茶畦，那山那水，那风那云，那人那事，仿佛那时那刻，便是人间最值得。茶叶有生命，也有灵性，这一园听着音乐长大的茶，浑身都是快乐因子。创新者汪秀芳女士，从1997年的五亩"工资茶园"起步，研制恢复浙江省非物质文化遗产——御玺贡芽。不做茶商，乐做茶人，创业路上手不释卷的她，用诗书音乐净化灵魂，保持一颗真心在。去御玺茶园多回，只遇见秀芳一面，那时春茶刚发芽，一袭汉服的她，正在茶丛中向众人讲解如何让一棵茶芽优雅地离开枝头，不伤茶性。

相对而言，茶人中，我比较熟识王芳萍和余华军夫妇。芳萍本不管茶事，丈夫华军前些年因身体原因退居幕后，只当贤内助的她走到了台前。在偌大的厂房，她转身遇见我，便高声唤我，声音清脆，笑容亲和，走近来一把拉我到院子里，脱去工作服攀谈起来。

茶厂的园子不大，围墙与厂房徽派风韵，墙上开化龙顶与益龙芳的图文介绍恰到好处，文化味浓郁。

我们仨是高中同班同学。那个跳霹雳舞轰动全校的男孩，家中经营农资销售。芳萍家世代制茶，曾祖父曾在华埠镇开设益龙芳茶号，父亲传承祖辈的炒茶技艺，创办金贸茶厂。因为爱情，华军选择了茶事。他说买卖农资显单一，但茶不一样，是一份事业，更是一份文化。

华军是个有想法的人，在大宗茶滑坡的现实中，抓住龙顶名茶刚起步的机遇，放眼展望，拜开化龙顶茶制作技艺传承人周光霖为师，创新生产模式。开发茶树花、红茶、乌龙茶及茶叶深加工系列产品，延长茶产业链。检验注册有机茶认证，按照 QS 认证改造茶厂。打造恢复益龙芳百年老字号，不忘村党支部书记的职责，实行"公司+合作社+家庭农场+农户"的共富模式。不惜放弃村（居）好干部进乡镇领导班子的机遇，也要一心做好茶。

也许是太劳累了，2017 年 8 月，华军被确诊为急性白血病，双眼视力因此受到影响。亲戚朋友，包括妻子，都劝他把公司卖了。他却坚决地说："我病了不要紧，益龙芳不能病。"在茶园，在茶厂，在门市部，妻子做他的眼睛，做他的手杖，两人一条心执着用心做好茶。华军一心相信，自己就像那叶龙顶茶，经过热水的冲泡，定能舞出水中芭蕾，展示生命力的顽强。可喜的是，如今的他又陆续走至前台。

离开茶厂，芳萍说老同学难得一见，龙顶茶文化园已建好，正在做最后的卫生清理，趁此机会一起去走走。路上五分钟，我们谈起经济，又说到房价。近几年的房价，可谓是飞机起飞似的直线上升，芳萍说"华军一心要花几千万打造文化园，我倒觉得当年弄两套排屋，不仅赚了几百万，还无债一身轻，多好"。我笑笑，正要开口，她则爽朗一笑："没办法，谁让我遇上一个茶痴呢！"

文化园的大气与空灵、古朴与雅致，是钱江源头山水间的一份意外惊喜。龙顶的故事，在博物馆娓娓道来，一步一移间，恍然置身龙顶茶的历史长河中，不经意的一转身，便遇一快马扬鞭，携"黄绢袋袱旗号篓"进贡去。白墙黑瓦的简约，四方天井的传奇，让茶宿有了家的温暖与柔情，而那缓缓流淌的茶元素，又将一种飘逸与安然盈盈渗透。

"我想把龙顶茶文化集中，弘扬，然后慢慢地融入平常百姓生活。"在茶室，喝着益龙芳红茶，我的耳畔忽然响起华军当年对同学们宣布的设想。

他做到了！冲破人生的封锁线，终抵达梦想的彼岸。

山河与草木

# 二

我是在茶树根下长大的。

老家在乡下，四面环山，除了杉木，就是茶树。满山满梁的茶园，一到春天，村里的女人们都上得山去。那些年，一家一户从村大队里划一大坡茶山，立起杆子拉上麻绳标示责任片。

母亲在茶畦间铺上蓑衣，摊上化肥袋里的塑料皮，把年幼的我和弟弟往上一搁，撒一把番薯干，留一水壶水，自顾自采茶去。常常地，母亲采几畦茶叶，就回头将我们挪移带上，有时母亲采着采着就把我们忘了。我们看不见她，就喊妈，她不应。我们不哭，继续捏地上的黄泥巴，看硕大的蚂蚁爬下茶枝，爬过黄泥地，爬上我们身下的塑料皮，再爬上我们的裤腿。我们把它们抓起来，手心里痒痒的，再抓一把，对不起，它们给我们一大口，我们哇一下就哭了，母亲便按着大竹篓里满满的茶青奔了来。

会满山满梁跑时，母亲就让我们一同采茶。我们耐不住性子，从茶树上胡乱抓几把新叶就喊热，自顾自玩去，母亲常轻叹：吃不了苦，但愿日后有轻闲活哟。

我们喜欢在茶丛里寻找野草莓。野草莓红艳酸甜，是孩子的最爱，也是虫子的不舍。母亲不放心，常远远地喊：有黑点的千万不能吃啊！

山野的黄泥笋、蕨菜，我们拨开老竹枝、荆棘，一一拔得，晚上母亲配上腊肉一炒，满屋生香。那年拔笋，一不小心摔了一跤，一手撑下去，一截竹根刺进我的右掌，血流下来，泪也流下来。这个立夏前夕，一家人剥黄泥笋，闲聊中说起此事，母亲嗔怪我当年为什么不说，若是留下破伤风怎么办。我说不敢呢。母亲看着我，笑了，眼里闪着泪花。所幸如今掌心不见一丝疤痕。

从家乡的茶山向下望，村庄被一片片黑瓦支起。房前屋后梨树探出头，一身素白迎春来，满袭绿袍依窗棂。一到夏天，梨子就懒懒地躺在瓦背上。采夏茶时，村里的女人们常常一边啃着梨，一边爬上茶山。

村前的水田，是村里男人们毕生的作业。家里养牛，父亲每日一大早就背犁赶牛下田。茶山那么高，天地那么辽阔，父亲嘿嘿地赶牛的声音，一声声空灵地飘来。不管父亲再怎么忙，他天黑时总要上茶山，帮母亲背下一袋袋茶青。

那时采的是大宗茶。大宗茶体积大，分量重，却不值钱，一个春茶采摘下来，从茶厂领回的工钱，母亲支出少许为家人扯身夏装，添几个菜，其余的都锁进红漆木箱里。

村里的茶产业实行承包时，父亲揽下了"生意"。每每放学回家，我在院子里写作业，一抬头，便见小如拳头的父母亲在茶丛里起起伏伏。春茶秋茶生产季，日夜总难得见到双亲，他们连晚连晚地在茶厂加工茶青，清晨匆匆的一瞥，四眼里尽是血丝。试包了两年茶叶后，父亲决定不干了，他说得与失无法平衡。

但茶是要采的。数十年悄然过去，村里的茶山还在，只是换了一批又一批的承包者。每每忙完自留地里的事，双鬓染霜的父母亲就背着小竹篓上山去。母亲患有颈椎病，她要采茶，父亲定是要同行的。采茶的工资不高，两个人每天从初春的一百多元，到初夏的四五十块钱不等。天热了，我们劝其歇着。双亲笑笑，说闲着也是闲着，家门口赚工钱，好事一桩嘛。

现在年轻人都在外工作，留在村里的，都是五十岁以上的老人。山上的茶叶能下山，全靠他们。双亲歇一天，村里承包茶叶的仙女就来电话，问父亲明天有时间没。

仙女家承包村里的茶叶多年。几年前，她的丈夫在一次出远门回程中突发急病，走了。这些年，她和年轻的儿子撑着茶事。

"乡里乡亲的，能帮就帮。再说茶叶老在山上，怪可惜的。"村里的老人们，有事没事就戴上草帽，背上小竹篓，上山采茶去。

所幸现在的龙顶茶，采的是茶芽，或一芽一叶，或一芽二叶。采茶人的肩头，不像从前那样负累。

## 三

龙顶茶好喝，清洌甘甜，回味悠长。龙顶茶也好看，雀舌林立，恰似开化的"九山"浓缩于方寸。

喝茶，翻书，抬头看闲云，是我生活的一部分。

父亲不喝茶，但种茶。后院小坡上种一圈茶树，二十来株的样子，够一家人吃，够招待亲朋。

奶奶爱喝茶。那些年，奶奶一大早就打开后门采茶去。奶奶说沾着露水的茶叶有灵气，除了鲜，还有活。胸前蓝色长围裙内穿打结成包袱，一手扳茶丛一手采摘，一根根寸余长的茶叶一把把往里塞，倘若不小心带上老叶，便用齿叩去，一口气飞将出去。回家包袱往篾垫里一抖，好大一摊。

母亲采茶时，习惯将大竹篓放在地上，人跨在坡上，采一把茶叶就扔一把，那绿便像流星一样划过。

晚间大灶点燃，杀青、揉搓、烘干，一家人忙碌，一屋子生香。母亲将新茶装罐，我领了去。客人来访，母亲启开青花瓷罐，那香味便溢了出来。白瓷杯里茶一盏，心与心之间的话头，便漾开了去。

奶奶的茶罐巨大，一个普通的圆柱形陶器，少时的我用双手捧着。放学回家，奶奶手中捧着茶罐，坐在藤椅里，椅子搁在院子里的梨树下，树上结着小小青果。书包来不及卸下，我便接过茶罐咕咚咕咚喝起来。待我作业做好，奶奶还坐在那里，我又捧过茶罐咕咚咕咚灌起茶水，末了转至椅背，通过镂空，轻轻地轻轻地解去奶奶围裙带，然后风似的跑开。

这个囡妮！躲在远处的我看见，奶奶一边呢喃一边起身，将茶罐搁到椅子上，扎好围裙带，转身去了厨房。数十年过去，奶奶的老茶罐不知去向，如今喝茶，是一只白底红梅的瓷杯。

一个人喝茶，为一种找寻。一群人喝茶，享一种情趣。

每季度末，县作协承办的《钱江源》文艺出刊，协会孙主席将领书的信息一发，大家便在群里回应：走，喝茶去！然后一拨一拨地往主席工作室赶。早到的文友已煮好水，泡好茶，推开县文联夏家大院古老木门的那一刻，书香茶香似将你身上的每一个细胞都灌醉。

那个周末，时间宽裕了些，茶泡了 N 道。兴许是醉了，兴许是借茶壮胆说出了激励的话，一诗人批评吾等："汪秀芳管理企业那么忙，却坚持诗歌创作，我们有什么理由停顿不前?"倏忽间，户牖外的如丝小雨，也哀怨起自己的漫不经心来。

这个春日，因《钱江源》文艺人物专栏用稿，我去采访摄影师张伦。一见面，张老师便开始沏茶，揭开紫砂罐盖用木夹取出一小团红茶。这是他和妻子自制的红茶。我想这无疑是好茶，可惜我得了感冒，戴着口罩，全然无知无觉眼前的气息。这样想着，便忍不住喉痒痒，干咳了两声。张老师得知我感冒，便立马将红茶放一边，说先喝白开水润润喉，又立即取了一瓶枇杷止咳露来，嘱我倒一盖慢慢喝下，十五分钟不喝水。我照做，喉咙凉了润了，咳嗽暂消，张老师便沏了茶来，一盏在前，可惜我只见其色浓醇。

那日，小雨如酥，梵音浅吟，窗外千盆兰花含苞，小花猫在玻璃窗前爬行。这辈子，我佩服的人不多，张老师算一个。他是一个活出自我的人，按生活的常规走进体制，又为自我的爱好离开体制，数十年如一日用镜头去关注故乡，关注钱塘江南源两岸的山水草木人文，用照片启迪警醒世人。

不知何时起，张老师开始研究茶道。曾有一位茶商朋友向其请教，为什么来自高海拔地区的茶叶制成的红茶依然有涩味，他品后告之缘由。朋友立马采纳意见，采用海拔一千米以上的茶叶，结合当地的温度、湿度，将发酵时间精准到分钟，如此制出的红茶无涩、醇香。

那日，交通部门的一位领导来我单位，对我提交的提案进行办理情况答复。我取纸杯泡茶，他客气，连说不用。我说这是来自白石尖海拔一千三百米以上的野茶，味道极佳，他笑着说那就来一杯。一汪沸水下去，香气便上来了，他连道：好茶！

提案办理情况道明，茶已冲二道。起身，他拿起杯子抬脚。我心想此人做事仔细，行前还将杯子带走，便说杯可放下，我会处理。却不想他直言："这茶好，倒了可惜，我带着喝！"

此刻，我的身旁就泡着张老师赠予的"山野之吻"。我的鼻子不再闭塞，只是依然找不到合适的语言表达杯中珍品的精妙。也许喝茶不必言语，内心的那份欢喜与真诚，便是对其最好的体悟与感恩。一如一个人对另一个人的好，不在言语的甜蜜，而在眼眸里的爱。

（原载《脊梁》2023 年第 3 期）

山河与草木

# 走在"浙里"的小路上

廖　毅

我在杭州滨江的住所离公司五公里多，如果天气好，又没什么急事的话，我下班通常会步行回家。我觉得跑步或做别的健身运动，每天没一两个小时很难有什么效果。我没有专门的时间去运动，那我每天走上一个多小时，既当锻炼身体，又可以散散心，何乐而不为呢？

从公司到住地，有两条平行的线路。有一段时间，其中一条路翻修，我走另一条路。过了一段时间，另一条路翻修，我换一条走。两条路都修好的时候，我则凭兴致，想走什么路就走什么路。反正两条路的距离差不多，换着走走蛮有意思的。

我说走在"浙里"的小路上，其实并不小，主路单向基本是三车道，还有四车道的。人行道大多也能容三四人并行。杭州是个大都市，滨江又被称为杭州的"后花园"，繁华程度可想而知，车多人多不言而喻。但因严格实行人车分流，各行其道，而且路面非常整洁，倒也秩序井然，丝毫不觉拥挤。走在路上，除了几个红绿灯路口需要留心一下，其他时间尽可想各种心事，或者看看沿途的风景。

要说看风景，首先映入眼帘的是那些鳞次栉比的行道树。杭州的行道树品种繁多，据称有悬铃木、香樟、银杏、无患子等，引自全国各地，甚至还有来自国外的树种。但我是个十足的树盲，分不清什么是什么。放眼看去，但见枝繁叶茂，有的聚集如冠盖，有的飘洒如披纱，也有的低垂似窗幔，总之是形态各异，自成一景。每棵树都使人流连，每道景都让人舒爽。这些行道树，除了观赏价值外，最大的作用是夏天可以遮阴，冬天可以挡风。如果有兴趣，沿着树下跑上一程，也别有一番滋味。

都说"上有天堂，下有苏杭"。杭州的美，不光表现在自然景观，也表现在人文气息。走在路上，可见各种人群，特别是在离商场和写字楼较近的地方。有缓步而行的中老年人，也有步履匆匆的青年男女。那些迎面走来的少男少女，即便是在疫情下，戴着口罩的表情，也难掩青春的气息。当然，人群中少不了让人眼睛一亮的美女，年长的、年少的，高雅知性的、风姿绰约的，不一而足。虽说看美女不犯法，却总不好直勾勾盯着别人看。但在擦肩而过间，不经意的一瞥，便让人有一种找回"年轻态"的感觉！

杭城的人文气息，当然不止于此。在一些并非交通要道的路段，常会看见三两个小贩推着车售卖价廉物美的农特产品，也有相对固定的烤饼、炒饭等小吃摊点。小贩们并不大声吆喝，也没发现戴着"红袖章"的人到处驱赶，他们会把场地处理妥帖。食客也很文明，多数打包带走，偶有坐下来吃的，也会注意垃圾归位。这样的场景，并无想象中的凌乱，却是很好的"点缀"，它使这座城市平添了几分"烟火气"。我就经常在回家的路上捎带上自己喜欢的米皮、烤红薯等，回家后稍微加工一下，吃起来津津有味。如有一段时间看不到这类摊点，心里还有点空空的。

偶尔，还会有些意想不到的"插曲"。

有一次，我从公司下班的时候，黄昏的天空挂着一丝暖阳。凭经验判断，怎么也不像要下雨的节奏，我也就空着手踏上回家的路。可偏偏天公不作美，走着走着就变了脸，很快，一场大雨劈头盖脸地砸了下来。而所在位置离最近的建筑物少说也有一百多米，跑已来不及。我下意识地站到行道树下，但雨太大，哪里遮挡得住。手足无措之际，一位年轻女士撑着伞走了过来，在我旁边站定，示意我一起避避。女士背个精致的挎包，或许是附近单位的"上班族"，碰巧遇上了雨，遇上了因为没有雨具而显得有些慌乱的我，主动发扬一下助人为乐的风格。我顾不得多想，赶紧钻到她的伞下。

这场雨下得好长，足足三十分钟。但萍水相逢，注意力都在雨上，我和这位女士没有任何搭讪。雨停的时候，我说了声"谢谢"，她说声"不客气", 各奔东西。

有了这次经历, 我便长了记性。那以后只要是步行回家, 不管会不会下雨, 我都带着雨伞, 有备无患。我想, 如果遇上下雨, 碰到没带雨具的人, 不管是男是女, 我都会毫不犹豫拿出来与人共享。其间确曾几次遇雨, 却没碰上没带雨具的行人, 这说明大家早已摸准这老天的脾气, 随时做好了准备, 以致我竟没碰上一次"做好事"的机会。

当然了, 步行的好处, 不仅仅是锻炼身体以及种种可能的"遇见", 还可以用手机听听音乐、听听书、听听课等。就是在这条路上, 我坚持听完了一家商学院的投资理财课程, 获得了结业证书。使得我在工作之外, 学会了一门技能, 也多了一份生活的体验, 的确是令人欣慰的。

走在"浙里"的小路上, 我会情不自禁地想到那首《走在乡间的小路上》的歌曲。也仿其歌词胡诌几句, 轻轻哼唱: "走在'浙里'的小路上, 暮归的行人南来北往, 无论是刮风下雨还是天气晴朗, 心中总是洒满灿烂阳光……"

（原载《作家文摘》2022 年 2 月 25 日）

# 南 北 湖 赋

李正光

秀哉南北湖①，蓄千余亩水域，踵太湖之潋滟；巍乎东西浙②，环十一座青峰，挟天目之雄苍③。踞钱江入海之口，隶侨眷闻名之乡④。赓吴越遗风兮，旺百家烟火；纳山川精气兮，历千载风霜。张鲍筑堤⑤，鼋鼍为梁⑥。东飔西麂，南海北冈。名永安潋湖又高士⑦，域嘉禾海盐兆淑祥。

徜徉于江南之烟雨，感慨于岁月之沧桑。盐田望，海滨斥；濞王誉⑧，大风扬。吴根越角，好乐无荒⑨。壤土腴腴，海天苍苍。隐高士，聚贤达；润乡邑，丰稻粱。钱王执戟，保境安民，绍续家风遗训⑩；小宛葬花，餐英饮露，漫成村史留香⑪。捍海射潮，功拜庙堂⑫。名震晚清朝野；墓掩邵湾苍琅⑬。大儒鞞琫兮抗倭寇，巡抚筑城兮构兵房⑭。湖塘烟雨兮侵古道，钱墓松歌兮断人肠⑮。德政勒石，诸公修浚苏民困⑯；茶磨伏兵，黄巢跃马赴疆场⑰。

似村姑抱素，诚真水无香。山林落月，似玉如璜。江南烟雨，夏荷秋霜。文人雅士多诗赋，江东才俊尽华章。诚如徐泰记潋湖：湖上桂花秋，明月曾满楼⑱；顾况开先河：板桥听泉声，昔时已相忘⑲。衡山闲赋许黄门，若为便置苍生望⑳。尚有阳明吟金粟，查田诵扶桑㉑。仲谋颂千浪，韵甫游万苍㉒。诗情画意，古韵悠长。

氤氲之滨，时和于天下，丽明显彰；钟灵之地，德化斯民，勤勉嗣芳。商玉美德，馨谷热肠㉓。金九避难之地兮，湖畔载青以明志㉔；明星留影之地兮，塘前置亭以流芳㉕。陈公凤愿魂归处，黄士雄文笔作枪㉖。捍海防水涝，凿河通京杭㉗。民丰物阜，业兴家昌。黄沙坞橘似琼浆滋润，青顶岭茶如龙井飘香。更有美味佳肴盛八碗，土鸡腊肉誉四方。羊肉芋头冬令煮，毛笋咸肉兰时尝。春鲥夏鲈秋箬鳎，清炖红烧还煮汤。霉干菜肉邀一醉，留得嘴边三日香。

能放浪于临街酒肆，可雅集于茶舍璧房。徘徊于南山花圃，漫读于西涧草堂②。香曲水居，翠屏山庄。白墙青瓦，古村新妆。月露池边采薇，华蕈村里趁坊。南木清幽兮，拨云寻古道；西风野渡兮，驰目望高阳②。巫门渔笛兮，跃九垓而下江门；龙口怒潮兮，奔扬踊而击长墙③。荆陵落日兮溢彩，湖荡垂虹兮流光。棹舻舟以荡漾，驭机伞而翱翔。

噫嘻，澉湖之美，浓淡宜妆。野凫戏水，白鹭巡塘。鳞波澹澹，烟柳洋洋。秋清春暖兮，汲物华以纯朴；水瘦山寒兮，兆黎庶以珍祥。潮源狮头，挟石帆之豪迈；云横楼阁，听江涛之激昂。茶磨松风，熏鹤岭之新绿；澉湖秋月，笼海天之苍茫。宿霭朝烟淡，重林鹂羽黄。云岫祥庵兮，修红尘之道本；杨门舞袖兮，溯南调之滥觞③。鹰窠顶如大翼雄振，白鹭洲似巨轮津航。日月并升兮，飞天以玄幻；谭仙逸去兮②，伏地以艾康。

乾坤荡荡，岁月堂堂。登巉岩而远眺兮，群山如黛水如璧；步阡陌而漫游兮，翠柳似烟云似裳。遇天雨之新霁兮，景气澄明；观亭皋之晴雪兮，行地无疆。道不远人，生态盈盈；时不我待，物事昌昌。稽古邑之余韵兮，同光山河毓秀；揆未来之新城兮，共铸湾北辉煌③。嘉谋盛举，时来同襄。江南秀色，永世芬芳。

**注解：**

①南北湖位于海盐澉浦镇。融山海湖一体，是浙江省名胜风景区。景区内有老八景：澉湖秋月、云岫合璧、鹰窠晴雪、孟泉瀑布、茶磨松风、巫门渔笛、葫芦叠翠、石帆蜃气。新辟了新八景：垂虹落雁、湖荡烟雨、湖天海月、香曲水居、翠屏山庄、西涧草堂、华蕈村舍、荆陵初晓。

②古以钱塘江为界，分为"浙东""浙西"两个行政区，今绍台温丽甬舟金衢地区为浙东，今杭嘉湖地区为浙西。

③南北湖山系属天目山余脉。

④南北湖隶属澉浦镇,是浙北著名的侨乡。

⑤南北湖中湖塘长堤,早在宋代已存在,长堤将湖一分为二。清康熙、乾隆年间海盐知县张素仁、鲍鸣凤又两次竣湖时修筑而成,故又名张公堤、鲍公堤。堤阔十米,长五百米,东连飏山,西接麂山。长堤两端各有一桥一亭,东曰永安桥、明星亭,西曰小宛桥、馨谷亭。

⑥鼋鼍为梁,意为填河架桥。语出《竹书纪年》。

⑦南北湖又名澉湖、永安湖、高士湖。

⑧濞王,刘濞,汉高祖刘邦之侄。曾在吴国东南沿海煮盐。

⑨好乐无荒,快乐而不荒废正事。语出西汉刘向《列女传》。

⑩南北湖建有吴越王庙,以纪念吴越武肃王钱镠射箭退潮、修建钱塘江石塘,保境安民之功。

⑪董小宛,名白,苏州人。与柳如是、陈圆圆、李香君等同为"秦淮八艳"。一六三九年,董小宛结识复社名士冒辟疆,后嫁冒为妾。明亡后小宛随冒家逃难,此后与冒辟疆同甘共苦直至去世。民间传闻董小宛随冒辟疆避难,隐居南北湖,并在当地发现了一块刻有"董小宛葬花处"的残碑。

⑫见注⑩。

⑬徐用仪,字吉甫,别字筱云,浙江海盐人。晚清名臣。南北湖有邑人兵部尚书徐用仪墓,位于澉浦邵湾。

⑭明嘉靖三十二年(1553年),海宁卫指挥徐行健率军出谭仙岭,追歼倭寇,大张国威。清顺治三年(1646年),反清志士黄宗羲等奉南明政权之命,驻军岭上,谋划反清复明大业。鞞琫,佩刀鞘上饰物。引申为佩刀从戎。

⑮南北湖万苍山下有明嘉靖举人钱与映家族墓,墓前有一片郁郁葱葱的松柏林。吕留良,初名光轮,字用晦,号晚村,浙江崇德(今浙江桐乡西南)人。吕留良曾三游南北湖,写下诗篇五十多首,其中《钱墓松歌》最为著名。传闻因此歌吕留良在死后四十九年时,即清雍正十年(1732年),受湖南儒生曾静反清一案牵连,被雍正皇帝钦定为"大逆"罪名,惨遭开棺戮尸枭示之刑,其子孙、亲戚、弟子广受株连,无一幸免,铸成

山河与草木

清代震惊全国的文字冤狱。

⑯清吴懋政《永安胡德政碑记》列举了诸公疏浚南北湖之功德，尚有历朝历代未列入的有功之臣。

⑰宋《澉水志》载："茶磨山……旧传唐末黄巢伏兵处。"

⑱徐泰，字子远，号丰崖，海盐人。著有《玉池稿》《玉池谈屑》《春秋鄙见》《诗谈》《女学》等。又编《海盐县志》六卷，今存。写澉川八景诗云："澉湖湖上桂花秋，海月当年满画楼。仿佛钱塘六桥夜，至今人说小杭州。"

⑲顾况，字逋翁，海盐人。唐朝大臣、诗人、画家、鉴赏家。有人说顾况开创了南北湖的文学先例。他游历南北湖时留下了"板桥人渡泉声，茅檐日午鸡鸣。莫道焙茶烟暗，却喜晒谷天晴"等诗篇。

⑳文徵明，明代画家、书法家、文学家、鉴藏家。因先世为衡山人，故号衡山居士。曾为南北湖留下了《云村为许黄门赋》："茶磨清风不可攀，高人先我十年闲。懒摇玉佩联青琐，故掷银鱼卧碧山。新水旋开田二顷，紫云深占屋三间。若为便置苍生望，见说青青鬓未斑。"云村，在海盐澉浦，唐德宗时有村女出耕，紫云覆之，后诏选入官，故山与村皆名"紫云"。

㉑王守仁，字伯安，别号阳明，浙江余姚人。明代著名的思想家、哲学家、书法家、军事家、教育家。王阳明来南北湖游历时有咏澉浦金粟寺诗："独上高峰纵远观，山云不动万松寒。飞崖溜碧雨初歇，古涧流红春欲阑。佛地潜移龙窟小，僧房高借鹤巢宽。飘然便觉离尘世，万里长空振羽翰。"查慎行，字悔余，诗坛"清初六家"之一，继朱彝尊之后被尊为东南诗坛领袖。曾为南北湖留下《十月朔五更鹰窠顶观日出》。扶桑，传说日出于扶桑之下，拂其树杪而升，因谓为日出处。亦代指太阳。《楚辞·九歌·东君》："暾将出兮东方，照吾槛兮扶桑。"陶渊明《闲情赋》："悲扶桑之舒光，奄灭景而藏明。"

㉒彭孙贻，字仲谋，海盐武原镇人。明末清初学者，彭孙遹从兄。著有《云岫合璧》《孟泉瀑布》《大海秋涛》《谭仙岭》《金粟寺》《紫云山》等吟诵南北湖名胜古迹的诗篇。黄燮清，字韵甫，清道光举人，海盐武原

镇人。作《长水竹枝词》五十三首,其中多描写故乡南北湖的山水风物。

㉓李商玉,清初澉浦商人,誉有"经商之奇才、白玉之美德"。朱馨谷,清澉浦热心公益人士,南北湖建有馨谷亭以纪念。

㉔被誉为"韩国国父"的金九先生在友人褚辅成的掩护下来到嘉兴,因搜查日紧,就转移到了褚老媳妇朱佳蕊的娘家南北湖。现在避难处建有载青别墅。

㉕二十世纪二三十年代著名演员胡蝶曾在南北湖拍摄关于盐民生活的电影《盐潮》。南北湖中湖塘长堤东首建有明星亭一座。

㉖陈从周,原名郁文,晚年别号梓室,自称梓翁,浙江杭州人。中国著名古建筑园林艺术学家,上海市哲学社会科学大师,同济大学教授、博士生导师。擅长文、史、兼工诗词、绘画,著有《说园》等。2001 年 5 月,陈从周先生的骨灰从上海运到南北湖,安放在南北湖陈从周艺术馆梓园内,实现了先生"魂归南北湖"的夙愿。邻近有黄源藏书楼。黄源,原名河清,浙江海盐人。曾任省委宣传部副部长、省文化局局长、省文联主席、中国作家协会浙江分会主席、鲁迅研究会顾问、茅盾学会副会长。晚年任浙江省文联名誉主席。

㉗一九七八年,嘉兴七县三十万民工开挖嘉兴地区第一条出海排涝工程——南北湖长山河,可通京杭大运河。

㉘西涧草堂是一座清代藏书楼,位于南北湖万苍山麓,北湖之滨,因邻近西涧而得名。草堂建于清道光元年(1821 年),是一座五楼五底的典型民居建筑,原为硖石蒋氏丙舍。

㉙高阳山,指位于南北湖的浙北第一峰。

㉚长墙山犹两个山脚突出于海中,如龙的双下巴。每天潮起潮落,海水都从龙口进出,因潮水特别凶猛,故有"龙口怒潮"之说。

㉛杨门,指杨梓。海盐腔是一种古老的戏曲唱腔,因其形成于海盐而得名。传说它是元代海盐澉浦人杨梓对当时流行的南北歌调加工而成,是昆曲的前身。后来杨家的歌童以善南歌、北曲而出名。杨梓曾在南北湖白鹭洲携家人听曲赏月。海盐已有民间组织专门研究海盐腔。

㉜谭仙石城位于南北湖风景区西部谭仙岭上。宋《澉水志》载:"上

有谭仙庙。"相传为南唐道家谭峭炼丹得道之处，至今留有仙人脚、石浴缸、炼丹井等遗迹。

㉝南北湖"未来之城"已列入嘉兴市、海盐县发展蓝图。目前，嘉兴的首位战略是落实全面融入长三角一体化发展！积极融入全省"大湾区"建设，统筹海盐、海宁、平湖、港区等沿江沿海资源，谋划建设湾北新区，争取湾北新区列为省级重大开放平台。

（作于 2020 年）

# 登万佛塔赋

陈国友

岁庚子之秋月，适高塔以金风。独清标于江浙，列浮屠乎俊雄。挟婺水而通远，起风云于廓东。盖八维之秀色，任四辟其遐踪。因览景之迥异，故心德少齐同。

于是触意深，凭栏久。临川生叹，犹思危岸浮桥；回首计年，若问新杨故柳。念斯塔之初成兮，追大宋其治平。昔民心之所向兮，则形制乃有增。叹家国罹兵燹兮，奈池城而陁崩。幸明盛之降世兮，然故塔而重生。愧不才之学浅，多冲闲而稽停。拾流金之蕙路，步铺银之昌庭。踞八婺之伯首，假九天以一擎。分西东兮鸣征雁，合南北兮共攒峰。翘天飞檐，弯月斗拱；碧瓦覆波，玉兽通楹。金刹凌云兮宝珠重，紫柱盘根兮璧气升。

始乃长夏初消，新秋又至。淡烟翠兮远柏舟，翳桐阴兮游朝市。近琼宇以吾身兮，长念楚天；寄神灵于此地兮，尤怀乡梓。登斯塔以远望兮，唯高绝而惊魂。平天光之极目兮，低岚岫及白云。循玉阶而上下兮，品世道之幽深。望一川之永逝兮，仰万龛之殊尊。想都城之高殿兮，藏密印之遗珍。感旧日之不归兮，拭襟袖之轻尘。冀面佛而生善兮，尽荡胸而洗心。

兹紫岩复悬悟兮，乃反侧而思量。慕存物之千古，皆取象于苍茫。夫生死以瞬息，唯禅心有独香！

（作于 2020 年）

# 朗 读 论

李 栋

　　惊雷訇震，空谷吼风，从乎天机轧动。鹤鸣九皋，虎啸林野，赖其生物有灵。侔鬼神之威，醒万类之智。此声之伟也。

　　属文载道，修辞讽世，涤荡乾坤之尘。情思滂沛，触事兴咏，谨顺君子之身。亘千古明德，共万里至情。此文之伟也。

　　文以弘道，声以传情，通达至性，谓之朗读。琅琅其音，乃与圣贤对语，穆穆清风，舌灿千点琼葩。呼道振德，孤高清远之旨易见。意诚气正，千秋清丽之韵愈彰。明雄志而抒怀，蕴得失于寸心。

　　今之众人，或累于案牍，或困于俗务。四时不辍，以期功名，多方旅食，欲求所安。其身营营，而终日碌碌。既出其书，默而视之者有之，展卷朗读者鲜矣。

　　是以遍邀群贤，共聚师友，置静室坐以舒啸，借高台传之四海。临东坡之雪堂，潇潇然风竹互答。访梦得之陋室，蔚蔚然松霞相映。尘色尽驱，而见诸真意，浮华一洗，知源静流清。

　　口吻之启，山河相送。担国难，怒起冲冠之发，怀民忧，九死其犹未悔。此古人所以慷慨而怀正，抱朴以志道也。躬效先贤，言随报国丹心。乘世发轫，行济天下安危。得其宜，谅才匙而长勤。尽策力，乃列君子之林。

　　国有大庆，敬以致家。岁忽忽而不返，川历历而日远。风波沾衣，常思故乡月明。生子劳瘁，始怀父母恩重。孤飞白云，羁旅切切于心。首丘之狐，乡念拳拳不释。孝以敬，育以慈，悌以恭，友以信。每忆父母之年，诚喜诚惧。克绍余庆家风，唯善唯忠。

　　情为何物，问之青天。寤寐思服者，而不知缘何所起。愿随生死者，方喻其自有天意。因其冥冥，使人脉脉，以其卿卿，使人孜孜。相濡以沫之亲，甘苦与共。江湖离散之恨，哀乎终老。初见之欢遐久，唯怜两情有恒。意同相思入骨，勿负白首之盟。

　　见贤思齐，修身自省。慕屈子涉江，行廉而志洁。仰夷齐采薇，守正而节烈。倜傥非常之人，虽怀才受谤，不改其志。仁勇豪杰之士，纵祸辱加身，不移其行。申壮猷而徇国家之急，积劳瘁以赒民生之业。故曰：男儿到死心亦如铁，壮士穷途犹歌《离骚》。

　　猗欤休哉，今者静闻，方寸之地作金声玉振。观之诸君，吟诵之际现意气丰华。笼山海于胸臆，纳风云于唇齿。微乎徽音，焉知道合咫尺。行年路远，吾辈书生与归！

（作于 2020 年）

山河与草木

# 绍电光明赋

屠毓慧

星火梦启，积光阴而心如初；续焰传薪，擎暖光而步始坚。

古越江南，荟就神秀造化。百年绍电，薪传电力光明。

光明星火，起于营桥河沿。兴师受命，大业初创多艰。然百年砥砺，匠心未变。薪火以继，效大禹"天无伏阴、地无散阳"光明之志，秉阳明"此心光明，亦复何言"光明之念，遵总理"前途光明"光明之诺，明心笃志，举旌旗而利众民，躬效前贤，传电光以守万家。

彼其往矣，夙兴夜寐。心系国忧，身担民望，常怀兼济天下之志，挥浩然之正气，争朝夕担当书峥嵘。及其归也，光耀熠熠。上下一心，久久为功，深耕大道光明之行，擎电能之命脉，诺万家实干立涛头。

"前途光明"之词，立帜明志，明德同心，以内和辑以定计，外鼓勇而玉成。兹建"光明之馆"，传其言，彰其德，以遗日月，常思奋进，赓续光明之业。

高山仰止，赤帜高扬向光明；大道直行，信毅先行诺万家。是乎，百年绍电，风云歌咏，恢宏志气，光明薪传！

（作于 2020 年）

# 五　味

司　空

## 咸

百味咸为首。一道菜里，其他味道可有、可无、可多、可少，可以是点缀、是提升、是画龙点睛、是脱胎换骨……但根本所在只能是咸味，少了咸味，其他味道再怎样堆叠调和，都有如缺少根基的大楼，注定要轰然坍塌，让人咂嘴皱眉撂筷了事。

咸味主要由盐提供，盐里面的钠离子、氯离子提供了咸的味道，更重要的是还维持着机体微妙的平衡和身体机能的正常运行。原始人类茹毛饮血，从动物血液中获取盐类成分，维持自身的生命体征的同时，也把这混杂着血腥滋味的咸味深深刻进了基因里。古人虽然不清楚其中的原理，但并不妨碍他们对咸味重要性的认知。宋应星在《天工开物》里就指出："口之于味也，辛酸甘苦经年绝一无恙，独食盐，禁戒旬日，则缚鸡胜匹，倦怠，恹然，岂非天一生水，而此味为生人生气之源哉。"

咸味，是关乎生命存亡血脉延续的味道。所以提供这一味道的盐自然成为战略资源。你看，咸的繁体字"鹹"，从卤从咸，卤即为盐，咸本义有杀伐之意，因而从"鹹"字就可以看出来，盐总是与暴力杀伐联系在一起。从统治者角度讲，盐历来都是属于依靠国家武装力量保护的专营产业。而一旦有人胆敢将手伸到这个产业里，成为私盐贩子，那基本上就是提着脑袋讨生活，跟造反也差不多了。这咸味始终都混杂着血腥味。

生存的需要决定了我们对于咸味的追求是第一位的，我们常说淡而无味，咸味是我们饮食的基础和底味，不可或缺。

除了提供基本的底味，咸味还能调和激发其他味道。"要想甜，放点盐。"潮汕、闽南等地吃水果都习惯配碟酱油蘸着吃，虽然乍一看很有暗黑料理的感觉，但是尝试过就能知道，咸鲜的酱油能有效抑制中和水果里的酸涩等不适口的味道，更好地突出水果的甜味。而菠萝削好后泡会盐水，不但能去除酸涩更显香甜，还能中和对人体有刺激作用的酶等物质，从而获取更为融合完美的口感。而在电影里偶尔能看到的喝酒方式，先将撒在虎口上的盐舔掉，然后一口闷下一杯龙舌兰，最后还要塞片柠檬在嘴里嚼，那还真不是为了耍酷，柠檬的酸可以消减龙舌兰本身的涩，盐的咸又可以中和柠檬的酸，平衡口感提升香气。

在菜品里，咸味不但能激发其他味道，更能起到提鲜的作用。老母鸡汤、鲫鱼炖豆腐、清水羊肉……咕嘟咕嘟几个小时下来，最后加进去的那两小勺盐，才是让鲜味在口腔里爆炸的关键。这是因为盐里面的钠离子与食材中的氨基酸相结合形成谷氨酸钠，而谷氨酸钠正是让我们感觉到鲜的重要呈鲜物质。同时，咸味还能压制中和酸味，而酸味本身会影响人体对鲜味的感受。提鲜抑酸，无怪乎这两小勺盐能让鲜味喷薄而出。

人们常用"我吃过的盐比你吃过的饭多"来自诩见多识广。不过见多识广是好事，盐吃多了就不见得了，我们现在都知道吃得过咸有害健康，其实古人早就知道，《黄帝内经》里就有"是故多食咸，则脉凝泣而变色"的说法。只是很多时候口重嗜咸是出于无奈，正所谓"富淡穷咸"，以盐或极咸的腌菜下饭，成本低，是贫苦人家不得已的选择，同时这又符合重体力劳动者在劳作过程中出汗多，补充盐分的需求大的实际情况。

我的家乡台州就是曾经"穷咸"的地方，汪曾祺就说过："有个同学，是台州人，到铺子里吃包子，掰开包子就往里倒酱油。"这是很形象的写照，我老家所在的天台是山区，山民终年劳作却限于地理等客观因素所获不丰，除了当季自家的蔬菜，腌咸菜、豆腐乳是长年不断的餐桌常客。因而口味养得极重，往包子里倒酱油不一定，但是倒碟酱油蘸着吃是极有可能的。

往东，是同属台州的三门，三门沿海，但是渔民日子不见得比山民好多少，唯一有的优势可能就是因为靠海，盐可以敞开供应，盐加上海产便成就了盐腌海味。从三门运过来的鲞——也就是咸鱼，给小时候的我留下了极深的刻板印象，作为产妇坐月子才能享用的高级食材，它就是如此这般地臭且咸。在后来很长一段时间里，我对海鲜都兴致缺缺，不能说没有这个臭鱼鲞的影响。

往北是绍兴地区，还没离开汪曾祺说的"浙东人确是吃得很咸"的浙东区域，也是周作人"整年吃咸极了的咸菜和咸极了的咸鱼"的家乡所在。按理说绍兴所在已属平原地带，物产不能说不丰裕，但是绍兴人依然喜欢将一切以咸盐腌起来霉了去，咸鸡、腌肉、霉干菜，以及外人极少能欣赏的咸、臭且霉的霉千张，我倒是很喜欢霉千张的美味，大概浙东籍人士，在对咸的欣赏上是有极多共同语言的。

虽然随着时代的发展，原来的穷咸地区，穷已经不断为小康乃至富裕所替代，然而咸味依然在饮食中顽强留存着时代的印迹。过年返乡，聚餐家宴各种小吃大餐不断。某日早餐，桌上赫然摆着一碟浅绿晶莹微泛臭味的物事，这不是冬瓜酱嘛！冬瓜便宜但不耐保存，小时候家里常拿来腌成冬瓜酱。将白皮冬瓜带皮切大块，用浓盐水泡在罐子里，过上两三个月，等瓜肉软烂即可食用。冬瓜酱卖相极佳，不过入口则只有一个感觉，咸、齁咸，因此极为下饭。叔叔、大哥等人都很好这一口，尤其喜欢以冬瓜酱就粥。我盛了一碗粥，拿筷子头挑了一点冬瓜酱入口，伴随着微微的冬瓜清香，一股绵密而浓烈的咸味迅速蔓延开来，唤醒了儿时的记忆，似乎还伴随着从更深处升腾而起的隐约回响。

# 苦

苦，是我们身体的防御机制借助味觉在拉响警报，有毒！危险！

所有的一切都源于古老而漫长的进化之旅。

植物在亿万年的衡量后，选择了固定一处生长的生命模式，这就导致了无法用常规的物理移动手段来避免伤害，默默承受的植物最后拿起了生化武器保护自己。植物合成分泌无数种毒素，并精心控制毒素的含量和分布，以确保危害自己生存和繁衍的动物在吃了叶子或种子之后会受到毒素的惩罚，而帮助自己授粉播撒的动物则会有无毒且甜美的花蜜和果肉奖赏。

面对植物的惩罚，以植物为食的动物也有应对之道，它们将有毒或者可能对身体有害的物质，全部在味觉系统中体现为苦味，并辅之以难以下咽甚至催吐的效果，通过身体的本能来尽可能地避免中毒保证生存。

人类作为动物的一员，类属杂食，采集植物是食物的重要来源，自然也在进化中获得基于苦味的警戒防御机制。并且作为生物进化竞争的胜出者，人类对于苦味的感受极为敏感，能从复杂复合的味道中分辨出非常细微的苦味。而中国人相较而言对于苦味有着更高的警惕性，这是因为远古中国人类更早更集中地向农耕模式转变，由于农作物带来的人口增长，田中的粮食很难满足所有人的需求，所有可以吃的植物都被列入了临时食谱，而那些对苦味敏感的超级味觉者能够更好地避开有毒植物，存活下来。复旦大学现代人类学实验室的学者研究证实，中国人群与世界其他人群相比，在"TAS2R16"基因上出现了明显的变化，也就对苦味有了更为敏感的体验。

出于警戒和防御功能的苦味，给人的是不怎么友好、不太舒适的体验，因此苦味在五味中的位置就比较尴尬，《吕氏春秋》谈五味，甘酸苦辛咸，"甘而不哝，酸而不酷，咸而不减，辛而不烈"，就是没个苦要怎样。汉语中与苦有关的词语，虽然很多并不是贬义词，却总少不了带些负面的情绪，只能让人苦着脸无法使人笑开颜。在日常饮食中，苦也不是人们主动追求的味道，如果出现苦味，基本上就是操作失误——食材处理不到位的苦涩味、盐加多了的苦咸味、炒煳菜的焦苦味……

不过人是最善于适应环境懂得变通的生物，所以人们在不断探寻摸索，如何在保证人体防御机制顺畅运作的同时，让苦味也能与味觉达成某种妥协，从而使人们可以主动，而不总是或出于无奈或因为不知情或者遭受逼迫才去品尝苦味。

在中国，茶或许是第一个实现这一目标的苦味饮品，并且取得了超乎想象的巨大成功。茶，无论如何制作——生茶、团茶还是后来的绿茶、红茶、乌龙、普洱，无论如何饮用——最初的加调料煮成粥茶还是后来的点茶、直接冲泡，都脱不了或浓或淡的苦味。人们最初饮茶，或许是为了解毒，或许是为了提神，但很快却被这或浓或淡的苦味所征服，这苦味与茶中的其他味道交织，因为不同的制法，再配合各色用水，施以不同火候，在种种饮法中生出了万般变化，以至于千百年来让无数人为之神动心服。一缕苦味，使得茶成为国饮，成为中国的一个代表性符号。

当我们将目光向外转，源自非洲的咖啡和两河流域的啤酒，同样古老悠久而长盛不衰，完全可以和茶并称苦味逆袭的三大优秀代表。和茶类似，咖啡豆酸、甜、苦多味兼备，辅之以各种烘焙方式、冲泡手法，咖啡的味道以苦为主，却也是滋味丰富一言难尽。啤酒的苦味主要来自啤酒花，正是这个苦，才是构成啤酒风味和口感最重要的一环，它中和了大麦芽发酵过程中的甜味，提供了微带刺激的爽口，形成了复杂有趣的风味。

茶、咖啡和啤酒，这三大优秀代表，都是以苦为特点却又杂糅多重味道，从而形成了复杂多变的复合味道，让人们为之倾倒。苦瓜却是极少以苦之本味行走饮食江湖的食材。苦瓜如若放置一段时间，待其外皮变黄成熟，味道就不再是苦，反而变甜。但是人们偏要在苦瓜还幼嫩时吃，就是为的这个苦味。汪曾祺对于北京人吃苦瓜要用凉水连拔三次颇为不屑，"基本上不苦了，那还有什么意思！"就是嘛，不苦了还吃啥苦瓜，不如吃黄瓜，同样脆嫩还能省了拔三次的麻烦劲儿。

吃苦毕竟不是件愉悦的事情，国人吃苦，最为常见的原因就是"去火"。在中医五行理论中，食入五味，酸苦甘辛咸，各有所属，各有所用。《黄帝内经》中就说："酸入肝、辛入肺、苦入心、咸入肾、甘入脾。"又认为"辛散、酸收、甘缓、苦坚、咸软"，苦味能泄能燥能坚，有清泄火热、泄降逆气、通泄大便、燥湿坚阴（泻火存阴）等作用。在百姓的普通认知中，就是苦味能清热解毒降火。这对于讲究食疗又动不动自诊为上火——老外对于此火始终难以理解——的国人而言，无异于指路明灯：吃点苦的好去火。

那些没被纳入蔬菜行列的野菜，往往就是因为太过苦涩口感不佳。但是如今却又因为这个苦而风行。北方常吃的婆婆丁，也就是蒲公英，苣荬菜苦味都挺重，江浙一带则多见马兰头，食用前也要滚水里面过一遭才能去除部分苦涩味。但是逢着早春野菜出，大家还是喜欢田间地头采点或者菜场买点，大多凉拌或者蘸酱生吃，自讨苦吃为个清新爽口，也为还能清热下火。

吃野菜的自讨苦吃在牛瘪面前完全就是小儿科了。曾经上过《舌尖上的中国》的牛瘪，又被称为"百草汤"，是黔东南地区独特的一种食品，味道清苦，也有清热消炎解毒的功效。当地人在杀牛时，把牛胃和小肠里还没完全消化的东西拿出来，挤出液体加入牛胆汁及佐料，小火煮开后过滤掉杂质和泡沫，可以拿来做火锅，也可以用来烧牛肉。

# 甜

在人类漫长的成长岁月中，甜始终是人类向往追寻的美好味道。

和咸味一样，人类对甜的追求首先来自生存的需要。甜味主要源于糖分，而糖分对应着高热量，高热量意味着身体获取更多的能量，有更大的生存可能和更多的繁衍机会。于是在生存和繁衍这两大最优先级的本能驱使下，人类对甜味孜孜以求，并且通过漫长的进化，在身体感受上形成了对甜味的正向反馈，以生理和心理上的愉悦感来奖赏对甜味的获取，激励人类对甜味进行不懈的追求。

对早期的古人类而言，美好的甜味体验主要依靠成熟的植物果实，不过各种果实往往还混杂有酸、涩、苦等其他味道，虽然构成了多样的风味，但是就甜味而言，显得淡且轻。因此，浓稠甜美的蜂蜜对古人类味蕾是一个极为重磅的冲击。被高纯度的甜轰炸得晕乎乎的人类长久以来都将蜂蜜奉为圣物，蜂蜜在全世界各个文化里也都是美好的象征。晋人郭璞写《蜜赋》称赞："繁布金房，叠构玉室，咀嚼华滋，酿以为蜜。自然灵化，莫识其术。散似甘露，凝如割肪。冰鲜玉润，髓滑兰香。……穷味之美，极甜之长。百果须以谐和，灵娥御以艳颜。"古以色列国王所罗门也说："吃蜂蜜吧，它是多么的甜美！蜂蜜是你智慧的源泉，是你未来的希望！有了它你就不会失去理想。"

然而，蜂蜜美好，获取却不容易，尽管人类很早就想方设法去驯养蜜蜂，但一直以来蜂蜜都是只有少数人才能享用的轻奢品。人们仍在寻觅更为广泛、稳定且足够大量而廉价的甜味来源。

是偶然更是必然，饴糖率先承担起了这个重担。或许是收获时没能晒干，或许是仓库漏雨淋湿，又或许是遭洪涝水灾……谷物悄然间发了芽，敬天惜物的古人依然将这些发芽的谷物烹煮成饭，却意外发现了甜味的存在。意外的累加就是必然的结果，人类发明了饴糖，洞悉了谷物与糖之间转化的秘密，把甜蜜的来源握在自己手中，从此不再仅仅仰赖自然的恩施。

在官方记载中被称为饴、饧，而人们更愿意根据由来称呼麦芽糖的糖，让糖走下神坛进入生活。因为来自最为常见最可信赖的谷物，麦芽糖在人们心中有着可亲可信的面貌。即便后来甜度更高的蔗糖出现，也没能撼动麦芽糖的地位。

孩童味觉敏锐，最喜甜食。儿时记忆零星琐碎，关于麦芽糖的却有不少。担子筐箩里白色大饼状的硬糖、焦黄轻巧的蜂窝糖、沾满芝麻摞成堆的葱管糖，甚至为了防粘撒的面粉都清晰可见，叮叮敲糖的声响似乎也还在耳边回荡，只是那双粗糙的敲糖的手后面那位老人的样子却如同不存在一般，孩子的眼里，除了甜美的糖，哪还容得下其他呢。在糖画摊，留下的也是油光锃亮的白色石头面板、热气腾腾香甜诱人的糖浆、画满各色图案的转盘，以及每一次都刚好错过的又大又复杂的龙凤、拿着简陋细小的金鱼苹果的些许不甘心、小心翼翼舔一口的甜丝丝喜滋滋……

麦芽糖也是家乡点心小吃的重要材料，譬如油枣。糯米面团揪小块搓成手指粗细的小条，入油锅炸至金黄，再倒进熬到黏稠的糖浆中裹上厚厚一层糖浆，放凉后那层白生生半透明的糖浆，是让小孩儿最为垂涎欲滴的所在。又譬如冻米糖，蓬松的米花拌入糖浆，糖浆细细包裹逐步凝结，入口满是香、脆、甜、黏。

从小习惯的是从糖果点心瓜果中品尝到甜的滋味，家乡菜素来以咸见长，极少有甜口菜品，对于从菜里吃到明显的甜，譬如糖醋排骨、咕咾肉之类，常会有突兀之感。

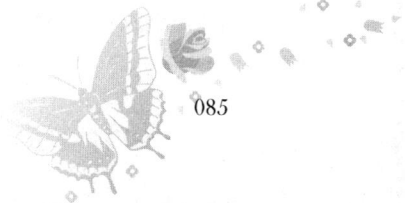

山河与草木

后来到杭州上学工作，北方人对作为南方饮食的杭州菜总有甜腻的刻板印象，其实杭州菜还是以咸为主，最多略带甜头或以提鲜或为点缀。真正能对上北方人甜腻印象的应该是苏州无锡菜。记得那年去南京游玩，酒店对面是一家苏锡口味的老字号四鹤春面馆，点了招牌小排面，面条整齐地卧在酱油色汤中，酱色小排散落其上。只是这一入口，酱色的小排是甜口的，酱油色面汤也是甜口的，心理上对于酱色咸的预期与入口甜之间的落差冲击，让我愣神凝固了好几秒，来接受这心理上突然的震荡。后来知道无锡酱排骨"十斤肉一斤糖"的配比，总算明白这甜从何而来。不仅是排骨，周庄古镇上肥嘟嘟诱人的万三蹄，酱红色的外表也是上的糖色，实际上走的还是甜口的路线。

在二十世纪八十年代出版的老菜谱《家常点心》里，记载了普通版的鲜肉小笼和无锡小笼的最大区别，都是四斤面粉，其他配料的差异在两在钱，唯独白糖，鲜肉小笼用"一两二钱"，无锡小笼则是"白糖一斤"。无怪乎能让北方人留下"甜腻"的深刻印象。

江南的苏州无锡是饮食甜，大广东则是糖水甜，广式糖水天下闻名。糖水是广东地区人民生活的一个部分，托当年港片港剧的福，内地人民也对剧中无处不在的糖水甜品有了极为清晰的认知。回溯二十来年，刚刚开放香港自由行之时，内地游客蜂拥而至香港，去许留山吃份甜品是许多人必须打卡的一件事。而内地各个甜品店，也往往号称正宗广式甜品，以此招揽生意。广式糖水出名自有原因，广东地处亚热带，是甘蔗适宜生长的区域，早在宋朝广东地区就已经是全国有名的产糖区，以糖入馔的甜食本就众多，加之广东温补养生的食疗文化，催生出滋养的糖水也是自然之事。

不过，一直以来都是美好希望的象征、是世人追逐对象的甜，怎么也想不到自己有一天也会风头不再还成了罪过。生活条件好了，物资供应丰富，曾经来之不易的甜如今唾手可得，人们普遍变胖，随之而来也多了不少健康上的苦恼，糖从生命的维系者变身健康的破坏者，甜成了不健康的代名词。人们谈糖色变，见甜停手，各色食品纷纷以少糖无糖为卖点，挖空心思发明各种代糖。然而，进化已经将对甜的渴望写入基因，生命的本能势不可挡，人们只能在理性认知的纠结中，每每臣服于甜蜜的负担。

# 酸

当写下酸这个字的时候，如同曹操手下的士兵听到那叫声，嘴巴里就开始分泌口水，似乎已然品尝到了酸的滋味。

虽然要到19世纪，俄国的巴甫洛夫才对人体的这种条件反射进行系统研究，但这不妨碍三国时期的曹操利用军士们对于酸的条件反射解行军困顿，并留下著名的"望梅止渴"一词。曹操能想到利用青梅的酸一点都不奇怪，青梅在很早的时候就作为酸味调味品被纳入了中国人的食谱，《尚书》中有"尔惟训于朕志。若作酒醴，尔惟麹糵；若作和羹，尔惟盐梅"的记载，已经用盐和梅在烹饪中的作用来比喻臣子之于帝王的重要性，这说明梅子在中国古人的厨房中存在了很久，人们已经对它的作用有了充分的认知。考古发现也证明了这一点，安阳殷墟的铜鼎内，就曾发现过梅子果核，由此可见至少在商代人们就已经开始在烹饪中利用梅子了。

《尚书》中梅与盐的并列，也说明酸味是和咸味一样重要且较早被有意识使用的味道。酸无疑是人类最早感知到的味道之一，当饥肠辘辘的人类对着青青果实下嘴时，龇牙咧嘴的表情说明，他们感受到了一种虽然无害但肯定不友好的味道——酸。急于果腹的人类在尝过足够的酸果子后，很快发现，这个让人口水流不停没有太多愉悦体验的酸味，有着能去除肉的腥膻味，还能让肉更软烂的功效。

而酸味在果实中的广泛存在，让其获取几乎没有难度，人们有足够的酸果子来进行各种尝试，从而不断解锁酸味在饮食中的应用。酸味虽然不像咸味一样事关生存，却是人类在解决生存问题的同时向着美好生活迈进的重要一步。因此也成为继咸味之后，人类在早期就熟练掌握使用的又一味道。《礼记》有云："凡和，春多酸，夏多苦，秋多辛，冬多咸，调以滑甘。"周王室饮食中酱极为重要，"珍用八物，酱用百有二十瓮"，酱大体可分为醯和醢两大类，而作为酸味重要来源的梅子被制成梅子酱后，甚至还拥有一个专门称呼——醷。

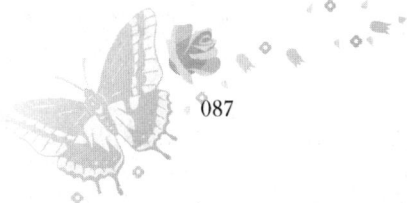

和其他味道一样，酸味最初来自自然，它更像是一种提醒，关于时机的提醒，或者是"不要那么心急，我还没成熟呢"，又或者是"你咋才来，我都放太久开始发酵了"，总之，就是时机不对，不合时宜。写到此，我忽然明白，为什么长久以来国人都以酸来形容读书人，以寒酸形容读书人之潦倒落魄，恐怕取的就是酸这个不合时宜之意吧。

且说回酸味本身，酸若单独成味，除了有点生津开胃的效用，并不能给人在味觉体验上带来愉悦感。这一点唐太宗肯定知之甚详，唐太宗以醋佯装毒酒，让房玄龄的夫人在饮毒自尽和丈夫纳妾之间做选择，虽然没有毒死人的心思，恶作剧小惩一番出个气估计是有的，否则来碗真正的美酒岂不更好，毕竟一大碗酸醋咕咚咕咚灌下去真不是那么好受的。人们之所以使用酸味、重视酸味，并依靠酸味获取更多的美味，是在于酸味最大的特点就是能和各种味道交相融合，从而产生更为丰富复杂的复合味道，形成迷人的风味。

善于观察发现总结提炼的人类很快就根据自然变化之道，掌握了两条通往酸味的路径：腌和酿。虽然都是依靠微生物的作用，但是酿和腌却呈现出完全不同的形态。

将果蔬用盐进行腌制，是延长果蔬保存期限的良方。而在腌制的过程中，乳酸菌分解果蔬的糖分，产生乳酸，成为酸味的来源。腌酸，也是人类对于食物腐坏变酸过程有意识地学习改良和控制的结果。经过漫长的发展变化，不同的取材、腌制的时间、选用的调味品……一点点细节上的差异都能带来最终成品的形态各异，腌酸因而成为一个复杂而庞大的家族体系。

但论及其中翘楚，则莫过于酸菜。在东北，酸菜曾经是可以纳入战略储备的物资。漫长的冬季，蔬菜的获取很大程度上就仰赖酸菜。因此，东北几乎家家都有一手腌酸菜的好手艺，整治酸菜的能耐自然也不差。一个是做馅儿，酸菜馅的饺子，那几乎是东北的代名词。再一个就是炖，酸菜炖粉条、炖豆腐、炖白肉、炖小鸡、炖大鹅……荤的素的都能炖，火炕上大盆的炖酸菜一摆上，热气腾腾、酸香满屋，不管是来点小烧酒还是大米饭，都是多多益善。

现如今风靡全国的老坛酸菜却不是东北酸菜，而是四川酸菜。老坛酸菜讲的是卤要老，是加盐不换卤，并且加的盐也有讲究，要用四川井盐。如此这般才能成就正宗老坛酸菜的诱人酸香。老坛酸菜面能力压多年的顶流红烧牛肉面，在方便面的红海中杀出一条血路，足可见老坛酸菜之魅力。

旧时腌菜是家中重要物资，因此腌制需要郑重对待，各个步骤都要一丝不苟，甚至连最后压在上面的石头也不能马虎，往往是多年传承下来的老物件。腌制过程中有不少地方还有脚踩的程序，入缸码好的菜要人站上去反复踩踏，以便腌制更加入味，甚至有传言"汗脚越臭，踩出来的腌菜越香"，这就纯属瞎扯了。倒是在我家乡，多让半大小子踩腌菜，小时候这是我最喜欢的一件事，扶着墙在腌菜缸里深一脚浅一脚地卖力，浑然不觉得冷更不觉得累。

相比于腌酸的丰富，酿造的酸就简单多了，醋。醋是历史极为悠久的调味品，有传说"杜康酿酒儿造醋"，是杜康的儿子帝予首先酿成了醋。这当然只能当传说听听，但是我们有理由相信，醋肯定出现在让人神魂颠倒的美酒以后，并且醋的产生与酿酒有十分密切的关系，很大概率是酿酒失误，阴差阳错下得到了醋，因此在古代，醋也被称为苦酒。而这个过程很早就已经发生，所以人们才会将其附会到杜康儿子身上去。

醋因此早早地就融入了我们的生活，成为开门七件事之一。国人嗜醋以山西为最，这点大家都无异议，汪曾祺都感慨："山西人真能吃醋！……别处过春节，都供应一点好酒，太原的油盐店却都贴出一个条子：'供应老陈醋，每户一斤。'"这应该是早年间的事，还要限量供应。如今不再限量供应，太原人过腊八打醋依然能排出长队，大家伙都是提着桶拎着壶去。

只是很少有人知道，我的家乡台州，居然也是一个对醋无比迷恋的城市。美食作家王寒是这么描述台州的："台州还是座酸溜溜的城市，台州人太爱吃醋了，台州人无醋不动筷。除了山西人，全中国就数台州人爱吃醋了。"台州北依山南靠海，以往山民渔民饮食都咸，蘸蘸醋，能去咸，能提鲜。台州饮食多面食多海鲜，面食加醋能中和面食的碱味，海鲜蘸醋则可去腥提鲜还能杀菌消毒。慢慢地，台州人吃啥，边上都要摆碟醋了。

台州人爱吃醋到啥程度呢？杭州某老字号销往台州的醋瓶子上专门印

有"为台州人定制"的字样，这可算是个小小的旁证了。

# 辣

虽然现在辣风靡全国，但在曾经很长的时间里，中国并没有辣这个说法，《说文解字》里甚至没有收录辣这个字。不过这不妨碍先民们享受辣的滋味，在当时的味觉体系和语言体系中，辣以及相似的具有特殊刺激性的滋味被统称为辛。酸苦甘辛咸，辛早早就被先民们认知、享用，并位列五味。

辛味刺激、温阳、生发，在先民药食不分的年代里有着十分重要的作用。产于中国本土的姜是先民们最初体验到的辛味物质之一，传说神农尝百草得遇此物，大爱其味和功效，于是以自己的本姓"姜"为之命名。姜能驱寒祛湿、温中解毒，《本草纲目》说："姜辛而不荤，去邪辟恶，生啖熟食，醋酱糟盐，蜜煎调和，无不宜之。可蔬可和，可果可药，其利博矣。"《论语》记载孔子"不撤姜食，不多食"，朱熹称姜能"通神明，去秽恶，故不撤"。这提神醒脑"通神明"，靠的正是姜刺激性的辛辣滋味。

姜和葱、芥、花椒、茱萸等本土产物构成了先民们最初对于辛的丰富体验，随着时间的变换，姜、葱依然是我们熟悉的辛辣调味品，花椒则已经转司麻之一味。因日料而仍为众人所熟悉的芥末，却已不是远在周朝就已进入王室食谱的芥菜种子研磨成的黄芥末，而是欧洲作物辣根所制的绿芥末。至于茱萸，除了在王维的诗句"遥知兄弟登高处，遍插茱萸少一人"中能被念及之外，已经没有多少人还记得曾经被称为"辣子"它在历史上是多么重要的辣味来源了。

旧的不去新的不来，张骞出使西域打通中西交通，为中国带来了众多的新物种，大蒜就是其中之一，并很快成为辛辣家族的一员大将。至迟在晋朝已经形成立春吃五辛盘的习俗中，大蒜已经位列五辛之一，周处《风土记》有载："元日造五辛盘。"而五辛即大蒜、小蒜、韭菜、芸薹、胡荽，以此五种辛香之物拼成一盘，取其温阳生发之用，"以发五藏之气""以辟疠气"。胡椒也是由西域而来，国人很快从浓郁的辛辣芳香中发现了温中下气的作用，药王孙思邈《千金翼方》记载胡椒能"下气温中、去痰、除脏腑中风冷"。当然，人们更没忘记的是胡椒的辛辣滋味，除了烹制肉食用来去腥除味，还能制成五辣醋作为调料。（"酱一匙、醋一盏、砂糖少许，花椒、胡椒各五十粒，生姜、干姜各一分，砂盆内研烂。"元《易牙遗意》。）

而真正的辣味扛把子辣椒，则要迟至明朝后期才登陆中国，虽然在它的家乡美洲大陆，人们七千年前就已经食用，五千年前就开始人工繁育。大航海时代促进了整个世界的物种大交流，玉米、番薯、番茄等一大批现在常见的作物就是在那之后传入中国的，辣椒也是如此，它的第一个名字——番椒很好地说明了这一点。明朝高濂所著《遵生八笺》中第一次提到了番椒，"番椒丛生，白花，子俨秃笔头，味辣，色红，甚可观，子种。"刚登陆中国的辣椒，还是以颜值动人，高濂也是将"色红，甚可观"的辣椒与海棠、玉兰、杜鹃并列作为观赏植物介绍。直到清康熙年间，绍兴《山阴县志》第一次提到辣椒可代替胡椒以做调味："辣茄，红色，状如菱，可以代椒。"

辣椒的进入，对于国人的味觉体系产生了重要影响，原本包含性更广、滋味更为丰富的辛，逐渐被更突出刺激性、感受更为单一且强烈的辣所替代，五味由"酸苦甘辛咸"演变为"酸甜苦辣咸"。而辣椒也在国人的饮食中不断攻城略地。

辣椒由东南亚经东部沿海登陆中国并沿长江水系向湖南等内陆扩散，但把辣椒大规模用于日常食用的却是贵州地区，究其原因，和地理因素及经济发展有密切关系。贵州经济不发达，远离产盐区，买盐是下层民众日常不轻的负担，"椒之性辛，辛以代咸"，以辣代盐是无奈的选择。贵州又多山区，农田多用于种植粮食作物，蔬菜产出就少，且山地多粗粮，辣椒富含维生素 C 和微量元素，能很好补充营养，还能开胃下饭，便于粗粮下肚。再者，贵州雨水多，多吃点辣，还能祛湿除寒温阳暖身。

多重原因作用之下，辣椒迅速在贵州百姓中打开局面，并风行至全体民众。而且吃辣习俗还逆着辣椒的传播路线很快回传湖南等地，到了清朝中后期，以贵州为中心的西南地区，以及湖南、江西等地，吃辣已经成为明显的饮食特征。

说到吃辣，四川是避不开的一个地方。四川吃辣并非自古就有，主要是在明末因战乱，四川十户九空，清初实行湖广填四川政策，大量湖南、湖北人迁移至四川，将湘鄂一带吃辣习俗带了过去。当然，也多少有受临近的贵州吃辣习惯外溢影响的因素。毕竟四川盆地自古富庶，虽不靠海却自产井盐，基本没有吃辣的刚性需求。四川吃辣，更像是改善型需求，所以吃的并不是单纯的辣，而是将辣与各种味道交融，形成了麻辣、糟辣、煳辣、香辣、鲜辣、酸辣等各种辣味，也吃出了各种花头各种讲究。尽管湖南、贵州等地号称"辣不怕、怕不辣"，在吃辣上对四川一万个不服气，但四川依然稳坐吃辣头把交椅。

与之形成鲜明对比的就是江浙沿海一带，至今仍是最不能吃辣的地区，尤其是我的家乡台州和温州为主的浙东南沿海一带。浙东海盐供应充沛无须以辣代盐，而且辣味过于霸道，浙东日常的海鲜山鲜都容易被掩盖而失去了本味，以海鲜见长的粤菜极少用辣也与此有关。不过浙江省内也并非全不吃辣，衢州就是温婉江南里的例外，号称"长三角唯一一座吃辣的城市"，衢州饮食的辣以鲜辣为特色，衢州美食代表"三头一掌"都是让你辣得合不上嘴却又鲜得停不下来。

辣本身也能让你停不下来，辣从本质上讲并不是味觉，而是痛觉，是辛辣物质在口腔、舌头上灼烧刺激形成的刺痛，人体基于防御补偿机制，分泌内啡肽以缓解疼痛，内啡肽让人感到愉悦。此外，辣的刺激还能引起心跳加快、血管扩张、大量出汗，这与运动的效果相类似，也能有效缓解压力，舒缓焦虑、烦躁等负面情绪。这样的过程几经重复，就会固化形成吃辣能增加快乐舒缓情绪的机制。

所以，不开心吗？来顿重庆火锅吧，红彤彤、辣乎乎，能让你大汗淋漓中心情不觉好转，从此爱上吃辣。

（原载《脊梁》2023 年第 6 期）

# 草长湖州白鹭飞

凌建华

"西塞山前白鹭飞，桃花流水鳜鱼肥。青箬笠，绿蓑衣，斜风细雨不须归。"这是唐代诗人张志和的一首脍炙人口的《渔歌子》。诗中描写了渔翁头戴箬笠，身披蓑衣，在斜风细雨里，欣赏春天水面景物的愉快心情。西塞山名扬天下，这里说的就是千年前湖州的自然环境和西塞景色。

当今，生态环境的改善和优化，体现了社会主义新时代的发展要求。湖州是绿水青山就是金山银山的理念发源地，体现了发展观念不断进步的过程，这也是人和自然关系不断调整、趋向和谐的过程。

湖州是著名水乡，水是生命之源、生产之要、生态之基。"五水共治"是一举多得的举措，抓生态环境，既优环境，更惠民生。湖州因水而名、因水而兴、因水而美。水是生态之基、万物之灵、生命之魂，气净、土净、水净，必然融入于大自然。

面对一度"青山不再绿、绿水不再清、鸟儿不再有"的尴尬，治水就是抓绿色发展，美化环境，树现代文明新风尚，践行绿水青山就是金山银山的理念，它让人们懂得热爱鸟类、节约水资源，重视环境保护，美化大自然。

湖州人很注重自然环境，苕溪河是家乡水，她回归了原生态，保留了水乡田野原貌。我又见到了湖州从前"山水清远"的自然景观，我又看到了今天蓝天飞翔的鸟儿、清澈的河水与畅游其中的鱼儿。

放眼原野，处处绿色如茵，真有"遥望春从草上归"的感觉。不远处，树梢上开遍了白色的小花，有的花似乎还在轻轻晃动，我走近一看，

山河与草木

093

哪里是什么花啊，那是白鹭。我从没有看到如此多的白鹭、如此美的壮观
景象。白鹭长着一身洁白的羽毛，伸着长长的脖子，张着一双长长的翅
膀，还有两条乌黑的长腿。洁白的鸟、绿色的叶，相映成趣，蔚为壮观。
白鹭"叽叽咕咕"的叫声，将树林闹得沸腾不已。立在较粗树枝上的白
鹭，身躯平稳，不摇不晃；停在细小树枝上的白鹭，摇摇晃晃，翅膀不停
地抖动着，竭力保持身子的平衡。

　　白鹭成群结队从树林中俯冲到一片绿色的秧苗田里，临水悠然漫步，
它们走在水田中，悠然自得。它们昂首挺胸，提起一只脚，用另一只脚站
立水田中"金鸡独立"。它们一翅半展，长颈弯曲朝后，白色的头枕在背
脊上，长喙梳理着雪白的蓑毛，有说不出的妩媚。另有一只屹立于泥土
上，轻拍双翅，青绿色的脚尖，微微翘起，优美的舞姿，仿佛是人间天
使。忽然，有三五成群的白鹭，贴近水面展翅滑翔，留下了一串串水纹，
美极了。

　　我远眺白鹭在水田踯躅，展露曼妙身姿，长颈细脚，洁白的羽毛，黛
色的长喙，流线的身影，俏皮地站立在翘着首望的水牛背上，那说不出的
优雅，令人陶醉。

　　山坡上一级一级的畦田像楼梯，田野上整整齐齐的畦田像棋盘。我漫
步在田埂上，清清的渠水，缓缓地流淌，平静的水面，禾苗郁郁葱葱，近
距离凝神观望白鹭，我发现它们有时单飞，有时成双，有时一群，无论飞
行还是漫步，那白翅膀、长脖子、黑细脚，令我驻足。

　　看哟，白鹭成群结队，翩翩飞来了，飞过我的头顶，时而展翅在天空
中盘旋，身影遮蔽了天空，那倾侧回环的弧度美极了，时而拍翅降落于地
面，优哉游哉地"散步"，在水田里饶有闲情逸致地徜徉，摆弄着倩影。
那迷人的景致，犹如一幅美丽的水乡田野水墨画。不由得想起明代诗人杨
慎《出郊》的诗句："高田如楼梯，平田如棋局。白鹭忽飞来，点破秧
针绿。"

　　水乡田野，水草丰盈，鱼类甚多。白鹭三五成群在河边捉鱼虾，踱着
步子、弯下身子，一步一步地行走，用那尖尖的嘴，时不时地伸入水里啄
一下，把小鱼叼在嘴里，鱼鲜活乱跳，它却扔了，又叼起，再吞入腹中；

白鹭结伴同行在水田里找食物，在新翻的泥土上，捕捉冬蛰出土的小蟮、泥鳅和虫蛹等水生动物，捕鱼捉虫觅食，美美地吃上一顿。

茂盛的树林，众多的白鹭。一棵好大的香樟树上，就有上百只白鹭。我远远地瞭望，它们站立在树上。那洁白的羽毛，在绿色树叶中格外耀眼。走近树下，听到一阵接着一阵的"呵呵"的鹭鸣声，只见几只拍翅飞去远方，又看见几只展翅落到树上。白鹭们呼朋引伴，蹁跹起舞，在树枝上嬉乐。有的成双成对，飞来跃去，追逐戏玩；有的昂头欢叫，如痴如醉，唱着欢歌。

鹭飞九天，才能穿云破月！天高任鸟飞。白鹭，它爱自由，无拘无束；白鹭，一身素白，姿态优雅。它飞着飞着，舒展的双翅掠过田野，飞越树林，跨过河流，完美演绎"霓裳羽衣"。它那细细的腿，站立在田间地头，浑然再现"伊人在水"；它那长长的喙，虽常常沉默，却坚硬，若能言，定字字珠玑。

白鹭是幸运的，缘于自身高傲的个性和自由的身心，它无须依附，九天重云随意翱翔。

白鹭，是一种很常见的鸟类。水田绿意正浓，一群白鹭点缀其间。在水乡田野，都能看见它们，有大片水田，就能看见成群的白鹭。身披雪白的羽毛，像洁白的雪；一双灵敏的眼睛，犹如天上那闪亮的星星；眼边有一个黑眼圈，像戴了墨镜；红红的嘴巴，又尖又长，像钢针；两只修长的细腿，婀娜多姿，犹如苗条少女；白鹭背部、肩部和前颈的蓑羽，似细细的花蕊，随风飘扬。在田水的映衬下，白鹭把水乡田野点缀成难以言喻的仙境。

白鹭之美，在于洁白、在于窈窕。羽毛黑白分明，体态优雅苗条，一切都很标致。一代文豪郭沫若曾写过一篇散文《白鹭》，清新雅致地赞美白鹭。"那雪白的蓑毛，那全身的流线型结构，那铁色的长喙，那青色的脚，增之一分则嫌长，减之一分则嫌短，素之一忽则嫌白，黛之一忽则嫌黑。"真是把白鹭的美姿，描写得淋漓尽致。

从古至今，读唐诗宋词，观白鹭美姿，文人墨客留下众多的佳作。如唐代李白《晚归鹭》："白鹭秋日立，青映暮天飞。"唐代杜甫："两个黄

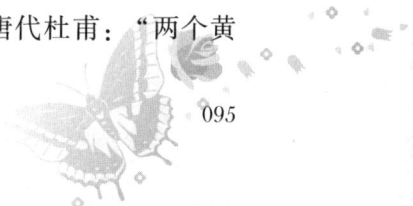

鹂鸣翠柳，一行白鹭上青天。"宋代徐元杰："花开红树乱莺啼，草长平湖白鹭飞。"举不胜举，哪里有白鹭，哪里就有瑰丽的诗篇。

"人择邻而居，鸟择林而栖。"黄昏降临，成群的白鹭归巢，它们悠悠地飞回来，又轻轻地落在树枝上，上百只白鹭在大大小小的鹭巢栖息。它们东瞧瞧，西望望，在巢边蹒跚，姿态悠闲，绵延不绝的啁啾，到处可闻鹭鸣声。或一对对亲昵嬉戏，窃窃私语；或三五只跳跃打斗，翩翩起舞。

每年四五月份，是白鹭孵化的季节，产孵繁殖期间，雌鹭趴在窝里孵化，雄鹭站在旁边看护，守护着温馨而快乐的家园，享受着天伦之乐。晨曦初现，周边的树林上空，就会出现千鹭腾空的"鹭林奇景"。

白鹭是一种非常美丽的水鸟，被国际环保组织命名为"环保鸟"，也是我国二级保护动物。白鹭喜欢栖息在水乡田野，生态环境良好的地方，对环境要求几近苛刻，一旦环境有所污染，它们就会离开。北宋画家文与可写过一首赞美诗：

> 颈若琼钩浅曲，股如碧管深翘。
> 湖上水禽无数，其谁似汝风标。

那该是一个什么样的情景啊！

有生态之美，才有生物之趣。如今，生态环境改善，人们爱鸟、护鸟，家喻户晓；自觉爱护鸟类，保护自然环境，蔚然成风。白鹭是一种对水质、环境、空气特别敏感的迁徙水鸟，哪个地方生态环境好，它就出现在哪里。它对"家"的选择，是对人类生态环境保护的赞扬，被誉为"大自然的生态环境鉴定师"。

白鹭倩影在湖州到处可见，成为水乡人家的"芳邻"，水乡田野的"芳容"。一年又一年，一只只白鹭，几百只白鹭，上千只白鹭，看中了湖州的绿水青山。

（原载《浙江日报》2020 年 8 月 16 日）

# 月 夜 探 梅

黄瑾瑶

月华如练，寒照长空。我揉着因盯着电脑一天而酸胀的脖子闲荡在空旷的厂区，忽闻有暗香盈盈袭来，那香不似木樨的香甜浓郁，却是清粹冷冽，这个季节应是梅香吧，我循香而行，在餐厅的后门，一枝蜡梅凌寒而立，寒香缀疏枝，芬芳氤氲。

新月如钩，无垠清远。四周静谧如梦境沉沉，一树蜡梅于满目寂寥处，金蕊点点，在枝头熠熠闪光，这样的冬夜邂逅一树蜡梅花开，月下探梅，便是今年最好的相遇，温暖而治愈。那艳丽的黄色，在冬日渲染出一抹亮色，撩拨着世人的眼眸，那薄如蝉翼的花瓣娇弱可人，含情脉脉，成为文人案头清供的首选，给清冷的冬日加持生活的仪式感。

蜡梅，疏影横斜，清香冷艳，群芳竞艳时，它悄无声息，大地荒芜时，它气傲冰雪，一展芳颜，不经意间就惊艳了整个冬季。自古以来蜡梅就是高洁品格的象征，深受国人的喜爱。它的花，艳而不俗，它的香，清幽淡雅，它安静从容，风姿玉骨，它不娇柔，不造作，即使"零落成泥碾作尘"，仍将清香人间留，彰显着生命的静美和丰盈。明代《瓶花谱》按当时官阶品第，将数十种花卉论资排辈、分层排级，蜡梅被冠以"一品九命"，名列榜首，可见地位超然。

素心铮骨的蜡梅，定格在我脑海里的满是温情，记得先前办公楼门前就有一株蜡梅，每当吐蕊绽放，我总会驻足欣赏，来上几张留念，那梅香便会沾染衣袖，深吸一口，那梅香便会侵入肺腑，连眉梢唇角都附赠了香韵。我的办公室在二楼，暗香还会透过窗缝在鼻端缠缠绵绵，那花是盈盈含笑，那香是沁人心脾，倚窗赏梅闻梅香，成为我寒冬腊月、工作间隙的一件幸事，更是日后最温馨的怀想。

一直以来我总是把蜡梅认作梅花的旁支，虽则它们的花型截然不同，一日兴起"度娘"，方知它俩竟是风马牛不相及，蜡梅属于蜡梅科，梅花属于蔷薇科。北宋黄庭坚在《山谷诗序》中写道："京洛间有花，香气似梅，亦五出，而不能晶明，类女工捻蜡所成，京洛人因谓蜡梅。"早为世人作了答疑解惑，孤陋寡闻的我却是不知。不过现今世人还是会把蜡梅当作梅花，许是习惯成自然。其实蜡梅往往比梅花开得更早些，在数九寒天蜡梅独战霜雪，怦然绽放，一树树，苍劲挺拔，一朵朵明艳动人，疏影暗香，岁暮天寒间坚韧而又柔美地展示着生命的活力，与其说蜡梅借了梅的芳名，不如说梅花蹭了蜡梅的风骨。

"岁晚略无花可采，却将香蜡吐成花"，今年的冬日我在厂留守，这首诗就像一双柔荑轻轻地掀开记忆的一角。那个冬日，两个小丫头凑在一起，把白蜡烛掰断揉碎，拌入黄色的颜料加热搅拌，直至白蜡渐变黄蜡，融化成烛泪，便用手指沾着灼热的烛液粘在捡来的枯枝上，捻蜡成花，成为寒冬的雅趣。虽则不够精美，但插在花瓶上，俨然是蜡梅成型了，孤傲瘦劲，朵朵黄蕊，蕴藉着天真，蕴藉着浪漫，为寂寞的寒假增添一道亮丽的风景线。虽无冷香幽幽，但缀缀蜡梅，情暖心田。如今想来已是往事如梦，那束蜡梅潜藏心底，缓缓地释放生命中的本真与快乐，驱寒暖心，多年不见的表姐，你好吗？

无数次我都蠢蠢欲动，想折上几枝半开未开的蜡梅插在窗前几上的青花瓷瓶里，以慰"一半到家开"的念想，但终不忍辣手摧花，唯恐亵玩了那枝头上的精灵。只是早晚两次去餐厅后门赏梅，看花型宛若金钟吊挂，赏花颜金黄似蜡，清香彻骨，心旷神怡。近前细赏，陡然发现这半开的花儿，居然没有一朵是仰面而开，均是花蒂向上花口向下，恍若含羞的少女花脸侧向或低头含笑不语，真可谓"虚心竹有低头叶，傲骨梅无仰面花"。

被称作寒客的蜡梅，是我国特产的传统名贵观赏花木，耐寒耐旱，广植于大江南北，生命可逾百年。在年末岁首冲寒而开，轻黄缀雪，"枝横碧玉天然瘦，恋破黄金分外香"，它坚贞孤傲又生性旷达，既可生长在山野坡地，亦可种植于街市里弄，还可落户寻常人家，它可单株孤植也可群体丛栽，无意与群花媲美，兀自丰盈着，生命纯粹不染风尘，俏也不争春，却悄然传递着春的气息，没有蜡梅的迎春绽蕾，何来春日百花盛开？人若如梅，那就做一个淡雅脱俗的人，做一个心怀美好的人，不管尘世如何聒噪，于芸芸众生中淡然噙笑默默悦人，保持一颗洁净而纯美的心，耐得住寂寞，守得住繁华。以独立而坚毅的品格，敷陈出高洁的心性和丰盛的希冀，时光温柔，生命丰盈。

夜来探梅归来，衣袖盈香，我的心情也曼妙如花，虽不曾如古人一般青梅煮酒，或沏一壶香茗对梅品饮，却依然沉湎其中，月夜探梅让我领略了蜡梅暗香浮动的香氛，铁干挺秀的风姿和凌寒傲霜的品格。

蜡梅已有信，春将临……

（原载《脊梁》2022 年第 6 期）

山河与草木

# 总有春梦在人间

李 沙

## 五 月 雪

山城五月，春深夏浅，雨后初晴。

处州城北的白云山道上，高大的油桐一树一树白花如雪，风过处纷纷扬扬，寂寂飘落，它们拥有一个极为浪漫的名字——五月雪。

林间、枝头、苔壁、石阶。天地被五月雪裹挟。绿意葱茏的游步道铺了一地雪白的油桐花，尚未来得及被游人的脚步踏碎。

晶莹剔透的白色花瓣，纤柔袅娜的粉色花蕊，是被昨夜的雨水濡湿的少女心事，泪盈于睫，泫然欲涕，望之者心生惘然，不忍拂拭，心念一动，便是惊扰。

眼前是"自在飞花轻似梦"的诗意人间，心头却萦绕着"无边丝雨细如愁"的怅惘。

蓦然想起秦观在处州所作的《好事近·梦中作》，怦然被一句"山路雨添花"击中。

### 梦 中 作

山路雨添花，花动一城春色。行到小溪深处，有黄鹂千百。
飞云当面化龙蛇，天矫挂空碧。醉卧古藤阴下，杳不知南北。

《好事近·梦中作》为秦观被贬处州一年后所作。

此词流传着不同版本。"山路"一作"春路"，"一城"一作"一山"，"杳"一作"了"，本文据《丽水市志》。尤其是首句，"山路雨添花，花动一城春色"，不只是读来更为上口。若首字即用"春路"，直接说明季节，缺乏了悬念，又太过笼统，就比不过"山路"细节准确——读者立即明白词人身之所在，非平原或水滨，而必是在山壑之中，环境的营造借由一词就已确立。再由后半句"花动""春色"，明确季节所在，这中间给出了一小段空白，给读者一个疑问的空间，使其在等待中获得了延时满足。"一城"的空间感亦比"一山"更为舒展大气，词人的想象力岂会拘泥于眼前一处山谷。处州是一个小小的山城，山上的花开了，整个城就闹了。

　　"山路雨添花"，初读时，以为说的不过是雨后万物生长，并未觉其深意。

　　五月之初，行走在湿漉漉的山路，轻踏一地落花，才恍然，春雨催花。雨后，既是花开之际，亦是花落之时。添的是枝头新绽之花，亦是山路凋落之花。自在飞花，无拘却亦无奈，无边丝雨，多情却似无情。是遇亦是离，恍惚如飘然于非想非非想之天。

　　再往后，"花动一城春色"。春动山城，花开花落，形是身姿舞动翩跹，色是浓妆淡抹艳绝。细细聆听，花瓣舒展的声音、草木拔节的声音、和风惠雨的声音，都在耳畔轻语。

　　静止的画面不再安分。

　　如果说李白常常是神笔一挥遽入仙境，那么秦观则是工笔勾勒描摹人间——黑白水墨渲染成了粉黛青红，静谧中渐闻人声鸟啼。整个山城在春色中活醒过来了。

　　仅起首这句中一个"添"，一个"动"，已是字字贴合，用词之妙，令人击节叫好。忍不住将这阕词再畅快地诵读一遍。

　　"山路雨添花，花动一城春色"，只一句，便觉得眼前春光润泽，心明眼亮。跟着词人"行到小溪深处，有黄鹂千百"，雨后的山涧丰盈奔放，它们欢快地从崖壁前仆后继跃下，水流撞击溪石如鸣佩环，黄鹂鸟儿啁啾婉转，与水声相互伴唱。

　　"飞云当面化龙蛇，夭矫挂空碧。"碧云遥天，晴空澄净，云霭变幻莫

山河与草木

101

测。带一丝微醺之意，词人在春色盈盈的时节，踏上雨后山路，放眼满城花开，一路溯溪而上，行至源头，草密树杂，人稀至，鸟虫鸣，顺着山崖抬眼望去，只见碧空如洗，飞云夭矫。

呵，这生机勃勃的人间，却不知今夕何年。且罢，且罢，梦里不知身是客，却认他乡是故乡。人生如寄，本无挂碍，何必苦苦纠缠，不如物我两忘。词人"醉卧古藤阴下，杳不知南北"，何等恣意洒脱！

只是，秦观在处州的日子真的如《好事近·梦中作》这般潇洒吗？

## 秦观初印象

处州，今浙江省丽水市，自公元 589 年建置，距今已有一千四百多年历史。水有瓯江，山有栝苍、洞宫、仙霞，山水灵气会聚，一千多年来，谢灵运、李白、王维、杜甫、刘禹锡、陆游、范成大、袁枚……历史上有多少文人墨客，都曾与处州以文字结缘，留下名篇佳作，成为这片土地特有的文化遗产。

而其中，我最喜爱的是秦观和他留下的文字。

水边沙外，城郭春寒退。花影乱，莺声碎。飘零疏酒盏，离别宽衣带。人不见，碧云暮合空相对。

忆昔西池会，鹓鹭同飞盖。携手处，今谁在？日边清梦断，镜里朱颜改。春去也，落红万点愁如海。

秦观谪职处州时，常在公务之余，在城西南隅的万象山南园纵情诗酒，眺望着绿水长流的瓯江，留下了这阕著名的《千秋岁》，倾倒无数墨客骚人。半个多世纪后，范成大到处州任太守，建莺花亭于南园，"以记少游旧事"。陆游过处州时，亦慕名前往拜谒，并吟有："沙外春风柳十围，绿阴依旧语黄鹂。故应留与行人恨，不见秦郎半醉时。"

少时，我读书的学校就在瓯江北畔、万象山脚。可惜彼时南园已废，莺花亭亦无迹可寻，城郭外的围柳沙堤倒是还在。曦光轻薄，夕阳酡染，我常会趁着上学前、放学后，独自在大水门、小水门外流连一段时光。对照着《千秋岁》中的一字一句，寸寸皆是再熟悉不过的风光，对这文字便倍感亲切，又因着这华辞丽章，再看眼前自小看惯的景象，也多了一层历史的积淀与文化的柔光。

行走在城郭外，每每想起秦观也曾徜徉于这片溪滩，可能与我一样，长久地凝望过这条江水，眼前是一眉清目秀的翩翩少年，立于碧流东逝的瓯江之侧，看淡霭残烟中，暮野四合，城墙斑驳，花褪残红，轻叹一句"春去也，飞红万点愁如海"，我所能想象得到的男子可以有的风流倜傥，便是这般模样了。

实际上，秦观在处州写下《千秋岁》时，已是人到中年，沦落天涯，境况堪忧。

## 是劫亦是缘

秦观出生于公元 1049 年，是北宋晚期的著名词人。因为词写得实在太好太有名了，让后人常常忘了他还写得一手好文章，尤其擅长策论，文丽思深，充满真知灼见。他的老师苏轼夸他"词采绚发，议论锋起"，黄庭坚赞其策"言明且清"。从秦观的文章可以看出，他胸怀天下，心系民生，在政治、经济、律法、军事、农事上都颇有见解，有胆有识，实乃经世之才。

秦观是著名的"苏门四学士"之一，与苏轼亦师亦友，情谊深厚，彼此引为知己。只是他才学虽深获苏轼、王安石推誉，却大器晚成，屡考屡败，直到 37 岁才考中进士。39 岁时，得苏轼引荐为太博士（国立大学教官）兼国史院编修官。因才能出众，颇受到宋哲宗器重，经常赏赐他砚墨器币等财物，一时间冠盖堂堂，春风得意，可谓是出道即巅峰。《千秋岁》中所言"忆昔西池会，鹓鹭同飞盖"，就是怀恋当年意气风发之盛景。

那几年里，他"驱风雨于挥毫，落珠玑于满纸"，才华终于找到了用武之地，得到淋漓尽致的发挥。然而当时的北宋朝廷党争激烈，新旧两党交替执政，政治环境动荡不安。秦观的老师苏轼属于旧党，而哲宗后期新

山河与草木

103

党重新掌权，年富力强的秦观正欲施展抱负之际，就在"元祐党争"之中，因与苏轼的关系受到牵连，一再贬官，人生境遇急转直下。

公元 1094 年，时年 46 岁的秦观被谪贬至处州。"圣绍初，坐党籍……贬监处州酒税"。当年京城"英豪满坐"的翰苑高才，沦落到"州如斗大"的处州，任一名小小的税官。地僻官闲，昔日的"珠帘十里东风，豪俊气如虹"，今已是"日边清梦断，镜里朱颜改"，只得在饮酒吟诗、谈禅抄经中度日。

然而，这却只是他贬黜生涯的开始。此后，"使者承风望指……以谒告写佛书为罪削秩徙郴州……又徙雷州。徽宗立，复宣德郎放还"，至藤州（今藤县）卒，终年 52 岁。原以为被贬已是人生谷底，没想到又以妄写佛书获罪，一波三折，急转直下，直至山穷水尽，客死他乡！

秦观因劫难与处州结缘，在处州这片土地上待了三年，喝了不知多少好酒，留下不知多少名词佳句，亦不知是处州之幸，还是秦观之幸。他从巅峰跌落于处州之时，也未想过更长的磨难还在后头吧。因为处州，相比于郴州、雷州、藤州，已然是一个山娇水媚的温柔乡，而谪贬相比于削秩，竟已是秦观最后的体面。

## 秦观和秦少游

秦观字少游。我年少时一度更喜欢"秦少游"这个称呼。"秦"字令人不由得联想秦淮河畔的软玉温香，"少游"则逍遥自在、无羁无绊。

其实二十来岁时，秦观曾以"太虚"为字，到三十岁后才改字"少游"。公元 1085 年，也就是他即将考中进士那年，曾对其友陈师道言："往吾少时，如杜牧之强志盛气，好大而见奇……字以太虚，以导吾志。今吾年至而虑易……愿还四方之事，归老邑里如马少游，于是字以少游，以识吾过。"意思是年轻时，以太虚为字，是我的少年志气。如今年岁渐长，倒更向往马少游一般的闲情逸致，以后你们就叫我少游吧。

马少游其人，据《后汉书·马援传》记载，乃汉将马援从弟，他无意功名，悠游乡里，认为"士生一世，但取衣食裁足……致求盈余，但自苦耳"。后世文人将马少游视作不为功名所累的典型，苏轼也很欣赏他，有诗赞"应羡居乡马少游。"

当时，秦观已两次落榜，此次赴京应试，前途未卜。由改字可知，他自言"强志盛气"，是志向远大、有抱负之人，渴望能实现自我价值。"字以少游，以识吾过"又体现了他在逆境中自我反省、自我疏导的心态和能力。他以字言志，进有太虚之志以经世，退如少游之德以存身，可见他追求的并非功名利禄，而是切切实实地想要有一番作为。

关于秦观名字的来历、读音、含意，有不同说法。其中一种是，秦观的父亲因钦佩当时的著名词人王观，亦即为其取名"观"，我觉得比较可采信。观应念第一声，意思是"看见、认知"。而秦观在写作上，尤为善于观察、洞知，契合了父亲给他起的名字。

当秦观身陷困境，仍不忘以手中之笔细腻记录世间种种美好。山水、云烟、日月、亭台、鸦雀、草木……万物皆收入词人笔底，一颗敏感的心寄情于景，含情目光所到之处，抚慰了自己，也抚慰了千百年来无数读者。

秦观和秦少游，恰好是一个人的两面，一面代表着对现实深刻的格物致知，一面代表着内心高远的精神境界。观、太虚、少游，从名字上，也可看到其文字和思想的追求、演变与互为。


# 密码写在纸上


我曾以为秦观抒发的只是淡淡闲愁。"漠漠轻寒上小楼""烟水茫茫，千里斜阳暮""柔情似水，佳期如梦，忍顾鹊桥归路"……只看文字，觉得此人愁也愁得如此曼妙悠然。

虽知他当年被贬处州，但被贬似乎是古时文人的宿命，少不更事的我，隔着千百年的时光去旁观时，常常也不那么在意，只是沉迷于文字的幻影，忽略了以性命写成文字的血肉之躯。

及至略经一些世事，见识到能了无牵挂抽身而退的周全之人毕竟稀罕。大多数人，只能一生随波，空怀抱负才华，一纸调令，身不由己。再

山河与草木

看秦观的词作，才觉其生之艰辛、死之孤寂，也更叹服其文字之轻盈灵动，心境之高远旷达。

《好事近·梦中作》全词用字平易，浅显易懂，描写的不过是寻常春日山景。与秦观的其他名句如"山抹微云，天连衰草""雾失楼台，月迷津渡""斜阳外，寒鸦万点，流水绕孤村"等相比，显得似乎有些"平淡无奇"。唯当身处词人当年所处之地，回顾词人当年所处之境，对词中描摹的景象和词人所流露的复杂情感，才有了深切的体会。

写此词时，是秦观被贬处州第二年。许是稍稍习惯了南荒生活，许是处州温润的水土养人，同样是写春景的词，我们对比第一年的"春去也，飞红万点愁如海"，从"花动一城春色"中明显能感觉到情绪基调的变化，整阕词的色调都更为爽朗明亮。

初来处州时，是"花影乱，莺声碎"的伤感，是"忆昔西池会"的怀恋，次年则已有了"有黄鹂千百"的欢愉和"杳不知南北"的释然。在处州淳朴的山水田园生活中，初时巨大的落差感渐渐被疗愈。

该词说是梦中作，想来不过是托词。词人所说之梦，指的是山城春日的自然之景，美好得如同一个梦境，给词人以慰藉。词人在这如梦春景中，更觉世事如梦。心底那一缕青云之志始终不曾忘却，渴望如龙蛇夭矫，直上云霄，实现抱负。然而现实境遇残酷，对于词人而言，理想和追求只能是一个脆弱易碎的梦罢了。

回想起秦观之字"太虚"与"少游"，此时便觉遥相呼应。苦闷压抑一年之久的秦观，终于在明丽春光中暂且忘却烦忧。他的内心是豁达澄明的。他参透了"齐死生，了物我"之境，安抚自己，醉卧古藤忘南北。只是放达从容如他，亦不忍在现实坎坷的打压中醒来啊。这种交相错杂的情感，在词中被表达得淋漓尽致。而处州柔润清丽的山水风土，也成为秦观人生中最后的安慰。

作此词后五年时间里，秦观颠沛辗转，终于在 52 岁时，因"徽宗立……放还"，迎来了一丝曙光。不料却在归途中，溘然逝于藤州，终是一生抱负未展，一切都结束得猝不及防，竟然真的应了那句"醉卧古藤阴下，杳不知南北"。如此诗谶，苏轼读之不禁潸然涕下，慨然无言。春色唤醒了人间，词人沉寂的灵魂却终未能在春色中活醒过来。

出身低微、命运多舛的秦观，天资聪颖、坚韧多情的秦观，孜孜以求、短暂地实现过理想的秦观，一路上把春光看老，却仍以少年心性叙事的秦观，其词婉约，却意气豪放，在平和轻柔的语境中，展现了开阔飞扬的意境，用最唯美的文字，书写着浮沉一世的奈何人生。

读懂了秦观的故事，才能真正读懂他的文字。

千年时光悄然逝去。脆弱的建筑屡败于风雨尚有重修之时，坚强的文字如果不被铭记，却往往在不经意间已随风飘逝。而这些文字，正是我们用来解读一座城池前世今生的宝贵密码。文字的记载和流传是容易的，人类从来不乏记录的工具和载体，然而文字的解读和破译，却常常是被忽略被轻视被忘却的。隔着时光，隔着纸页，文字的魅力早已在不知名处被一再折叠。秦观在处州留下了辉熠史册的著名词篇，个中密码，躺在纸上千年，静待后人寻味。

一片土地的文化，不仅在遗迹的修复，更在其精神财富的代代传承。在尝试触摸历史温度的过程中，我对脚下这片土地的热爱益发深沉。如今，退去春寒的城郭已修葺一新，南园与莺花亭也已重新修建。唯有城郭外、南园下的瓯江水，依旧温柔地环抱着小小的处州城，荡漾着千年不变的碧波，江心那轮皎皎明月，也始终温柔地凝望着这片土地上的人，去了又来。

（作于 2023 年）

山河与草木

# 大慈岩银杏

李 茜

一棵巨大的千年古银杏，静静地长在深山古寺中，满树金灿灿的叶子，是冬天最温暖的颜色。微风拂过，无数的叶子如蝶舞翩跹，轻盈地落满了瓦背、青石台阶和小院。整个世界寂静而又灿烂，像一个美好而又不真实的梦。置身其中，油然生出"此景只应天上有"的感慨，别后也当是梦中误入美妙仙境。

如果不是那一张照片如此清晰地提醒着我，我想我真的会把这段游历当作梦境。因为我无数次地回想起这棵长在大慈岩的古银杏，每次都为它金色的光辉而迷醉，却无论如何也想不起其他跟这次游历相关的半点细节。那张照片一直鲜活地印在我的脑海里，尽管二十几年来未曾翻看，但我一点儿也没有淡忘那份美好。

那是我平生所见最大、最美的银杏树。我在二层的石栏杆前，以金灿灿的银杏为背景拍了一张照。那时我穿了一件红色的毛衣，在金色的世界里特别突出，红黄相衬，真是一幅赏心悦目的画面。我还记得毛衣的样式，以及毛衣上别出心裁的一枝蜡梅，黑色的虬曲枝干，白色的花骨朵，盛放的黄色梅花好像比金色银杏叶更为鲜亮。

照片很美，我想我是在最恰当的时节遇到了最美的银杏。我深深地爱着那棵银杏，那棵长在大慈岩的银杏。每年银杏叶黄的时候，我都会想起那满树满院子金灿灿的叶子，想着哪怕只是在树下静静地坐着，也一定如置身世外桃源一般美好。再没有一个地方的银杏会胜过那山中的景致了。在我心里，银杏只有一棵，任何树都不能替代。

偶然在公众号上看到一则推荐大慈岩银杏树的图文,写到"再过不到半个月,大慈岩将迎来最灿烂的季节,千年古银杏黄叶纷纷,1秒进入童话世界",配了一张角度和视觉都极佳的大场景图片。我被深深震撼到了,强烈萌发出再去看它的想法,想去重寻那个奇妙的童话世界。

联系了最要好的朋友,有幸在朱家埠相遇、相知相伴四年时光、毕业后也一直书信电话联系的好闺密,只是说了一句"我想去大慈岩看看",她就马上回应"那就去吧"。这就是与你气味相投的铁杆朋友,你的想法她都无条件地支持。

半个月后,我们踏上了再访大慈岩古银杏之旅。在杭州会合后,我们开车前往建德。建德是我们的第二故乡,在那里求学的四年时光最是单纯美好,像新安江的水那么清净,如朱家埠的山那么婉约。大慈岩属于建德市辖区的一个镇,离建德不远。我们在朱家埠读书的时候,周边的千岛湖、灵栖洞、梅城、诸葛村、富春江等景点基本上都去过。我一向觉得自己记性还行,去过的地方基本上会有印象,可唯独对大慈岩是选择性失忆了。我想当时应该是坐火车去的,记忆里的绿皮火车从岭后(千岛湖)开往金华、义乌,终点站大概是到杭州。每天有四个固定时间(两班车来回)都会在学校里听到火车的鸣笛声,看着它吐着白气呼哧呼哧地跑过。火车沿线经过大慈岩,所以我觉得没道理不是坐火车去,但我也只能想到和火车有关的事,还是想不起如何坐火车去大慈岩。朋友没有和我去大慈岩的印象,也没有那棵古银杏的记忆,可以确定我们不曾一起去过。我并不是固执地要回忆起什么,只是觉得想不真切的事情就如水中花、镜中月,朦朦胧胧、闪闪烁烁,极不舒服,恍如隔着无尽的时光。

为了这一次寻访,我特地也穿了一身红色的衣服,以示我对银杏的怀念。大慈岩近些年来比较热门,被冠上"江南悬空寺"的称号,上山下山也有缆车可乘坐。我不知道缆车是从哪一年开始有的,以前若有的话我们应该也不会坐,穷学生肯定是靠两只脚的。但如今为了省时省力,还是直接乘坐缆车上山。

坐在缆车里纵观山间风景,绿色葱茏间点缀着不少黄色、红色的树木,看起来也是色彩斑斓,但由于是阴天,总归有些灰蒙蒙。从缆车下来后，我们沿着路标慢慢向悬空寺方向前去。一路依山而行，走栈道、穿幽径、过寺庙、登陡坡、绕双面佛、经塔林、入天门，终到我记忆中的寺院。也许是一心惦记着银杏，这一路的险峻行程我竟也没留下太多印象，直到进入院门，我的记忆瞬间与二十几年前对接上了。

没错，就是那棵银杏树，只是和记忆中的金黄相差太远。眼前的银杏叶子大多还是黄绿色的，顶端向阳的地方略黄，低处的叶子则几乎还都是绿的。院子里落了一地的，倒是金黄色，但缺了阳光的照射，迷人的色泽也就无法透露出来。应该还是天气太暖的缘故，要多经几场风霜洗礼，叶子才会真正成熟。

眼前的景象是熟悉的，可又是陌生的。怀着热切的期待而来，虽然也知道可能会和记忆里的不同，但反差太大还是会有一些失落。我忽然意识到，有些东西过去了就不会再回来，哪怕你用心地再回头去找，哪怕你真的在茫茫人海中找回了他，可是时光毕竟不能再倒流，他不可能再是当初的他，你也不可能再是当初的你。就像古希腊哲学家赫拉克利特说的"人不能两次踏进同一条河流"，一切皆流，无物常在。我们所有逝去的回忆只能是回忆，那时那景，都不会在此时此景中活过来，最多也只能做一次比较而已。这样想来，倒也释然了。昨日不会再来，还当珍惜眼前。我应该放下故地寻梦情结，只当是一次新的美丽相约，知己同游，乐在山水，情在心中。

踩着满地的银杏叶把寺院丈量了一遍，拾级到二层平台，又到了当年拍照的地方。上面的银杏叶黄的色彩要多一些，旁逸到路边的枝条上挂了许多祈福的木牌子，红色的丝线垂挂下来，颇有喜庆的感觉。相对于庞大的树的整体，这点密匝匝的牌子不算太多负担。历经千年，看过多少人间悲欢，银杏应该有一颗非常豁达、通透的心，当它接受人们的祈福时，一定也会把它的祝愿送达给对方。我面向大树，悄悄地向它透露了一些心事，不求能够得到帮助、解决，只愿能放下无谓的包袱，开启一些新的篇章。

回到大树下面，与朋友背靠背地坐在满地银杏叶上，请过往的一位女孩帮忙拍几张照片。女孩很热心，给我们选了几个角度拍摄。我们在镜头里灿烂地笑着，爱笑是我们共同的特点。女孩忽然说了："你们俩长得可真像！"我们相视而笑。这句话在我们相处的时光里不知听过多少遍。人和人的缘分真的很奇妙，许多看似偶然的经历，却成就了必然的相遇。感谢在岁月的河流中，命运让我们偶然地会合，从此有了永恒的交集。一个和你长得很像的朋友其实并不是相貌上相像，而是你们的气质相似、心意相通，由内而外传达出的那份清气就很统一、和谐，所以感觉上就特别像。所谓物以类聚大概也有这样的道理吧。

　　静静地在院落里待了很久，直到人群散去、天色将晚。在这样的时刻，似乎能够更亲近一些古树，能够听到它沉稳而有力的心跳。摩挲一枚枚扇形的叶子，那光滑的脉络、起伏的齿边，似乎也隐藏了无数小小的心事。这些可爱的精灵，一生都在这里生长，从春天的绿色到冬天的黄色，从枝头萌芽到坠落尘土，它们经历了什么？看到了什么？又听到了什么？晨钟暮鼓、云烟缭绕、风霜雨雪、气象万千，它们感受着、思索着、坚守着，寻找一个永不凋零的梦。"零落成泥碾作尘，只有香如故。"古树会记住它们的芬芳，今日的我们也会记住它们的芬芳。

　　下山我们走了山路，我发现自己很快就又开始怀念这棵古银杏，无论如何它始终是我记忆里最美的。"杏"会大慈岩，我想我还会再来！

（作于 2020 年）

山河与草木

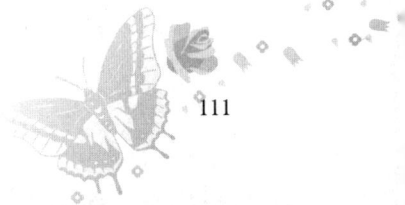

111

# 走进电网弄

谢作尾

　　汽车在文祥大道与泰寿路岔口附近停了下来，司机语气平和地说："电网弄到了。"我朝四处张望，公路旁边没有明显的路牌。走近民房，在蓝底白字的门牌上可以清晰看见"泰寿路电网弄"字样。泰寿路是浙江省泰顺县通往福建省寿宁县的一条公路。泰顺县名寓"国泰民安，人心效顺"之意，而寿宁县名则含安宁之义。"泰寿"这个路名也就显得格外吉祥。

　　在祖国各地，电力路、电厂路、电网弄之类带有明显电力特征的地名为数不多，在其周围一定存在发电厂、变电站、电力调度机构，或有影响的电力院校、科研机构。泰寿路电网弄的由来就跟泰顺县第一座 35 千伏变电所有关。

　　泰顺县地处浙闽边界，雄踞于洞宫山和南雁荡山脉的重峦叠嶂之中，境内溪流众多，水力资源丰富。1955 年，当地一名年仅 25 岁的青年柳齐准匠心独运，选择在百丈镇东岸村的后山上创办泰顺县有史以来第一座小水电站。"初生牛犊不怕虎"，他长年吃住在山上，在毫无经验的情况下，凭着一股钻劲，硬是利用树木和毛竹架起一条 90 余米的压力管。1956 年夏天，这座装机容量为 3 千瓦的小水电站成功发电，点亮了东岸、西岸两村的 100 多盏电灯，在当地传为佳话。从此拉开了泰顺县小水电建设的序幕。据统计，20 世纪六七十年代，泰顺县共建成小水电站 98 座，装机容量 2835 千瓦。一座座小水电站犹如一颗颗夜明珠，在崇山峻岭中绽放着明亮的光芒，给山区群众带来光明和希望。

　　1979 年，泰顺县于动工兴建第一座 35 千伏变电所。所址选择在罗阳镇城郊接合部的赤砂山。这座变电所于 1981 年 9 月竣工投运，命名为 35 千伏罗阳变电所。同年 9 月，35 千伏罗阳至三魁的输电线路及 35 千伏三魁变电所建成投运，并首次将南山一级、二级电站及金狮电站并网运行，同时成立县电网管理所。泰顺县级小电网从此初步形成。换句话说，35 千伏罗阳变电所的建成是泰顺县电力发展史上具有里程碑意义的大事。后来，泰顺县地名办就把 35 千伏罗阳变电所进所道路命名为"泰寿路电网弄"。

我走进了这条历经风雨沧桑的电网弄。脚下是一条简易的水泥路，宽四五米，从弄口沿山势往里延伸，越往里走，坡度也越大。此时，太阳已经出来了，明媚的阳光照射在大地上，驱散着早春的寒意。我的体内似乎也有一股阳气在缓缓升起。虽然行走在上坡路上，脚步却异常轻松自如。

"这是与变电所同步建成的职工宿舍楼，现在仍有人居住在里面。"同行的国网泰顺县供电公司工会副主席夏志坚指着道路左侧的一栋老房子介绍说。在 20 世纪 80 年代，35 千伏变电所都实行值班制，而且是 24 小时全天候轮值。在偏远的变电所同步建设职工集体宿舍显得十分必要。这是一栋砖混结构的老房子，共三层，平顶，外墙有明显的刷白痕迹，跟周围的高楼比显得寒碜些。好在它有一个独立的院子，一扇铁门，三面围墙。围墙是砖砌的，有两米多高。外侧墙面已有局部脱落，露出一块块红砖，看上去颇有年代感。

我们继续行走数十米，有一个三岔口，往左拐，便是 35 千伏罗阳变电所和电网管理所旧址。变电所主控室和 10 千伏开关室基本保持原样，两栋楼均为平房，垂直布列，灰色的水泥墙面简简单单，没有任何修饰。35 千伏罗阳变电所一期变电容量仅 2000 千伏安，后来进行了扩建，变电容量增加至 4000 千伏安，一直作为泰顺县城的主供电源而存在，并通过一条 35 千伏线路与福建省寿宁县相连，为浙闽电网的互供及安全稳定运行发挥了重要作用。1996 年 7 月，110 千伏泰顺变电所建成投运后，35 千伏罗阳变电所便退役了。随后，电网管理所也搬入新的电力调度大楼。如今，这里是泰顺县银泰电力实业公司物资部的办公场所和物资仓库。宽敞的院子里堆放着许多电力器材，在阳光照射下闪着银光。两棵四五米高的桂花树枝繁叶茂，郁郁葱葱，散发着春天的气息。

山河与草木

"我 1990 年学校毕业分配到电网调度所，从事通信工作，就在这里上班。电网调度所搬迁后，我在这里居住了三年多时间，而且是在这里结婚、生子的。"夏志坚兴高采烈地说，仿佛一下子回到青春岁月。

刚从国网泰顺县供电公司开会回来的银泰电力实业公司物资部主任曾文光接过话茬，说："我是 1992 年学校毕业分配到这里的，先是从事变电所绿化，后转岗从事通信工作，在这里也工作生活了多年。"

电网弄作为泰顺县最早的变电运行和电网调度基地，为泰顺电力系统培养了百余名技术和管理骨干。他们中的部分人后来进入省、市电力公司并担任相关工作的负责人。对每一位泰顺电力人或曾经在泰顺工作的电力人来说，电网弄是他们魂牵梦萦的地方，抑或是他们共同的精神家园。

早期的电网弄到变电所这里已接近末端。后来，当地居民又在附近的山坡上盖房。这些楼房高低不一，朝向各异，错落有致，整洁幽静。我们继续上坡，路面越来越窄，坡度也越来越大，几经蜿蜒，终于到达电网弄的尽头。呵呵，居然是一畦绿油油的菜地，附近还有一片茂密的竹林，显示这里已是小山之巅。

电网弄从无到有，从小到大，见证了泰顺电力的沧桑巨变。1988 年 2 月泰顺县并入华东大电网；2017 年 7 月，泰顺县首座 220 千伏变电所建成投运。截至 2021 年底，泰顺电网有 35 千伏及以上变电站 13 座。全县有并网水电站 117 座。2021 年泰顺县全社会用电量 6.59 亿千瓦·时。建设规模为 120 万千瓦的泰顺县抽水蓄能电站已于 2022 年 3 月开工，计划于 2028 年竣工投产。这一切都昭示泰顺电力事业正在蓬勃发展。

夜幕徐徐降临，电网弄居民家里的灯光次第亮起，放出温馨的光芒。我站在赤砂山的高处朝泰顺新城方向眺望，那是一片灯的海洋，各式各样的路灯、广告灯、招牌灯流光溢彩，把县城装扮得格外迷人。站在我身旁的夏志坚手指北方说，泰顺县抽水蓄能电站位于泰顺北部的司前镇，离电网弄大约 20 公里。当这座被媒体誉为"巨无霸充电宝"的抽水蓄能电站竣工投产时，泰顺这颗浙南明珠必将更加璀璨。

（原载《国家电网报》2022 年 4 月 22 日）

# 母亲的纸板箱

奚彩霞

我对母亲是非常嫉妒的。

## 1

都说母亲年轻时长得很美，而她对自己的美貌却不自知。我没见过她少女时的模样，记忆中的母亲总是扎着两个麻花辫，身着的确良衬衫，脚穿浅口黑布鞋，简单素净、朴实无华。

记得小时候，经常有人瞅她，念叨着皮肤好白，长得可真好看。那时，我心里总是酸酸的，心想着都两个孩子的妈了，长这么好看有啥用？自己的女儿皮肤黑黑的，脸圆圆像个"麦鼓头"，拨弄个啥都不成形。

初中时，有一次我俩一起逛街，碰到母亲的同村人，竟然被误认为是俩姊妹，那人上下打量了我半天，一脸惊讶："这是你女儿，怎么一点都不随你呀！"为此我还和母亲大吵了一架，埋怨她没把好皮肤、好容颜遗传给我。母亲一脸的无措，不停地解释："老话说女儿随父亲福气好，老话还说女大十八变，小时候难看长大了才好看，有的丫头小时候很漂亮，长大了反倒不好看了。"

待我心情平复后，她就趁机诱导："女孩子长得不好看不要紧，只要多读书容貌自会好看。"这句话就像一种魔力无形中影响着我的成长。上学期间一直暗示自己没有好看的容颜、显赫的家世，得勤奋，得多读书，得让诗书浸染，才能弥补先天不足。

115

工作后，就连交友也喜欢和爱书的人交往，一听说对方爱读书自然就很亲近，不自觉地会成为朋友。

## 2

儿子出生后时常赖在我母亲家，一日午后，四岁的儿子突然笑眯眯地冲着两老喊："老头子，老太婆！"我一把拉住他："没大没小，叫谁呢？"儿子一脸无辜："妈妈，外公外婆天天都这么叫的。"还学给我听，"老太婆，我的老花镜呢？老头子，在茶几上呢。老太婆，老头子……"那日的午后一家子乐得不行。

用母亲自己的话说："跟你爸就是过日子，哪有什么爱情，结婚前连面都没见过，你爷爷找了个媒婆上门说亲，你外婆打听了下对方的基本情况就定了，当初我还不愿意嫁呢。"说起这话时，我瞥见了母亲脸上的一抹羞涩，对，是羞涩。

母亲出身贫寒，十四岁时没了父亲，家里兄弟姐妹七个，生于七夕，排行老七。那个年代家庭贫穷，重男轻女之风在农村尤甚，只有年长的两个哥哥才有资格念书，她只能割草、放牛、放羊，每天干农活、做劳力挣工分。

那时，结婚应该是女人最大的转机。母亲打小就有主意，心里早就盘算好得去村外的世界看看，再怎么着也得嫁到县城去。

都说母亲吃苦耐劳，脑子又好使，学啥会啥，是干活的一把好手。这样一传十十传百，吸引着邻村的人也纷纷跑来提亲，爷爷家就是其中一个。刚开始媒婆来提亲，母亲死活不从，后来一听说父亲是读书人，高中毕业，在县城上班，吃公家饭的，母亲就松了口。而外婆看重的是爷爷是村支书，念着"好嫁了，好嫁了"。

母亲刚嫁过去时，爷爷分给她一间二层楼的木头房，还有外债，生我哥和我时口粮都不足。那时父亲还是厂里一个普通工人，母亲非常勤劳，她白天背水泥做小工，休息天拉橡胶，跟着父亲住在单位的小平房里，用心地经营着自己的小家庭，从来没喊过一声苦。

长大后我问过母亲："当时日子这么辛苦，你到底喜欢父亲啥？"母亲不好意思地说："你父亲有文化，我就喜欢他每天晚上看书的样子。"

这就是母亲的爱情。

## 3

"这辈子我知足了。你爸对我好，退休后，我每天睡到自然醒，都是你爸做好早饭，叫我起来的。我儿女双全，都有第三代了，这是几辈子修来的福分哪。"说这话时，母亲已经在医院躺了快半年了，她第一时间知道自己得了癌症，每次还装糊涂乐呵呵的，直到最后反而安慰我说人的命是有定数的，那年她还没满六十岁。

但我知道母亲这辈子最大的遗憾是没念过书，不认识字。母亲脑子好使、心算很快，年轻时好多人要请她去当民办教师。母亲说自己没念过书，不会写字，每次拒绝，人家都说怎么可能，说这话时我仿佛看到了母亲眼里亮出的一道光。每回想到这就堵得慌，要是母亲念过书当年做了民办教师，也不用这么辛苦地做小工了，身体也不会垮，现在说不定也不会生病了。

母亲常说自己没文化，所以无论有多苦，自己的儿女一定要读书得认字，不能再吃她那样的苦。哥哥九岁、我七岁那年，母亲就领着哥哥和我去城里的小学念书，村子里的人都觉得不理解，母亲毫不理会，她说城里的学校肯定是要比村子里的好。

后来我去杭州读书，又有人跟她嚼舌头，说一个丫头片子读那么多书干吗，总归是要嫁人的，她说女儿、儿子都一样，看着他们读书心里欢喜。

## 4

我从小出生在县城，也没在老家生活过，初中毕业就去了杭州读书，毕业后又分在外地工作，回老家的次数也是屈指可数。每次回老家，碰到

山河与草木

村子里的人总是傻傻分不清，唯有咧着嘴傻笑，而村民们一下就认出我来，还热情地拉着我的手："你是谁谁的女儿吧，长得可真像你妈呀。"起先有点不适应，后来觉着欣喜，心想母亲真的没有骗我，读书可以改变容颜，终于有人说我像她了。

几年前，听钱国丹老师来三门的文学讲座，开篇就是"腹有诗书气自华"，倍感温馨，讲座完后我特意留下，大胆地贴上去问："钱老师，您是如何保养的?"她笑呵呵地回："书籍可以美化人的容颜，读书使人青春永驻。"

母亲果然有先见之明。

母亲过世后，有一天我回家整理她的遗物，翻到几个纸板箱，却怎么也搬不动，打开一看竟然是满满的一摞书，保管得齐齐整整，有我的课本、日记本、奖状，还有信件，连我小学时的摘抄本都放得好好的。父亲叹了口气："这可是你妈的宝贝，几次搬家叫她扔，她就是不扔，搬来搬去。你妈说她不认字，哪知道你哪个要用哪个不要用，一定要交还到你手里。"

我认真地抚摸着这些物件，细细地翻开日记本，第一句竟然是："妈妈，我讨厌你……"

看着自己弯弯扭扭的字，我的眼泪再也没止住。

# 月亮升起时

冯惠新

某日下午六点钟，天空中一只不明飞行物像萤火虫缓缓飞行，然后逐渐消融在一片微茫的月色中。我呆立着看了很久，随后回房间收拾、洗漱，一切如素。

日常生活像一个巨大齿轮，人容易因惯性朝前走，慢慢变得麻木。而当忘却那些条条框框，把紧张的弦调松，似乎又瞬间可以跃入天马行空的世界，比如猜想那只不明飞行物载着怎样的地球使命。下班后我喜欢躺在床上望着屋顶发呆，房顶深棕色的骨架根根分明，像一只异形的木船倒扣在空中。而我就在一片透明的海面上神游，有时空中的尘埃会形成一道光亮供我观想，但大脑不愿停歇：那些潜藏在记忆深处的场景，因相似的味道或感觉，突然被唤醒，然后不得不感叹时间过得如此之快，以至于当记忆重现时，我像是在观看别人的历史。

文学是一条暗线，它破碎而崎岖地穿插在我的过往中，有时仅在难过的时刻充当着最后一根稻草。我永远记得那天下午，当我穿梭于图书馆一排排书架之间，偶然翻开北岛的诗集，三两行诗句瞬间将我击中。诗人行文优雅沉郁，我虽读不懂其中隐喻，但那些汉字经过奇妙的排列组合后，像巫术般让我控制不住地读了一遍又一遍，并萌生了写诗的冲动。

在这之前，我以为我不会再提笔了，结束高考后，我一直沉溺于各种影视剧和无聊八卦中。终于在这天稍稍醒来，妄图在这个世界上留下"到此一游"的痕迹。而重拾信心的过程并不顺畅，在空荡的走廊独自徘徊，我思绪纷飞却难付诸文字，宁可苦熬着也不甘就此搁笔，但也因着这份执念，让我磕磕绊绊地成长些许。

如果仔细探究这份执念源自何处，就好像小说家的惯用手法，其实一早便埋下伏笔。我的母亲是一位印刷厂工人，整日早出晚归，偶尔下班回来会从她破旧的包里神秘兮兮地拿出一卷书给我。那些书要么是封面残缺，要么是装订有瑕疵，总之无法流入市场，最后的结局都是进入碎纸机。我的母亲看到还不错的书，就会趁人不注意"拿"回家。是的，她一直用"拿"这个词来掩饰自己的羞愧。我印象很深，她每次"拿"给我的时候总会悄悄凑近，尽量压低声音，在我耳边故作神秘地说："我给你拿了本书，写得真好啊!"然后，她一层层解开用来包裹书的废纸或衣物，于是一本卷翘的书像无辜的小鹿跃入我眼帘，再次有了生命。

那时的我不懂得挑拣，母亲拿来什么便看什么，因此阅读内容紧跟市场流行。我感激我的母亲为我精心搭建的精神世界，让我从小就领略到人生的多样性，成功并非唯一选项。一路激流勇进的少年登峰远眺，看见繁华之处尽是悲凉底色。中小学期间，我的文本与同龄人相比显得过于早熟，常会引起老师注目。但后来考上家乡的重点高中后，真正领教了什么是"人外有人，天外有天"，自己的那点小才思跟别人比不值一提，也是从那时起我开始变得自卑敏感，并从此进入很久的一段"失语期"。

木心先生曾写道，生命是时时刻刻不知如何是好。

对我而言，失措是常态。有时努力为预想的事情做好准备，生活又朝着另外的方向发展了。譬如当我不断练习，决心成为一个写作者时，面对考研、择业的重重压力，我又再次退缩。最焦虑的时候，一到晚上我就在学校操场上一圈圈地跑步、走路，学校操场没有灯，更接近自然的夜色，人们借着凄清的月光，像一个个行星，各自寂寥着旋转。

"命定的局限尽可永在，不屈的挑战却不可须臾或缺。"当遗憾因小我的局限不能幸免时，所幸还能秉持最初的勇气，从头再来。又或者，当人们在苦苦探寻答案的小路上，诗意正在诞生，历史正以崭新的方式被书写。

许多年以后，那些曾经相忘于江湖的人又聚在了一起。

月亮升起时，他们举杯，梦没有碎。

# 铁崖山上读书人

何永林

去年在阅读明代文学家田汝成写的《西湖游览志余》时，看到一则关于《西湖竹枝词》的内容："《西湖竹枝词》，杨铁崖倡之，和之者数百家，大率咏湖山之胜，人物之美，而寓情于中，比之一律。"杨铁崖即元代著名诗人杨维桢，他喜爱西湖，有感于西湖风光而首创《西湖竹枝词》，开了西湖诗坛的新风，一时风靡杭城，竟有数百人响应，和作《西湖竹枝词》。元至正八年（1348 年），杨维桢将别家所和之词选编成《西湖竹枝集》，集 120 家词 184 首，为历史上第一部《西湖竹枝词》集。

因喜爱读古诗词，便爱屋及乌，喜踏访作者写诗词之地或其故居。杨维桢曾在杭州住过七八年，居所在吴山东北螺蛳山铁冶岭，自号铁崖道人。去年年末我曾去吴山脚下寻访过，但未找到其故居遗迹。后来听说杨维桢是诸暨枫桥人，今年暑假期间便与儿子一家同去寻访。

杨维桢故居在枫桥镇全堂村，随手机导航来到该村村委门前的广场上，但不知杨的故居在哪里，导航亦无提示。时值正午，又酷热难当，不仅路上未见行人，周围民宅也是门窗紧闭，无人可问路。幸见广场一角的小亭子内有一初中生模样的少年，便抱着试试看的心情上前打听。谁料那少年不仅仔细地告诉我有关杨氏祠堂和铁崖山等情况，还不顾酷暑，特意将我带到广场另一端的一座桥边，要我们沿着河边开，到村的东南角一问便知。

车沿小河开到路的尽头左拐向东，见前面路窄，仅容一车，便停下来欲再问路。下车在周围转悠好一阵子，仍无人可问。正在我一筹莫展之时，头顶忽有声传来，抬头一看，有一中年妇女在二楼平台处见我在寻找什么，便问我有什么事，我说："杨氏宗祠在哪里？"她手指着东面答道："再往前开不远就到了。"

在村中小道东行百来米见路右一大屋，即"杨氏宗祠"，也是"杨维桢纪念馆"。正门紧闭，靠路边有小门敞开，进门便见一光着膀子在干木工活的老汉。那老汉见我挎着相机，便问我从哪里来，我说从杭州临安来，他说："最近常有外地的来此参观，你也先参观一下吧！"

江南各地的祠堂格式都差不多，但杨氏宗祠客堂与后面没有隔开，就像一个大通间。祠堂大门后是一戏台，两边墙上挂着一些杨氏主要族人的简介，如杨维桢及其父亲杨国器（杨宏）、从兄杨维翰等，还有后人中较为突出的如曾担任过浙江省副省长的杨思一等。中间客厅上方有匾书"尊清堂"，两旁柱上有联为："遵道而行行遍九州传四德，清操而守守来万卷誉千秋。"最后面则是"文坛巨公"杨维桢的坐像，两旁陈列着他的著作、书画等。

走马观花般地浏览了一遍后，就与老者聊了起来。那老者很热情，也很健谈，向我介绍了杨维桢的有关故事，特别是在铁崖山上读书的经历。我问老汉："铁崖山就是祠堂边上那座山吗？""是的。"我又问："杨维桢小时候读书的屋子还在吗？"老汉说："早就没有了，山上已是一块平地，去年曾说要重新修建，但至今还未动工。""山上能上去吗？""可以上去，但要绕到山的南面。"

告别老汉，出门回到宗祠大门前，便见道旁突兀一座高十余丈的小山。山石嶙峋，铁骨铮铮，犹如飞来之峰。山前有碑，上书"铁崖山"三字。

我独自沿山转入山之南面，沿山脚有围墙，围墙已略显破败。从围墙中一圆洞门进入，沿石阶拾级而上，数十级便见一小平台，四周杂草丛生，估计平时很少有人上山。过小平台再穿过一段过膝的杂草丛，便是山顶平台，估计这里便是杨维桢学习读书的万卷楼的楼基了。

平台周围有一些较高大的杂树，这里虽没有凉风习习，但在树荫下也觉凉快了许多。我久久地站在山顶，想象着 700 余年前杨维桢在楼内苦读的情景。

《明史》载："父宏，筑楼铁崖山中，绕楼植梅百株，聚书数万卷，去其梯，俾诵读楼上者五年，因自号'铁崖'。"相传，杨维桢小时候，虽十分聪明，但不喜读书，顽皮淘气。其父杨宏在铁崖山上建筑一座楼，楼的四周种植绿萼梅树百株，藏书数万卷，将杨维桢关在楼内读书，并将门封住，撤走楼梯，一日三餐用辘轳传上去。杨维桢自此进入楼中成一统，不论寒暑，每日里起早贪黑，发愤用功，困倦了常以冷水浸面致清醒。试想，一个平日里调皮捣蛋的少年，被关在这上不见天、下不着地的楼内，让他日夜苦读，个中滋味可想而知。这可不是五天，也不是五个月，而是整整五年，需要何等的勇气！何等的毅力！正是这份执着，这份坚守，使之学业突飞猛进，贯通经史百家，终得学富五车，为日后成为独领元季文坛风骚四十余年的诗坛领袖奠定了基础……

忽然，树上一阵蝉鸣声打断了我的思绪。我环顾四周，觉得这里显得零乱的环境有点可惜了，如果在上面建一楼，四周植些梅树，再置一些书，成为村里的阅览室，再将环境搞得美一点，并融入杨维桢的苦读精神之内涵，供村民，特别是那些学子来阅读，岂不更好？

我们这代人对于古代刻苦学习的楷模，常常会想到一些耳熟能详的故事，如匡衡的"凿壁偷光"，孙敬和苏秦的"悬梁刺股"，孙康的"映雪读书"和车胤的"囊萤照读"，等等，他们的学习精神确实让人肃然起敬，但今日到此看到杨维桢的"辘轳传食"，觉得比起他们来是有过之而无不及。

从原路下山，回到"铁崖山"碑前，与山隔路在民居中间，有一方形的池塘。池塘内水中植物呈现一片绿色。相传比杨维桢更早些年代，南宋著名理学家朱熹，在枫桥讲学时，曾到此游览。后来，他据此处的灵感，写下了那首千古名诗《观书有感（其一）》："半亩方塘一鉴开，天光云影共徘徊。问渠那得清如许，为有源头活水来。"

当我离开杨家宗祠，继续沿这条窄小的村道向村外驶去，见村道虽小，但路及两旁十分整洁，车行其中也顺畅；整个村容村貌确实不错，不

山河与草木

少村民房前屋后种些鲜花，亦十分养眼。联想到刚才欣然为我引路的少年，主动为我指路的大嫂，以及热忱为我讲解的老汉，总觉得这里的村民文明素质普遍较高。我想，这或许是闻名全国的"枫桥经验"数十年来发扬光大的结果吧，又或许是杨氏家族良好家风数百年来传承熏陶的影响吧！

（作于 2023 年）

# 绮　怀

王　琳

绮怀。嘴角微微上扬，露出一个微笑，唇在早春二月的气息里开出一朵花。

车过杨堤。我斜侧着身，在被雾气浸润了一夜的窗子上写"绮怀"两字闹着玩儿。指尖犹凉。

绮，是绞丝旁；怀，是竖心旁。绮如外表之绚烂，怀是心思之蕴藉。这两个偏旁真美，把想说的未说的都轻轻说尽了。绮的合成词有绮景、绮画、绮窗、绮日、绮云、绮诗、绮年、绮人、绮服、绮思、绮念、绮情、绮梦、绮语、绮幻、绮愿等等。《文心雕龙》里说"日月叠璧，以垂丽天之象；山川焕绮，以铺理地之形"，这是浩大而壮美的绮景，盘古开天地开出来的浩荡山河。王维的名诗"来日绮窗前，寒梅著花未"，这是绮窗，也是绮语、绮思，因为问得巧妙。然而不是绮情，因为太过冲淡。"缠绵丝尽抽残茧，宛转心伤剥后蕉"，这是绮恋，有着不可以与人分享的甜蜜与痛楚。"江畔何人初见月？江月何年初照人？"这是绮年。"花明月暗笼轻雾，今宵好向郎边去"，这依旧是绮年，多年后可堪怀想。

我喜欢三点水的字。大多数沿江、沿海城市，譬如长沙、湘江、洛阳，多是三点水的，在地图上匆匆一瞥，有如见故友般亲切。在北京坐地铁某线，遇到的地名有些不甚讲究，例如，公主坟、万寿路、五棵松、玉泉路、八宝山……一站一站行去，脊背渐起凉意。杭州就不是这样。但看街道名曰桃花街、登云桥、豆腐巷、楚妃巷、长生桥、将军路、柳营巷、

125

菩提寺、珍珠泉、五福楼、花灯巷、锦衣街、鸣潮寺巷、凤起路、虎狮桥、灯芯巷、孩儿巷……都是绮丽多态，令人起怀古之思。在老城中心办公的时候，中午食毕，踱步出游，念一念名字，也是好消遣。

更不要说周遭玉皇山、凤凰山、栖霞岭、紫云洞之类的风景名胜，还有那"老西湖十景""新西湖十景""西湖周围三十景"等诸多名号，读来口齿生香。杭州市政府调查过民意"你喜欢哪个西湖十景的名字？"前几个月又发下过西溪"三堤十景"评选活动，送到每家每户，我很高兴地做了，因为这里有指点江山的乐趣。

关于姓氏呢？若是女名，我觉得姓苏、姓顾、姓林俱佳。苏是女性化的，紫罗兰色的。由于声调的关系，叫这个名字的时候，人总要露出温柔的神情。可以取名苏文纨、苏文秀、苏文瑾。顾，是因为喜欢顾太清，仄音节的名字里有一种优雅与避世。林是林下风致，碧山人来，可人如玉。十六岁的时候她写小说：外公最爱李煜的词"林花谢了春红，太匆匆，无奈朝来寒雨晚来风"。他感慨于世事沧桑，却依然有在世的执着，便给孙女取了"林花放"这个名字。那少女积极向上的心呀！可是一个老人，他如何会喜欢李煜的词？

还有杜若，可为女孩名。有诗曰"杜若含清露，河蒲聚紫茸"，又曰"山中人兮芳杜若"。倘若她有个哥哥，正好叫"杜宇"，或者叫"杜子规"，她若有个爱人，自然是柳河蒲。"爱爱"可以当小名，那是宛转心思的藏匿之所。譬如憨湘云吐字不清，把宝玉"二哥哥"叫成了"爱"哥哥。

若是男名，她的小说中，主人公的名字是陈西陆。陈是白马翰如、朴素清雅。西陆，是司秋之主、纯金之象——是"秋天"的代称。舌头软软滑过上颚，声音总不能高昂。是个忧伤的故事吧……姓徐也不错。徐，透着一点暖暖的橙色，好像抓不住的温暖。小说中有个女子与徐姓男子恋爱，便给自己起名"缓缓"，又叫慢慢，或者叫迟迟。

至于名嘛，还没有太多考虑。似乎用助词、动词加上去，就会变得灵动。譬如言爱、言美，念慈、念恩，怀秀、怀远，思贤、思齐。梁思成和林徽因给女儿取名梁再冰，儿子叫梁从诫，既有对称的美感，又带家族纪念，真是取名圣手。

车过曙光路、过杨堤、过虎跑、过之江大道。清早的时候是柳方铺翠，叶才点碧，傍晚归家是落日熔金，暮云合璧。春情若此，教人流连，我便给它取了名字——绮路。

（作于 2019 年）

山河与草木

# 一把银梳子

王建莉

三年后，再次站在观景台俯瞰泸沽湖，除了这一片蔚蓝湖水，还有身边的家人。我虽不热衷旅游，但也去过不少地方，唯有泸沽湖让我念念不忘，每每与朋友提及，激动的语调和神情，仍觉不能形容美景万一。家人被我怂恿得胃口吊起，于是，这个初秋，我们出发了，带着最爱的人，去最美的地。

从丽江到泸沽湖，四小时车程，司机是个憨实的小伙，车技好，但话不多，于是我做起了向导，让大家不断提升对前行的期待。其实要说泸沽湖的人文，还真了解得少，这地方热闹起来也只是近些年的事，最早时候，丽江的旅游线路都会避过此处，因为遥远，因为路途不便。它的神秘感多来自女儿国的传说，母系社会在那儿延续。

淡季沿途车辆不多，小伙无话，但停下来三次，一次是途经金沙江，那江水呀，黄泥厚稠的，都觉得要用棍子搅动才能流转起来。两次是网红打卡点，朴实的丽江人民生财有道，蓝天高山加一面镜子，就能组合出玄幻的景象，让旅行者趋之若鹜。但也因为着迷于玄幻，或容易遗失更多的美好。走走停停，约莫半天光景，我们到了。

初秋，万物都柔情地老去。白天，天空比往日更加旷远；黄昏，乌云在霞光的映照下笼罩大地。打小在西湖边长大的人，按理说对其他的湖泊应该无感了，西湖有着一切美丽湖泊的元素，更有艳羡不得的历史积淀，但泸沽湖是例外。它宁静淡泊，悠远纯净，遗世孤立。水是可以直接兜着瓢喝的，湖水的碧色，清澈见底，由近及远，浅碧至蓝，延伸到天空尽头，连成一色。风很轻，偌大的湖面几乎没有褶皱，倒影里天清气朗，如果忽有一刻，风略微重了一点，涟漪也是宽厚的，温润几下便恢复平静。极目远望，仿佛不是在这凡尘中，所有俗世俗物皆可抛开，人也变得轻盈清爽起来。

想起王小波笔下北京的秋，"路边全是高高的杨树，风过处无数落叶就如一场黄金雨从天顶飘落。……我心里一荡，一些诗句涌上心头。"在泸沽湖民宿小住的几日里，经常会这样心里一荡。入了秋，格桑花都开起来，举重若轻地点缀在路边山头，蓝色的天、洁白的云、碧绿的山、细腻的水，五彩的花。这儿鲜有喧嚣，多的是鸟鸣，只觉得节奏很慢，不必赶着步子走路，不必急急地就餐，什么都可以慢慢来。日出日落，光影之间，每一瞬的景致都是如此美妙，怎能错过。民宿的主人极少发出声音，让客人几乎感觉不到打扰，我们也不自觉地放低声音说话，只有葫芦丝婉转的曲调在流淌。

那几日，正是当地夏秋之交，我们有幸彻底体验了一把泸沽湖的气候之怪，晴天的时候，湖面上全是盛开的海藻花，洁白晶莹，美丽无比，洋溢着你侬我侬的温婉情调。但一转眼，似乎又在追着雨云跑，是偶尔被太阳庇护，云层很厚，间隔蔚蓝一瞬，色彩变化则愈加丰富。好比刚才，我站在阳台上看着日落，湖面突然蓝绿色翻滚，乌云压境，夹带风雨，眼前的天空界限分明，一半晴天一半雨雾，但随即，右边逼迫左边天空，左边的蓝色逐渐缩小，只消几分钟，眼前已全部雨帘灰暗……半小时后，风雨尽去，蓝天白云，霞光万丈。这样的雷霆万钧，如果你没见过，对泸沽湖的印象就不完整，它温柔，也飒气。

回程路上，山路有塌方，为避开山上的落石，车开得小心翼翼。司机小伙开朗了一些，我们回味这几日最为满意的三餐：一是在丽江东巴野生菌吃到的乌鸡野生菌锅，鲜掉眉毛；二是泸沽湖三家村火塘餐吧的汽锅鱼，特有的裸斑鱼配上秘制蘸水，味道一等；三是小姐妹倾情推荐的鲍哥纸包鱼，选了泡椒口味，非常好吃。还有仙子一般开放的海藻花根茎，嫩嫩的，当地人取个噱头，菜名"水性杨花"。车继续开，我手里拿着先生买的银梳子看，心里瞎琢磨着，如果当年我的先生送一把银梳子，我是否肯心甘情愿地跟着他一辈子。

（作于 2019 年）

山河与草木

# 故 人 老 张

帕瓦龙

转眼快到老张忌辰六周年的日子了。老张卒于 2017 年 6 月 16 日，看似一个六六挺顺的日子，却是老张的"凶日"，抗病三年多的他，终于在他刚刚迈入六十六虚岁的门槛上倒在了这一天。

老张本名张梧林，他长我十岁。私下里，我们一群与他交往密切的人都尊称他为"梧老"。此称呼据说是从他的一帮写书法的朋友开始的，在我三十岁认识他时，我也跟着大家这样称呼他，那时他才四十岁，年纪并不老，却已被人尊为"梧老"，可见老张为人处世，必有被人称道之处。

六年前，老张的离世，令我十分伤感。毕竟他才六十六岁，按如今流行的说法，真正的退休晚年生活还未展开，心中还有一堆心愿未了，却已仓促离世。这一走，便是阴阳两隔，虽谈不上壮志未酬，但他的身先死，并累及亲人、好友泪湿满襟，已然是残酷的现实。

六年了，我时不时地会想到老张，想起我们曾经在一起的往事。我和我的朋友阿波、阿炳和鲜工等人聚在一起，也会时不时地聊起他，聊起同他一同出差，一起摄影、一块喝酒等等趣事，那感觉恍若聊着聊着，他就真的和我们一块坐着并听着我们谈论他似的。

老张的离世，是得了一种多数人极少听到过的称为"肌萎缩侧索硬化"的疾病，它有一可怕的俗称"渐冻症"，在医学上也叫运动神经元病。它的发病率在十万个人里占到四和六之间，比起如今各类癌症频发，它发病的比例不高，但不承想就是这个看似很低的中彩概率却不幸砸在了老张的头上，也只能感叹疾病的无情和生命的无常。

老张的起病是2013年从右手臂活动受阻开始的，起初他并不知道这是什么原因，以为是年纪渐大，腰肌劳损引起的酸痛症状，随着走路开始迟缓、脚步开始僵滞等现象的出现，老张才开始在杭州各大医院寻诊，在跑了浙一、邵逸夫医院，完成各项检查，医生给出相同的确诊报告后，老张才不得不面对这晴天霹雳的现实。

我大约是在老张确诊此病的两个月后才得知的，老张退休后，我除了同他微信联系之外，还会同他保持着一个月通一两次电话的习惯，问候之外，聊些近况聊些往事。直到有一次我听说他身体欠佳，问他到底怎么回事时，他才吞吞吐吐地说："身体肌肉不畅，手脚活动不便。"我说："到底什么病呀？"他说："反正不好的病。"但他就是不说"渐冻症"三字，但不久我还是很快知道了他得的是渐冻症这个凶疾。

老张的性格温和亲切，待人处事张弛有道，从不仗势欺人，但其内心却质地坚硬，疾恶如仇，有其特有的刚烈和固执。以我跟老张相识三十年及共事五年的经验和交往来看，这个评价是确切的。老张是我系统内为数不多的真正朋友，也可称之为兄长般的好友。

说起老张的性格，及他的刚烈和固执，我在他离世日吃豆腐饭的晚宴上，从与他的夫人聊起老张起病原因中，也得到了印证。因为老张得这个"渐冻症"前，也就是他退休前的两三年，他的脖颈上长过一个鸡蛋般的肿块，看着很吓人。我劝他早点手术去掉，他说："医生看了，说是多发良性囊肿，割了估计还会长。我想喝中药处理。"这之后，听说他寻了不少郎中和偏方。直到正式退休前的两个月，一天他一早跑到我办公室兴奋地解开衬衣说道："阿帕，我头颈上东西没了。"我说："手术了？"他说："中药吃好了。"这着实让我惊奇了一番，便道："什么中药如此厉害？"说着，我还不由得用手抚摸了他的脖颈一番，再次感叹神奇。反正那一天老张好像如释重负，心情极好，还掏出几天前从二百大收藏品市场淘来的几块古玉器让我欣赏，说这块有汉风古韵，那块是红山文化的产物。（这里要说明一下，因我取笔名"帕瓦龙"，老张既不叫我真名，也不叫我老俞或老帕，一直喊我"阿帕"，我的朋友里也只有他对我是这独一无二的叫法。）

山河与草木

直到老张后来得了稀奇古怪的渐冻症，再联想到他得此症前喝了大量的偏方郎中的汤药，我心中一直怀疑两者会不会有关联。老张得渐冻症后，我查了大量资料，想了解一下起病的原因。其实医学对它没有太明确的定论，但明确说它没有特效药，是不治之症。至于起病原因，只笼统地说了些遗传因素和诱发因素，但有一条我印象深刻，即大量接触了有毒物，会引发自身免疫功能异常、病毒感染及神经炎症反应，从而造成此病发生。我心想老张喝了如此多的消肿汤药，这些汤药必也是暴烈之物。古人道，是药三分毒。而老张喝下的消解汤药，其毒性肯定不止三分那般轻量。

吃豆腐饭那晚，当我把我一直闷在心底的这段往事和疑惑向老张的夫人翟老师（原省电力培训中心医护室医生）说起时，还没从处理老张后事的悲伤中缓过来的翟老师专门从邻桌走过来坐在我的身边缓缓说道："是呀，老俞，你不知道我们张梧林外面温和，而在家里有多少固执，为了消解脖子上的囊肿，不知他哪里寻来的偏方和草药，回到家一锅一锅煮着灌进热水瓶里喝，我说这样喝，剂量太大，要出事的，可他根本不听我的话。唉，我也怀疑他的渐冻症和乱喝汤药有一定关系。"

俗语讲，性命攸关。其本意形容事关重大，非常紧要。但中国人把性命两字给合在一起，其实还有性格和生命的两层意思，引申出来即谓：性格决定命运。

老张的渐冻症并非一定是喝了太多汤药之故，但如果他当时对他脖子上的囊肿采取的是其他方式，不如此大剂量地猛喝汤药，会不会是完全另一个状况？或许就不会被这个凶险的渐冻症夺了生命。

我二十九岁那年从杭州电校来到省公司报社不久便认识了老张，这缘于报社和老张的办公室都在公司后三楼的同一层办公。老张当时是省公司工会文体部的负责人，和他同室的是刚从电力修造厂借调过来的吴锦平，吴长我一岁，一头长发和络腮胡，是系统内的一名画家。

后三楼的日子短暂却也有趣，因为没两年我们报社就搬离大楼去外面办公了。那时，我有事没事，得空便到他俩的办公室瞎聊，时间长了，便和老张越混越熟。老张告诉我说，他同我父母也很熟，还认识我的二姐和大哥。原来老张中学一毕业即参军入伍了，复员后进了我父母的单位——省电力安装公司前身，所以就认识了我的父母。那年头正流行知识青年上山下乡，我的二姐和大哥没资格留城，只得去萧山农村插队，老张成了公司知青办的带队干部，所以在我还未中学毕业时，老张不仅是我父母同事，而且早已认识了我的二姐和大哥。

但我真正和老张在工作上有交集并成为一个部门的同事是在2008年，那年5月我离开公司总经理工作部来到公司新闻中心担任主任助理，这是一个因人而设的又有点怪异的管理岗位，至少我是这么认为的。因为多年来，在公司本部机关内设岗位上几乎从来不设什么"主任助理"这类不是副处级，却比正科高一点点的岗位，说穿了就是当时的公司主要领导想安慰我一下离开相对重要的总经理工作部的心情。

从此，我在这个半吊子的岗位上干了十年（后六年在综服中心），直至2018年我的职级转为三级职员，才脱了主任助理的帽子。也就是在2008年10月，让我意外的是老张也从他公司机关工会主席的岗位上来到新闻中心，那年他五十六岁，未到退居二线的年龄，公司史无前例地给他设了一个担任新闻中心副处级纪检员的岗位。至此，开启了我俩在一个部门共事五年的经历，直到老张退休。

大我十岁的老张真正成为我同事，让我再次确信有些人是人生路上早晚会遇见并共事的，会不会成为朋友或更亲近的人？那完全是天注定的缘分和双方的经营。而老张与我便像一种天然的盟友，我们很自然地走近，一起聊电力安装公司的旧人旧事，聊庆春门外的往事。有一次，居然都说到了庆春门百货店的一位美女售货员，我既惊又喜，原来那时老张单身汉一个，正处于找对象高潮，经常会在午后和他的单身汉同事去庆春门看看美女，顺便碰碰运气，看看有否搭上的可能。而令老张愕然的是当年才十三岁读初中的我，竟然已对异性的美如此敏感。老张呵呵笑着说："阿帕，不得了呀。"当时，我竟被他说得一时语塞，不知如何回答。

在我担任新闻中心主任助理的几年时间里，正值整个国网系统品牌标识标准化建设大张旗鼓宣传和建设的高潮时期，从国网公司、省网公司到市县公司再到各直属单位，在机场、车站、高速公路、乡镇公路等等，都

山河与草木

133

毫不吝啬地斥资投放并竖立国网醒目的绿色球形标识和企业精神口号的巨幅广告，仿佛一夜之间要把国网标识插遍全国，弄得家家户户、人人皆知。

新闻中心徐建旺主任把省公司系统品牌标识标准化建设这项工作落实到我的头上，刚好老张过来，他又专门找我谈话。他说："老张新闻业务不熟，老俞你带着他将品牌标识标准化建设开展起来，各地各单位要去多跑跑多走走。"我自然满口答应，并说老张是领导，他负责，我协助即可。徐立马道："不行！老俞，工作你做，我负责，老张协助才是。"我心想，徐到底是领导，一句话就把事情说透了。

自 2009 年初开始，公司本部到系统各单位开始全面启动并开展"国家电网"品牌标识标准化建设这项工作，到 2010 年 12 月，浙江公司成为首批国网公司通过的"国家电网"品牌标识标准化建设工作检查验收通过单位，且同时被国网公司评为先进标杆单位。在这两年的时间里，此项工作所取得的成绩，我和老张都付出了巨大努力。我们两人几十次地一同出差，不是在去开会的路上，就是在去各基层单位检查、指导、验收或"回头看"的路上。

可以说是那几年的品牌标识标准化建设工作，把我和老张紧紧捆在了一起，我们也变得彼此更加了解，友情更加深厚。记得那年我和他一同赴京落实国网公司来浙江验收的事情，谈妥后的那晚，我们宴请国网公司外联部领导，酒量甚好的老张像大哥一样替我喝了很多酒。其实在他的身上，始终如一地体现出酒品和人品完美统一的风格。晚宴后，为了醒酒，我陪着老张在浙江公司驻京办（中民大厦）外的白广路、南线阁街、枣林前街、广安门内街等走了一大圈，回到中民大厦后，又绕着院内的小广场走了几十圈，两人说了许多话，直到口渴得厉害，回到房间泡上茶又聊至深夜才入睡。

老张离世后，我有一次突然想到这一天居然才是他一生和我相处最长的一天。那天，一早我俩从杭州飞北京，下午一起去国网外联部汇报，晚上一块宴请，之后又是走路、喝茶聊至深夜。只是我实在没有料到七年后的一天，他竟撒手而去，生命戛然而止。

老张的身上富含传统文化修养和艺术才艺，他是公司系统内最早的中国书法家协会、中国摄影家协会会员，长期担任公司系统文联的领导工作。他的书法和摄影都颇具功力，而在我看来，他的书法更胜一筹，其书法看似柔弱、拙朴，却蕴藏无限的灵动和飘逸，在他的松紧张弛，横竖撇捺之间都散发出书法内家才有的宏阔、洒脱之气。只可惜老张走得太急，不然再过几年，老张必会创作出更多佳作，成为一代大家。

2015年，我的第二本诗集《大门朝西》出版前，原本说好让老张题写书名，留下墨宝，不承想他的病情发展太快，当时他的右手已完全失去抬举功能，根本握不住他一生挚爱的毛笔。好在2013年我的第一本诗集《站在远处看自己》出版后，老张欣然书赠一副对联勉励我："正喜榴花多硕果，共斟蒲酒祝添庚。"

除了书法和摄影，老张对玉石也颇有研究，把他省吃俭用的私房钱基本用在收藏古玉上了。每到周末，他必花上半天去逛杭州的二百大或吴山路收藏品市场，左挑右选去淘自己看中的宝贝，然后和他的几个死党藏友分享心得快乐。每次老张和我、阿波、阿炳、鲜工和小沈等几个朋友聚会喝酒至酣畅时，我们总会提议老张亮出宝贝让大家瞧瞧。这时，有些微醺的老张并无太惊讶和夸张的表情，只见他不露声色地从手腕、腰际和脖颈取出一件件玲珑剔透的玉器，指着玉上的色泽和包浆说道，这是汉代的，这是宋朝的，这是明朝永乐年间的，这是清朝乾隆的……大家听得一愣一愣的，也辨不出真假。我有时会忍不住说道："老张，这些玉器真如你所说的年代，岂不是件件是宝，可发大财了。"没想到老张冷静地说道："收藏这玩意，道行太深，十有八九是上当交学费，其实我也是博一乐，开心、喜欢才是所求。"这一说，我等忍不住鼓掌。我又道："服帖！"

还记得有一次，我和阿炳心血来潮拖着老张去湖州南浔的马腰村买玉器，湖州局的阿凯主任听说我们去马腰，也兴冲冲地赶来会合。阿凯带着我们七转八转才找到马腰村，然后一家一户去问有否玉器，村里以为来了外地大客户，纷纷将我们拖进东家又转进西家，把一堆堆玉器摆在我们面前。其实，我们之所以来看看，一则是感受一下，二则说不定捡到漏。主要还有老张，咱也不怕被蒙眼。看了半天，大多是新玉，我和阿炳、阿凯

山河与草木

想想来也来了，就拼命压价，挑了几件，让老张掌眼，只要是正宗的和田玉、青海玉就可以了。我买了几块，回家倒是挂过一阵，但新鲜感过后，早被我不知塞在家里哪个抽屉里了。那次，老张倒是一块不买，他说他只收旧的，新的不要。我心想，老张果然是高人。

老张是一个热爱生活的人，除了离世前的三个月微信停摆，他几乎天天在他的微信朋友圈发东西，每天他的照片和转发的文章就像他的脉搏律动。我在他 2016 年 2 月 1 日的朋友圈里看到他所居住的水澄南苑的窗外雪景，他深情写道："2016 年第二场雪，在小年夜夹着雨水又一次与我们相拥，让我的心灵充满了迎接新年的喜悦。"在 2017 年 1 月 30 日的朋友圈，我看到他在儿子家过年时，用颤抖的左手拍下北窗外的龙坞山景图，其实，这是他一生过的最后一个年。我也看到他的微信朋友圈最后定格在 2017 年 3 月 18 日，从此再没有更新，因为老张进入了生命倒计时。

听老张的夫人翟老师讲，最后时刻，老张过得极为痛苦，卧在床上，全身无法动弹，丧失吞咽功能，靠鼻饲管续命。医生建议切开气管可多延续几日，老张宁死不从。翟老师一席话，让我不由得想到老张最崇拜的弘一法师，以及弘一法师临死前用颤抖的手弯弯扭扭写下的"悲欣交集"四字。

冥冥之中，我觉得老张像是在践行其心中早已许下的承诺："肉身寂灭可归零，孤峰高阁听松风。"

一个月前，我和阿波、吴坚、梁兄和陈聪等人一起吃饭，席间又聊到了老张。阿波说："时间过得可真快呀，老张这一走都快六年了。"他又道："老帕，想当初老张和庄虎卿两人在四宜路招待所举行集体婚礼，全程都是我在拍照，那时他俩三十出头，英姿勃发。那情景就像在眼前，没想到如今两人都已作古，真可谓生命无常，令人感慨！"庄虎卿曾是我们公司的主要领导，一直对我关怀有加，想到他如今已在南山公墓睡了十年，我不由得心中有些哽咽，便和大家又干了三杯酒，一杯敬庄、一杯敬老张，另一杯互敬大家健康。

行文至此，已是深夜，脑海里老张的形象和往事如一幕幕电影仍不曾停歇。窗外凉风阵阵，不时传来几声猫的嘶鸣，黑夜终归还是黑漆漆的样子，因是雨夜，天空既不见星星更不见月亮。突然想到鲁迅先生在《无常》一文里的一段话："想到生的乐趣，生固然可以留恋；但想到生的苦趣，无常也不一定是恶客。无论贵贱，无论贫富，其时都是'一双空手见阎王'……"

原来鲁迅先生早已看淡生死。尽管他已死了八十七年，但他依然如活着一样。

我笔下的老张自然不能去和伟大的鲁迅比肩，但作为凡人的老张生前活出素朴、本真和超然的样子，却时常依旧令他的朋友念叨他。

（作于 2023 年）

山河与草木

# 一碗榨面，一台戏

茹继英　王　桥

一碗榨面，一台戏。微风不噪，时光不老，这是张建平的故乡印象，也是他的儿时愿望、现世模样。他知道，这不仅仅是他一个人的愿望，更是家乡父老的共同期待。让乡村的夜晚和孩子的童年不再停电，是他的初心，更是他的使命。

## 越韵面香的故乡情

一方水土，一方风物。在浙东山城嵊州市，很多人的早晨，是从一碗细腻柔韧、风味独特的榨面开始的。张建平的故乡，正是遐迩闻名的"百年榨面村"——甘霖镇殿前村。夜半时分，当周边村落渐入梦乡，山坳中的殿前村却敞亮、热闹起来。一盏、两盏、三盏……村里的榨面加工作坊渐次灯火通明。

村民张炎富的榨面作坊里，电动打粉机、榨面机、柔软机按生产流程先后开动。洗米、浸润、磨细、压榨、搅拌、成稞、煮稞、成面、煮面、成形等二十多道工序，十几名工人各司其职，默契完成。那一架架雪白的榨面在暗夜里散发着温暖的光泽，等待着在次日正午前的阳光和风中实现自然晾晒，拥有干燥蓬松、耐储存及滑爽柔韧的美妙质地和口感。一条宽阔的剡溪。一个水边的村落。每至天气晴好，殿前村的房前屋后、阡陌田塍、村口清澈见底的小乌溪江畔，放眼望去，尽是鳞次栉比、气势磅礴的榨面架。妇女们灵巧地穿梭其间，熟练地翻揉着银丝般的面饼，阳光下的鸟鸣、溪流、笑语声，交织着四季更迭，人间烟火，美丽乡村，幸福协奏。"榨面村"的邻村，正是女子越剧发源地——施家岙村。如若赶上施家岙村"交流"赶集，晚上便有戏文看。童年的小建平最喜欢看的越剧段子是《情探》。里面有判官口喷火焰的特技，而戏迷母亲，更是早早作罢家务，带着建平哥俩踏上去施家岙村的路，嘴里还忍不住哼上两句戏词："判官爷你与我把路引，汴京城捉拿负心人。"那星辉蛙唱，嵌入了张建平的童年记忆；越韵面香，却滋养着张建平的故乡深情。待小建平赶到施家岙村，戏台前已是人头攒动无处立足，个头尚矮的小建平在人群中钻来钻去，无论怎样踮起脚尖，还是啥也看不到。正着急呢，一旁同村的俞大伯一把抓起小建平的双臂，把他架在了自己肩膀上。越过参差众多的脑袋，他终于心满意足地看清了戏台上女主的婀娜水袖，喷火的判官和滑稽的小鬼。

时光回溯。20 世纪 80 年代末。10 岁的张建平和一群同伴背着书包、踢着小石子走在回家的乡间小路上。走到村口时，邻居大妈告诉他，家里来客人了。小建平兴奋地往家跑，远远地看到母亲在灶间忙碌的身影，他的脚步慢了下来。母亲在灶台的大锅里加了两勺水和一撮笋干菜，然后小心地从厨柜取出一张圆形的榨面和两枚鸡蛋。鸡蛋磕入瓷碗，是与竹筷相互撞击发出的一阵悦耳声音。面线柔韧细白，鸡蛋金黄嫩滑，葱花碧绿喷香，母亲烧的笋干菜鸡蛋榨面，那是好吃到恨不得连筷子都一起吞下去的美味啊！小建平闪亮的眼神，简直就要伸出爪子，肚子也忍不住"咕咕"叫起来。然而，他闪亮的眼神很快黯淡了，母亲果然只烧了一碗笋干菜鸡蛋榨面。在那个物资匮乏的年代，那是清贫热情的农家倾其所有的待客之道，也是唯客人独享的美味点心。吃不到榨面的小建平回家扔下书包，在灶间抓了一个冷番薯啃着，又想往外跑。不提防被母亲抓了个正着，"快去做作业，今天又停电，晚上别想熬灯油了！"垂头丧气的小建平只好坐回小桌子前，就着向晚的暮色，一边掏书包，一边悻悻地瞪一眼从房梁上垂吊下来的，那盏今晚注定亮不起来的白炽灯。然而，一个让乡村夜晚不再停电的愿望，却在那个漆黑的夜晚，在小建平心里悄悄生长起来，明亮起来。

# "和美"乡村的掌灯人

作为原汁原味的"智电"越剧小镇核心村，施家岙村未动一砖一瓦，保留了全部原住宅，纳入了与城市同步的乡村双环网电网模式结构。张建平，也如愿以偿成为"和美"乡村的掌灯人。施家岙村的白天也是从夜晚开始的。按照惯例，双休日晚上，娘家戏班将在施家岙村的绳武堂宗祠古戏台，上演缠绵婉转、悲欢离合的越剧名段。每至此时，四邻八村热爱越剧的村民们必定舍了家中的电视节目，赶来看戏。五保户俞大伯便是在戏台前痴迷越剧、每戏必至的那一位。当年在小建平眼里力大无比能架他看戏的那个壮年单身汉俞大伯，如今已入垂暮之年，步伐早已不似从前般灵活矫健。下午，张建平骑着电瓶车行至施家岙村熟悉的村舍巷陌间。远远地看到张建平的身影，早早地等在门口矮墙边的俞大伯连忙艰难地拖着瘫痪的左腿迎上前来，双眼泛起温暖的涟漪。因为他行走不便，每月的电费都是张建平上门收取的。有时候遇上俞大伯手头拮据，张建平干脆直接替他垫付了。"现在年轻人交电费不用操心的，用手机直接交费，用银行预存批扣和其他智能交费方式都行，但像俞大伯这样，因年老体弱、行动不便、没有智能手机等原因造成的交电费'困难户'，辖区内有 100 多户呢！"张建平对他管理台区"亲情"联络档案如数家珍。每月一次上门收取电费，20 多年，风雨无阻。

收完电费，张建平走进俞大伯家，顺手掏出工具包里的试电笔。"前两天一直下雨，屋里线路容易受潮漏电，我帮侬检查一下。"正帮俞大伯检查电路呢，门外就有一群村民吵吵嚷嚷地寻了过来。"我就说嘛，今天建平师傅会来俞大伯家收电费咯，肯定能找到伊。""建平师傅侬快点去看看，刚刚戏台接音响时没电了，夜里戏文要做勿成喽！"这一听不要紧，俞大伯立马急着推建平师傅出门。"建平，侬快点去修戏台电路要紧。"熟门熟路地检查了一遍戏台电力线路，张建平很快处理好故障点。半个多小时后，音响设备轰然响起，戏台上下，围观人群兴奋起来，戏班师傅忙碌起来。收拾好工具包，看着一张张重新打开的笑脸，张建平默默走出了人群。有村民想起拉张建平回家喝口茶时，人影早已远走过了村口的老樟树。

# 榨面用户的微信群

凌晨 1 时，正在供电所值班的张建平被殿前村的一个报修电话惊醒。张建平知道，对此刻正在生产中的榨面用户来说，停电意味着什么。10 分钟后，张建平与搭档俞波赶至殿前村。心急如焚的榨面用户们早已在村口等候。问过情况后，张建平拿出移动作业终端掌机，再次核查殿前村的接线图，根据停电范围和多年工作经验，张建平很快找到故障点。15 分钟后，在手电照明下，张建平顺利合上 A 段线路变压器跌落的开关，当场复电。光明重现，机器重启，榨面用户俞健民感激道："建平师傅，真不好意思，半夜三更叫你们来修电。""别客气，这不是应该的嘛！""那吃碗榨面填填肚子再回去吧！""不用不用，不耽误你们生产就好。"临走，张建平取出手机，让榨面用户们取出手机加了一个微信群，告诉大家，以后用电有事可以随时在群里找他、问他。张建平明白，这个微信群，其实早就建立在他 20 多年的服务工作生涯之中，始于责任，融于信任。

春去秋来，当年渴望着不停电的夜晚，向往着吃一碗笋干菜鸡蛋榨面、看一场戏文的小男孩张建平，如今已是国网浙江嵊州市供电公司甘霖供电所的 34 名台区经理之一，负责为辖区内 3000 多用户提供业务咨询、故障抢修，以及电费复核、表计采集、运行维护等多项电力服务，成为乡邻们的贴心"电管家"。一碗榨面，一台戏。无论是当年的木榨机手工榨面，还是现在的电机化生产流水线，无论是当年的宗祠古戏台，还是如今的"智电"越剧小镇，抹去 40 年岁月风尘，依然既往乡村颜色。关于梦想与现实，关于一碗榨面的前世今生，一段戏文的时空穿越，与张建平的职业愿景一起扎根、萌芽与生长。

张建平深知，要守护好这份光明和温暖，脚下的路，将比从前更远，更长。

（本文获第十一届全国品牌故事大赛总决赛一等奖）

山河与草木

# 老樟树下的日子

王继如

"要做一棵树，站成永恒。没有悲伤的姿势：一半在尘土里安详，一半在风中飞扬；一半洒落荫凉，一半沐浴阳光。非常沉默，非常骄傲，从不依靠，从不寻找。"

这是三毛说过的一段很有哲理的话。我不知道我们村口的这棵老樟树可不可以是三毛心目中的树。

这是棵有 300 年树龄的老树，也是全村最古气的一样东西。她坐落在原来的村口，树荫下是一对水井，是全村 100 多户人家的饮用水源。原来生产队的时候，一年里有很多时候是在她的庇荫下议事、分工、决断事端的。于我来说，从在人群里穿梭嬉闹到接受派工，就是我的童年到少年的成长时光。因此，在我印象里这是棵很老很老的树，甚至是可以有精怪传奇的仙树。

说起来我们村在半岛上是个小村落，百多户人家以王姓居多。根据族谱追溯，老祖宗是宁海一个村的王氏分支，多少年前行旅至此落地生根开枝散叶发展而来，历经沧海桑田，特别是飓风海啸的袭击，我想老樟树的年轮里应当是有档案的。在我的成长过程中，有两个传说是我所喜爱的。一个说，我们村王氏宗祠前原来是码头，前面就是海湾，是东海的一个避风港，由于地壳抬升，沧海变成桑地了……另一个说，很久很久前的祖上是极其发达的，全村是个四合院叠四合院，通过回廊连接，回廊可以跑马。结果有一年冬季老祖宗打麻将忘情，棉袍引火烧身毁了全村。对此我有点信，我出生的老屋就是个由 7 个大小院联组的大四合院，记忆中的上门、旗杆石座、拴马碑、院子骑马廊、甬道、石板道地等等都是极为精致的。这两个有点神奇的传说给了我很多想象、很多向往、很多缅怀，就像这棵老樟树一样。

今天跟老母亲去田里摘蚕豆，从老樟树下走过，发现它似乎是焕发了新的青春，一树的欣欣向荣，一树的朝气蓬勃。树荫下铺设平展，村里的文化长廊似乎还有点古气，殊为可惜的是两眼水井被填平了。迎面碰到几个老乡亲，虽面熟却忘了称呼。倒是他们认出了我，异口同声地问，你是谁谁啊，你的头发怎么这样白了呢？

是的，百年老樟换了新装，而我却是老去了……这两天第一次休假专门来陪老母亲，同时读马尔克斯的《百年孤独》，看《叶嘉莹说杜甫诗》，更是浮想联翩，触景生情。尤其是叶先生大开大合娓娓道来的杜甫诗，真是把中国古典文学、文论、诗学、美学和史学都重修了一遍：不看不知道，今天才明白当年的大学语文算什么！母亲已经80多岁，在我心中，母亲虽然娇小，却是颇有些玲珑美好的，性格上还有些坚韧与固执，因此印象中的母亲是坚强高大的。然而就在此前，某次回家看她，突然发现母亲矮去了，仔细审视，她的背居然是弓的，一头花白头发。我想这大概就是"苍老"吧。是的，母亲苍老了……在她弓起的背脊上与白色的发丝里，刻满了辛勤操劳的一样而不一样的一个个日子。这次回老家，夫人专门交代，好好听老妈说就行，不要跟她呛，听她说话就是对她的孝顺孝敬。在她曾经的日子里，刻满了辛苦、辛酸，刻录了期望、期待。就像村口的老樟树，默默地守护在那里，看日升日落，看人来人往，看喜怒哀乐。

是的，如果老樟树会说话，该有多少老故事要告诉我们呢？幸好它不说，它不说不是它没有话说。300年，一代又一代沧桑过去了，留下300道年轮，它把故事变成滋养自己的营养，让它成为三毛的理想。沉默不语的老樟树刻录的每一个日子都是不平凡的日子，我老母亲絮叨的日子岁月更是不一样的日子，她们的沉默或是絮叨都是我们成长所必须经历的台阶。

## 父亲和我的小院

日子，在日出日落中悄悄地走过；日子，在花开花谢里无声地流过……

日复一日，年复一年。成长的日子里，总是这样地迫不及待；成熟的日子里，却又是那么地匆匆又匆匆！无论是成长抑或是成熟，也无论是欢喜或者是忧伤，更无论是期待或者是失意，每一个日子对于每一个个人，既是普通的日子又是不一样的日子。就如我在休假的日子里一样，要让每个日子都过成自己人生中的良辰吉日，关键在于我们自己的内在世界是否足够充实。走路与读书，是这个日子里的内容；把园子里的草拔去，把菜畦里的豆苗扶正，把花盆里的水浇透，又何尝不是这些日子里的内容呢?！

在山庄，可以享有大园子里的青山绿水，蓝天白云，鸟语花香；还可以享受自己小园子的自在与快乐。

我自己的小园不大，380平方米。

在不大的园子里，却有一山一水，一井一草，一畦菜一丛林。因此，每当读书倦了的时候，信步在小园子里，看看老石榴沧桑的桩头，瞧瞧海棠、玉兰、茶树蠢蠢欲动的花苞，乃至于初生的菜苗和草芽，或是不同季节里的枇杷、樱桃、香柚……都是让自己产生成就感地过日子的内容与办法。园子在一处高地上，从客厅出来站在露台上看前方，是两幢墅院的拼接的地方，从上往下看就是一片开阔地。而我们露台前面自己园子则是一垄坡地，有那么些顺势而展的样子。在园子初次整理时，园林公司征询是否需要运土填平，我拒绝了，想象中我想留一方自然地貌，起承转合，自然舒展。那年入住后过新年，我请父母来山庄一起过年。对于一直生活在半岛小山村的父母来说，山水田园是实在平常不过的事物，因此他们来的那天，到家进园子时，像是回自己的老家一样，极其稀松平常。那天我来回千里把他们接到山庄，因为单位有团拜要赶回300里外的义乌，天又下着雪，因此把他们交给夫人就走了。第二天回来，听说父亲把山庄大园子和我的小园子已经看了个遍，于是我问父亲："怎样?"父亲说："挺好！就是前面道地填填平吧！"我说："就这样留着，有点起伏变化，有味道的。"听我这样说，父亲不吭声了。过去了几年，2014年开春父亲走了以后，我再走在小园子里，看着这片自然延展着的草地，又想起了父亲的话，慢慢地觉出了他的意思，同时清楚了自己的书生意气！于是，立马请了另一家修园子的村民，砌墙填土，把小园子做了二次整理。整修后的园子树、草、石各得其所，高低错开，疏密相宜，自觉是更可以喜欢了……回想起来，在我成长的日子里和父亲生命的时日里，像"要把自己前面的道地填平"这样有生活意义的话，是极为稀少的，似乎也就这么一两次，至少我记住并按他指点做的，也就这样一件了。其实，父亲在他儿媳妇眼里，是有点男人气概的父辈，夫人不止一次跟我说起她看到的父亲守护家园的果敢与坚持。从这一点来说，我对于父亲的认识是不足的。然而，父亲走了9年了，想再听他的话已经没有机会，我能做的就是把他跟我提过的做好，让自己的园子平平展展……因此我想，无论日出日落，不管花开花谢，让我们正在过的每一个日子都成为我们的纪念日，就好。

# 又是一年枇杷花开

常识是春华秋实、夏孕冬藏。

然而这些天路过这棵正是盛花期的枇杷树前时，常识再次被颠覆了。据查证，枇杷一般秋末冬初开花，春季挂果，夏初果熟。因此，枇杷是"吸四时之气而成果"的水果，几成唯一。

据说枇杷因叶似古乐器琵琶而获名，我国东南各省皆有种植。应该是一种极其常见的果树，其叶可入药，具清热、止咳、化痰功效，"川贝枇杷膏"即是。白枇杷花已经是一味更珍贵的中药，市值近6000元/千克。前年端午节后，镇政府在海洋影视城举行"新乡贤理事会"，会上给乡贤们的就是白枇杷花茶。在晶莹的玻璃杯里，一朵朵透亮的白色小花盛开在淡黄色的茶汤里，载沉载浮，犹如一张张喜悦的笑脸。飘逸的水汽中氤氲着一丝丝若有若无的果香，轻啜茶水唇齿间盘桓的是有点甘甜又有点苦涩的花的味道，中间还有山的味道与海的味道。我想，为乡贤们备这一杯枇杷花茶，很是恰切。白沙枇杷是这一带的传统果品，近些年来因为白枇杷花特有的药用营养，有村民捷足先登做了产业化开发，并且因此而先小富了起来，产业化开发成为政府带动村民们共同富裕的一条路子。

我出生在半岛的一个山村，按理对于枇杷这种如此普通的水果应该是熟视无睹的。然而几年前一个颇为寒冷的春节里，在老家院子里看到盛开

山河与草木

的枇杷花时，那种惊讶可以说是震撼性的。看我一脸惊奇，父亲却是轻描淡写地告诉我，枇杷就是那样的呀！枇杷就是这样的，可是我们什么时候真正关注过枇杷这样一种水果会是什么时候开花吗？

　　记忆中有一次吃枇杷的印象极其深刻，每每想起总是甜美无限。那时我应该还是小学吧，麦收季节，梅雨淅沥的一个傍晚，父亲出车回家，扛回来一个藤萝，兴高采烈地喊他的儿女们快来吃枇杷。那时父亲是大队手扶拖拉机的机手，很风光的，相当于现如今乡场上的豪车。农闲时拖拉机帮公社供销社运货。那天装的是枇杷，因为闷热淋雨有不少枇杷烂了。父亲把供销社挑选剩下的都扛了回来，它们就成了大家饕餮的珍果。将烂或是有点烂的都是熟透的，特别甜爽，尤其是在那个缺衣少食的年代。这也是父亲留在我记忆底片里最有温情的一刻。九年前刚过完年，父亲突然检查出得了恶疾。当时单位里党政工作也压在我一个人身上，曾经有那么两三个单位所在地的用户还专门挑在午夜时分直接给我打报修电话，每一次电话铃响我都被惊得心惊肉跳。在内外夹击的那段时间里，身心疲累。还算是天遂人愿，经医护人员用心治疗后，父亲康复，出院后像是没进过医院似的，稍事休整后，他又扛着锄头下地了。父亲虽然是独子，但却是个闲不住的农民。得知他下田挖地的消息后，我专程赶回家去关照他，不能干活，尤其不能出汗着凉！他却很认真地反问我："如果这点活都不能做，那花这么多钱看病干什么？"当时呛得我都无话可说了，在他眼里人最值钱的事当然是劳劳碌碌，种田植果。

　　两年后他第三次接受治疗，这次他对于自己的病终于有了深切的感受。他骨瘦如柴、无可奈何、躺着不是、坐着不是、生不如死地煎熬。出院前一周周末，我从义乌直接赶到病房陪他过夜，第二天妻女则从杭州赶过去看他。那天上午他看到孙女时，苍黑的老脸浮现了一抹亮色。我让女儿为爷爷捶背，他却拉着孙女的手不放，无限的留恋无限的期待就在这轻轻的一握里。在回杭的路上，女儿说爷爷的手很冰很冰的，握了很久很久才一点一点暖和起来……女儿的这个话让我这个父亲的儿子、女儿的父亲温馨了很久很久。

　　枇杷是给我新常识的水果树。而父亲走了已经七个冬至了。

# 在老妈的小院里

老家在一个僻远的乡野，过去回家一趟殊为不易，要火车转汽车，汽车换面的，面的再换三轮，最后还得步行 1000 米。但老家有一样好：山风凛冽，空气绝对清新，时髦的负氧离子指标肯定牛气冲天。苍穹下的满天星斗，那是几十年如一日清清爽爽的。

当然，现在回家不用再这么折腾了，汽车可以停到家门口。老家还住着老妈，老妈住的小院在村庄正前方，院前是条小溪，门口有棵老冬青，标准的小桥流水人家。当年妻子跟我回家，到溪坑里洗衣净菜，常常会有小鱼小虾去啄她的赤足，如今说来都是她的美好记忆。当年建这个院子在村里是算早的，因为小村庄虽然偏于一隅，却有些历史，村里按宗族聚居，都是四合院，宗族较旺的都是大院套小院或是大院带小院，有点像现在的卫星城，全村百多户人家也就分五个四合大院，我家原来的大院就叫"书房"。建现在这个小院老爸是为两个儿子谋划的，因此在我高考前一年奠基，预备第二年建房。结果因为我考上大学，建房时间又延了一年。现在老爸走了就成老妈一个人的独立王国。每次她身体欠佳让她跟我们一起住，她总有理由不动的。说是她的王国，因为院子前面有小花坛，还有一畦菜地。撒些什么苗种些什么花，她都可以自己做主。有一年国庆假期，老妻陪我去看她，听她絮叨一些陈芝麻烂谷子的往事。我忽然觉得，小院虽依然整洁，但一旦我们离去了却是落寞寂然的，看老妈飘扬的白发和瘦削的身体，真正让我懂得什么是风烛残年，什么叫弱不禁风。正听她絮语着，她却突然惊叫了起来："儿子哎，你也有白头发了，还不少啊！"我跟她呵呵，也许在老妈看来儿子永远是孩子，怎么也会老的呢？我无语。站在院子里，抬头去看天，蓝天白云，一尘不染；低头望菜地，几朵草花与番薯花正争艳。应了一句大话：看云卷云舒，听花开花谢，只是太匆匆……

又是重阳，祈愿老妈晚岁静好！祈愿天下老人安康。

（作于 2021 年）

山河与草木

# 不逢知己不开花

张林忠

清且泚，惟石与水，托于一器，养非其地。瘠而不死，夫孰知其理？不如此，何以辅五藏而坚发齿！

举凡诗词文章、绘画书法、酿酒做菜无不独树一帜，被称为苏仙的子瞻苏东坡，玩起菖蒲亦是一位宗师级的玩家，这位苏仙还专门写了这篇《石菖蒲赞并叙》，对菖蒲大赞一番。

苏东坡名气太大了，不管在官场政绩还是在艺术上，可谓千古文人第一。菖蒲早在公元前 6 世纪之前的《诗经》中，就有"彼泽之陂，有蒲与荷"的描述，但实施人工种植却在西汉。在苏东坡那个"宋瓷一样精致的生活"的年代，也只有像他这样少数文人才有心思玩菖蒲。

"作案头观之，几案间雅玩也，非石菖蒲不能为之。"把"无菖蒲不文人"演绎得淋漓尽致、真正鼎盛的应该是明清时期，菖蒲作为书斋几案的清供，已蔚然成风。而最为有名玩出了无比高境界的，金农先生是最典型的代表"蒲家"。

"不假日色，不资寸土，不计春秋。"明代王象晋在《群芳谱》说，菖蒲不看人眼色，不依附土，也不管东西南北风，给我一块石头一掬水，我就可以傲视群芳。其实，王象晋说的后面还有几句话，"愈久则愈密，愈瘠则愈细，可以适情，可以养性，书斋左右一有此君，便觉清趣潇洒。"菖蒲之所以为历代文人雅士所钟爱，就在于它的这些自然属性——这种不依附、不逢迎、超然物外、隐逸绝尘的气，很适合古代文人清高独立的自我定位。

根下尘泥一点无，性便泉石爱清孤。

当然，金农喜爱"适情养性"的菖蒲自然与他性格有关，即不依附、不逢迎。正像他取的"冬心先生"之号一样，喜爱菖蒲恬淡幽静、隐逸脱俗的个性，也冥冥之中决定了金农的命运就该如此。

纵观金农的一生，最值得他炫耀的不是"漆书"、绘画，而是诗歌。早年，他以诗名而十分自负，在他第一次到扬州时，就给扬州文艺界送了一个惊人的礼物——一本由鲍鉁赞助付梓，厉鹗作序的《景申集》，还把诗坛名宿毛奇龄也惊着了，"忽睹此郎君，紫毫一管能癫狂耶"，而名动艺术界。而后，金农游历大半个中国，又以诗名动公卿。紧接着，47岁的时候，金农又花了大把银子自费出版了《冬心先生集》。就是这本诗集，把金农推上了博学鸿词科的殿堂，可令他万万想不到的是，这两次博学鸿词科把自己搞得像得了疟疾一般"冷热互战"，骑虎难下，最后谁也弄不清金农为什么就稀里糊涂地落榜了，这也成了一桩历史公案。

考博不成的金农再也无心顾问仕途，却玩起了菖蒲。菖蒲乃清贵之品，常生长在曲涧溪流，绿荫遮蔽的山间。对于好游历的金农来说，他的目光所及，皆是一株株菖蒲，此刻他的心情是这样的："乞来岂但洗烦恼，令我道眼增双明。"他把菖蒲的功效夸赞成百草之首，虽然夸张了些，但是他的诗文中，只要看见菖蒲，他总是要两眼放光的。

金农以超然出尘的心境观察世间万物，明心见性，独具慧眼，从身边的一草一木体味人间百态。"石菖蒲一寸九节者良。"有山林之气、出尘之致的菖蒲，被金农谓为世间佳物。于是，在潮湿得发霉的昔邪之庐，在晚年寄居的佛舍，金农在书桌几案上清供着菖蒲，伴着悠悠之香，他写菖蒲画菖蒲，把菖蒲奉为仙草。翻开《冬心先生集》，有关菖蒲的诗、自度曲比比皆是。

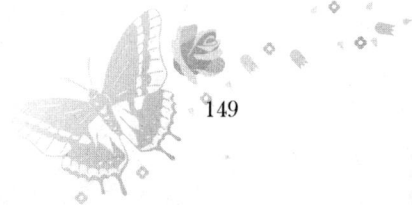

山河与草木

石女嫁得蒲家郎，朝朝饮水还休粮。

曾享尧年千万寿，一生绿发无秋霜。

　　这是金农在一幅《菖蒲图》上的题跋，三盆密植菖蒲，金农以内敛的短细笔触，施以淡墨，似无烟火气味却又格外清新可人。笔法极古拙，构图则平中见奇趣，寓生秀之色，颇具禅家虚灵宁静之气。

　　一度对菖蒲痴迷成灾的金农还曾以"九节菖蒲馆"为斋名。当然，相比较而言，这个斋名在金农一生当中用得并不多，只在极少数的几件书画作品题跋中出现过。

　　不但如此，金农把菖蒲安插在自己其他题材的绘画作品上，点缀其间。五十岁后，金农开始对画佛情有独钟，那时候金农觉得自己有向佛之心、礼佛之行，俗胎中生了佛根，是"半个出家人"。这个时期，他画了很多的佛像，一尊尊端坐在菖蒲上或蒲团上的佛，有的面相清俊安详，有的造型奇古夸张。但绝大多数的佛像作品都有个共同点，背景除了菩提树，就是菖蒲，菖蒲是佛事中非常重要的，体现了"我心即我佛"的禅宗思想。

五年十年种法夸，白石清泉自一家。

莫讶菖蒲花罕见，不逢知己不开花。

　　每每读起金农这首诗，心旌摇曳而不能自已。在光怪陆离的红尘，能跟自己相匹配的灵魂不是万里挑一，就是千百年修得，人生得一知己何其难焉？金农和郑板桥郑大人就是足以慰风尘的知己，"杭州只有金农好"，与金农有过生死之交的郑板桥，向金农发出了他人生最痛彻心扉的表白。

　　郑板桥是何等人物，对金农说出这番话来，金农那是何等的魅力？"不逢知己不开花"，当然，金农也写下这句诗，他的这句诗是否就是对郑板桥"杭州只有金农好"的回音？而以画竹兰石见长的郑板桥则在一件菖蒲上破天荒地题了"玉碗金盆徒自贵，只栽蒲草不栽兰"，意思就是说，我今儿个起也开始学金农兄玩玩蒲草，兰花靠边站。

菖蒲历来都是文人草，在文人的心目中，菖蒲的地位已经远远地超出了兰花、梅花、水仙，难怪生性耿直的郑板桥也对菖蒲弯了腰。其实，郑板桥和金农是拥有完全不同的心路和经历的人，当过"七品官耳"的郑板桥和"三朝老民"的金农，在艺术取向上虽有异曲同工之妙，但表现手法却是天壤之别。只要把他们两个人的菖蒲作品放在一起，就断然可以看出谁是郑板桥谁是金农。

像石菖蒲这种"不假日色，不资寸土，不计春秋"的自然属性，很适合古代文人清高独立的自我定位。但金农就是金农，玩起菖蒲来也是那么别出心裁，自有一番雅致况味。他巧用拉郎配的方式硬把蒲草嫁给石头，创造了为自然万物撮合爱情的先例，他就是这样的一腔玩心。

真性情的金农在农历四月十六菖蒲生日的这一天，特地用他的老乡、元代制墨名家林松泉的鹿胶墨，为菖蒲写真，并作了一首"难老之诗"为菖蒲祝寿。诗中他称菖蒲为"蒲郎"，为菖蒲疯狂鼓劲，而后又自作主张，再次做起了红娘，欲将门当户对的南山下"石家女"与七十还未娶妻的"蒲郎"牵线撮合成一对，"南山之下石家女，与郎作合好眉妩"。此篇一出，当时的文艺界、官商界、文玩界大咖纷纷也跟着"转评赞"，一时成为引领文化潮流的新高地。

还别说，金农真是会玩，不得不使人佩服。这样的撮合之后，金农仍不过瘾，又替这位"蒲郎"作答、解嘲，大大地调侃了一番。他说，我老头子这辈子都不爱结新婚，与眼前的香草、老瓦盆相伴也是不错的。他写蒲草长寿、只需清泉白石相伴，对照金农的生平，这分明是写他自己呀！

春天来临，你把第一株菖蒲捣碎，异香袭人，那是多么令人惬意，多么令人惊喜！要历经多少岁月，它才能从这湿润的大地中汲取这沁人的菁华！

梭罗在《种子的信念·野果札记之水边菖蒲》有这样一段话，而画仕女出名的清代画家费丹旭在他临终的时候，向他儿子交代后事，说："汝为冢子，家事琐琐不备言。庭前花木，余神游其间，好护持之。"从中不难发现古人对于菖蒲的痴情。

慢慢一读，眼前浮现出在庭院中的寂寞菖蒲和已经远去的金农，想到现在玩菖蒲再次成为江南地区的潮流，再看今年画的菖蒲，阴郁之气全无，反而犹如这冬日的一抹暖阳，让我的心中总能看到些美好和希望。

（原载《台州日报》2022 年 5 月 14 日）

# 寻忆电力工人

汤茂荣

司机师傅慢慢地停稳，生怕惊扰了这满车的困意。这是我入职以来第一次荷月而归，结束了一天的工程建设，疲惫爬满了身躯，消磨着我仅存的学生气。然归家的心情经不起一丝的等待，车刚一停下，电力师傅们三三两两，从橘黄色的工程车中涌出，谈着家里桌上备好的饭菜，说着孩子考高分的喜悦，带着未消的困意，细数着生活的点点滴滴，好似忘却了一天的辛苦以及满身的疲惫。也许这就是电力工人的常态——习以为常的疲倦，融入生活的电业。望着师傅们的背影，不由得加快了自己的步伐。此时行于路灯下，好似在磨炼这尚未驯服的岁月。月光漫到了天边，好似一层薄纱，瞥一眼周围，高塔林立，钢骨嶙峋，在月色下雕刻成庄严与不屈。一大簇灯光穿过杆塔，碎成了一束束，洒落在眼前的柏油路上，经久不息地笼着黑夜下的时光。顺着路面，细数着明暗相间的花纹，慢慢地，似乎踩到了儿时的那片。

"啊，停电了。"这是小时候常听到的。继而村头的悸动随着黑夜一直蔓延过去，久静的村庄立刻聒噪起来，路边三三两两聚着几户人家，大人们诉说着道不完的闲言碎语、家长里短，聊解一天的农忙，孩子们你追着我，我追着你，时而避在大人身后，时而躲在墙角与月光的缝隙中，这时反而忙得不亦乐乎。不多时，远处亮起一簇直晃晃的光柱，响起摩托的轰鸣声，嘈杂中传来一句："小张来了，可真快啊！马上来电了。"大人们慢慢收拢散到天边的话题，提拗着尚在兴头上的孩子朝家里走去。回到家中，孩子们期待地盯着玻璃罩下的奇迹，以此满足儿时对光的向往。灯泡

山河与草木

153

调皮地眨了两下，欣喜地穿上炽白色的霓裳，不愿脱下。刺眼的光芒晃得我忙用手遮挡，回手后，似又闪到归家的柏油路上，回到了路灯下的行走。灯光笼着月色，显得无比柔和，耳中好久没有回响停电了的担忧。儿时的好奇指引了我奋斗的方向，如今我已成为一名电力工人，慢慢触摸到电力人背后的那份执着，开始寻忆电力工人的踪迹。

不由得想起第一次爬塔训练，初升的朝阳早早地登上山头，恰似书生意气，挥斥方遒，毫不吝啬地抖落着自己的才华，肆无忌惮地点亮世界每一处角落。在朝阳的注视下，草儿也羞得低下了头，尽可能地贴近地面，并遂乘机吸吮着尚存的潮气，贪婪地向土地更深处扎去。叶尖的滴露也赶得急，来不及反应便已悄悄溜走。偶然路过的微风寻着树荫稍做停歇，就一溜烟散去，抓不住一丝痕迹。略带稚气的新进青年员工拥拥攘攘地聚集在工区训练场，讨论着从学时的人生感悟，争论着眼前铁塔的高度、用途，以及各种有关的知识，以此来验证自己数年的寒窗苦读。"静一下。"声音不大，但听着很有分量，饱含岁月的沧桑，好似海之浩渺、万里无波，定一时风平浪静，动一次澎湃汹涌，也许这就是沉淀的岁月一层一层堆积而成的结果。循着声音望去，师傅稳步走来，古铜色的皮肤饱经风霜的洗礼，证明时代的滚轮虽能磨平了书生意气，但依旧碾不碎这份藏不住的坚毅。阳光直晃晃地洒在脸上，仍遮不住眼神的锐利，其中既有老者的祥和，又有工人的刚强。作为单位的劳模，他用青春与热血推进电力建设；作为普通的电力工人，他用半生绘制了万家灯火。

也许是多年的工程经验养成的习惯，师傅靠近杆塔时总是不自主地伫立环视，动作不多，但每一步都稳而有力。我们不由得聚在师傅左右，聆听着师傅的讲解。从设计到施工，从结构到作用，师傅全方面剖析眼前的高耸之物，渐渐地抹去了时间的界限，仿佛将这一辈子的经历全部传授于我们。然而，正如师傅所说"数百次理论不如一次亲身实践"，我们竞相开始爬塔实操。然而望着眼前的杆塔，先前纵有理论万千，也都忘之脑后，只觉脚下生花，无的放矢。此时，耳边响起师傅的言语，"向上看，不要向下看"，拳一捏，劲一使，终踏出一脚，登上杆塔。停于塔的中部，高处的光线更加刺眼，细灼之下，全身宛若狗尾巴草刺挠，但又无可奈何。系好安全带，始敢向下望去，才发现师傅一直在看着我们，从爬塔开始，始终有条不紊地指挥着我们的每一步动作。跳动的心慢慢安定下来，即使脱离大地，踩在脚钉之上，也感到稳重和可靠，这份踏实来源于安全器具，更来源于下面一直注视着我们的师傅。下塔后，才察觉到手心布满了汗珠，仰首回望，仍有一丝怯意，而回顾整个过程，一股自豪感偷偷润了心田。结束了爬塔训练，我们立刻热火朝天地互述着爬塔的感想，倾吐着刚刚饱腹的见识。不知何时，师傅抓了一个学员考问不经意瞥见的器具，不多时，一副充满疑惑的表情挂在了学员脸上，师傅并没有因为其不懂而愠恚，而是进行了不厌其烦的讲解，不时地穿插个人相关的人生历练，让我们在一个个故事中熟习了电力知识。不由得慨叹，这位电力工人背后究竟藏着怎样的经历，才能如此平淡地描绘传奇。

循着这位代表电力工人的声音，似乎看到了那段艰苦而光荣的岁月。在遥远的刚果（金）大地上，一望无际的荒野毫无顾忌地蔓延开来，在远方与灰蓝的天际相缝合，整个世界似乎仅用两笔就勾勒而出，甚至不愿多点缀一滴。盛不住的荒凉蚕食着一切，四处游荡的风也只有尘土相伴，带不来一丝凉意，带不走一点苦寂。土地的贫瘠掩盖了人类的辛勤付出，试图磨灭电力工人坚毅的斗志。师傅带领的电建团队响应国家的政策号召，投身于海外电力建设，为当地基础建设贡献力量，传递两国友谊纽带，将中国红播种到海外。茫茫数月，电建的工人们深深扎根于这片充满渴望的大地，风餐露宿，筚路蓝缕，为了电力工人的那份职责，贡献着青春，挥洒着热血，用最真实的建设给这片大地留下了不可磨灭的印记。

竣工之际，这群质朴的工人提前两个小时完成了所有工作，胜利的喜悦溢满整个站所。夜以继日、焚膏继晷的奋斗，终是给这片灰蓝的天空留下了浓墨重彩的一笔。变电站的门口，工人们聚在一起，搂作一团，互相宣示着胜利，分享着压抑许久的感动，按照当初的约定，将帽子高高抛起，释放内心的喜悦，慰藉近几个月的劳碌。看着这帮可爱的同胞、可靠的电力伙伴，也许师傅那被风霜肆虐的脸上也现出了久违的笑意，回顾这几个月的经历，可谓千难万险、举步维艰。不仅工期紧、任务重，而且有时还缺少基本的生活保障，关键时期还遇上疟疾造成人手紧缺，为了按时

山河与草木

155

推进工程进度，这帮电力工人凌晨三点起床，摸黑到工地，打着探照灯工作。作为带领者，师傅亲身历经了项目工程中的幕天席地。不经意间瞥见手上的疤痕，依旧心有余悸，那是勘测建造留下的痕迹，微微用力，仍有丝丝阵痛。那一幕幕画面犹如昨日之景，在脑海中慢慢铺展开来。随着一声"准备"，思绪回到眼前，不远处的镜头正在雕刻这一幕的永恒。回望不远处的站所，师傅顿感一切付出都值得。此刻略微蜷起手指，握紧拳头，随后慢慢舒展开来，任由风摩挲结痂的伤痕，聆听藏在风里的赞歌！嘴角微微翘起，仍撑不住这溢出的坦然和收获，眼神聚焦于镜头，坚定地面对这不平凡的一刻，多年后引发一株青苗无限遐想的一刻！

这有限的岁月中还散落着数不尽的故事，而我有幸聆听一个个故事，拂过一张张剪影，寻忆最真实的电力工人。他们的岁月定格成一瞬间，同样，那一瞬间藏着他们整个岁月。不知不觉，走到了故事的结尾，心中潮流涌动，感慨万千。也许每一个电力工人都是一段故事，而每一段故事都需要下一代来传承。正如前辈所说："回首往事，如沙起云行，似山奔海立，激荡胸怀。丰碑上镌刻着一批又一批、一代又一代电力事业的奠基者和开拓者的名字，正是他们的呕心沥血、励精图治，才成就了今天。"电力发展数十载，鸿爪雪泥，正是电力前辈们的血与泪，才铸就了照亮黑暗的万家灯火，才书写了默默守护我们的安规电识。作为一名电建新学员，希冀追寻先辈们的步伐，成为新时代的电力工人，在如今的孩子心中留下好奇的种子，延续电力工人的那份执着不屈的精神。

# 霉干菜，博士菜

楼良明

春日，回到老家，正是做霉干菜的时节，村子里屋前塘边都挂满了九头芥，操场上、公路边都晾晒着腌菜，晒干就是霉干菜了。

于是，顺手拍了一组图，在朋友圈发了一题为《随着风，空气中弥漫着博士菜的芬芳》的消息，引来众多点赞，也有不少"为啥叫博士菜"的疑惑，也有跟帖解释的，有那么点热闹的气氛。

霉干菜原来就是霉干菜，是没有"博士菜"这一雅称的，至少在1989年之前。

那时霉干菜是东阳农村的家常菜。说它是家常菜，是因为吃的频率确实高。有时因季节的交替蔬菜接济不上，或是农忙时节没时间炒菜，就在烧米饭的同时蒸一碗霉干菜、蒸一点蔬菜，有时会有一个蒸蛋，就是一家人一餐的菜了；也由于那时农村里经常以稀饭为晚餐，而吃稀饭时大都是配的霉干菜。按说那时已改革开放好几年了，生活不至于那么清苦吧？实际的情况是经济条件虽有改善，但父母亲们从上辈那里分得的只有一间或两间土坯房，而我们这辈家里大多数是兄弟姐妹三个、四个甚至五个的。我们村有户人家，他家老三和我是同年生的，在那追求儿女双全的年代，他父母亲一心想再生个女儿，结果下面又生了两个儿子，一共五个儿子，后来实在是家里太苦了，又碰上计划生育政策已开始施行，就去做了节育措施。儿女众多，住房拥挤，家家户户都在节衣缩食要造新房，牙缝里的钱也是能省一点是一点，蔬菜基本靠地里种，除了过年或家里来客人，平时荤菜是极少买的。因为霉干菜是家里刚需，每年家里都要做上百斤，像我们这个年纪的，从小到大，做霉干菜的各道工序，种、收、洗、晒、切、腌，最后晒成霉干菜，每道工序都堪称熟练工。

霉干菜是那些年住校学生的主力菜。说它是主力菜，是因为住校学生吃得最多的是霉干菜。我是1986年秋季上的高中，东阳中学，当时也是省里排名靠前的中学，人称考进了东阳中学，一只脚已迈进了大学，难考得很。上高中就住校了，一个宿舍住十二人，两个家是县城的，其余十人来自全县各地，口音南乡北乡各异，一袋米、一缸霉干菜是大家都要带的，米用编织袋装，菜用大号的搪瓷缸。从农村到县城读书，骑自行车上学的不多，坐长途车又不方便，周末回家的次数就少了。我上高一的时候大概两星期回一次家，到了高二、高三就差不多一个月回一次，中间家里会再送一次米和菜。带的米用来蒸饭，菜就以霉干菜为主了。每周会到食堂买两三次菜，有时荤有时素。早上也会间或买碗豆腐脑，是拌酱油和葱花的，红绿白三色分明，挺好看，相比用热白开泡干菜米饭，好吃太多了。我至今还记得早上到学校卖豆腐脑的那对夫妻档，三年都是他们俩，男的个子瘦小，妻子个子高一些皮肤也白，笑起来挺好看。那时做霉干菜，就放一小块猪油，炒好后干燥暗沉乏味，有时会有几块肉，再加点生姜、大蒜。到学校后，而小部分霉干菜里面的佐料，是早早就被挑出来消灭掉的。当时在宿舍吃饭时最常见的一个场景就是某同学把缸底都翻了几遍了，再也找不到一点点肉末或姜和蒜，失望得大声呼叫。菜和饭都是干巴巴的，有时实在难以下咽，倒点热开水拌散，就那么吃下去吃饱了。我的胃后来一直吐酸水消化不好，应该和长期那种方式吃饭很有关系。

那些年大多数东阳学生住校吃饭就是这个样子的。2019年的时候，郭广昌上了浙江经视做了一档访谈节目，女主持茅莹聊到了博士菜。资料上说郭广昌1985年东阳中学毕业，那应该是1982年上的高中。现号称"上海首富"的郭广昌小时候家里很苦，他的姐姐和我姐姐嫁的同一个村，隔了几幢房，那个村比他自己家离东阳县城近一半距离，很多时候，郭广昌就从姐姐家带米带菜，有时给郭送米送菜的活就落到了他姐夫身上。在节目中，郭广昌说现在不太会吃霉干菜了，闻到番薯会反胃，他说话东阳口音还是很重的。因为那些年吃了太多的霉干菜，小时候吃了太多的番薯，真的是吃厌了。类似的话我和我老婆说过不止一次，语句和语气都是雷同的，是真的吃厌，绝不是忘本。去年网红人物北大的"韦神"韦东奕，网上有篇文章由他而联想到了"博士菜"，但我估计他是没吃过什么霉干菜，最多就是偶尔尝一尝，因为他出生和成长都不在东阳。他的老家村名叫白火上，和我老家隶属同一个乡，那是我们乡最山里面的一个村，村民大都姓韦，也是个苦地方。韦东奕的父亲韦忠礼1981年东阳中学毕业，更要早一些，他上学时应该也是吃了很多的霉干菜。我初一时的同桌就是那个村的，也姓韦，名字带一个忠字，同属他们宗族忠字辈的。

就是这样一顿又一顿、一天又一天吃着霉干菜，这么多东阳人坚持着、努力着，相信读书改变命运，一年又一年、一批又一批的东阳学子考上大学，走向全国各地，乃至世界各地。一部分大学本科毕业后，又继续求学深造，读研攻博，变成了博士、教授，数量之多，在没有函授等后续教育的年代，如全国以县为单位计算，应该名列前茅了。1989年，在我上大一的一天，我正画着机械图，一个同学拿了一张报纸给我看，报纸上有一篇写东阳的文章，文章中给了东阳"百名博士汇一市、千位教授同故乡"的美誉。我的初中、高中同班同学都有数位博士，他们中不乏业界翘楚，在技术创新领域、在医疗救治领域、在医学研究领域等有较大影响力。

而后东阳有公司对霉干菜进行了商业化的开发、包装，美名为"博士菜"。所以霉干菜有"博士菜"的雅称，应该是1989年之后的事情了，具体什么时间，我没关注。说实话，我到现在为止，也没有买过，也未曾吃过一包名为"博士菜"的霉干菜。我闲时曾问过几位同学，也都如此。是啊，不就是霉干菜嘛，最多再加几块肉、多点油，或是为改善口感，再加点味精、白糖，蒸得透一点、软一点，大体如此吧。其实那个年代，吃霉干菜读书是浙江农村普遍现象，只是不同的地方霉干菜的做法有些不同，有的会加点笋干，有的会加点青豆，不一而足，东阳只是一个缩影。茅莹在那档节目中称郭广昌是寒门学子，郭马上笑答："我们浙江有几个不是寒门学子的？"

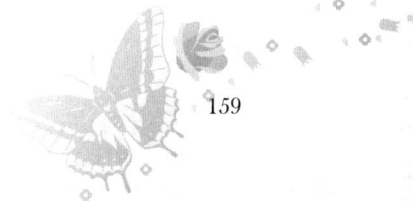

山河与草木

　　简单的一则朋友圈的消息，引发了这么多的回忆。年少时经历的困难，在丰衣足食的今天，这种回忆，有些唏嘘感慨，更多的是幸福。我们相信以霉干菜为主菜的艰苦岁月不会重现，也期望吃霉干菜奋发苦读的精神能代代相传。

（作于 2022 年）

# 在西白莲的无忧日子

王晓晖

西白莲不是花的名字，它是一个地名，确切地说，叫普陀区虾峙镇西白莲岛，是东海上一个不起眼的小岛。岛上住着我老家的亲戚——阿兰。

阿兰应该是我父亲的堂姐，姓邬，叫邬阿兰。说起来"邬"应该也是我的姓。祖父是六横岛人氏，有一年岛上瘟疫暴发，祖父逃难到外乡，入赘我祖母家，随了我祖母家的姓，而祖父的兄弟，就是阿兰的父亲，因疫而殁，阿兰的母亲带着她改嫁到西白莲。后来，阿兰嫁给了异父异母的兄弟，从此，一直生活在西白莲。

年轻时的阿兰非常能干，经常挑着箩筐担着鱼虾到各地贩卖，做事、说话也干脆利落，与被她称作"婶"的我的祖母较为投缘，所以若是到宁波这边的话会经常顺道拐到我们家来。小时候，看到阿兰来了总会特别开心，因为她总会带好吃的鱼干、虾干给我们，还有听她操着浓重的"柴郭"地区口音与祖母聊家常，也会感觉异常新奇。

阿兰不会生育，领养过一个柴桥人的娃做儿子，儿子成年后继承了父业，岛上人家那时赖以谋生的无非就是出海捕鱼这一行，有一年不幸遭遇风浪，就再也没有回来过。媳妇带着年幼的孙女改嫁了，阿兰是命中注定没有子嗣的。

我第一次去西白莲是 20 世纪 90 年代初，随祖母一起去的。祖母那一年大概七十五六的光景，但身板还硬朗。去的时候应该是十一月份，刚好是橘子成熟的季节，记得码头边上摆着卖黄澄澄的橘子、烤熟的老菱的

山河与草木

161

摊，祖母又停下来买了两大包，"带到岛上都是好东西，不怕多！"就这样，原本已经满负荷的祖孙俩又是肩背，又是手提，踏上了去西白莲走亲戚的旅程。

到西白莲的路途颇为复杂，先坐大巴到郭巨，郭巨车站到郭巨码头还有一段路，要搭机动三轮车，郭巨码头乘到六横的车客渡，到六横岛以后，再搭车去大岙码头，然后再从大岙码头搭乘"湖泥轮"到西白莲。一路车船辗转，每个环节都顺利接驳的话，一般早上七点左右从家里出发，到下午一点多能到达西白莲。

岛上的居民称自己居住的小岛为"下山"，西白莲这个汪洋中的小岛，与外界的联络主要靠"湖泥轮"。天气正常，没有大雾、大风、大浪的时候，"湖泥轮"按部就班每天早上从虾峙岛驶向六横岛，午后又从六横岛返回到虾峙，中途都会在西白莲停靠。

船还没靠上岸，远远就看到了岸上的人群，有些当然是要搭船去虾峙岛的，但那只是少数，更多的是来码头上"临世面"、看新鲜的，有没有什么事物会从这班船上被带过来？码头像极了我们这边的村口，是信息的集散地。

那一班船，我跟祖母也在"新鲜事物"之列，毫不例外接受来自西白莲岛民的检阅。目光的咨询似乎还不过瘾，很快就有人开腔过问："这是哪家的亲眷啊？"当得知是阿兰家"上乡"的亲戚，马上有人接腔，对祖母说："您就是几年前来过的阿兰的婶吧？"说话间，早有人高喊着去通报："阿兰！阿兰！你家来亲眷了！"手里的行李也很快被人帮忙搭手提走了。许多年后，我一直回味着在西白莲的礼遇，那是我在别的地方做客所没能体会到的。

阿兰的家在山的半坡，简陋的几间平房，前面依山势用石头驳了一块不大的平地作院子。从院子里探出头就能看到泥涂，看到时而清亮，时而浑黄的海。

这个岛是贫瘠的，石头多，泥土薄，也不能种什么东西。用水靠几口挖凿出来的井里的水，井并不是很深，井口宽大，既蓄积山水，又接储天落水。岛上的水是金贵的，洗脸的水也不舍得随意倒掉，用来浇种在屋后的几棵蔬菜或者再清洗别的什么。好在几口水井据说是就算天大旱，也从未干涸过。

阿兰用清一色的海鲜来招待我们，蟹、虾、鳗鱼、望潮，是跟岛上下海的船老大事先预约好，特意叫留的。桌上很少有蔬菜，那里的蔬菜是被当作葱蒜用来调味点缀的。但不要以为住在海上就顿顿有新鲜的海鲜，我发现他们自己平时就吃一些储存已久、发了油的廉价的小鱼晒成的鱼干或是蛋白已经发黄变色的咸蛋。不是不想吃新鲜的，是购买不便利，是不舍得吃。失去儿子后，阿兰伤心过度，已落下眼疾，她已经没有了年轻时的干练，再也不会来上乡"跑码头"了。

祖母陪着阿兰说话，任由我一个人在岛上闲逛。西白莲岛的四周没有沙滩，只有油黑的泥涂，滩涂上布满跳鱼和沙蟹、招潮蟹的洞穴，退潮的时候，还能看到慢慢游移的泥螺，以及伪装成螺类的寄居蟹。涨潮的时候，在码头边上垂放下一个竹篮子，只在篮子里放上一两条咸鱼，稍候片刻，提上篮子，总能捕捉到被咸鱼诱来的活蹦乱跳的虾。

西白莲岛是安静的，早些年岛上没有电，天黑以后就是一片死寂。如今岛上通了电，每户人家接了有线广播，中午和傍晚饭点的时候小广播会定时响起，播放一些小岛以外的信息。但他们一般只注意听最后时段播放的天气预报，气象直接影响着岛上居民的起居出行，能不能出海，宜不宜出门，也得听了气象预报再做打算。

我跟祖母在阿兰家的几天，总有婆婆妈妈们来串门，有些算起来还是远房的亲戚，祖母拿出我们从上乡带过去的东西分给她们，那些在陆上很平常的物件或零食，经过一路车船，到了岛上身价不菲，从那些婆婆妈妈的眼神与语气中我领略到了它们的珍贵。

我很快喜欢上了这个小岛，我学会了用咸鱼来诱捕大虾，学会了枕着涛声也能安然入睡。午后，我也会去码头，看"湖泥轮"是否又带来了新的客人，看停靠的短暂间隙，码头上的人与船上的人打招呼，相互递烟、询问、交流。除了阿兰家纫被子用的是织网的尼龙线，躺着有点硌人，这个岛上的一切我都觉得挺好的。

第二次去西白莲是 2011 年 5 月，母亲打来电话，说西白莲岛已经被一

山河与草木

163

个船厂征用了，住在岛上的阿兰嬷嬷的家要搬迁了，问我要不要一起再去一趟西白莲。这次不去，这个地方怕是这辈子都不会再去了，于是有了我再上西白莲的经历。

十多年后再次来到西白莲，这个小岛并没什么大变，只是码头好像宽敞了些，这次是轻轻松松地走上去的，我记得上一次由于船跟码头的落差大，我是被人硬生生拽上岸的。

阿兰老了，除了眼神不好、视力衰退得厉害，腿脚也不灵便了。这十多年里，她偶尔也来过上乡，去宁波的大医院看眼疾，总会把我们家作为落脚点，祖母去世后，她但凡有事也总会跟我母亲联系、商量。但我在这十几年里似乎只跟她见过一次。

由于第二天就是要搬迁的日子，所以我跟父母放下行李就帮她将小件的东西打包，放进纸板箱，能拆的、能卸的都拆卸了，归类放置。

阿兰没有子女，属于"五保户"，村子里也专门派人来帮忙。第二天，装运的船一早就到了，等东西搬得差不多了，我们把阿兰也扶到船上。暂住房在虾峙岛，这个岛相对大一些，岛上的设施比较完善。有安置房，有拆迁费，阿兰以后的生活应该是无虞的了，但背井离乡，离开原本准备生活到老的西白莲，总还是不免伤感。

那天随船的还有其他几户人家，阿兰一直关照我们看管好那些老旧的家什，生怕损坏或是遗落。等我在拥挤的船上找地方坐定，回过头来时，西白莲已变得越来越小，还没来得及看仔细，已瞬间远离得让人再也辨认不清它的模样。就这样匆匆离开了西白莲……

以后，有人在我发的西白莲的图片后面留言："我现在就在这个小岛，工程如火如荼，但静静地坐在海堤上，我还是感受到了'坐看云起''水天一色'的意境！""马上要去西白莲岛上工作了，现在叫亚泰船舶修造工程有限公司。上次已去过一次，很偏僻，岛上好像只有一家小卖店，已经没有居民了，厂里的职工就住在以前居民的房子里。""如今上岛很方便，在鑫亚船厂搭接送工人的船，不要钱！"

我想象着那里矗立起来的钢架与水泥的建筑已延伸出滩涂以外，长长的引桥伸向大海。西白莲已没有了往日的宁静，此起彼伏的金属敲击声、切割机和打磨机斜飞出来的弧光伴随着的刺耳噪声，盖过了曾经能清晰听到的海浪的声音和海鸟的鸣叫。这个岛屿似乎不是记忆中的西白莲了，它已经没有了我要的念想与牵挂。

（原载《宁波日报》2021 年 11 月 9 日）

山河与草木

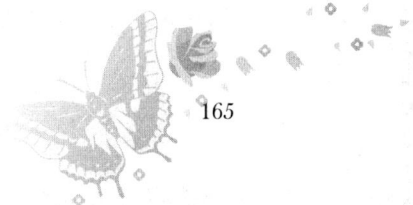

165

# 桂 花 花 事

袁洪俊

中秋佳月，月高云淡。公元 709 年唐代诗人宋之问贬为越州长史，离京赴任，途经杭州下榻灵隐寺，漫步在幽静的山路中，抬头望明月，闲庭感清凉，踏着满地碎叶，细想人生的跌宕起伏，千年桂花树，绵绵氤氲香，一丝丝香气自鼻孔吸入胸腔，顿觉通体通透，沁人肺腑。一棵棵桂花树，立在山坡溪边，香了一季，香了千年。此时的桂花，伴着漫山的夜雨，在中秋的夜里迷迷蒙蒙，淅淅沥沥，一阵凉风吹起，满地碎花洒满一身的惆怅。

初识桂花是七八年前，工作关系从北方调入南方的这个城市，感受最深的是满目的绿色，北方清晰的四季轮换变成了一年四季不大改变。八九月份，秋高气爽。桂花香从开始的若有若无，仿佛一夜之间，全城的桂花都开了。香味来得浓郁又热烈，就像一滴墨汁滴落在无边的宣纸上，香气洇润着整座城市，一座城都被浸泡在了这股好闻的味道里，暗香涌动。早起推开窗一瞬间，中午散步路上，傍晚穿梭在河畔时，都能闻到一阵浓过一阵的香甜味。无处不在的桂花香，香气围绕着你，你的胸前、你的身后、你的耳边、你的舌尖都塞满着桂花的香味，它变得诗意起来。桂花似风，桂花在清晨绿道上老人身轻如燕的脚步里，在太阳升起后年轻姑娘上班路上飘动的裙裾里，在夕阳西下儿童奔跑草坪上的高飘的风筝里，在夜晚摇曳的灯光下恋人相拥而走的五彩星光里。桂花似雨，桂花似人，如果用两个字表达，那就是静、香。"自有秋香三万斛，何人更向月中看"写出了桂花的无限芬芳；"绿叶层枝与桂同，花开蒂软怯迎风"描绘的是桂树娇嫩姿态；"何须浅碧深红色，自是花中第一流"说的是桂花不需要颜色的装饰，本是花中一流的本质。

桂花原产中国南方的山林，也叫岩桂。山野闲林自由生长，不知哪位前人发现了它，移至盆中精心栽培，苗然成为公园中显贵，家中凉台的娇贵。但正是因为最初获取艰难，香气奇绝，所以有仙花的传说。传说是天上月亮里的桂花树，因为仙人在人间的游历，被带下凡间。又有说，月亮上阴影就是巨大的桂花树影，嫦娥每个中秋节，都会折些桂花枝、桂花，洒向人间。但天上的桂花遥远，农历的八九月，桂花却在人间细细开放，伴随着秋天最美的金风玉露，好天良夜次第展开。

在秋天的明月夜，不暖微凉，当你步入月光如雪的户外，心思沉静，略感萧条。然而你闻到细细凉风中间，袅袅升腾的桂花香气，会忽然觉得有种恋人归来的悸动。桂花并不绚丽，它花朵小小，米粒似的花蕊放入口中，咀嚼一股清甜微苦慢慢渗出，慢慢清甜香气从舌尖渗透而来，安抚着你。而秋天深夜骤降的空气和露水，对于桂花的香气，是酝酿和催化。那香气似一种比喻，那是月宫的嫦娥或者桂花仙子，婀娜下凡。桂花不只是欣赏，南方老百姓更多的是把它采集起来，做成桂花糖、桂花糕、桂花羹、桂花茶，一碗清香的龙井茶加上一丝淡香的桂花味，使香气更长久，一盘香糯可口的桂花藕，上面撒上一些细小的桂花，更是增色不少。

比宋之问晚四百多年出生于南宋诗人杨万里，因仕途的更替与我工作的这座城市结缘。1150 年 23 岁的杨万里从老家江西吉水来到南宋的首府临安参加礼部试，落第而归，考试的失意并没有影响他游玩的兴致，一首"毕竟西湖六月中，风光不与四时同，接天莲叶无穷碧，映日荷花别样红"的风头甚至盖过了他的名字，入选唐诗三百首成为儿童国学启蒙的必读诗篇，这首诗的知名度远远超过他的名字，如今的火车东站地下一层大厅的墙壁上悬挂着一名书家书写这首诗的作品，引起了匆匆赶步的游客扭头注目。据说杨万里一生写诗四万多首，留在世上四千多。在杨万里璨若繁星的诗歌中，荷花和桂花无疑是最耀眼的两颗。南方湿润的空气滋润了杨万里诗歌的沃土。四年后，杨万里再次赴京考试考取进士。一年后授赣州司户参军。在任期间先后拜见张九成、胡铨等名臣。1167 年近 40 岁的杨万里又回到京城临安，上书一篇《千虑策》语惊朝廷上下，为他将来的坎坷仕途埋下了伏笔，之后几年，排挤、贬任。晚年幽居老家吉水，直至辞世。在杭州居住的时间里，荷花和桂花成了杨万里排解郁闷内心的药剂，"泉眼无声惜细流，树阴照水爱晴柔，小荷才露尖尖角，早有蜻蜓立上头"也是一首流传百世的佳作。

桂花成了杨万里在秋天里的向往。凤凰山下，满山的桂树，铺满一树的鹅黄，此时天上明月，仿佛广寒宫中的桂花正在开放，那天上的香气飘到人间，瞬间唤醒了山间的千树万林，天香缭绕，如梦似幻。便有了"雪花四出剪鹅黄，金屑千麸糁露囊。看去看来能几大，如何著得许多香?""不是人间种，移从月中来。广寒香一点，吹得满山开"的诗句，一位山居老者给杨万里送来了一棵桂花树。杨万里感动至极。桂花的花细碎，宛如黄金捣成的碎屑。两人坐在窗前望着窗外的月光，闻着这仿佛来自月宫里桂花的香气。桂花酒的香气悠然地飘向天空，两人无语，就这么默默地坐着，直到晨曦从东方亮起。缓慢升起的雾霭中糅杂了"万杵黄金屑，九烝碧梧骨。诗老坐雪窗，天香来月窟"的意境。

这座由天堂漫步到人间的城市，就像西湖和运河的水一样，诗情画意不曾改变。结束了阴雨模式，气温升高，已经有了些秋高气爽的味道。记得刚来这座城市的时候，路窄车少人静，周末休闲的时光，悠闲地走在城市的各个角落，是个慢生活节奏；这几年，城市大发展，道路拓宽，车辆拥挤，高楼矗立，城市的地理概念越来越大，农村的田园逐渐退出人们的视野。越来越像大城市了。每年的秋天，桂花开放，参观都要去周边的乡村田野，森林公园。桂花，路边楼边留下的几棵也变得高贵起来，不是以前来自山林的自然花香了，慢慢地有了一种城市的味道，轻浮圆润，空洞短暂。一个城市，需要文化和历史的承载，桂花可能是普通的表现形式，一旦失去桂花的幽香，我想这个城市也就没有了让人向往的载体了。还是像刘鹗的《老残游记》里描写济南那样"到了济南府，进得城来，家家泉水，户户垂杨，比那江南风景，觉得更为有趣"。我想，将来，每家的门前屋后栽几棵桂树，秋天来了，满城的桂花香更加浓烈醇厚，中秋之夜，月亮高悬，一家人摆一方桌，喝着桂花酒，品着月饼。在花香萦绕的氤氲中等着嫦娥飘然而至。

（作于 2022 年）

# 径 山 宋 韵

刘卫东

一时的机缘，再次踏进径山寺。我已经完全不认识它了。

1996 年，第一次去径山寺，从双溪步行拾级而上，几棵大树，几栋不起眼的房子，门口挂着一块文保单位的牌子，破落的样子与老家的白露山慧教禅寺并无两样。与灵隐寺比起来，一个阳春白雪，一个下里巴人。上一次去径山，是 2016 年 4 月 2 日，携家人前往踏青。此时寺院已经翻新，规模式样与他处相仿，黄墙黑瓦，颇具规模，香火很旺。主殿门楣上悬挂了一块青铜横匾，上面写着"度一切苦厄"，是刘海粟先生的墨宝。那时候径山佛茶已经十分有名，周围有一座禅房，专供访客喝茶听禅。房外鲜花簇拥，春意盎然，内墙挂着"禅茶一味"四字，喝杯佛茶，听次禅语，倒也十分惬意。

说来也巧，此次到访的第一站居然是上次喝茶的禅房。还是原来的样子，只是新添了于右任先生的草书《横渠四句》，此件作品曾在易中天的《大宋革新》一书中有见，墙上所挂估计是个印刷品。从侧门步入寺院，早已无法寻觅八年前的影子，只有大殿内"止语"木牌还在，依旧在提醒我们要谨言慎行。

所见之处，耳目一新。主殿高大庄严，用料考究。高处的凌霄阁，端庄雄伟，文质彬彬，气度不凡。方丈室，则平静谦和，简素雅致。枯山水与造型独特的黑松交相辉映。寺院的墙壁也不是黄色，而是棕色的梁柱、白色的外墙。如此风格的寺院，在杭州独树一帜。

径山建寺已有 1200 余年，建于唐，兴于宋，曾名列"江南五大禅院"

山河与草木

之首。径山寺在中日文化交流史上地位独特，佛教禅宗，以及禅院茶礼，都对日本产生过深远影响，与日本寺院至今交往甚密。我们在日本所见的建筑、茶道、园林，都传承了中国唐宋之风。重建后的径山寺，让世人觉得似曾相识，不少人以为这是对日本建筑、园林的抄袭，殊不知恰是对唐宋文化的回归。

虽然，我对中国古建筑并无研究，但显然径山寺的建筑有别于西安大唐不夜城的仿古建筑。古都长安的房子应该是最能体现大唐的繁华、富贵和雍容的。大唐建筑整体偏矮，斗拱较大，檐角舒展。到了宋朝，房子建得更高了，斗拱与飞檐却变小了，径山寺的凌霄阁是典型的宋朝建筑，谦谦君子般，长得精致高挑而彬彬有礼。最近红火的电影《满江红》讲的是宋朝的故事，拍摄取景用的却是太原古县城的明清建筑群，看起来就有些不伦不类。除了外形不对，守门的狮子也是个败笔，双狮把门镇宅是明清以后才流行起来的。故事虽为虚构，但历史常识应该得到尊重。宋朝的建筑遗存本来就不多，复古的宋制建筑除了开封和杭州，估计也很难找到。即使是杭州，恢复宋制建筑也只是这几年的事。鼓楼边上的德寿宫，可能是最大的宋制建筑了。

据说，径山寺现任监院法涌法师，精通传统文化，在杭州文化圈内颇有名望。近年福鼎老白茶在杭州大肆流行，法师起了很大作用。对于这样的说法，我是相信的。杭州最早的龙井，就是在寺院道观中栽种的。大行其道者，则是禅院、禅师和参禅的人，起初是用来提神的。禅与茶都是两宋文明的标志，两者的兴起从时间维度上看，是高度契合的。"禅茶一味"的观念，产生于宋。一代禅门领袖克勤禅师所书的"茶禅一味"书法作品，南宋时被带到日本，现为奈良大德寺的镇寺之宝。径山寺作为禅宗寺院，与茶的关系自然就不一般了。可见，日本的茶道源于中国，极大的可能性，取法于径山寺。

唐人喝茶喜欢加味煎煮，入些姜、葱、香料、盐和米等东西，可以说是一锅粥。宋人喝茶，不再加味，但也花样繁多，有煎茶，有点茶。宋代上流社会的饮茶极为讲究。比如点茶，要先用纸包好茶饼，再捶碎、碾粉，再细筛出茶末，用沸水调出茶膏，再冲成茶汤。冲茶汤时要用茶筅轻轻敲击，直到产生泡沫，也就是汤花，方可饮用。现在日本的茶道一直沿用了宋朝的礼制，至今仍能见到宋人点茶的方法。宋人在修禅与喝茶上，无论是形式还是本质上，都是一致的。禅宗修行直指人心，宋人喝茶也是修心。宋代禅的味道，其实就是茶的味道。茶道承载着禅道，禅道也融入了茶道。遗憾的是，如今径山禅意尚存，茶味则早已消亡殆尽，禅茶早已二味了。当然，文化的中断变迁，责任不在径山，然而茶道的回归似乎是径山寺冥冥之中的使命。

杭州近年来，借力各种机会，大力弘扬宋文化，甚至在小学开设了专门的宋韵课程。但从文化层面讲，宋到底是一个什么样的景象呢？易中天先生说，宋，大雅大俗。无病呻吟的文人词，一碰就碎的细瓷器，宁静悠闲的山水画，琢磨不透的禅，以及需要细细品味的茶，与汉唐相比，宋显得文质彬彬。林语堂先生所讲的闲适生活，说它是宋的写照，再合适不过了。

其实我们已经无法从生活中体会原本的宋韵了，当代人挖掘展示的，大概是一些衣冠服饰、诗词歌赋，形式大于内容，离宋的精神内核相去甚远。

中华文化博大精深，既有大唐的雍容华贵，也有宋时的简素闲适，两种鲜明特色，被后世糅合在一起，成了中国文化的基本面。但是不可否认，中国的简素文化在宋明时期达到了顶峰，简素是那个时候文化的最为鲜明的特点。

此行探访径山，有幸与诸法师品茶论道。之前提到了于右任先生手书《横渠四句》，实则北宋大儒张载名言，表达的是儒家济世哲学，放在这里不但提升不了格调，更有失禅茶之内涵。所以，在更深层次上来探讨禅茶，借茶道以弘佛法，也许大有可为。

（作于 2023 年）

山河与草木

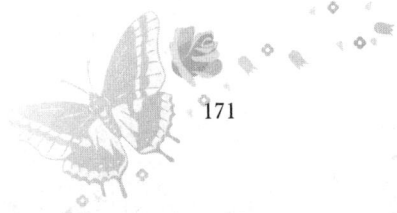

171

# 六 门 风 云

殷 俏

丽水屹立于青山绿水间,依山傍水,历经数千年时光荏苒。它古称处州,因少微处士星而建州。明代《名胜志》载:"隋开皇九年(589年),处士星见于分野,因置处州。"建州时,建立六门,唐代始建城墙,元代终以定型。

每一座城门,都有着自己的风云故事……

## (一)

"大水门,拔船纤;小水门,卖食盐;厦河门,种菜园;虎啸门,开饭店;丽阳门,打草毡;左渠门,开鬼店。"这是在丽水民间盛传百年的歌谣。三五稚童在南明门下,欢快地蹦跳转圈,拍着小手念着当地的歌谣。

几位古稀老人坐在城门洞里纳凉。沧桑的容颜带着岁月的痕迹,脸上呈现着祥和的笑容。古铜色的皮肤,似包浆的树干,似铜板的纸张。褶皱处带着柔润的光泽。老人悠闲地倚靠在竹椅上,手执文扇,轻柔扇动,享受扇风带来的阴凉。一花甲老人,从烟袋中取出烟丝,往木杆黄铜烟斗里掐。不知他说了些什么,逗乐了旁边的几位老人。

城墙下的遮阴处,几个叫卖的小贩。他们各自吆喝:"冰糖葫芦哎,又酸又甜的冰糖葫芦哎……""冰棍儿、冰凉透心的冰棍儿……"还有两位卖糖画、面人的大爷。城墙边的大树上,栖息着数十只知了,它们"吱吱……吱……"地叫唤，带着夏日热浪的节奏。此间，它们似乎听懂了稚童们的歌谣，开始随着节奏变化声响。树枝上的叶儿在炽热的阳光下变幻着身影。墙缝里的野草，也探着脑袋，观摩城墙下的风景。

南明门位于处州城正南端，是古代处州最为重要的通商口岸。敌军也往往从这顺势入侵。因此，南明门也是处州城最重要的军事城门之一。

南明门设有东、西敌楼，各有望孔和射孔，可备防御。兵将可在敌楼内对入侵之敌交叉射击。且设有瓮城，若敌人侵入，可闭前后城门，"瓮中捉鳖"。

门洞上的"南明门"三个字在阳光中，闪烁着流光。我步入城门，风云突变，云烟四起。十余位身着麻布素衣，头裹汗巾的码头工人，在忙碌地搬运货物。江边停靠着几十艘官船，气势磅礴。一旁，还有开箱验货的人。我走进细看，木箱里装着满满的茶叶和瓷器。每一个瓷器都是上好的龙泉青瓷，釉色黄绿，泛着几分朴拙之味。其纹饰多样，有八思巴文、回（龙）纹、戏曲故事《牡丹亭》《西厢记》《汉宫秋》等等。它们被稻草包裹，谷糠填缝，防潮防震。它们登上大航海时代的货船，通过瓯江，进入东海，随"海上丝绸之路"，远渡南洋，满足欧洲、日本、东非各国对东方古国的想象。

我对着远去的商船挥手，转身时发现门洞里的老人们都不见了。城楼上的戏台正演着《牡丹亭》，我身旁是接踵而至的人流。城门内西边的木材市场客商满座，东边的小猪市场正排着长队，集市上热闹非凡，商客络绎不绝。

一红衣稚童拿着冰糖葫芦儿坐在父亲的肩膀上，父亲手摇红色的拨浪鼓，开心地游逛。一群调皮的孩子拿着五彩风车在街头奔跑。几位姑娘，身穿华服，头顶簪花，挑选心仪的首饰。南街红灯高照，叫卖声、喝彩声，响彻巷尾。这是江南版的《清明上河图》。

我一路向北，来到望京门。在城门外五里之地的接官亭，有几位官吏正在等候。他们正在迎接新上任的处州太守。望京门内的道路两旁，围满了围观的百姓。他们都是来恭迎和观看这位新太守老爷的。

望京门又称丽阳门，位于处州府城的正北面。城门内皆为矮屋破房，

山河与草木

173

住的大多是处州城贫苦的百姓。他们以农耕为生，在城门外耕种月亮田，日日耕耘，精心照料，却时常遭遇旱灾荒年，收割的粮食寥寥无几。只能在田野里收集稻草，编织床垫，来换取口粮、油盐度日。

在望京门的东面是岩泉门，俗称虎啸门。城门外向北半里，是栋白墙屋，名为"万人塔"，是婴儿尸体抛投之地。门内的酱园弄是处州的谭宅。民间盛传的"谭家的屋，潘家的谷"。

望京门的西面是通惠门，又称左渠门。它是处州府城的西北锁钥。这里既无商铺，也无摊贩，枯叶满地，寥无人烟，是六门中最阴森之地。城门对面的半山坡上有座"憨终祠"，处州人称其"百终祠"，是搁置棺材的。在处州逝世的外地人，在灵柩发回原籍前都暂时搁置于此。传说这里时常"闹鬼"，因此只要一提起"左渠门"，处州人都会不禁打冷战，好言劝说，"没事，别往那跑。"

在南明门的西面是栝苍门，又名小水门。为"上七县"水路交通枢纽。城门内车水马龙，街道两旁客栈林立，米铺、肉铺、京货店、酒坊……随处可见。

我的外祖母家就住在两条主街道的交界处，经营商货、米粮等。外曾祖父是当地商贾，来往各地交易，家族一直以经商为生。小时候，父母工作忙，白天就把我放在外祖家。我总是端一张小木椅，乖巧地坐在门槛里，脚下睡着一只慵懒的大橘猫，手里捧着外祖母给的糕点，边吃边看着往来的商客和比邻商铺里的故事。

南明门往东走行春门，又名厦河门。每逢农历三月初三，百姓都会请出太保庙的太保老爷神像，抬至此处，举行"迎春仪式"。这一带土质松软，居民大都以种植蔬菜为生，范围可延伸至五里外的厦河村。

## （二）

七百多年前，元朝建立。拆毁城墙俨然成为地方官员的一项政治任务。可唯独处州城背道而驰。不但没有拆除，反而进行加固和修建，甚至扩建。这又是怎么回事呢？

在处州城南面是浙江第二大水系瓯江。唐显庆元年（656 年）九月，大风雷雨数日，瓯江水位大涨，冲进城内，溺死百姓七千余人。宋绍兴十四年（1144 年）八月，大雨多日，水高八丈，溺死百姓三千余人……为抵御洪水，处州不得不保留城墙，甚至进行加固，将石砖换成大型花岗岩石块。

这共计 5.1 公里的处州城墙仅有防洪防汛的作用吗？其实不然。

处州地处浙、赣、闽三省交会之地，自古便是交通要塞。且物产丰富，良田广泛，是千百年来诸侯贼寇巧取豪夺的纷争之地。

元至正十一年（1351 年），福建贼寇联合山贼侵犯处州。温州太守宜孙奉江浙行省之命，讨伐贼寇。修筑处州城墙，以抵御贼寇入侵。至正十六、十七、十九、二十二年（1356、1357、1359、1362 年）……兵戎纷争不断，处州城墙成为处州的"万里长城"，抵御贼寇，镇守处州。

# （三）

1937 年，抗日战争全面爆发，沪宁杭三地沦陷。浙江省建设厅、教育厅等 20 多处省属机关迁到处州，沪杭一些著名商铺也随之迁入。当时，黄绍竑在处州制订和颁布了《浙江省战时政治纲领》。一大批文人学者、党政要员来到处州，宣传抗日救国。处州成为浙南的政治、经济、文化中心。

为破坏美军在浙江境内的备降机场（处州机场）。1942 年，日军进一步压缩浙江政府的生存空间，开始连续不断地对丽水进行疯狂轰炸。同年 3 月 26 日，20 架日军飞机在处州城上方飞过，30 枚炸弹如落雨一般掉落在南明门和栝苍门一带，整条街变成火海，哀号声、哭啼声响彻云霄。

日军在处州城内肆意烧杀抢夺、奸淫掳掠。烧毁城内所有的厂房，如：茶叶公司、桐油公司、火柴厂、印刷厂……甚至在虎啸门内的酱园弄办起了"慰安所"，无数处州女性遭受残害。

硝烟不断，哭声连绵。处州城千疮百孔，满目疮痍，到处是断壁残垣，横尸满地。处州百姓自断公路，全民抗日。望京门首竖抗日大旗，各

山河与草木

座城门——上演抗日英雄的场景，救亡运动如火如荼。

七年里，日军对处州地区出动飞机 423 架次，投弹 1796 枚。致使处州城内机关、学校、工厂、民居、庙宇等 12237 间房屋被毁。其轰炸时间、次数、经济损失，均为"浙江之最"。

六座城门在烽火硝烟中，满目疮痍。左渠门、栝苍门、行春门、虎啸门毁于日军炮火，残破不堪。唯有望京门、南明门，在战火狼烟中屹立。

## （四）

随着近年来对历史文物的重视和保护，南明门得以重修，城楼开设了南明书院。

栝苍门成为最美防洪坝的起源点，虎啸门与居民住宅融为一体。地方政府在行春门的原址上重建。城门内建起了徽派建筑群，名为"处州府城"。听闻，望京门、左渠门已列入处州老城恢复的规划当中。

时光荏苒，沧海桑田。处州府城墙历经千年风雨，经受人世沧桑，从恢宏鼎盛到满目疮痍。它无言却有力地诉说着处州千百年来的风云故事。

寻遍华夏大地数以千计的城墙体系，追溯上下五千多年的中华文化。城墙有着和时代同呼吸、共命运的形态。处州六门，纵使残缺，即使埋藏于地，但仍然与处州血脉相连。

城在墙里，墙在城里。其实，六门一直都在。或匍匐，或耸立，或露头，或埋藏。它的精魂，依然伫立在处州府城中，如护城的精卫，无言地守护处州这片土地。它与处州子民，生生世世魂牵梦萦。

（原载《国家电网报》2021 年 9 月 3 日）

# 陪 伴 母 亲

赵金岗

春天，大地复苏，万紫千红，希望满满。

2022 年的春天，却依然笼罩在新冠疫情的阴影之下。母亲在杭州过完年，执意回到余姚老家乡下后，我心里一直放心不下，苦于日夜惦记，便又背起双肩包，拖着拉杆箱，踏上了去看望母亲的旅程。

家庭不只是人们身体的住处，更是人们心灵的归宿。

走进家门，直奔老妈卧室。老妈正坐在凳子上，双眼凝视着房门，"侬钢儿啊，侬来了好的好的，侬来得这么巧，个我放心啦。"从老妈的话音里，我感觉老妈的身体肯定出现了情况。我放下行李，穿堂屋，跨门槛，环顾屋前屋后，庭前橘花撒满地，屋后石榴正孕子，正如韩愈在《题榴花》中所说："五月榴花照眼明，枝间时见子初成。"春天的景色，都是满满的希望，正是生活处处有美景。但是，此时此刻，我看着庭前满地雪白的橘花，总感觉是"一片花飞减却春，风飘万点正愁人"。

自从父亲去世后，母亲就一直独自居住在家乡老屋里，一个人自由自在地生活着，春夏秋冬，日常起居，自己照顾着自己。闲着时，就在屋前屋后院子里种种菜、养养花。有兴趣时，就看看越剧，到邻居家走走，拉拉家常。每到双休日，侄儿玮玮带着妻子和孩子去看望奶奶，送一些日常蔬菜和生活用品。但自 2021 年下半年以来，我发现母亲的健康状况每况愈下，独立生活能力渐渐减弱。

山河与草木

# 一

"子规夜半犹啼血，不信东风唤不回。"夜半时分，梦醒。我悄悄地走到母亲床前，看母亲正睡着，又悄悄地回到床上。悠哉悠哉，辗转反侧，就想起儿时情景。童年时代，给我最深的印象就是吃不饱，刚吃好早餐就想着吃中餐，整天饿着肚子，有气无力。那时，农村进入公社化时代，家家户户都不用在家里烧饭，人人都吃食堂饭。早饭吃好，没过多少时间，我肚子就咕噜咕噜地叫起来，就盼望着吃中饭。我就站在家门口，靠着墙壁，仰望着村里食堂前的旗杆，盯着有没有红旗升上来，我知道，红旗升了，就可以去食堂打饭啦。一看到红旗升起来了，我马上迫不及待地喊母亲去食堂打饭。印象中，母亲从食堂打来的总是稀饭，从来没有干饭。母亲细心地把稀饭分成满满的几小碗，叫我们兄弟几个吃，我看母亲自己每次总是吃剩下来最浅的一碗。看着眼前的一碗稀饭映照着我瘦瘦的小脸蛋，我一口一口地慢慢地把碗里的稀饭喝完，再伸出舌头，小心地把碗舔干净，这是我童年时代最快乐的时刻。母亲为了让我们兄弟几个吃得饱一点，经常会想方设法去挖一点野菜回来，有时从食堂河埠头捞一些食堂丢弃的菜叶子，用清水煮熟后掺在稀饭里。每当看到稀饭里有野菜或菜叶子，我会情不自禁地露出微笑，心里感觉幸福满满的。

4月24日这天早晨，我扶母亲起床，给她洗脚，清除敷在脚上的垂盆草。前两天晚上给母亲按摩腰背部时，意外发现她的双脚脚背微微有些红肿，故昨天用捣烂的垂盆草敷在她脚上，今天检查发现脚背红肿消退了很多。这垂盆草是我青年时期在乡村做赤脚医生时种下的，已经有将近五十年的种植历史，一棵小草的生命，不经意间已经延续了半个世纪，生命依然鲜活，小草的生命力如此之强，也确实令人敬佩。给母亲洗好脚后，扶着她上卫生间。母亲有一个习惯，就是每天早晨定时大便，并通过排便情况来调整自己的饮食结构，这已经成为母亲的养生之道。看着两鬓如霜的母亲坐在卫生间，我仿佛如梦初醒，母亲不但"只知事逐眼前去，不觉老从头上来"，而且已经到了"肌肤不复实""身已要人扶"的地步。母亲说:"今天没有大便。"我对母亲说:"昨天早晨大便好好的,今天没有关系不大。"母亲点点头。早餐前,给母亲泡了一杯蜂蜜,这是近来我给母亲每天要吃的"药",以利大便畅通。母亲一生没有什么病,常常对人说:"我没有'三高',也不会感冒。"对此,我心里非常欣慰,大人身体健康,是孩子的福气,我作为电力基本建设单位的一线工人,远离家乡,四处奔波,倒也少了一份牵挂。故每次回老家去看望母亲时,母亲总是说:"你放心好了,我身体好好的,你不用担心,安心工作。"母亲年迈时,挂着拐杖还是这样对我说。母亲的鼓励给了我在电力基本建设这个到处流动作业、四海为家的单位工作近四十年的勇气,给了我在职业生涯之旅中咬紧牙关、不怕困难的志气,更给了我在人生道路上热爱生活、努力前行的底气。许多一起进单位的同事辞职回老家创业,而我凭着母亲的这句话一直坚守着这份职业,守护万家灯火,赋能美好生活,默默做到退休。今天,每想到母亲这句话,心里总有些内疚。父亲生病后,母亲一个人默默地照顾父亲多年,没有劳累我们兄弟几个。我清楚记得 2010 年春节前,我远赴河南出差,下工地开展春节慰问和安全检查工作。在郑州机场下飞机打开手机后,手机屏幕上跳出一串胞弟打来的未接电话,赶紧回电,才得知父亲已经去世。继续前行还是原地返回?我强忍悲痛,咬着牙继续前行,下林州、走沁北,然后急匆匆赶回老家,为此,父亲为了"等"我,竟在床上"睡"了整整一个星期,母亲竟没有一句怨言。往事历历在目,其中酸痛难以诉说。父亲去世后,母亲就靠父亲原单位定期发放的抚恤金过着朴素的生活,从来没有要我们子女一分钱,给她钱,母亲总是说:"不用给我,钱我够用。"

早餐,我给母亲烧了一碗杂粮稀饭,里面有米饭、番薯、叶菜,煮得很烂,便于母亲消化。母亲牙齿已经全部脱落,吃饭吃菜全靠几颗仅存的牙根帮忙,咀嚼没有力量,年老味觉衰退也对很多食物失去了兴趣。母亲常对我说:"没有牙齿,假牙也套不上,牙根作用也不大,饭菜在嘴里转来转去转一下,就吞下去,吃饭没有什么味道。"所以,今年春天,母亲住在杭州我家时,我特地通过朋友给她联系了牙科医生,想请医生看看能不能给我母亲配一副牙齿。但是,母亲坚决不同意去医院,线上预约挂号

山河与草木

179

时，要人脸识别，母亲有意闭上眼睛不配合，笑着说年纪大了，牙床萎缩了，不去医院折腾了。看母亲不去医院的态度这么坚决，我也放弃了给母亲配牙齿的想法。想起 10 多年前，母亲视力不好，我说去杭州看看吧，母亲倒是很乐意，在杭州动了白内障手术，术后恢复很好，母亲一直很开心。

上午，给母亲冲了一杯灵芝孢子粉，吃了一点小点心。中餐时，母亲胃口不是很好，只吃了小半碗米饭、一小块番薯和一小段山药，不想吃肉等油腻的荤菜，只吃了一点韭菜炒鸡蛋、清蒸茄子，还有她自己精心制作的糖醋萝卜。母亲看看碗里的剩饭轻轻地说："你把剩饭倒在门口，等歇鸟会来吃的。"

糖醋萝卜是母亲发明制作的一道美味，把萝卜蒸熟后，放入适量的米醋和红糖即可。母亲说："糖醋萝卜容易消化，做起来方便，放在冰箱里，又不容易坏。"中餐后，母亲去卫生间方便，母亲说："大便通的，拉得很好。"我去看了一下，确实好的，量多质软成形，色泽正常，我也就比较放心了。

母亲年轻时待在上海，后返乡回到余姚老家，在农村生产队参加劳动，还曾经评上过"先进社员"。母亲在农业劳动之余，还学会了很多手艺，不仅通过纺石棉、编织金丝草帽等家庭手工业来贴补家用，还学会了纺棉纱、织土布、织毛衣、酿制米酒、酿制甜面酱、腌制霉苋菜梗、晒制笋干菜等等，来改善和提高家里的生活品质，母亲还乐于把手艺教给左邻右舍，带出很多"徒弟"。记得小时候，每逢过年，母亲就要请裁缝师傅到家里来，为我们兄弟几个每人制作一套新衣，这做新衣的布，就是由母亲亲手织出来的，色彩鲜明，条纹清晰。

4 月 21 日下午，我发现母亲胃口有些减少，也喜欢睡觉。便于第二日早晨 7 时，在微信亲人群里发布了一则信息："目前，老妈身体健康状况比较薄弱，下床比较困难，行动十分迟缓，饭量明显减少，嗜睡。"

今天中午，母亲从卫生间走出来后，又在椅子上打起了瞌睡。母亲平时是不会打瞌睡的，更没有午睡的习惯。4 月 23 日下午，侄儿玮玮带着妻子阿芳和女儿来看望奶奶，他们回去后，母亲就在房间里，自己操作，打开电视机和影碟机，观看越剧《王老虎抢亲》。母亲喜欢越剧，说起越剧，她会如数家珍地报出一大串，如《五女拜寿》《九斤姑娘》《血手印》《珍珠塔》等等。每次回老家，母亲总是唠叨着，《五女拜寿》演尽了人间冷暖，《九斤姑娘》演尽了人间的善与恶，袁雪芬、毕春芳、戚雅仙、尹桂芳、范瑞娟等演员的演技是多么多么好，等等。看着母亲今天这么想睡觉，我轻轻地问母亲："老妈，你身体有不舒服的地方吗？人难过吗？我送你去医院看看怎么样？"我一边说完，一边暗暗地迅速把母亲的身份证、医保卡和口罩放入双肩包，心想叫个120，半小时就能到医院。母亲却慢慢地对我说："我人很舒服，不要去医院，没有难过的地方，就是有点想睡觉。"我反复思考，想到了种种可能性，甚至想到了那个ICU，最终还是依从母亲，待在家里，没有去医院。

下午，我发觉母亲有点气急，作为应急，便叫侄儿妻子买一台制氧机。傍晚，侄儿玮玮带着妻子阿芳一起送来制氧机。实际上，近年来，母亲一直有点气急，为此专门去医院检查，做CT，医生说没有病。晚饭，母亲只吃了一口，就不想吃了，自己走到房间去睡觉。

半夜时分，母亲下床，坐在凳子上，低着头，默默地吃着松花团子。看着母亲在慢慢地吃点心，我忽然感觉到母亲真的太累了，心情便油然沉重起来，心酸涌起，不禁泪盈满眶，忏悔自己多年来没有很好地照顾陪伴母亲，忏悔自己没有像李密那样尽孝，忏悔自己总是想着退休后有空了可以好好地来照顾陪伴母亲，看着眼前的遗憾，为时已晚，更感为儿不孝！

二

第二天早上7时许，我依然帮母亲起床、上卫生间。早上，母亲没有大便。我给母亲解释说，昨天中午大便好好的，昨天晚饭又吃得不多，早晨没有大便是正常的。母亲一边点点头，一边弯着背脊，挪着碎步，自己慢慢地从卧室走到餐厅，撑着桌子在餐桌边缓缓地坐下来。按照习惯，母亲喝了一杯蜂蜜，然后吃早饭。但是母亲只吃了半碗稀饭，就不想吃了。我说："老妈，你实在不想吃，就不要吃了，吃了胃也不舒服，等会儿我

山河与草木

给你弄点水果、糕点吃吃。""好的"，母亲一边回答一边从内衣两个口袋里摸出两包用塑料袋包着的钱给我，我轻轻地推了推母亲的手说："老妈，钱你自己放着，万一要用，也方便些。"母亲也没说什么，又慢慢地把钱放回口袋。

上午9时20分，我开起制氧机，给母亲输上了氧气。母亲说："这个氧气没有用的，我就是有点累，想睡觉。"我说："老妈，氧气输着人呼吸会舒服些，输着总比不输好。"母亲也没有说什么，任由我给她摆弄氧气管往鼻子里塞。我小时候，也任由母亲摆弄。有一次，我看母亲拿着扁担和袋子，准备外出，我吵着想跟着母亲一起出去。母亲坚决不同意，便把我绑在桌脚上，自顾自出门去了。前几天，母亲还在给我讲这件事。母亲说："我去粮站籴米，路这么远，你跟我一起去，我挑着米不能抱你，你又走不动了怎么办？"

上午10时28分，我给母亲吃了一根香蕉，但母亲只吃了半根就不想吃了，给她冲好的一杯灵芝孢子粉也不想喝。中餐，母亲不想吃任何东西。母亲缓缓地抬起头，对着我说："钢儿，我还是想去庙里。"听到母亲说这句话，看着母亲期待的目光，我判断母亲身体健康状况非常不妙，母亲的自我感觉肯定非常不好，只是母亲心里明白，他人无法感受而已。我隐隐约约感觉到母亲的生命已经进入终末阶段，便一边紧急通知兄弟几个，一边迅速整理母亲的寿衣，做相应的准备工作。

22日那天上午，母亲就对我说："钢儿，我想去庙里住一段时间。"我一边说好的，一边着手给母亲准备去庙里住需要换洗的衣服。母亲说，衣服多带几件，特别是秋天的衣服也要带好，到玮玮家里去住也要穿的。我说好的。我给母亲整理收纳了一拉杆箱的夏天和秋天要穿的衣服。母亲说的庙里就是指余姚横溪禅寺。母亲信佛，平时常去横溪禅寺。母亲常对左邻右舍说："人总是要死的，谁也绕不过这条路。所以，活着啊，要开开心心，做人要讲良心，要多积德。"好多年前，母亲就已经为自己的后事做了一系列准备，不但准备了自己的寿衣，还确定了去庙里安度晚年。母亲还常常在左邻右舍面前唠叨："我九十六七的寿，活着健健康康的。"母亲健在时曾语气坚定地对我说："我打算在庙里往生，我不去医院，我没有病。"真是"愈老愈知生有涯，此时一念不容差"。今天下午，左邻右舍闻讯母亲身体不是很好，纷纷前来探望母亲，母亲知道是谁在看望她，都十分缓慢地一一答谢。到了下午2时许，母亲就渐渐地进入昏睡状态。

侄儿玮玮的车子已经停在村口停车场。把母亲抱上轮椅，侄儿玮玮与其妻子阿芳迅速推着轮椅，一路小跑来到停车场。大约不到一个小时，就把母亲平安地送到了位于余姚四明山麓的横溪禅寺。

大哥力然闻讯后，迅速来到寺庙。一边看着母亲，一边说，昨天刚来老家看过，还好好的，今天就这样，真是想不到啊。是的，昨天，大哥力然带着嫂子来老家看望母亲，送来了灵芝孢子粉、铁皮石斛及水果、糕点。可到了今天，母亲连看一眼的力气都没有，更不要说能吃上一点点。

由于母亲平生很少有病痛，更没有基础性疾病，我竟然忽略了给予母亲晚年更多的陪伴与照顾，而母亲却从来没有向我们子女索取什么，只有给予和奉献！

# 三

从昨天下午2时许到今天凌晨1时许，母亲一直处于昏睡中，呼吸一直比较微弱。时而能睁开眼睛，翻翻身子。我一直陪着母亲，侄儿玮玮带着妻子阿芳也时刻守在奶奶身边。我在帮母亲翻身时，意外碰到了母亲放在内衣口袋里的钱，我便顺手把钱取出来，交给了陪在床边的侄儿玮玮。母亲每月的抚恤金都由侄儿玮玮帮着管理。24日那天下午，友邻世美及寺庙里的释道证师傅带着阿英、阿萍等几位同事朋友来老家看望母亲。从昨天下午开始到夜里，释道证师傅又一直陪着母亲，安慰母亲，母亲时而会静静地点点头，回应师傅的安慰，就是不说话。看着这样的情景，我心里真的好难过好难过。

深夜，我看母亲嘴唇有些干燥，便用棉签蘸着温开水涂一涂。还试着将些许牛奶往母亲嘴里喂，母亲时而会有一个吞咽的动作。看到母亲在吞咽，此时此刻，我心里似乎升腾起一种希望……

今年春节前的1月18日，我把母亲接到了杭州。其间，母亲曾对我说："你把我接到杭州来，你们夫妻两个人又忙又累，你女儿也这么忙，我还是回老家吧，我一个人能过日子。"我对母亲说："我们忙一点不要紧，累一点也没关系，一切都是应该的，只要你在杭州住得舒服高兴就行。千重要万重要，照顾好你最重要。"母亲接着说："我住在杭州，你压力很大的，杭州离余姚这么远，我万一有意外，你怎么办？""不会有意外的，就是有意外，我也会有办法的，你放心好啦。"我尽力安慰母亲，"你不要这样想，我在你身边你就放心。"看着母亲写满沧桑岁月的满脸皱纹，我深知"人老自多愁""水深难急流"。今年3月16日，我用轮椅推着母亲，坐地铁去逛西湖，断桥残雪、平湖秋月，一路走来，春风拂面，母亲兴致勃勃，特别是在曲院风荷看到一大片盛开的樱花，母亲高兴地说："西湖风景真美，杭州真是天堂！"从里西湖北山路回家的路上，有一位背着"长枪短炮"的摄影师，抢拍了一张我用轮椅推着老妈的正面照后，还问我："这是你的老妈是吗？"我说："是的。""你老妈今年几岁了？"他又接着问。我笑笑说："九十多了。"与摄影师告别后，母亲笑着说："他好像给我们拍了一张照片。"我说："是的，他抢拍的。"想不到的是，这张永远拿不到的照片，竟是我们母子两人的最后一张合影照。

早晨5时许，我看母亲又在翻身，就轻轻地对母亲说："老妈，你这样一直睡着，会不会太累，要不要坐起来，坐一会再睡。"母亲声音很微弱地说："好的。"我就跪在床上，抱着母亲慢慢地坐起来。母亲靠在我胸前坐着，但抬不起头来，整个脑袋耷拉着，母亲已经不能下床走路，想不到昨天早晨，母亲脚踏地球，接着地气，弯着背脊，挪着碎步，独自从卧室走到餐厅竟是她走完人生的最后一段路。此时，我听到旁边有人在低声哭泣，我转身一看，原来侄儿玮玮的妻子阿芳在一边哭泣一边擦着眼泪。我赶紧叫阿芳不要哭，示意她要保持安静。母亲大约坐了10分钟，便又躺了下去。早晨8时许，我看母亲微微睁着眼睛，便对母亲说："老妈，天亮了，我给你洗个脸好不好？"母亲说："好的。"但声音十分微弱，如同来自远方的回应，轻风飘过一样。稍后，我告诉母亲脸洗好了，母亲点点头，又睡过去了。下午3时40分，发现母亲有想转身的动作，我赶紧一边顺着母亲的转身姿势帮她转身，一边说："老妈，你想翻身是吗？我帮你一下。"母亲说："好的。"

就这样，母亲一直混混沌沌地睡在那里，时而清醒，转转身体，眨眨眼睛，时而昏睡，气息微弱地呼吸着，母亲仿佛在属于她的那个人世间回忆着往日的人间故事，回味着生活的酸甜苦辣，畅想着未来的美好生活……

母亲闭着的眼睛仿佛在告诉我，母亲正在远行的旅途中，在时间的远方，她要回家，但已经筋疲力尽，心中呼唤着孩子们而已……

眼前的现实告诉我，年老了，各种令你自己意想不到的情况都会发生，正如中共情报员沈安娜，她95岁那年，几乎忘了身边所有的人和事，然而在弥留之际，她竟然很清晰地说了一句话："我暴露了？……从后门跑……"

母亲仿佛又在对我说："你放心好了，我身体好好的，你不用担心，安心工作。"古人说，正家，而天下定矣。家和万事兴。希望从母亲身上继承和吸取的宝贵经验与高尚品质很多，但此时此刻，我的脑海里却是一片糨糊。

梵音嘹亮，和雅深满，清晰地回荡在母亲的耳畔。师傅释道证耐心地安慰着母亲："大妈，你要静下心来，不要记挂任何事情，要安心，要放下烦恼，要放下、放下、再放下……"

"衰兰送客咸阳道，天若有情天亦老。"傍晚时分，余姚四明山麓突然乌云密布，雷电轰鸣，狂风大作，暴雨倾盆……

胞弟粮儿坐在床边，陪着母亲。母亲闭着眼睛，气如游丝，气息奄奄，我便下意识地按着母亲的脉搏，生死悠悠尔，一气聚散之，顷刻间，已经摸不到母亲那跳动的脉搏，母亲仿佛在对我说："钢儿，我走了……"

此时此刻，试问寸草心，何时报得三春晖？

此时此刻，母子亲情的大厦已经崩塌，我那无声的泪水不禁夺眶而出……

此时此刻，余姚江那浑厚的江水正从远方奔腾而来，越过苍翠的龙泉山麓，穿过苍老的通济桥，拍打着古老的河姆渡口，一路向东，奔向大海，正是"千里遥吞沧海月，万年独砥大江流"！

当天下午，我在微信亲友群里发布讣告，泣告我母亲去世的不幸消息。

按照母亲生前的意愿和新冠疫情防控的要求，母亲的后事一切从简，只是请寺庙里的师傅诵经送行……

未哭过长夜的人，不足以悟人生。母亲这一睡下去就再也没有醒来，母亲在睡梦中匆匆地走了，承载着数不清的人间冷暖和甜酸苦辣，带着对子女的美好祝愿，默默地走完了自己九十六年的生命旅程，而我此刻也就成了一个失去母爱的孩子。母亲走了，老家的那幢老屋，也就关门落锁，渐渐地失去了她往日的生气，这个生我养我的老家也就消失在滚滚的历史烟尘里。母亲的走告诉我"死去元知万事空"，该放下了，但是，正如曹操在《却东西门行》中所说："狐死归首丘，故乡安可忘。""同来望月人何处？风景依稀似去年。"我眼前会时常浮现出和母亲在一起的生活情景，耳边会时常回荡起母亲的亲切教诲，脑海里会时常涌动着母亲生活中的点点滴滴……

（作于 2022 年）

# 西湖的绿色

周定波

这是一汪深情的湖水，总让我那么热爱。特别是她那绿色，如年轻人青春的脸庞，惹人爱恋。

初夏款款来临，充沛的雨水，充分滋润着西湖这个美少女，高处俯瞰，那西湖环抱的绿色，多么富有诗意的色彩！让你怎么留恋都不为过。在我的眼里，她是怎样的？

和儿子从孤山西泠印社的后门拾级而上，这条路已经多年不曾走过，似乎有点陌生，尤其那长成大树的松柏挺立两旁，俨然进入了森林。清帝乾隆的"行宫八景"之一，名为"绿云径"，而今200多年过去，应该更胜当初。走在绿意盎然的这条路上，满眼的绿色扑面而来，满鼻的清香也钻入每个舒展的细胞，让你情不自禁醉在这幅油画里。尤其那石头上铺满的青苔，那么情深谊长，那么缠缠绵绵，那么唇齿相依，想当初乾隆皇帝喜爱江南胜景，这条小路也入了他的眼，龙兴大悦，即刻诗兴大发，随口吟诵："径纡探绝胜，森秀入苍云。苔迹时留印，樵斤未许闻。蒙蒙湿鹤毳，濯濯润螺纹。谢傅东山好，微嫌丝竹纷。"看到数处苔迹，我也给儿子出了个上联："青苔石上长"，请他对下联，结果他对得不如我意。三三两两的行人经过，我想，下联是否可以对"行人足下情"？原来，这里的绿色是有悠远的历史感的。

沿途古迹甚众。在四照亭边上的浓荫的窗口远眺，湖面碧波粼粼，青山黛影重重，雷峰塔的身姿婉约。白日里阳光泛照，湖光山色，一路凯歌，总有唱不尽的缱绻，总有念不完的旖旎，总有写不完的传说。这次考儿子，他已然回答出了"雷峰塔"，看来不经意中，他也已经对西湖的名胜有了自己的记忆。白蛇传这个杭州人家喻户晓的民间故事，似乎透过这西湖的绿波，又踏浪而来，在苏堤的入口上演着印象中的经典。至此，我又感到，西湖的绿色又浓情地镌刻着百姓的色彩，她给人以亲民感。

孤山不高，孤山也不孤，她勾连着这泓荡漾的湖水，是一对幸福的恋人。而初夏湖面上除了帆影点点，更有那亭亭玉立努力舒展身体想用双手画成爱心的荷叶，此时的绿色，在湖面写满了幸福感。鱼儿徜徉其间，鸳鸯戏水，拖儿带女，悠哉悠哉，意气风发。他们从来都是西湖的孩子，深得西湖的庇护，也深得追寻他们的摄影家的长枪短炮的宠爱。宝石山的倒影，沿北山街横跨东西，要是华灯深沉，她沐浴在夏风里，映漾在荷风蝶韵和禅音里，注目着杭城的爱情堤，像极了挂在风雅人家卧室里的油画。难道这样的绿色，不正散发着浓浓的幸福感吗？

下来孤山，坐在平湖秋月小憩，龙井茶是不得不喝一杯的。那被开水冲泡而重生的翠绿，就这样展现出她青春的绰约和他勃发的豪气。

我的思绪，似乎从白堤沿着庆春路，一直把绿色带到了这座古老城市里最现代的都市风貌。在钱江新城的森林公园，我找到了绿色的现代感，从初春集聚着地气的嫩绿里，看出她是那么充满激情，即使钢筋丛林，也无法阻挡住她蓬勃伸展的向阳绿色。江潮浩荡，一路向西，另一泓千岛湖水，却一路向东，总在这里激荡相聚，激情相拥，把岁月过成了千古绝唱，把山河过成了风月人生，让星球在这里过成了人间至味。钱塘江边这座拔地而起的新城，霓虹闪烁中照亮的城市美色，美轮美奂。

至此，西湖的绿色哦，你怎么能放得下历史感的过去？又怎么能留得住时间滚滚前行的车轮？你只能穿过时光隧道，带着幸福，带着人间的烟火，去更深的未来逐梦。

# 北 街 寻 梦

西湖风情最靓丽的经脉在哪？是白堤？是苏堤？还是杨公堤？她们似乎都够格。因为她们一堤一名人，一人一史书，有着厚重的历史感。而我以为，应该是北山街，她不仅有历史感，有人文情怀，更有一个诗意名字——北街寻梦。

隆冬的一天，夜幕刚刚降临，有细雨飘洒，给湖面笼罩上一层朦胧的面纱。此时的北山街，尚未开始入梦，但无车马喧，只有寻梦人。与春夏秋西湖热闹的夜晚着实不同，此时的北山街静谧。漫步街头，突然蹦出脑海的戴望舒的诗句，即使身未处江南的雨巷，似乎此刻依然应景。

有人说，晴西湖不如雨西湖，雨西湖不如雪西湖。此虽然是说西湖的雪景最美，但不太轻易看得到的景致暂且不论，我却依然更多地偏爱这样一个雨丝缠绵雾霭迷蒙的西湖景致，尤其是北山街那灯光下寒风掠过雨丝翻飞的刹那，画面感十足。或许此刻来北街走走，梦寻的是雨中西湖的绰约。

从保俶路口到曙光路口，2600米长的北山街依着宝石山，像一个清纯的姑娘依偎在有着壮实胸膛躺在原野上仰望星空的汉子，极具视觉的冲击力。两旁的梧桐树在冬夜虽然已经显现出了萧肃，但却在孕育来年春天那蓬勃的生机。花草树木是城市的绿肺，护佑着这个城市的清新生态。在冬日灯光照射下依然葱茏如故的葛岭下，有一幢建筑——新新饭店格外引人瞩目，它是杭城较早出现的富有现代气息的高档旅馆，为湖州南浔的富户和宁波的具有商业头脑的早期饭店经营者的杰作。这里一时成为当时杭城最具民国风情的地方，国民党时期的达官贵人将此地设为官邸，杭州沦陷时期的日寇也占作俱乐部。它背靠宝石山，面对西子湖，和凤凰山遥相呼应，和梅妻鹤子的林逋隔湖眉目传情，侧身就是孤山小弟，又与北高峰大哥相对做伴。岁月悠悠，风雨潇潇。任一湖流水，尽情嬉戏；任一池风荷，倾情妖娆；任一城男女，风华相待。那么，思绪里该是梦寻着老建筑散发出的湖畔的悠悠史迹？

细雨迷离的湖山，灯光摇曳，映照出如少女般的舞姿。多少文人墨客，醉倒在这里。多少或美好或悲情的人文故事，口口相传。后人让英雄豪杰魂灵相随，让大师纵情湖山，让歌姬弹唱水波弦乐，更让岁月流淌拍击小桥飞舟。我驻足一幢幢如梦似幻的老建筑：孤云草舍、秋水山庄、静逸别墅……似乎那些风中曼舞的雨丝，就是他们的主人或者来客匆匆的身影，进进出出中带着功成名就，或是人生的惆怅、岁月的无奈。牵一匹骏马留下《钱塘湖春行》的白居易，随垂柳的身影和孤鹜齐飞远去了。执一壶老酒把一座城吟成千年绝唱的苏子，任一丛丛翻滚的嫩芽啸成长空的雄鹰浪迹天涯。终使汹涌的江潮唱和着幽雅的大运河水，连接着灵和魂、精和神的，依然是爬墙虎顽强地依附着生命之绿，矗立在无声胜有声的老建筑的墙壁，每天欣赏着西湖上演的各色戏文。透过雨幕的天空，我仿佛已经远离了梦境，而是寻着了现实生活中那一个个鲜活的故事。

像一幅幅水墨丹青，宝石流霞、断桥残雪、平湖秋月…真实地在这里集聚起西湖的最美风景。她们或许都希望汇集在北街的流光溢彩里寻梦？我望断桥的时候，恰巧一颗雨珠打在脸上，那是许仙无声的哭泣还是牛郎痛苦的诉说？为的是寻一世岁月安详，寻一梦人生风光，寻一处生命曼妙？而你，真的不解西湖经脉里最靓的风情吗？是谁带着红扑扑的脸，闪着睫毛弯弯的眸，翘首驻足在北街的华灯雨雾里，等你走入魂灵：心心相印，甚至生死相依？

北街梦寻，寻的是故去岁月里那一路青春欢歌？还是茫茫人海里那一瞥惊艳？或者是车轮滚滚中那一嗓沉稳的歌喉？在雾中的江南，在西湖的北街，在雨雾的冬夜，我分明寻见的是湖中扁舟上那个手持葫芦豪饮作诗的东坡居士，任仕途如何跌宕起伏，任权贵如何纷扰登场，且化作遗世的诗作绽放千年。

（作于 2021 年）

# 山河与草木

蓝莉娅

## 一

　　我被缩小了。匍匐在《千村档案·梅源村》的航拍器无人机上。第一次俯瞰梅源，与自小熟习的草木与山河一一照面，竟以生分又刚硬的眼眸，自南往北，横贯东西，俯视村落房宇屋檐瓦片，几幢古宅仍一派冲静浑圆的景象。在绵密紧凑的屋宇尖瓦上打圈盘旋，尤似旧时模样堂前燕，飞来飞去，即裹挟起许多落叶翩跹连连，大有翩若惊鸿之势，气定神闲。

　　坐落在栈云溪与53省道之间的梅源主体村落，犹似一只细长的丹凤眼，街头繁衍起始，叶氏后人把房子从街头蔓延到了丹凤眼尾，是些二十世纪九十年代建造的浙西南样式农房，一层三直头五间房格局。往大了说，梅源看起来幅员甚是辽阔，包括梅源、上大丘田、下大丘田、上吴坪、下吴坪、茂敦六个自然村，相较于终日行走于村落的老人，这个古村于年轻一辈而言有些宏伟的意思。

　　无人机的视觉空阔而宏大。一双眼无声冷静地洞察了这个自以为熟稔亲切的村子。其实不然。明明生疏感浓密厚实得很，看起来像个异乡，一股股喷涌出来，使人直往地上坠，我不禁吓得闭起了眼。仅一眼，就站在了三百年前的南阳旧郡大门外。——"尹重公，叶氏第一世鼻祖，公为楚大夫。公元前467年即楚惠王十年，王族白公胜叛乱，囚惠王欲杀之而篡位，公父子打败白公胜救出惠王复位。故周朝封公为南阳侯，赐姓叶氏，勒以南阳为郡，嗣后姓叶从此而始焉。"这是《南阳郡·梅源叶氏宗谱》

191

上关于南阳来源的一段。再往下翻阅，叶氏祖先从远方屡次迁徙进入梅源，大致有两次，一次是梅源一世祖自肇必英公与侄伯起由庆元三坑迁云和吴山，其孙芳策与弟芳怀等再由吴山迁梅源，至此兴居，繁衍后代。至梅源叶氏七世祖时溱、时沃、时湑、时济四兄弟建大屋四座，梅源丹凤眼起点由此着墨，南阳旧郡四字丰泽厚润，从堂内缓缓流淌而出，盖梅源夫人宫，修栈云、积云桥，建学堂，娓娓道来一段先古隐秘的故事。

按梅源祖辈的说法，康熙四十六年（1707 年），梅源一世祖自谦、自肇、自秀等公从庆元三坑徙吴山梅源村后，主营洗砂炼铁，历数代创业，族渐兴旺。一个世纪后，六世祖大奎公蕃惠自幼失父，全靠四世祖母林氏与梅氏娘亲抚养长大，聪颖好学，长大后勤俭持家，继承祖业并发扬光大，又工于经商，家业日渐发达兴旺……公生四子，长大成人后均为名人。大奎公第四子时济，建七直前后幢大屋一座，田产、山林若干，铁砂生意兴隆。古有云和铁、龙泉剑之说。在 1962 年国家宣布停产之前，"云和铁出梅源"是村落三百年前的营生状态、生命轨迹。

这段洗砂炼铁的记述在积满灰尘的宗谱里吵吵嚷嚷。藏在表土一米至二十来米深的地下土层内的铁砂叽叽喳喳。工人在矿床上方筑大水塘，掘松矿床泥土后，用水连泥带砂经渠道流入大溪边大砂坑内，加清水反复清洗成黑色铁砂，再在特制铁炉内加入木炭烧红，将铁砂烧熔成铁水，冷却后用木炭二次提炼成铁块制作各种农具。梅源洗砂炼铁的鼎沸时期，从业人员从三千增至五千，多时达七千。那段鲜活的村落发展图景，在工人屏气凝神的时候，黑色铁砂早已偷偷经绛红色铁水幻化为铁块后制成农具和家用铁器，使沉于地底的铁砂以另一种面貌重新归复生命的平静。

这是梅源村于 1990 年之前更早三十年的生存光景。

## 二

果真三十年一轮回。梅源的香菇是近几年消失的。也不是一下全没了，先是一部分人不做，后来大部分人都不种了。栈云溪对岸隐身成青山的绿菇棚早已穿堂灌风，听说被镇里要求拆除。在这之前，已然拆了崇头全域16万平方米的菇棚，冰库、采摘园、加工点也一一被征收。梅源香菇的兴衰存亡史大约维持了三十年。

起先，为了推动农民转业生产香菇，由供销社帮扶赊账，提供麦麸和菌棒袋。刚三十出头的佳炎和妻子长英成了村里第一批"吃螃蟹"的人，定量五千棒。也是这一年，砻铺发大水，冲毁了他们在栈云溪旁的房子，他们换了地基，把房子盖在了条形丹凤眼梅源湖老宅以东处。这一年，全村仅三四户人家做了尝试。聪颖好学的佳炎在1998年那年拿到了县里颁予的全县科技生产先进者奖牌，那一块红底黄字的牌子在黑黢黢的老房子里坚挺了三十年。

菇农把杂木糠、黄糖、石膏与水按比例搅拌均匀，装袋经高温杀毒冷却后，进行接种。早先时候，接种仪式必须在一个密闭无菌的接种箱内进行，两名操作人员面对面坐着，先将菌棒打四个均匀的洞，把蚕豆大的栽培种植入棒体内，仪式结束放入一个培养温度为22℃～24℃的密闭空间，经过两个月自然发菌，便自然成菇。随着气温的变化，灵活掌握掀动薄膜的时间，增氧促进菌丝迅速愈合，防止高温发霉。整个过程，福尔马林使接种仪式更像是一场操作严谨的真菌界手术。以后，及至秋末冬初脱袋，菌棒露出棕褐色的皮肤，成片成片的出菇期，菇蕾集结成片，像极了一伙不谙世事又勇气十足的顽童，一夜之间半颗鸡蛋似的冒凸而出，拔地而起，含苞欲放。早先出现的终归有些出落得端庄温润又秉性纯良的，他们菌盖灿裂，菌幕微裂，菌肉丰厚，而菌柄粗肥，那似乎印证了自己早已将所有的气力助力给了菌盖华丽无比的容颜与样貌。这是一场相互成就的合体荣耀。心慈而貌美的菇体，理应合而为一。采菇期于翌年清明后结束，一般每袋可赚一至三元不等，日子倒是比耕田种地要好上许多。崇头鲜菇交易市场早些年风光无限时是浙西南最大的鲜菇市场，最多日交易量100吨。

在那些黑压压一片被菌棒覆盖的菇棚内，光线从棚顶或侧面棒体之间斜射进来，颇有一番教堂神圣的静谧感。只不过日复一日，年复一年，如此往复，菇农与他们的香菇过着清心寡欲的生活，平静得没有一丝波澜。老人说，这里的小孩都是吃香菇长大的。那一批八〇后小孩是从内心深处

山河与草木

讨厌香菇的，他们走上社会之后很少继承父辈的菌种产业。

三

梅源六世祖大奎公蕃惠工于经商，村里的小孩都知晓。两百年后，后代在这片土地上开启了仰赖泥土的生活，像植物般在此处继续深耕，只不过营商模式发生了巨大变化。

2016年10月，国庆节第二天，梅源民宿一条街正式对外营业。村里到处是异乡人，嬉闹奔跑的陌生小孩，喝茶聊天打麻将的男人与女人，怀揣心事神色各异的年轻人更多了。十年以前，以崇头镇将军桥为中转点，矗立在梯田世界的两头。十年后，又一种大迁徙式的扩张开始了，上山，上山！往上山的路前行一公里，梅源村坐落于路两旁，乡土旅行版图扩张的故事正是以这个村子为起点。梯田大道的扩建工程已完工，柏油路宽阔通达，直达山顶。上百家民宿似乎一夜之间拔地而起，回乡创业的年轻人和外地投资者把眼光和机会注入这片风景，一幅浙西南山区庞大民宿景观异军突起。

浙西南民宿热使这个古老的村子从小农经济嫁接过来之后得以复苏。这些房子单薄得可怜，民宿经济的考量显然过于宏大，但不碍于大奎公的后代一个个小体量的实践与努力。近几年，我把修整生活的时间泡在了梅源，接触清凉山泉、铺满灰尘和油烟的家具，让人重新整顿了一番，房子也质朴得带些神气。我把这种融合生活美学与务实经济的努力，称为乡野生活图景。这些生了根在一个小地方的人，在悠长岁月中，从容地去摸熟每个人的生活，像母亲对她的儿女一般。世世代代存活于这片乡土上的人，他们复苏的生命力正在默默生长。

民宿恰巧促成了长英的晚年理想得以实现。

三十年前，她跟着丈夫做香菇；三十年后，她拿主意主张要跟随镇里的政策发展做民宿。她渐渐活进了自己捣鼓了大半辈子的厨房，这份质朴的乡野手艺得到了大部分陌生人的认可。有时候住客要早起看日出，她就凌晨三四点钟起床煮粥。在她的潜意识里，早起意味着一种不可推卸的责任，一旦醒来，便不敢再轻易睡去。我从未感受过厨房的清晨时刻是一种怎样的人间烟火味。不惧年岁侵袭，理直气壮去挣钱的样子很美，或许这才是这个村庄再度活过来的根因。两个从上海坐高铁过来，一路转车到梯田山脚的女孩，实在令人印象深刻，那个叫黄瓜的贵阳女孩，就像村上春树《挪威的森林》里鲜活绽放的绿子，吃了两个小菜也连连感谢，丝毫不吝赞美之辞，爽朗谦和的品质，着实令人心安。在这栋房子里，长英又一次得到了证实，她是老有所归的。

# 四

三年前，住在梅源湖老宅的方文叔公突然去了。那晚十二点多赶回去，连夜去梅源湖看了叔婆和姑姑。叔公照旧躺在那个房间。姑姑说，下午的时候，因为天热，叔婆特意叮嘱他喝碗熬好的绿豆汤解解暑气，等热气过了之后再出去干活，做过心脏搭桥手术的叔公应允着，喝了绿豆汤在沙发上眯了一会儿，起来后把门口的水泥弄了，提着桶就出门了。等到大家发现叔公很晚还没回家，火急火燎去找人时，身体已经微微硬了。再后来，就是父亲对叔公的回忆。他总是和奶奶一般口气，做人要实在，人与人相交，不实在也没什么意思。这位生活拮据的叔公，总在家里忙得最热火朝天的时候出现。

翌日一早，天色还没亮，一家人齐齐早起送叔公回家，在路上，姑姑一直对他的父亲一言不语就走耿耿于怀，哭天喊地的声音刺透了这个略显灰暗焦灼的村子，姑姑的眼泪就哗啦啦地像山里去而复返的山泉一样，在温平质地之下，清冽而汹涌。古老的仪式缓缓推进，吹唢呐的人、扛花圈的人往山上去了。这时候，天蒙蒙亮了，女人们从另一条路上往回走。这一天还要过很久，就像这个村子，还要活很久。此间，梅源从哪里来，到哪里去，乡土之上的游荡者终究关心起这事。一公里之外，梯田大道在将军桥面前，已初显乡村现代化进程的模样。在《南国再见，南国》这部关于九十年代台湾乡村中身处历史巨变下的边缘小人物的电影里，有一段小高载着小麻花，和扁头一前一后骑着摩托车的写意场景，时而浓郁时而明朗的氛围，常常映照在我的现实生活中，反复出现在即将抵达将军桥的那段略微曲折幽微的路上。往年盛夏，我常坐在电瓶车后面，自由而快意，晃荡在县城与乡村之间，清透微凉的乡风伸开了温厚宽阔的臂膀扑面而来，一幅浓郁纷繁的诗意图景展现在眼前。这两种镜像内外的天地大美相互映照，无以复加的逍遥恣意，令人神思飞扬、思绪浩荡。

在现代文明的驱动下，信息时代吞没大千世界的每一个细枝末节，古人隐居乡野躲避纷争的幻灭感与焦虑感又出现了。现代都市生活聒噪逼仄的高压感、物力不及的挫败感、时间流逝的无力感、精神空虚的焦虑感，空前绝后。在这个充满焦虑的年代，都市隐侠应运而生，而另一部分人，则成了城市与乡野的游荡者。很多时候，我常想起那天早上送叔公回家的村子。和许多行游此处的游人一样，很多时候，我总是以一个游荡者的身份再次闯入了这个村子，而在那个早上，望向那条崭新的梯田大道，我似乎在羁旅那端望见了满眼深情。大千世界中，与故人抑或是陌生人的无数次相遇与离别，无论因何结缘，何故缘散，人与人之间总有一段或长或短的中间距离。种种"深情"，横亘于肉体与人心之外的是一颗滚烫而真实的心，重构每一个现实个体在成长路上孤独的生命认知。一次次回望，才看见了本真的样子。幸运的是，藏在这幅远在浙西南山区的乡野生活图景里，最有意义的交流往往还发生在一起共赴异乡的路上。在路上，不由自主去谈论一些关于生活之外、思想之上的内容，这时候，十有八九，奇迹发生了。

（作于 2021 年）

# 亮　光

李长健

纵使卑微到尘埃，也做花开向亮光。

> 人人都说沂蒙山好，
> 沂蒙山上好风光。
> 青山绿水多好看，
> 风吹草低见牛羊。
> 高粱红来，稻花香，
> 满担谷子堆满仓。

在沂蒙山小调传唱的齐鲁中部，八百里沂蒙自古便是崮岭四塞、舟车难通，地缺平陆、天少降雨的苦寒之地，生长于此的人们尽管从不曾浇灭生活的热情，但较差的自然条件却一直紧紧地攥住他们。

## 一

1982 年，宋庆兰就出生在这片沂蒙山区的费县新庄镇宋家山湾村。当地崮岭丘壑连缀，坡坎梯田相接，人均土地不足一亩。因缺水，地里多只能种植地瓜、花生及少量玉米。

也许是童年特有的快乐本真和村邻间相差不多的生活条件消解了童年小宋吃不饱、穿不暖的生活窘觉，她依然过得快快乐乐，一家人也相亲相

山河与草木

爱。家里日常吃的是地瓜干和地瓜煎饼，有时则是地瓜玉米糊，一家人只有在过年时才能吃顿白面饺子。母亲将冬天的衣服摘出棉花，就成了她夏天的衣服，继续穿在身上。

"苦寒之地盼儿子"，宋家也不例外，在有了两个女儿后，宋家依然想再要个儿子。小宋4岁时，宋家终于盼来了儿子，3年后又再有了妹妹。在养儿子的心愿满足后，宋家开始集中精力建设家庭，改善生活。

# 二

1990年，小宋8岁。夏天傍晚时，母亲独自上山打猪草，劳作中，一条潜伏在草丛中的毒蛇咬中了她的左手食指。带着疼痛，小宋的母亲挨过一夜，第二天自己上山采来草药敷治，但并不见效，手臂肿胀得更加厉害了起来，人也变得恍惚。村民们见势不妙便急忙叫回在外务工的宋父，当宋父将宋母送到费县医院救治时，蛇毒已侵入两天，整个手臂已被侵害。救治中，医院前后开刀十余次，将宋母五根手指全部截除，手臂肌肉也多处剔除重建。

一个月的住院及手术治疗让这个家庭欠下2万多元债务，这笔钱对当时的沂蒙山村来说是一笔巨款，宋家一下陷入巨大的经济困境。宋母手臂也因血管神经受损，无法用力，被碰擦后也变得极易感染。

3年前，小宋的姐姐到了适学年龄，村小学的老师几次上门劝学，宋爸说："你看我们这个家，大姐上学了，农活就没人干，妹妹和弟弟也没人管，姑娘家的，也不需要读啥书。"就这样，小宋的姐姐弃学在家成为支撑家庭的劳力。

轮到小宋该上学时，母亲意外中了蛇毒，残疾了一条手臂，家中塌下半边天，小宋读书的念头也随之掐灭。

重压之下，生活继续挣扎前行。

小宋14岁时，宋爸常感口渴乏力，在帮人砍玉米秸时，手指突然发黑，上医院检查，医生说是糖尿病。患上糖尿病的宋爸从此扛不起重活，也无法外出务工，家里的重活重担便落在了17岁的姐姐和小宋身上。

# 三

1999 年，17 岁的小宋决定外出打工挣钱，她去了当地皮革厂，每月能挣到 200 多元。除了几十元的每月用度，7 年间，她把余钱都寄回了家里供家里还债及弟弟读书。

21 岁时，小宋经人介绍，认识了同县另一个镇上的农村青年小严，2 年后两人结婚。

小严体谅小宋家的困难，同意小宋的要求，也没举行婚礼，家里给小宋买了一套新衣服，他骑辆摩托车把小宋接回家，就算完了婚。

婆家给的彩礼，小宋全部留给了娘家。

宋爸宋妈拖着病痛之身，继续勤扒苦做，小宋坚持在外打工挣钱，待小宋离开老家时，家中的欠债还掉了一半。

# 四

2004 年 10 月，带着对生活更好的期盼，小宋和老公一起来到杭州。在亲戚家寄居一段时间后，他们租下了城中村的一间小房，在这里，2005 年 2 月，小宋儿子出生。儿子一岁多时，这里拆迁，抱着儿子小宋一家租下一间城中村的车库继续安家。

初到杭州，小宋的老公先去做了一段时间清洗高楼外墙的蜘蛛人，后来又去做送货工，小宋此时带着孩子不能工作，老公收入不稳定，一家人日子过得十分艰难，一日三餐也经常难以为继。

2005 年 6 月，经老乡介绍，小宋的老公进入橡胶厂工作，月工资 600 左右，此时收入仍然不能满足家用，往往在离发工资还有 10 天时家里就已经断炊，一家人只能向工友借钱维持到工资发放。儿子出生后 8 个月时，小宋去接了一点手工活在家做，每天赚 5 元钱，贴补一下家用。就这样把日子向前苦挨。

2008 年 9 月，小宋把儿子送进幼儿园，自己加入一家保洁公司，决心

山河与草木

用劳动重新撑起家庭。

## 五

小宋加入的这家保洁公司承揽着天荒坪公司杭州办公楼的保洁业务，在小宋之前，这家公司派到天荒坪公司负责保洁的员工经常被投诉，公司老板娘看小宋人清爽、眼缘好，就决定把她派去。

我留心小宋，目测她 30 来岁，因她的和颜悦色和轻巧利落，大家对她的印象都不错。

小宋来公司做保洁的 3 年时间里，我偶尔跟她说两句话，只知道她是山东人，一家人都在杭州，有个小孩等一些零碎的东西。

2011 年入夏换季时，妻在家中整理儿子的衣服，有些不忍丢弃，我便想到了小宋家。遇到时，问了一下她孩子的大小，她说小孩有 7 岁，男孩子，我便带了两包衣服送她，她很高兴地接纳了。见她喜欢，后来我又陆续送给她几包小孩的衣物、书包学具等。

暑假期间，偶尔跟她说话，更多地说起她小孩上学的事情，她说想让儿子在杭州念书，带在身边。8 月间小宋有些悲苦之色，言谈间她说儿子上学报名出了些问题，因为他们春节回家过年导致暂住证有一段空当，所在城区的民工子弟学校便不接收她孩子入学。

8 月中旬的一天中午，工会的徐建芬同志来我这里校排打印两份资料，一边忙着一边嘟哝道"这个孩子正当罪过啊""书没得读"云云。见她这么说我便接话："你说的是不是小宋的孩子？""你也知道这个小孩？"徐师傅有点意外，我说我知道一点。见有人可说，热心肠的徐师傅便对我大谈了一番小宋家的困难情形。

按照杭州的相关政策，民工子弟入学必须在本地居住满 1 年（暂住证时间）。当年春节，小宋他们回了一趟老家，没有把暂住证及时续办，尽管他们在杭州实际居住时间已满 5 年，但新办的暂住证上的定居时间却不足 1 年，这样孩子便成了不具备入学资格的人。

在杭州读书入学的申请被驳回后，小宋面临要把儿子送回老家，一家人再次分离，甚至再次返回沂蒙山区的困境。小宋所在保洁公司的老板娘、公司工会的徐师傅得知情况后，都站出来帮助小宋。

徐师傅年龄较大，电脑操作不太熟练，她来我这里正是在帮小宋弄一份孩子入学申请。

徐师傅说这次是去找市人大的一位领导，小宋所在家政公司的老板娘帮联系上的。见大家都如此热心，我表示也加入，一起去跑跑。

见到这位领导，大家说明情况，领导见大家都能如此关心一个外来务工者的孩子，也很感动，当场叫来了负责信访的同志，谈及了此事，最后叫我们留下书面材料和联系电话，待他们研究政策，反馈消息。

其间我联系上一位表示愿意结对帮助的朋友，也联系了一所郊区小学，表示可以有条件接收。一周后，我正要告诉小宋可去郊区小学面谈时，小宋说信访的领导帮联系好了一所城区小学，已约好去学校面谈的时间了。

过了两天消息传来，小宋的孩子顺利入学。

# 六

小宋孩子求学的事情在天荒坪公司传开了，不少人得知情况后，都给予关注。在新学年开始时，大家纷纷捐款捐物。

在小宋的帮扶团队中，常在杭州办公区工作的徐师傅、何师傅、蔡师傅、裘师傅与小宋联系最为紧密。

徐师傅为人热心善良，对小宋时时记挂在心，经常询问了解小宋的家庭情况，对小宋进行帮助。年龄较长的徐师傅让小宋常有母亲般的温暖体验。

2013 年退休后，徐师傅还经常专程去办公楼看望在那工作的小宋。为使小宋的家庭得到更多关注帮助，她还特意到小宋老公所在的单位，向其单位工会反映小宋家的实际情况，最终引起了所在单位对小宋家庭的关注和帮助。

从小宋孩子上幼儿园开始，每学期开学时何师傅都对小宋的孩子进行

山河与草木

资金捐助。2017 年，小宋表示经过自己的努力，债务已还清，已能自给养家时，何师傅的捐助才被婉拒。

为培养小宋孩子追求知识、读书上进的行为习惯，在小宋孩子入小学前两年，身为工程师的何师傅会在周六、周日到办公室对小宋儿子进行学习辅导。小宋儿子对何师傅的辅导和教导很爱听，很受用，幼小的心灵在天荒坪公司的办公楼里烙印上了求知上进的辙痕。

蔡师傅、裘师傅都在公司从事财会工作，一贯细心细致，在得知小宋的情况后也多次捐款捐物，对小宋保持着关爱和联系。

# 七

2014 年年初，小宋在何师傅办公室搞保洁时，何师傅跟她聊天，问起她在杭州居住的情况，因原房东拆迁，小宋一家第三次搬迁后租住在一间阁楼上。作为本地人，何师傅一直有较强的置业意识，也经见了不少置业成功的案例，便建议小宋说："如其每月交房租，不如自己使把劲贷款买房，再每月去还房贷。"小宋听到这话非常惊讶，自己做梦也没敢想在杭州买房，自己这两年刚刚能够保障在杭州的生活并帮老家父母还完了欠债。尽管觉得有点天方夜谭，但何师傅给她买房的建议还是留在了心里。

小宋是相信天荒坪公司员工的，慢慢地，她开始接受了这个建议，并把这个想法告诉老公。

2015 年上半年，何师傅给小宋推荐了位于杭州勾庄镇的一套 59 平方米的小户型房源，但当时小宋的老公还没有接受买房的想法，这次机会便放弃作罢。

在小宋不断的劝说下，2015 年下半年，老公终于同意在杭州买房。

2015 年 12 月，何师傅又向小宋推荐了杭州康桥镇的现房房源，并带小宋先后 2 次去现场看房。推荐之前，何师傅已仔细研究了该楼盘开发商背景、房屋户型、房屋地段等买房重要信息及外来者购房的各种政策条件。对小宋购房的经济问题何师傅也帮她进行了细致筹划。

在小宋老公也到现场实地看过后，2015 年 12 月底，凭借自有的 10 万元及老公的 6 万元公积金、部分借款和公积金贷款，小宋家在这个位置签下一套总价 70 万，面积 80 多平方米的商品房。

购买住房及申办公积金贷款有系列复杂程序，对于从未上过学，不识字的小宋来说，靠自己去办理这些事务势比登天。当时已退休的何师傅又带着小宋去相关机构一一办理，合同签约当天，忙到深夜 11 点多，在确认开发商已完成合同备案后，何师傅才放心离开。

在杭州购房往往需要遇着一个机会，当时杭州房地产市场不景气，年底更是大力度促销，其间何师傅又向开发商谈到小宋的家庭情况，希望给予更多优惠，开发商也做出了积极回应。

# 八

今天的小宋，做事更加有条不紊，见人依然笑意盈盈，只是多了一份沉着和自信。从不休息的劳作，使她看上去老去了许多，手上也布满了老茧。

在天荒坪公司，小宋一干就整整 11 年，成为在公司从事保洁时间最长的员工，大家对她的工作都非常满意，把她当成了公司大家庭甚至自己家庭中的特殊一员。

徐师傅对我说："接触小宋后，我很钦佩小宋的乐观坚强，她从不跟杭州人比，而是跟老家人比，觉得自己幸运，对未来抱有希望，认为自己的日子会好起来。工作上她总是向上比，力求做到最好，得到了大家的一致认可。

"她总是买最便宜的菜，女人都有爱美之心，在生活条件略微好转后她去买了一副 5 块钱的耳钉，我后来送了她一副耳钉。"

我了解到小宋的很多过往后，小宋也愿意把更深的内心想法跟我讲。

"我做梦也没想到能过上现在的生活，在杭州住上属于自己的亮堂的房子。尽管我现在每月还给我爸寄钱买药，每月还贷款，但我感到生活很有奔头。政府现在的政策也好，我爸妈在老家申请了困难户，2018 年政府将我老家的危房改造成了两间小平房。我爸妈他们现在平时也能吃上肉和米面。

"虽然我爸妈没有让我读书，但我还是感谢他们给了我生命，让我来到这个世界，相比钱，我觉得亲情更重要，亲情是第一位的。

"我今后可能就一直在杭州了，我最感谢的还是天荒坪公司的员工，我没去过他们的电站，我只知道他们从事着与电有关的工作，他们让我感受到生活还有这么多的温暖和亮光，我自己只能尽自己的劳动和本分做好工作，感恩社会。

"跟电网公司员工的接触是我和社会最重要的接触，他们还让我改变了对世界的看法，让我消除了自卑感，找回了自信，让我更明白努力的意义和心向光明的福报。

"儿子也很懂事，第一次在学校食堂吃饭时，觉得饭菜竟然那么好吃，就带回来一些给我吃。上学后还教我识字，天荒坪公司员工送给他的书，他都很爱惜，都保存得很好。

"我没读书，但我幸运地遇上了电网公司的员工，今后再难，我也要让孩子多读书，自立自强，希望他的人生能够帮助到别人，发出亮光。"

# 九

新冠疫情让世界秩序再一次重构，时代也似乎被 2020 一分为二。疫情及疫后的繁忙让我基本待在电站现场，很久没有联系也没有遇到小宋了。

8 月末的一个周五早晨，我走进杭州天池大厦办公室不久，门被轻轻推开了。听到这轻轻的推门声，我估摸着应该是小宋来了，"李工，您早啊，好久没见到您呢。"小宋热情地一边和我打招呼一边忙活开。"你孩子咋样了？"我也高兴地说出了我最关心的问话。"他今年中考了，分数能上普通高中，但他想早点工作赚钱，减轻点我们的负担，最后报了职高，学的汽车维修专业。"

"哦，这也蛮好，汽车维修以后社会很需要，也好就业！"我犹疑了一下，随后说出。

小宋孩子的选择与我原来预设的有些偏差，让我略感失望，但这一定是适合他的。

小宋说完这些时，脸上带着轻松，整个房间里，我都感觉到了一种轻松。

# 后　记

小宋的弟弟妹妹都上学读书，妹妹初中未毕业，主动退学打工，集全家力量支持弟弟一人读书，小宋弟弟大学毕业后在长春制药厂工作。

小宋的姐姐和妹妹都生活在老家，经济条件都较差，小宋父亲糖尿病现已失明并伴有多种并发症。对老家的经济帮扶当前由小宋和弟弟共同承担，小宋每月寄回老家 500 元，在家的姐姐和妹妹对父母提供看顾帮扶。

小宋在杭州从事保洁工作后，已 7 年未休息过完整的一天。

因不识字，对小宋的采访全程使用语音。

（作于 2021 年）

山河与草木

# 大　姨

陈小菊

　　大姨是我妈长凤唯一的姐姐。从我记事起，就不断听长凤在耳边叨叨你大姨如何如何。但我从来没见过大姨，而且此生也都无缘相见了。早在1970年，我出生的前一年，大姨因病去世，时年35虚岁。

　　长凤总共有两个哥哥一个姐姐和三个弟弟两个妹妹。大舅和二舅起先都在读书，后来大舅结婚分家另过，二舅大学毕业后在外地工作。大姨没有上过学（外公说女孩子读书没用，其实就是贫穷加重男轻女，有限的读书机会只给了儿子），一直在家任劳任怨帮助父母操持家务和照顾年幼的弟弟妹妹。在此期间大姨曾上过短时间的夜校，稍微认得几个字。当时夜校办在离外婆家三里路远的大村庄里（后来这里成了大队部所在地，大姨后来的婆家也在这里），大姨总是一个人在漆黑的夜里打着灯笼去读书。这让当时年纪很小的长凤很佩服，她至今还常跟我说，你大姨胆子很大呢。1951年，16虚岁的大姨出嫁了，比她小5岁的长凤接替她洗衣做饭、照顾弟妹，并在后来作为家中主劳力承担生产队分配的劳动任务。

　　大姨结婚时长凤终究还小，很多事不是太清楚。但她大概记得外婆并不认同这门亲事，说是大姨夫的爹妈不爱理人之类，估计外婆也是舍不得让大姨这么小年纪就嫁人。当年外婆家有一个邻居叫何长生，大姨夫家就是托他父亲来做的媒。据说何长生的父亲喊外公吃饭，在饭桌上说动了外公，两人分别把大姨夫和大姨的生辰八字拿出来，然后就对上了。外婆知道后非常生气，跟外公大吵了一架。但气归气，按当时风俗，既已对过生辰八字，婚事就算定了。长凤还记得当时接新娘已不准用轿子，婚礼那天大姨夫家请来了秧歌队，敲着洋鼓吹着洋号来迎亲，然后大姨跟着接亲队伍走路去了婆家。

所幸大姨婚后的日子过得不错。一来大姨夫家经济条件比外婆家宽裕，他父亲是做木头生意的，两个姐姐已经出嫁，家里就他一个儿子。二来大姨夫的父母虽然话不多，但对儿媳妇很疼爱包容，从来不干涉她什么。

当年大姨有一个很能干的结拜姐妹名叫吴宗华，是大队的妇女主任。在吴宗华的影响和带动下，婚后的大姨也成了妇女委员。有时大队临时要开妇女大会，由大姨负责通知。住在大村庄里的人通知起来很方便，但有好多人家散落在大村庄外的小村落或山旮旯里（比如住在大村庄西南角山弯里的姚家），一家一家地去叫时间来不及，大姨就站到村庄外的围墙上用喇叭喊。长凤说大姨个子很小，但她站在围墙上的样子很帅气。

大姨的公公很会种菜，种出来的菜自家吃不完。大姨记挂娘家，常常送一些菜回来。外婆也惦记大姨，家里难得烧点好吃的都要叫大姨回来。

大姨出嫁前家中所有人的鞋子都是她做的，出嫁后她照样每年给每人做一双新鞋雷打不动。那时候她要参加生产队劳动，要带孩子，还要做其他各种事，其实一年到头没得空的。但她硬是挤时间一针一线纳鞋底、缝鞋帮，在每年除夕前，用麻线把所有鞋后跟缝成一串拎着送回娘家。长凤记得当年外婆曾说过，只有大姨做的鞋她穿得舒服。

每年正月里大姨都会请娘家人去她家吃饭。如果谁谁当时有事没赶上，她就会一直惦记，知道谁哪天有空了就赶紧再来喊，或知道谁要去镇上她就在村口等（从外婆家去镇上必得经过大姨家所在的大村庄），人等到了就喊到她家吃了饭再走或说好镇上回来再到她家吃饭。每次娘家人去大姨家吃饭都是她婆婆下厨，她在旁边帮忙打下手。

大姨做姑娘时就是采茶拔笋的好手，婚后也常到附近一座叫杨树岭的山上去拔笋。她每次去拔笋都会带上长凤，并提前备两个麦饼或饭团当姐俩的午饭。长凤年纪小拔不到太多笋，大姨总是把自己拔的笋分一些给长凤。

长凤稍微长大后，没有像样的衣服穿（外公外婆一天累到晚只求不让

山河与草木

孩子们饿着，实在顾不上这些），大姨心疼她，每年都会给她做一件新衣。时至今日，长凤还记得当年曾流行一种鸡毛布（上面的花纹像鸡毛），附近条件好点的人家都买了，她知道自家穷，只是默默眼馋。不承想大姨后来也去扯了鸡毛布并把衣裳做好给长凤送了过来，让她惊喜不已。那时长凤已开始参加生产队集体劳动，一年到头难得几天休息，她总爱到大姨家玩，帮助大姨抱孩子，吃过午饭又吃了晚饭才欢欢喜喜回家。

"大跃进"期间，大队所有人都吃食堂，大姨知道弟弟妹妹们吃不饱，时常把自己省下的饭票送回来。

大概 1966 年光景（当时大姨已先后生育三女一男四个孩子，长凤也已结婚生子），有天大姨夫在外婆家后面罗家费水库旁边的山上参加生产队统一组织的剖山（清理山上灌木），大姨跟去捡柴，突然鼻血流不止，后来被送到三公里外的报福镇卫生院捣鼓止住了，就没当回事。过段时间后大姨在家里又开始淌鼻血，这次镇卫生院没能再把血止住，送到当时的孝丰县医院也治不了。大姨最后被送到杭州，医生诊断她得了鼻癌。杭州的医院为大姨实施了电击治疗，她脸部的肉后来都击坏变硬了，但鼻血的确是不再流了，大家都认为她痊愈了。

这以后生活继续。大姨又先后生了一子一女。1969 年左右，大姨在生了最小的女儿后没多久，脸上突然长出异物，大姨夫遂开始带着她到处求医。他们找过很多土郎中，还找过在隔壁公社送医下乡的湖州九八医疗队，后来又去过杭州的医院。所有这些治疗都没有效果，大姨的病情越来越严重，脸上甚至开始化脓出水，进食也越来越困难。

大姨病发那年，16 岁的老大美琴已在村里做事，14 岁的老二阿娥因为读不进书一直在放牛，10 岁的老三阿玲读过一年书后就已辍学帮助奶奶做家务和照顾年幼的弟弟妹妹，7 岁的老四礼平刚上小学。有次阿玲和奶奶带着 3 岁多的老五在大姨夫的姐姐家玩，结果老五因为急性腹泻没了命。大姨去杭州看病后，阿玲还曾带着 1 岁多的妹妹在长凤家住了一个多月。大姨夫家出于多种考虑，嘱咐长凤找个好人家把幼女送了。长凤联系了一户不能生育想领养孩子的人家，后来那户人家又说要领养男孩，就算了。大姨从杭州回来后，孩子又送了回去。后来大姨夫家旁边一户姓王的邻居想领养这个孩子（他们家生了三个孩子都夭折了），结果孩子没等送过去就突然得病没了。

面对治愈无望的病痛折磨再加丧失幼子幼女之痛，当年大姨的内心承受着怎样的煎熬，这是我隔着五十年的时光所无法想象的。如今已年过八十的长凤也从来不说这个。她只是时不时跟我絮叨一些具体事情。

长凤说大姨夫一直都不肯放弃为大姨治疗，从杭州回来后仍继续带着大姨到处求医。她记得他们还曾翻山去过临安，当时大姨已走不了路，是请人抬着去的。

大姨病重后，曾在娘家住过一阵。阿娥那段时间也没再放牛，跟着外婆一起照顾自己的妈妈。这期间大姨曾跟外婆说起："小瘌痢（四舅的外号）的喜酒我怕是喝不到了。"

1970 年的秋天，大姨终于敌不过病魔，痛别人世。

一个多月后四舅结婚，长凤带了两瓶酒去参加婚礼。途中她经过大姨家时，一瓶酒摔到了地上。长凤一直觉得这瓶酒是大姨拿去喝了。

自大姨去世后，外婆再没有去过相距仅三里的大姨夫家。村里的露天电影场就在大姨夫家旁边，外婆喜欢看电影，场场不落，几个外孙女每次都会帮外婆准备好板凳。外婆在电影场来来去去，从来没有踏进大姨夫家一步。她也不愿跟人谈论大姨，直到二十六年后与世长辞。

比大姨大两岁的大姨夫一直没有再婚，独自抚养孩子并帮助他们成家立业。2020 年初夏，大姨夫以 88 岁的高龄病故。

（作于 2023 年）

山河与草木

# 指南村里听光阴的故事

陈　雄

　　指南村是被一些摄影爱好者发现的。

　　多年前，每到深秋，那些个摄影者便会禁不住惦记指南村的那些老树。他们在指南村里都是有内线的，那些千年银杏树掉了几片叶儿、黄到什么份儿，都是被通报的。一旦报告满树的叶儿已经被秋阳染成了一片金色，满地的叶儿被秋风吹得翩翩舞沙沙响，而且明天肯定会有很好的太阳，摄友们就迫不及待地出发了。那些线人或者他们亲友的家便是他们吃住的落脚点，大概这就是最早民宿的缘起。

　　光有老树，光有阳光，对摄影人来说那是不够的。最好有几个老人，有几个顽皮的孩童。当然，最理想的是有几个穿着红衣绿裳的村姑大妈。他们在老树下吧嗒吧嗒抽着旱烟，讲着陈年的故事，孩童们在无忧无虑地尽情玩耍，女人们一边忙着手中的活儿，一边聊着家长里短。指南村便在这些画面的传播中闻名起来，直到闻名成华东地区最美村落，闻名成江南秋景的代表，中国摄影的最佳基地。由此也迎来了大批的观光游客。

　　尽管有摄影者在遗憾感叹，指南村没味道了，变得商业化了，原始的、生态的，原汁原味的很少见了。的确，指南村是变化的。但无疑地，它也是变得整洁了，美丽了，村里的老百姓们也变得安居乐业了。

　　因为没有办法出杭可又有点憋得慌的缘故，朋友们提议说，深秋了还是去指南村吧。于是便在秋雨和阴霾的周末出发，管它是秋风淫雨霏霏，管它银杏叶黄了还是落了。

　　朋友权哥是搞酒店的，他的自主品牌诺诚酒店这几年也算是经营得风生水起，在各地有了数十家的连锁加盟。所以由他选择在指南村入住的民宿，应该是专业对口了。

指南村里多歧路。但导航还是很准确的，把我们导到预定的"光阴的故事"，它几乎就是这个村所有依山而建房屋的制高点。一停下，即看到一列五开间的二层小楼，正面是四个看似观光电梯一般上下两层的玻璃露台，通透明净，在门前几棵数百年的麻栗树的掩映下，静默但又散发着一种活力。在这古老的指南村里，这小楼居然透出的是一种现代都市的韵味。走到正门前正眼往里望去，一道玻璃门挡不住里面敞亮的灯光。三开间宽大的空间里，左手就是酒吧台也是服务台，右手是一个 K 歌厅和大茶吧。中间在简洁的背景墙前，一株梅花造型既透着热烈，又给人一种清雅芬芳的感觉。这内外禁不住让人们疑问，这可还是原来印象当中农村里的民宿吗？

从一楼后门出去，有一道宽大的廊式楼梯，可以到达二楼。二楼全是客房，没有房号，只有光阴、流年、追昔、致远、拾光等诗意的名字。进入房内，很是让人一惊，除了在一楼能看到的透亮露台，抬头看屋顶，看四壁、木梁、椽子和木柱子，还有一色的原木家具，才依稀能看到这是一栋有了些许年龄的老房子。说老房子，但感觉不到老屋的灰暗陈旧。那开裂的木柱子，透着老木头香味的屋梁，却又分明在讲述着这间老屋流淌在光阴里的故事。

"其实开办民宿，或者说想办民宿来盈利并非我们的初衷和目的，我们的愿望就是保护好老屋，让老屋旧貌换颜，青春重生。"

老屋里出来的第三代应该算是目前在打理民宿的周露。在她看来，老屋保存了她年少青春最美好的记忆，是她最丰满的精神寄托。所以，她一而再地感谢她的父母，是因为父母的坚持，才给她保留了这块最圣洁的精神领地。

老宅是周露的爷爷奶奶在 20 世纪 70 年代建造的五间泥墙房，她的父母就是在这老屋结婚成家，也是在这老屋里生育了周露和她的弟弟，所以在周露看来，她和弟弟最美好的童年就是在老宅的陪伴下度过的。

"在我的印象里，奶奶总是站在老屋门口那棵瘦弱的枣树旁，翘首等待着孙子孙女放学归来，看到我们从小路欢蹦乱跳地跑上来，她就会满面笑容地瘸着腿跑来迎接我们。数十年过去了，奶奶那慈祥的笑容和一拐一

山河与草木

211

拐走路的身影已镌刻在我们的脑海永世不忘。后来我们搬到城区后，奶奶舍不得老屋，一个人坚持住在山上，我们对奶奶的思念就更加强烈，几乎每个节假日我们都要回老家看望奶奶，这也是我们最开心的时光。"

周露的父亲原是临目乡的老师，1995 年，被教育局调到临安市区学校，从此全家都搬到临安城区居住。2008 年，周露的奶奶去世，老宅从那之后就没有了人居住，时间久了，老屋逐渐破败不堪，就像一个风烛残年的老人，在风雨中飘摇，孤独寂寥地伫立在指南村最高的山坡上。唯有门前两棵分别有三百多年和五百多年的老麻栗树在惺惺相伴。在这期间，指南村逐渐开始火热起来，由于老宅地理位置的独特优势，有好些投资客看中老屋，想租下老宅改造民宿，但都被周露的父母拒绝。因为落叶总归根，周露的父母想到无论自己和儿女在外漂流多久多远，总有一天，自己还是要回归自己的家园。

父母的想法周露竭力支持。虽然她自己是英语老师，在城区创办了两家教育培训机构。但在忙碌之后，她总有一个田园梦想，希望在自己出生的老屋里，与山林清泉为伴，与白云风月为伴，回忆过去美好的童年生活。于是，在周露的父亲退休后，她的爸爸妈妈就回到了指南针老家开始修缮老屋。修缮的过程是艰辛的也是漫长的，老屋要保留，但又要给它新的生命，要保留老宅的古韵，又要赋予现代的活力，这是一个艰难的结合，也是让人憧憬的结合。无疑，最后的修缮和装修是完美的，来过的客人无不赞美这"光阴的故事"带来的惊喜。

"光阴的故事"是周露给民宿起的名，她说："对老屋的情感，非一词一句能形容，它就是从时间的长河里流淌出来的故事，说不定在某个时刻在感情的某个角落地方，一下冒出来，袭上心头，驱之不去，挥之不走。因为老屋，它承载了我记忆中最美好的时光"。

在时光的诗里，在岁月的词里，在光阴的故事里，让心灵回归最初的宁静！这是周露和她父母为自己找到的最好的归宿，但又何尝不是给来到这"光阴的故事"的客人们一个心灵的安放地。

（原载《萧山日报》2021 年 11 月 12 日）

# 竹 林 往 事

程亚军


里宅毛竹园并不是野生林，它是上门坦东南面的一段斜坡，被生产队的人种下竹子，做补个箩筐，弹个扁担的取材之用。

那是村庄跟山林连接的地块。因着水分湿润湿度适宜，成为天然的番薯窖池。窖穴冬暖夏凉，番薯放在那里过个冬，等天气转暖把它拿出来种在菜园里。再挑一个晴朗的日子，到乡里的生产资料门市部扯来薄膜敷在肥沃的黑土上面，过不多久就会有紫色的嫩芽破土而出。等嫩芽长成绿色的番薯藤再剪出来，扦插。作用如此巨大的竹林窖群在最初却给我留下一些黑暗记忆。


## 1


那是我七八岁时，第一次被带进竹林。我妈指着我家的番薯窖对我说："今年你姑姑身子长大了，番薯洞钻不进去，现在你也上学了，今天必须下窖去，把两担番薯码放整齐。"我说那里面又黑又深，还一股霉味，这活干不了。我妈那时正因为借牛犁地跟别人吵了架，她正在气头上，不管我愿不愿意，一把把我横抱起来，推下去。洞深有两米多，洞壁突出的石子摩擦我的双臂，我试图挥舞双手抓住石块向上攀登，但只感到身体不断下降，腿也根本直不起来，最后啪啦一声，两块膝盖着地。到了窖底，两眼抓瞎，上面又传来我妈守在洞口发出洪钟似的声音，被无限循环放大。她说村里每家每户都是这么干的，孩子就是用来装番薯种用的，要不然别家怎么总说小孩是番薯窖里捡来的。看来今天不把番薯码好，是上不了"岸"，见不

山河与草木

213

到阳光了。我一边哭着，一边干活，希望我妈尽快把我拉上去。因为那次被强迫推进过番薯窖，所以连带着害怕竹林里那种幽暗不透光的气氛，一直不敢再踏进竹林半步。我妈后来每隔一段时间都要再提及推下番薯窖这个过程，每次都是大笑对别人描述我的窝囊与狼狈，当然很奇怪听的人也没一个站出来指责她。对个别有疑惑表情的，她说了再说，说她知道番薯窖没有危险的，连只老鼠都不会有，之所以那么狠心，是想让孩子自己战胜恐惧的。至于会不会留下阴影，那时的大人们是不会考虑那么多的。

## 2

大概过了几年，那种在竹林里骑着战马，穿着盔甲，眉间点一颗红痣的写真照片却忽然流行起来。竹林里来了一个养马的摄影师，他搬来照相设备，设了一个拍照点，收费是五元照相一次。我妈虽然做事强硬，但是在花钱上倒是出手大方，看了别人在竹林马背上的飒爽英姿后，叫我也去拍张照片留念。于是为了拍那样的照片，我重新焕发信心走进了竹林。看到村里的伯伯叔叔们换上军装，那笔挺有型的模样，真的很像电影明星。我也挑了一身草原小姐妹的民族服装，可是却在上马的时候滑了下来，照片没拍成不说，膝盖也摔了两个小洞。新伤覆盖旧伤，于是对竹林更是敬而远之。后来这类照片村里人手一张后，摄影点的营生很快淡了，因此养马的摄影师携带相机离开了竹林，另觅佳境。竹林成了一个短暂的拍摄基地后，并没有再搭载起更大的舞台，成为有影响力的影视基地，它很快便恢复了平静。但平静中却无疑孕育了无限的生长力。无人打扰，再加上我们村里的人从来不吃竹笋，不挖笋，没几年时间，上门坦的竹子，长势旺盛。密麻麻的竹子倒伏在一起，压住了离竹林近的几户人家的房子，竹林大有继续扩大包围整个村庄的苗头。

## 3

也是在那时期，我奶奶家在村里开起了小卖部，卖些烟酒、糕点、汽水、针头线脑。有一天，我奶奶神神秘秘地蒸了一笼屉肉包子，用白布巾包起来，叫我去竹林里卖包子。我纳闷着竹林来了哪路人马，能吃上这些过年过节才能享受的美味。带着好奇，放下对竹林的恐惧，便提着篮子再次进了林。竹林里人声鼎沸，有人在这里设了露天的牌局。村里的那些叔叔伯伯们此时生龙活虎，对着八仙桌围成一个大大的圈，人群黑压压地越来越大，有些则站在外围的板凳上。不知是谁喊了一句，送饭的来了！但人们仍舍不得放下手中的骨牌。直到庄家的台面钱空了，倒庄了，才围过来买包子吃。赌博的刺激过后，在竹林这样僻静的地方，人们对包子这些食物的需求巨大。不管赢钱的还是输钱的，此时都没有太计较钱，就这样，我在竹林卖了好一阵子的肉包子。见证了叔叔们有人一夜暴富，把赢来的钱藏在米缸里，藏在枕头底下，因为藏不好钱而导致了一夜失眠。有人因为输光了钱不名一文，躺下睡了一个踏踏实实的安稳觉。后来，竹林赌场被派出所民警端掉了，竹林和村里的男人们一起重新安静了下来。

前阵子路过老家在村里东游西逛，就踱步进了竹林。可是发现竹林已经被砍伐了一大半，再也不是先前的样子。这里摆上了养蜂人码得整整齐齐的蜂箱，番薯窖被褚红色的石板盖得严严实实，坡道上密密麻麻地种上了浑身带刺的覆盆子。采摘覆盆子的老人们穿梭其中，我认出来了，他们就是当年那些拍写真、玩骨牌的伯伯叔叔们。现在回归农事的他们，不停感叹覆盆子收购价的不稳定，甚至到了年底没人来收购的地步，明年要考虑种点别的。他们曾经在赌局中有多潇洒，现在就有多在乎那种出来的东西能不能卖个高价。

站在曾经的竹林中央，山风一阵阵吹过来。当我进入中年，能懂得享受那种竹风拂面的静态时，这里却成为最后一块被平整掉的土地。而土地上被砍伐后的竹林不应该叫竹林了，它应该叫覆盆子林，覆盆子又被砍掉后，也许会种上橘子，成为橘子林。上门坦毛竹林将渐渐隐去它的名字，只剩下一节节扎在黄泥土里的竹根，它像残存的一段段泛黄的往事，被不时挖起。

（作于 2021 年）

山河与草木

# 月 夜

程灵华

月夜，我站在空无一人的山巅之上，仿佛置身于一个静谧而神秘的世界。夜幕下，那绵延的山峦如同一幅水墨画，将天地间的喧嚣隔绝开来。夜风徐徐，轻轻拂过脸颊，带来了远处的花香和近处的溪流声。

在这幽静的山巅，我感受到了前所未有的宁静和自由。没有城市的喧嚣和繁忙，没有人群的拥挤和嘈杂。只有我，还有我的思绪，在这浩瀚的夜空中自由翱翔。我闭上眼睛，深呼吸，将这份宁静与自由深深印刻在心中。

月光如水，洒满了山巅，将我孤独的身影映衬在无尽的夜色之中。我抬头仰望那轮明亮的圆月，思绪万千。月宫中是否真的有嫦娥仙子？是否有那只可爱的玉兔在陪伴着她？这些千百年来被人们传颂的故事，在这月夜里显得更加神秘而美丽。

我沉浸在这如诗如画的夜色中，感叹大自然的鬼斧神工。重峦叠嶂，月色如银，一切都那么宁静而祥和。仿佛此刻时间静止了，只有我与这天地间最美的景色共舞。我在心中默默许下一个愿望：希望这美好的时光能够永恒，成为我生命中最珍贵的回忆。

月夜下的山巅，如同一首优美的诗篇，让我感受到了自然的魅力和生命的真谛。此刻的我，仿佛与天地合一，身心得到了前所未有的洗涤与净化。在这空无一人的山巅上，我找寻到了内心的平静与宁静，也收获了对生活更深层次的理解和感悟。

时间在夜色中缓缓流逝，我怀着满心的感慨和思绪离开了这个静谧的世界。月夜下那空无一人的山巅，成为我内心深处一个难以忘怀的美丽记忆。我带着这份宁静与自由，重新踏上人生的征途，心中充满了力量和希望。

从此以后，每当我在城市的喧嚣中疲惫不堪时，我都会想起那个月夜下的山巅。那片静谧而神秘的天地，成为我心灵的避风港。让我学会在忙碌的生活中找寻宁静的时光，去感受自然的美好与和谐。

在未来的日子里，我希望能有更多的机会去感受大自然的鬼斧神工。去领略更多如诗如画的风景，去感受更多源自内心的平静与宁静。而那片月夜下的山巅，将永远是我人生中最珍贵的回忆，成为我心灵的宝藏和力量的源泉。

月夜下，那片空无一人的山巅，如同一颗璀璨的明珠，照亮了我人生的道路。让我明白在这喧嚣的世间，找寻内心的平静与宁静并不遥远。只要我们勇敢地踏上征途，去感受那大自然的鬼斧神工，我们就能找到那份属于自己的宁静与自由。

# 上运行的日子

在电厂工作，就像在生活的大舞台上担任主角，每一个动作，每一个决定都可能影响到无数人的生活。这是我作为一名运行工的日常，每一天都在记录着这一切。

早晨，太阳刚刚升起，我穿上工作服，戴上安全帽，走向电厂的大门。在通过严格的安全巡查后，我步入控制室，映入眼帘的是一排排闪亮的仪表盘和复杂的控制系统。它们就像我的伙伴，时刻陪伴着我监控着电厂的每一个角落。

一天的工作开始了。我坐在控制台前，双眼紧盯着各种数据的变化。电力生产是一个复杂而精密的过程，需要时刻保持警惕，以确保每一个环节的顺利进行。仪表盘上的数字就像是一个个士兵，整齐划一地听从我们的指挥，我时刻都在与它们进行对话。

午休时，我和同事们在休息室里简单地用餐。这里是我们的小天地，

山河与草木

我们分享着工作的喜悦和困惑，讨论着新的技术和发展趋势。每一天，我们都在相互学习，相互进步。

下班后，我喜欢在电厂的周围散步，看着夕阳下的涡轮机和发电机，它们在我心中充满了力量。我喜欢想象这些机器在夜晚默默地运转，为千家万户送去温暖的灯光。那是一种满足感，那是一种使命感。

每一天的记录，都是我对这份工作的热爱和执着。电厂的生活虽然艰辛，但是每一次看到万家灯火，每一次听到机器的轰鸣声，我都感到无比自豪和满足。因为我知道，这是我在为世界贡献力量。

这就是我在电厂的一天。我热爱我的工作，我热爱这个大家庭。我愿意用我的汗水和智慧，为这个世界带来更多的光明和温暖。

（作于 2023 年）

# 一名老党员的工作笔记

褚 颖

五一假期，我到老家看望外公、外婆两位年事已高的老人。外公已达耄耋之年，身子骨早已不如当年，面容日渐消瘦，也用起了拐杖，还经常心悸、头晕，身边一刻也离不开人。外婆身体虽说还康健，毕竟也八十六了。也不放心她老人家太过操劳。家里烧饭做菜的杂事都由几个姨妈轮流负责，这样长久下去也不是个办法，亲戚们商量着要请个保姆，照顾外公外婆的日常起居，但我们好说歹说，两个老人却怎么也不同意。外公这样教育我们，只要自己还能动，就不依靠别人，要用自己勤劳的双手创造幸福。

自从五年前我教会外公用智能手机，每天早七点，外公都会准时在群里发早安微语，提醒家人按时起床，准点上班，微信群、朋友圈因为外公的加入而热闹起来。接触智能手机后，外公就像好学的孩童，一头扎进知识的海洋，如饥似渴地开始探索新世界。虽然外公的白内障已十分严重，只剩右眼还有些微弱的视力，但这并不妨碍外公了解时事新闻。

今年是建党一百周年，全国上下洋溢着喜悦又激动的气氛，各行各业以多种形式献礼，聊起这一话题，外公难得地打开了话匣子，外公慈祥地看着我，问道："你们年轻党员想以怎样的姿态献礼建党百年？"

我若有所思，以前说劳动创造美好生活，可新时代的党员很多都是办公室里吹空调的，对着电脑、手机，用着鼠标、键盘，现代化、高科技的产品充斥着日常工作生活，在相对轻松的脑力劳动中，新时代的党员在思想提升上就会遇到瓶颈。很难对革命前辈艰苦奋斗经历有切身体会。

山河与草木

　　与此相较，老一辈共产党员在那个拼搏与奋进的时代中一路走来，思想觉悟高度一定更胜一筹！也许我能从外公那找到提升自我认识的办法。于是，我向外公这个老党员提出心中困扰已久的疑问："外公，在你工作的那个年代，共产党员在日常工作中是怎样体现自身价值的？"外公陷入了沉思："我刚参加工作时，浙江还没有解放，我也还没有入党。后来1955年1月，我入了党，便开始每天叙写工作笔记，以便定期向党组织汇报工作，虽然很多事情记不清了，但工作笔记中是记录得清清楚楚的。"外公对党的忠心一直根深蒂固、毫不动摇。

　　外公说，自入党那日起，我的心便交给了党。"创造幸福生活不能光靠嘴说，也不能空有一身蛮力，还要靠头脑。"外公一边说，一边从抽屉里拿出一沓泛黄的小册子，封面上"工作笔记"几个字显示出满满的年代感，外公拍了拍上面的灰尘，翻开第一面指给我看："这是我1955年我刚刚入党时用的，它是我的第一本笔记本，里面记录了我工作以来的点点滴滴，也许这里面有你想要的答案。"我接过册子翻看起来，一幅幅生动的画面在眼前浮现……

　　1955年2月，入党刚满一个月的小林收到大队书记金汉的通知，金汉是外公的入党介绍人。"小林，你刚参加工作，现在要响应组织上的号召，要下乡扶贫，你有没有困难？"外公挺直身板，大声说："没有，我一定不负党的嘱托，圆满完成组织交给我的任务。"金书记欣慰地笑了："小伙子，好好干，这是组织上对你的考验。"外公用力点了点头，铿锵有力地回答："保证完成任务。"就这样，外公成了第一批下乡扶贫的青年，连带着大着肚子的外婆一起，几天后便跟着工友们一起，坐着牛车翻过一座座山岗，颠簸中、辗转着到了麻子岭，开始了漫长的务农生活。

　　麻子岭的环境比外公想象的还要艰苦。这里的山全是陡坡，取水要绕过两个山头，踏过碎石堆和泥沙坑，躲过蛇虫鼠蚁的侵袭，还要忍受林子里蚊虫的叮咬。在劳动中面对这些，外公只是皱了皱眉头，手上的动作一点不慢，外公挽起裤脚、撸起袖子，便开始和几个工友一起热火朝天地干了起来。

　　在党的号召下，在"为人民服务"口号的激励中年轻人的青春朝气与昂扬斗志相结合，外公们仿佛有了用不完的力气，在夜以继日的劳动中，被杂草和石堆覆盖的自留地中间就跟变戏法似的，一点一点变了样儿，最终外公们开辟出一片空地，这时候笑容终于出现在外公和工友们的脸上。在空地种上土豆、茄子、南瓜，接着浇水、施肥、除草、捉虫，在第一缕晨光中挥舞发亮的锄头，在最后一丝夕阳落幕后洗净掌间的沙土。

一双拿笔写字的手从白皙变得黝黑，从细腻变成伤痕累累，上面满是沙石剐擦的痕迹，厚厚的老茧破了又结，结了再破，一块块变得凹凸不平，掌中有一道划痕从手掌根部一直延伸到指根，穿越了半个手掌，那是外公挖沙子时被一块锋利的石头划伤的，当时血流不止，但外公一声没吭，随便扯了块破布包上就继续开垦耕地。偶尔，外公会看着晚霞出神，但不一会儿，外公又继续挥洒汗水在这片土地上，直到天边的月亮升起。

寒来暑往，秋收冬藏，一年时间很快过去。乡亲们的生活日渐富足，外公也渐渐适应了麻子岭的生活，这天一个消息打破了麻子岭原本的平静。扶贫的青年可以回镇上了。传言的事不是空穴来风。青年们要回去的消息如风般席卷麻子岭。而且，风越吹越烈，外婆问外公："我们要回去了吗？""不知道。"外公答。"你没想法吗？"外婆试探着问外公。外公看了外婆一眼说："没想法，我是党员，听组织的。"外婆低下了头，没有说话。外公明白外婆心里想什么，语重心长地对外婆说："仁芝，当年我在党旗下宣过誓，为了党的事业，我会随时准备牺牲个人一切。你是知道我的，我是党员，组织上让我们坚守，日子再苦再难，我们也要坚守下去，不要给组织添麻烦。"外婆抹了抹眼泪，默默点点头。

一年半时间里，青年们陆陆续续地离开了麻子岭。但是，服务点还在，那是外公们辛苦奋斗过的证明。

1957年到县委以后，新一轮的任务又开始了。城北村、茶田村、龙南村……附近几个村都留下过外公的脚印，而外公和村子里的农民一起，把种子埋进土里，把不同种类的稻谷成长的轨迹绘成道道奔流的河，掂量结成的稻谷颗粒，记录果实的饱满程度与阳光、土壤、水分之间的关系，然后把所有这些聚集到一起，最终绘制成整篇蓝图——产量提升计划。那时候粮食产量上不去，组织上就出了这么一个抽人下乡扶贫的办法，几个人轮流，这个村那个村地跑，一双鞋子都磨得露出了脚趾也不舍得丢，饭也是吃了上顿没下顿，胃病也是在那个时候落下的病根但那时候哪顾得上这些，直到改选落后村的工作结束后，外公才能歇一歇。

时间回转到现在，说起粮食产量，外公的声音一下响亮了："城北的水质好，种水稻刚刚好；龙南的沙石太多，只能种点地瓜；南溪的土地肥得很，种啥都能长。那个时候日子真难啊，哪像现在，要啥有啥，一年四季各种蔬菜水果都吃不过来！"外婆听到我们聊天，也过来插一嘴："现在的年轻人，哪里知道当年的苦啊，所以叫你们要节约粮食，不要浪费，现在的幸福生活，你们吃的、穿的、用的，你们所享受的一切，都是辛苦劳动得来的。"我郑重地点了点头。

外婆八十六岁的高龄。每天早晨第一件事，就是在开垦的自留地上辛勤耕作，春天耕地、播种，夏天浇水、除虫，秋天收获累累硕果，冬天清理满地沧桑。我们担心她的身体，多次劝说她放弃种地，但是她摇着头依旧坚持。当我问起她为什么这么大年纪还要继续种地的时候，她转过头遥望窗外，目光深情而柔和，看着那片土地，她像看着自己的孩子，微微笑着说："我这把老骨头要每天都动一动才不会生锈，虽然忙了点累了点吧，但心里踏实，而且自己种的菜，吃起来才香呢。"

这就是我勤劳、朴实的外公和外婆，外公外婆很普通也很伟大，外公是千千万万中国共产党党员中的一员，一直保持吃苦在前，享乐在后的良好品质，外公们把人生理想、家庭幸福融入国家富强、民族复兴的伟业之中，在工作中生动诠释了劳模精神，令我这个新时期年轻党员肃然起敬。此刻，老一辈共产党员的光辉形象在我眼中真正鲜明起来。

…………

在笔记的最后一页，外公这样写道："光明时代，无悔青春，劳动者用爱与双手创造未来。"

（作于 2021 年）

# 东极岛散记

刘远平

正值休假，我和几个同事说走就走，从浙江景宁畲族自治县出发直奔舟山市，在普陀山客运码头坐客船去往向往已久的东极岛。

大约两个小时以后，我们终于抵达了有"海上布达拉宫"之称的东极岛。东极岛由黄兴岛、庙子湖岛、青浜岛和东福山岛四个岛组成。黄兴岛、庙子湖岛、青浜岛由西向东如"川"字形排列，东福山岛则在"川"字底部的东侧方向。

我们第一站到的是庙子湖岛。该岛是东极岛主岛。安顿好后，我们就乘观光车开始了环岛旅行。观光车司机一边开车一边向我们介绍沿途景点，从直升机停机坪、南极亭，到战士第二故乡石刻、西极亭，再到海疆卫士门石刻、东极亭、电影《后会无期》片场，最后还有东极岛地标性建筑——财伯公塑像。尽管我们只是走马观花，却也粗粗领略了七月的海岛风情。环岛路虽然不宽，但沿途都是美景。在灿烂的阳光下，路边各种花儿姹紫嫣红、争奇斗艳，各类灌木高低错落、挤挤挨挨，树叶碧绿光亮，煞是可爱。

晚饭后，我一个人来到岛上的倒陡街逛了逛。倒陡街其实是人们常说的步行街，因其坡高路窄、地势自下而上，故称"倒陡街"。这里的房子有些无人居住，外墙长满了爬山虎。偶然碰到一位阿姨，我问她这些房子的主人去哪儿了，她告诉我，因为岛上没有学校，很多人为了孩子读书都搬到沈家门镇去了。

虽然一些居民搬离了庙子湖岛，但旅游业的发展，却使这个美丽的小

山河与草木

岛十分热闹。夜幕下，庙子湖岛尽情地展现海岛的别样风情，岛上灯光璀璨、绚丽夺目。庙子湖的夜晚是灯的海洋、光的世界，倒映在海水上的灯光如梦如幻、美不胜收，让人仿佛置身于一个流光溢彩的仙境。

庙子湖岛的夜色温暖而迷人，那斑斓朦胧的色彩，传递着希冀与回忆。我们下榻的宾馆老板告诉我们，2008 年以前，东极岛还是舟山市唯一一个用电自发自供的乡镇，由镇属东极电厂的 4 台柴油发电机组供电。由于岛上电力设施陈旧落后，停电时有发生。

2009 年，国网浙江舟山供电公司正式接管东极电厂，对东极岛电网进行改造升级，2015 年又启动了东极联网工程建设。2017 年 1 月份，东极联网工程投运。35 千米长的海底电缆把东极电网与舟山电网连接起来，东极岛终于告别了依靠柴油发电的日子。在我眼前，海浪不时拍打着坚硬的礁石，在大海上敷设海底电缆，困难可想而知。

"云雾满山飘，海水绕海礁，人都说咱岛儿小，远离大陆在前哨……"这几天，创作于东极岛的军旅歌曲《战士第二故乡》的优美旋律一直飘荡在我心头。第二天一早，我们去游览了海疆卫士门石刻。石刻由三块巨石垒成，巨石上刻着"海疆卫士门"五个描红大字，下有白底红字碑文，介绍了 20 世纪 50 年代庙子湖岛上的艰苦环境，以及部队官兵上岛后，发扬爱岛如家、艰苦创业的精神，把荒岛变成了家园的历程。看完碑文，我心中升起对海疆卫士的深深敬意。

我们的第二站是东福山岛。电影《后会无期》让东极岛成为热门的旅游地，也让东福山岛上的"东海第一哨"灯塔广为人知。

来东福山岛的客船要绕着灯塔环行，因此，灯塔最先映入游客的眼帘。灯塔配上蓝天、白云、大海，在阳光下弥漫着浪漫的气息。在这里看日出日落也是一种享受。

2017 年 8 月，东极庙子湖—东福山联网工程投运，东极岛四岛中唯一没有联网的东福山岛也通上了"大网电"，整个东极四岛联网并与岱山长涂岛电网相连接。长长的海底电缆见证着东极岛发展的历史性时刻。

东福山岛是我国第一缕曙光照耀到的岛屿，也是东极岛风景最漂亮的岛屿。东福山岛上没有交通工具，我们到每个地方都得徒步。上岛后，我们先来到海岛东侧的"新世纪第一道曙光照射点"。远远望去，大海与天空的分界线好像消失了，让人分不清哪是天哪是海。

然后，我们沿着海边的石板路向西走了六七百米，便看见了大树湾石屋群。石屋群是由石头砌的，有石屋、石阶路、石护栏……石屋群建在一个海湾里，前面是湛蓝的大海，后山到处都是爬满了葛藤的石头。

岛上岩石千姿百态，有的如汲水的大象，有的如优雅的盆景，有的像飞来的圆球，摇摇欲坠。由于海上风浪大，当地居民因地制宜，采用岛上漫山遍野的石头，沿着山体，层层叠叠，乘势而上，造就了一排排高低错落的石头房子。为了防止海风把屋瓦吹走，他们甚至在屋顶也压上一排排石头。这古朴典雅又简单实用的石头房子，也成了东极岛一道独特的风景。

东极岛之行很快就结束了。这里的阳光、礁石、海浪，以及深入海底的电缆已经深深地印入我的脑海，至今还时常浮现在眼前。

（《国家电网报》2022 年 7 月 22 日）

山河与草木

浙江电力文学丛书

散文评论卷

# 别了，老屋

洪瑜阳

周末接到母亲的电话，说老屋被拆掉了，话语里说不出的怅然。我的心沉了下去，一幕幕关于老屋的记忆突然就那么涌了上来。

老屋是外公家的祖宅，它还有个很特别的名字，叫"十三间"，因为有十三个房间而得名。老屋原本是纯木质结构，但后来修补的时候，为了坚固，又在倒塌的那一面增加了泥土墙、条石墙或者青砖墙。一套房子几种材质，从老屋十三间似乎就可以看尽年代变换。

老屋呈"回"字形，坐北朝南有两间正屋，中间是可以摆下四张八仙桌的敞口厅。每年春天，敞口厅的横梁都会吸引燕子前来筑巢。大燕子总是早出晚归，留下在巢里嗷嗷待哺的小燕子，叽叽喳喳的，好不热闹。唯一不好的是，燕子飞过时会留下鸟粪，需要常常清理地面。有次不小心掉到了表哥头上，气得他拿了根竹竿想把小燕子捅下来，但被外公制止了。外公说"燕子不进苦寒门，筑巢只选富贵人"，可不能让表哥把福气给赶跑了。

正屋左右两边是东西厢房，各有五间，中间隔着 1.5 米左右的走廊，两扇木门，连着老屋与外面的世界。夏天时候，把两边的大门打开，风从走廊穿堂而过，留下阵阵清凉。

中间的庭院，搭了个葡萄架，还种了两棵橘树，这是我和表兄妹们的最爱。夏吃葡萄秋有橘，不出家门也能实现水果自由。院子里还被外婆种满了各种花卉，从家常的鸡冠、月季到君子所爱的梅兰竹菊，应有尽有。满院芬芳，我却独独钟情橘子花。橘树开花的时候，满院子都是橘子花的香气。我和表妹会爬上树小心摘下几朵花儿戴在发间，虽然每次都会被大人揪着耳朵骂，但那淡淡的橘子花香，沁人心脾，至今仍萦绕心头无法忘却。

院子对面正中隔出了一个杂物间，左右两边分别有一个猪圈。每年都是从开春买回来的小猪崽养起，吃谷糠剩饭、杂粮野菜，这样养足一年，到了年底，当土猪被养得膘肥体壮时，就到了宰杀的时候。

外公会挑选一个好日子，在敞口厅摆上几张八仙桌，通知亲朋好友这一天到家里来吃"杀猪宴"。这天一早，外公会把工具家什全都准备停当，请来杀猪师傅，父亲舅舅他们就帮忙打下手，一起把猪抬到案板上，各自用劲摁住猪的四只脚，师傅手法利落，技艺了得，三下五除二，只听猪"哼唧"几声，转眼间就已宰杀完毕。每次杀猪的时候，小孩子都是要被清场不让看的，但胆子大的，也会在房间里偷偷给窗子拉条缝，然后透过缝隙，影影绰绰地看，又勇又尿。

老屋有两层，一层住人会客也设有厨房，二层一半是晒谷场一半是阁楼，阁楼里堆放各种农具干柴和各种粮食瓜果，也会放些杂物，是孩子们捉迷藏的天堂。

我出生在老屋，妈妈就在老屋坐的月子。童年的我几乎是在老屋院子里长大的，满园芬芳的庭院、嘎嘎作响的木头楼梯、长满青苔的青石板路、圆润光滑的鹅卵石地面，还有满院子乱窜的鸡鸭、围起来养的猪羊，陪伴了我的整个童年。

我的唐诗宋词、加减乘除都启蒙于外公，小时候，最喜欢拉着表弟妹坐在庭院前听外公讲历史故事、神话传说，还有猜谜语，对对子。讲完故事，外公还会教我们几首朗朗上口诗词，"小时不识月，呼作白玉盘""明月几时有，把酒问青天""举头望明月，低头思故乡"……那时候的月光从庭院里洒下来，温柔了整个童年的记忆，也让我爱上了诗词之美。

老屋是热闹的，四代同堂，最多时候住了二十三人，从牙牙学语的小表弟到步履蹒跚的太外婆，每天一早醒来，鸡鸣声、洗漱声、炒菜声、玩闹声串起了平凡又安心的生活。

20 世纪 90 年代后期，母亲和舅舅先后进城买了楼房，慢慢搬离了老

山河与草木

屋,老屋只剩下外公外婆。他们已经上了年纪,岁月在他们的身上刻下了丝丝印痕,与老屋一道留下了沧桑和古朴。

每到学校放假,我和表弟妹们还是喜欢回到老屋。每次回来,我们总会给悄然冷清的老屋带来生气和热闹,外公会上下打量着我们,说我们越来越出落不凡,外婆总会忙里忙外,准备着我们最喜欢吃的农家饭菜。我们也喜欢在老屋听听故事,闻闻花香,摘摘瓜果,仿佛回到儿时,暂时逃离成长的烦恼。

再后来,外婆因病去世,母亲把外公接到家里照顾,老屋就慢慢地老了。长久不住人的老屋倒了塌了,不会再有人去精心维护,燕子也再不会来老屋筑巢了。

最后一次去见老屋已经是三年前。外公去世后,全家人很长一段时间都无法接受。我带着女儿去看曾经生活过的老屋,告诉她老屋曾经的鸟语花香,欢声笑语,争吵打闹,但是女儿早已经无法体会。从小生活在钢筋水泥的城市,生活在 100 平方米的高楼里,她无法想象那个可以种满花草树木、让鸡鸭满院奔跑的大庭院是什么样子。身为独生女,她与表姐弟们能在节假日见上一面已经很难得,也无法感受可以和同龄亲友一天到晚捉鸡摸狗无拘无束的生活是什么样子。面对女儿的懵懂提问,看着满目斑驳的老屋,我突然间潸然泪下。

我知道老屋迟早是要被拆掉的,这是历史的必然。但当老屋真的不在了,我又开始彷徨。

老屋拆掉了,我的童年,再也回不去了。

(作于 2023 年)

# 村　　庄

吴熙君

秋天又到了。

阳光照进村庄里。

村庄是狗们的世界。村里几乎每家都养狗，狗的身影在房前屋后晃悠。有的守在家门口，冲着从它眼前走过的陌生人狂叫；有的三三两两地聚在一起，从村头窜到村尾，吠叫声此起彼伏，在阳光下飘来荡去，成为村庄的一部分。在狗们的骨髓里，清晰地烙着村子里的陈年旧事，爱和恨分得一清二楚。"×家的狗叫了，×家的狗跟×家的狗打起来了。"有经验的村民一听狗吠，就知道谁家的狗在干吗。

村里大大小小的路，没有好好规划，弯曲着绕过一些水塘，一堆土块，几棵大树，似乎随风飘落，想延伸到哪儿就到哪儿。有的在路中央垫些石块，有的什么也没有。野兔在这些路上来来往往，喜欢把粪撒在路面上。一条磨损得很厉害的路，被踩断了半截，另一半挂在沟渠边，沟里长满野草，水中浮了些水草的老根，许多田螺贴在草根上，密密麻麻的，似乎在聚会，它们的交谈如同梦中的呢喃，人是听不到的。一些大田螺枯死了，临死前将吸盘埋进土里，试图吸出些水来，捉一颗用脚踩开，随着响声，田螺的壳碎了，一窝乱哄哄的蛆虫浸在一股臭水中，蠕动。田野上大大小小的沟渠清晰地穿过菜地、稻田、橘园……沟渠、水塘是鱼虾们的乐园，这些鲜活的小生命沾染着乡村悠远的血脉，灵动而自在。有的渠沟水干了，小鱼虾们没有了退路，只得滚了身泥巴，挣扎好久，然后慢慢死去；一条蛇弯曲着定格在小路边，一动不动，蛇身的一半搁在草地上，另

山河与草木

229

一半挂在水沟边,如同地里长出的半截木头;老鼠在番薯地里打洞,偷些农作物,过着有滋有味的日子,其实谁也无法看清它们的生活;枯草积攒了多年的绿,终于从土里钻出来,一小片的新绿;鸡们在草丛中窜来窜去,搜索着属于自己的生活;废弃的猪圈旁,半截倒塌的土墙,猪爪划过的痕迹被岁月熏得发黑,空气中弥漫着腐败的烂木头气息;稻谷们立在狭长的田垄中,品尝风的味道。

稻子熟了,橘子也黄了,可村民还在等候,一动不动。许多年前,他们就在那儿。翻地,播种,摘橘,割葱,娶妻,生子……他们的家门也很少有关上的时候,总是敞开着,有的甚至连门都没有装,只是随意地摆些凳椅。一些村民坐在树荫间,聊天。谁家的萝卜地里昨晚来了小偷,拔了好些萝卜,还拉了一堆屎;谁家的女儿没结婚就生了小孩;土地爷寿辰请的戏班子快到了,哪出戏最好看,哪出没啥看头;现在经济适用房征地要七万五千元一亩,高速公路征地那回才补了一万元一亩地;谁家昨天丈量了几亩地,可以卖多少钱;最后唏嘘着村里最有能耐的人,在城里开工厂,买了许多地,并将生意做到国外……吹吹风,晒晒太阳,一个下午也就过去了。

这个秋日并不比其他的秋日更明媚。

秋日的午后,为土地爷祝寿的戏班子来了,仍是去年来过的临海戏班。村里照例凑钱,戏子们照例背起铺盖,走进熟悉的那户农家。水泥搭建的戏台前,围上布景,竖起喇叭,台柱前的黑板上,挂出戏名。入夜时分,灯光亮了起来,一盏紧接着一盏,在远远近近的乡野间闪烁,那是村庄最温暖的时刻。不久,清脆的乐曲声连同咿咿呀呀的唱词声被风吹起,时续时断,缥缥缈缈地弥散在乡间清凉的夜色中。

一阵浪漫的气息刮过村庄。

炊烟贴着房顶,在静风的天空中缓缓上升,悄无声息地飘向田野,像村庄的灵魂,也不知要去哪儿。四处闲游的蚂蚁,乱糟糟地绕过墙角、柴垛,穿过草丛,到了橘园里,欢舞着触角,又极快地爬上橘树。跑了好长一段路,不知疲惫,似乎每只蚂蚁都有自己的思想,我行我素,又似乎漫无目的,它们从来不属于谁,自由自在地生活在另一个世界里。

阳光穿过炊烟，漫过屋顶，洒在橘林中。

橘林到底有多大？一株橘、一块地、一洼水塘地量过去，不知多久才能量完？连绵不断的橘林，深得望不到头的路，让你不经意地迷失，已经走出来，又融进另一片橘林中。随意进出的只有风和阳光，风从看不见的地方吹进来，它熟悉橘林里每一只橘子细微的裂缝。

进入一片橘林其实很容易，但它的秘密永远向你紧闭。橘林中的小径伸向不知名的远方，路旁的石块，不规则地垒着。橘树长在从前曾经长过的地方，没有人会注意它们。开过几次花，结了多少果，连它们自己也记不清。只有蔓橘是有记忆的，今年结过一次果，明年它会记着不再结果。连成一排的蔓橘，有的结了一树的果，有的却光溜溜的，似乎对这个收获的季节漠不关心，却又期待着什么。待明年春，才会开一树的花，结一树的果。橘树的姿势如同撑开的雨伞，光溜溜的橘干支撑着橘树的分量，枝丫齐齐地弯曲着向四周伸展。除了橘农在它身上动些手术，这边接个枝那边剪些无关紧要的条外，它总是一成不变的，几乎一辈子不挪半步。有的橘树被精心修饰过，橘墩总是被拢成又光又圆的小土堆，垒在橘树四周的塘泥，一垒就是好多年。橘树的根基埋在积了多年的落叶中，落到土墩上的雨，被橘叶挡住了，枝叶间挂满熟透了的橘子，橘树总记着那些勤劳的农人。有的橘树墩野草丛生，野兔在其中挖洞，安个家，为一点草而奔波，杂乱的枝头结着青涩瘦小的果子，那是懒汉们种的橘。一些将死的橘树干上系着红布绳，橘农用最原始的方式挽留它的生命，但无济于事，橘树最终被台风"云娜"吹死了，孤单地走向死亡。一棵枯死的橘树顶端突然长出嫩绿的叶子，近乎透明的叶脉在微风中晃动。一些橘树死了，其他的橘树还活着。

一棵树，如同生命中的轮回。

橘林中，一位皮肤晒得墨黑的橘农告诉我，种庄稼是件乐事，不费脑筋，不需要很多的本钱，既没有压力，也没有风险，烈日下的劳作一年之中也仅几天，挺自在的。他的贫富与橘树息息相关，所有的收成来自土地，土地的根脉密密麻麻地散布在他的记忆里，一辈子都不会忘。

这时候，风轻轻地吹着，林子很静，心也静。

山河与草木

231

　　灿烂的阳光下，一位拄拐杖的老人被人搀扶着，在丈量自家的田地。他的眼花了，背驼了，腿硬了，但哪株橘、哪块地是自家的，却记得清清楚楚。多年前，他就在这上面翻来覆去地折腾，土地是熟记于心的，费不了多少心思，闭着眼也能数出。一位头发花白的老农背着手，在橘林边转悠，看稻谷的长势，看橘子青了又黄，橘枝剪了又长，青草枯了又绿，似乎什么都没改变，变幻的只是心境。

　　橘树在阳光下悄然滋长，积攒了多年的精气，把最后一季的橘子长好。过不了多久，每株涂上红漆的橘树，都要被砍掉，橘树墩将被推土机推平，再也没有生存下去的理由了。村民将要搬迁，也有一些村民会留在这里，住进高楼，从此远离橘林和那些狗们，多年前的村庄只能出现在他们的梦境里。

　　时光流过这个村庄的时候，改变了许多东西。

　　一座空荡荡的村庄。

　　倪桥，黄岩城西的一个村庄。

　　土地站在时光之外，看一个村庄，一种命运的走向。

　　如今它们都走远了……

（作于 2022 年）

# 最是梅子红时雨

徐芝婷

浅红、深红、紫红……

一树树、一丛丛、一片片……

眼下，江南杨梅正进入最喜人的成熟时节。

"嗨吱——嗨吱——嗨吱——"永康市江南街道永祥乡的梅农们背起了箩筐，扛上了竹梯，沿着祖祖辈辈走过的十多里山路，上岙、爬坡，撷取着大山最慷慨的馈赠。经历了一年漫长的等待，这阳光和土地共同孕育出漫山遍野的丰硕果实，在绵绵不断的细雨中，缀满蓬蓬勃勃的绿叶枝头，宛若灼灼星火。很快，梅子红了的喜悦，传遍四里八乡，络绎而来的人们争相在这个味蕾最丰盛的季节里相聚，回味着酸酸甜甜绵长的记忆和土地的情意。

拈梅子入口，唇齿之间立即充盈清甜丰富的果汁和绵软细嫩的果肉，浓浓的新鲜汁水裹挟着酸中带甜、甜中含酸的味道，令人齿颊生津。从口腔顺至肠胃，继而周身通体，这是沾染了温暖的阳光、清甜的山水和芳香的梅果融合而成的味觉，源源而来，从浅到浓，由深转淡，轻易就撩动内心柔软处，欣欣然之中，一种回味、一种舒爽、一种如沐细雨。很难有一种水果如杨梅一样，以清甜而不失酸甘、爽口而不失浓郁的口感让人欲罢不能。也许，这正是江南和煦的微风、潮湿的细雨、肥沃的土地孕育出的果实动人之处。明末清初大戏剧家李渔独爱杨梅，撰《杨梅赋》，开篇即道："南方珍果、首推杨梅。"杨梅别具一格的味道也让南宋诗人方岳同样赞不绝口，其《次韵杨梅》诗云："筠笼带雨摘初残，粟粟生寒鹤项殷。

山河与草木

233

众口但便甜似蜜，宁知奇处是微酸。"诗人对其偏爱以及口腹之欲，千百年来在中国古典诗词歌赋中占据一隅，熠熠闪光。

文人笔下婉转动人的珍馐之美，可从永康市永祥乡拱瑞下村出产的荸荠杨梅畅销不衰得到佐证。《永康地景赋》有云"拱瑞杨梅，恍如赤玉盘枝"，赞的正是杨梅成熟挂果时的丰收景象。拱瑞下杨梅历史久远，从南宋时期就成为朝廷的贡品。其外观玲珑小巧，圆润饱满、色泽紫红，酸甜适中，口感丰富，与其他产地的杨梅亦有所不同。独具家乡味道的拱瑞杨梅随着在外经商办厂求学的永康人轨迹，成为走遍天南地北的江南佳果。

杨梅起源可追溯到河姆渡时代，有 7000 多年历史。经历了野生到人工栽培的阶段。浙、闽、赣、粤等 12 个省出产的杨梅有荸荠杨梅、丁岙杨梅、晚稻杨梅、大叶细蒂杨梅、早荠蜜梅、二色杨梅等，近 20 个品种之多，不同环境生长而成各种风味。北宋王安石赠给江西袁州曹伯玉的诗中，对杨梅成长环境进行了细致描摹："湿湿岭云生竹箘，冥冥江雨熟杨梅。"可见，优质杨梅所需的地理环境和生长条件：依山地带、无垠的翠竹、丛生的竹箘、蒙蒙的江雨。千年来，永祥乡的杨梅正是诗意地栖居在近 2 万亩的竹林之中，南北走向的低缓山坡和茂密丛林、良好的通风和充足的日照、自然净化的空气，都为杨梅喜阴喜湿的生长特性提供了绝佳的天然环境，汲取天地之精华，成为珍品。

近些年，永康市政府加强对杨梅产地的山林、空气、水质自然生态的保护，杨梅种植面积扩展到了 3000 多亩。配套实施电力设施升级改造，大幅提高供电质量和可靠性。让梅乡 1 万多居民都用上了放心电、满意电。永祥乡绿水环绕、青山常在，村民们办起了 10 多家民宿、农家乐，每逢节假日吸引无数市民前来观察游玩，成为得天独厚的"天然氧吧"，梅乡的绿水青山成了金山银山。

当梅子红了枝头，董宇辉说："人间的美好，是三月的风、六月的雨、九月的云和十二月的雪。"六月的江南烟雨浸润着梅子的酸甜，洒落于江河湖汉，田间地头，诗意了柳梢、拉长了情思，也慵懒了心绪，空气潮湿且闷热。此时，你会情不自禁挎上一只竹篾的篮子，戴一顶草帽，迎着细雨，去山间找寻清凉与沁甜。连绵的山峦在氤氲的云雾之中格外地清新而巍然，田间小道、山野路边，无数盛开的栀子花，点缀着绿色的土地，与树梢间的杨梅交相辉映，煞是有趣，花香四溢了山林，梅子甜了心扉。

　　烟雨飘过江南，醉了永康的山乡，也染甜了兰溪的杨梅。国网兰溪供电公司胡芳和志愿者们又来到屠妈妈家，帮忙采摘鲜果，制作杨梅果脯。10多年来，每到这个时节，她都会去帮助这位金华市首位角膜捐献者的老母亲采收200多株的杨梅树。今年，她在朋友圈里说，在邮政部门大力支持下，老人家的新鲜杨梅一天内就能送达北京。这无疑是让无数关心的人们都高兴的好消息。这人世间的美好，莫过于你的付出我们来回报，爱心的传递最能凝聚向善的力量。等熬过生活中的苦、欣喜品尝美好时，我们更应感恩和祝福在艰难岁月中默默付出的人们，那是社会前进的力量，也是给予我们勇敢向前的希望。

（原载《脊梁》2023年第5期）

山河与草木

浙江电力
文学丛书

散文评论卷

# 回 乡 记

李其春

离开故乡的时候，我 18 岁。那一年高考成绩不理想，便从高考大省河南转入经济富饶地浙江，复读高三。后来如愿考上大学。大学毕业后，亦留在了浙江。从此，我便与故乡遥遥相望，常在夜深人静的夜晚，深深怀念那片供我长大的土地，流下湿润的热泪，才明白虽然离开十几年之久，故乡的名字，仍然能够轻易牵动我的情思，使我欲罢不能。

落叶生根，即使后来移走了，它最初的香气仍留在根部发芽的地方。多年后，我搭乘便车回到故乡，深夜里车子路过城镇，微风隔窗扑面而来，一种陌生又熟悉的感觉驱赶了睡意，这个时候街边的灯光有些昏暗，行人几乎没有，目光追随着这安静的街道，来不及细看，车子已经到了目的地。脚踏上那片土地的时候，踏实的感觉慢慢从心底滋生，这是在别的地方不曾有的。好像是重新拥有了幼儿依偎在母亲怀抱里一样的安全感，这种感觉使我欣喜不已。

早晨起床走过热闹的街头，来到小时候经常去吃的那家早餐店门口，叫了一碗最爱吃的米线，老板问："大碗小碗?"我笑着说："来一大碗。"小店这么多年都没变化，米线的味道依然是记忆中的味道，用的仍旧是那种颜色很深的铝制碗，看似简简单单的一碗米线，却是再美味的珍肴也无法比拟的珍贵。在这碗面散发的香气中我仿佛看到孩童时的岁月，或背起书包无忧无虑地走入校园，或追在小伙伴的身后嬉笑欢闹，或躲进房间偷吃东西……那最纯真动人的岁月，永远留在了故乡的云里，留在了故乡的风里。

大舅是一位"算命先生"，他身高一米八五，今年已八十二岁高龄，但脊背仍然坚挺，讲话中气十足。我带着礼物去看望他，他笑意吟吟地望着我，说了一句："妮儿回来了。"我们闲聊起来，我看到他桌子上有一本《道德经》，便拿起来翻阅，里面批注很多，笔迹深深浅浅。望着大舅两鬓白发还在努力钻研学问，我很惭愧，近年来工作繁忙，又照顾幼儿，精力有限，书确实读得少了。大舅说，多读书，益身心，我便想着岁月一定会厚待珍爱它的人，唯愿家中亲人身体都要好好的。

　　我又去拜访了干妈。小时候曾经在干妈家里住过一段时间。她今年六十多岁了，脸上都是岁月经过的风霜。我抱着她说着体己话，干妈的眼睛竟然湿润了，她只有一个儿子，儿媳对她不好，现在靠退休金照顾孙子孙女，也颇为劳累。我无法改变什么，只希望善良的人能有良善的归宿，希望命运不再为她带去苦难。

　　故乡的人依旧和蔼亲切，这短短的几天相处，闲聊的些许话语，带着满面的笑容，也充斥着离别的不舍。太阳与往常没有不同，这里的街道日复一日年复一年地承受着风吹日晒也没什么改变，这里的行人来来往往，这静静流淌的时光却突然在我的心上产生了巨大的波纹，它一圈一圈荡漾在故乡给我的安全感中，冲刷着日积月累的委屈，滋润着干涸的心田，让我莫名感动。

　　思念故乡的诗句不停地写写画画，内心的曲谱也波澜荡漾，终究无法留住往昔，人生的路要一直向前走，走过许多拐角的时候，便渐渐看不清来路，只能一步步走下去，但是庆幸思念还有迹可循，庆幸故乡一直在那里默默地等待着返乡的人。

（作于 2022 年）

山河与草木

237

# 行 走 西 湖

杨寿松

　　西湖是杭州的灵魂，它承载着杭州几千年来的历史文化沉淀，诉说着过去那些让人难以忘怀的光阴。让我们走进西湖，近距离地接触灵魂深处的故事吧。

## 白　　堤

　　当你踏上白堤东面的路，就是一个美丽而凄凉的传说的开始，《白娘子》的传说家喻户晓，而静静卧在白堤东面尽头的断桥就是白娘子与许仙相遇、相识、相爱的地方。也因为这千年传说使这看似普通、平凡的石拱桥惊世于天地之间。我也曾经在美篇上发过一首诗：

### 断　　桥

白娘子许仙的爱情
铸就断桥的魂
桥南到桥北的几十步
却行走人间一千年
一把伞撑起
整片痴男怨女的天
一艘船载着
惊天地泣鬼神的传说

水漫金山

只为凄美爱情一搏

千年等一回

只为拷问雷峰塔下的绝唱

昨天与今天

能一抹而过吗


　　意想不到点击率超过我所有在美篇上的文章，这肯定不是我写得有多精彩而是这断桥的名声吸引了众多眼球。正像西湖，在中国这样的湖有很多很多，山水之间的风光未必比西湖差，为什么没有像西湖如此闻名于天下，我想主要西湖有类似白娘子这样的美好传说和有着深厚的文化底蕴。也正如白堤不是一座普通的堤坝而是承传一千多年留给人类的文化遗产。一般人以为白堤是白居易主持修筑的，但实际上不是这么回事，据史载白堤在白居易来杭州前就已存在的，但不称白堤叫白沙堤，是用来挡钱塘江潮水的一条普通堤坝，后来唐朝大诗人白居易来杭州任刺史（相当于现在市长）组织了疏浚六井工程和钱塘门外的石涵桥附近堤防等民生工程，并在视察白沙堤时大笔一挥作诗"最爱湖东行不足，绿杨阴里白沙堤"。后人为纪念这位老"市长"把白沙堤改称为白堤。这也反映了杭州百姓对这位大诗人的认可和尊重！古往今来为官一方只要为百姓着想、为百姓服务、为百姓办实事，老百姓是不会忘记的，他会永远活在老百姓的心中！

　　白堤其实不长也就一公里左右，在白堤、苏堤、杨公堤三堤中是最短的。可能受疫情的影响，原本人山人海、摩肩接踵的堤上似乎有点冷冷清清，零零散散有几个游客在堤上行走。我刚迈开腿就到了堤中的锦带桥，相比大名鼎鼎的断桥而言，锦带桥能叫出桥名的人可能寥寥无几，但实际上如果抛下白娘子的传说，锦带桥的风景并不亚于断桥，站在桥上，既可左瞰里湖、瞭望宝俶塔，右挹外湖，又可近眺平湖秋月的露台，可叹就因为没有美丽动人的故事而被人遗忘。过了锦带桥一会就止步于白堤西面尽头平湖秋月。据"度娘"介绍"平湖秋月"景观是指：每当清秋气爽，西湖湖面平静如镜，洁的秋月当空，月光与湖水交相辉映，颇有"一色湖

山河与草木

光万顷秋"之感，故题名"平湖秋月"。其实在这个景点上，美景何止于秋天和月下，此刻平湖秋月也是风光无限春色撩人、春风拂面，亭外一侧是湖面波光粼粼，另侧堤上是婀娜多姿的垂柳和绚丽多彩的花朵，春天的"平湖秋月"别有一番韵味，也迫使我停下行走的脚步，认真阅读起白堤上的最后一章，总感觉游兴未尽，感觉白堤稍短了一点，白娘子与许仙的爱情也稍悲了一点。

# 六 吊 桥

说起来真惭愧，来杭州多年对西湖周边一点儿不了解，连苏堤有多少桥都不知道，平时听人说起"六吊桥"也不明所以，有所了解的也是"度娘"告诉的。所以自己拟了个计划准备有空时间去西湖周边实地去走看看，算不上考察至少对西湖有所了解。为此去了苏堤走路看桥，实际上平时也在苏堤走路的，就是没用心去观察周围的事物。

四月的天气真好！在苏堤上走路更是一件非常惬意的事情，微微春风吹拂在脸颊即可享受春天的气息，又除去了刚冒出来的汗水，堤上两旁的树木飘出的阵阵清香味，使行走者似吸了可爽的神奇"药剂"一下子消除疲劳，脚步会变得越来越轻松，湖边的杨柳拂动着手上的绿丝带仿佛在欢迎堤上的行走者，加上堤上是禁止车辆行驶的，真是个行者的圣地。为了弄清楚堤上的桥，我是先从苏堤靠近曲院风荷这头也就是苏堤北面往南走，初步看一下路过的桥，总共是六座桥，然后再从苏堤南面也即花港观鱼回头走，从苏堤第一桥波映桥开始拍摄，依次第二锁澜桥、第三望山桥、第四压堤桥、第五东浦桥，一直到第六座跨虹桥为止。也体会到了六座桥名的由来：站在映波桥上看湖面烟波摇漾；在锁澜桥上近看小瀛洲、远眺保俶塔，真可谓近实远虚；望山桥上西望湖西诸山峰峦叠嶂；压堤桥是苏堤中间位置享有黄金分割线，又是原来堤东西的交通要道；东浦桥上是堤上观看日出最佳点；而最后的跨虹桥则是雨后彩虹飞的观赏点。而所谓的"六吊桥"是对这六座桥合起来的称谓。读万卷书不如行万里路！这次终于搞清楚了"六吊桥"的出身。

# 杨 公 堤

行走在杨公堤上我是很自豪的，这堤五百年前是我们老杨家的人主持建筑的。对同姓的人来说有句老话讲得好，"五百年前是一家人"。而这堤是在明弘治十六年（1503 年）当时杭州知府杨孟瑛主持修筑的，距今已有五百多年，那可以蹭一蹭是一家人啦。当时西湖虽已筑有唐朝时的白堤和宋代的苏堤，但到了明朝时西湖又经常淤塞，洪水泛滥，杨孟瑛就总结前辈经验实施疏浚，清除侵占西湖水面形成的荡田近 3500 亩，并以疏浚产生的淤泥、葑草在西里湖上筑成一条呈南北走向的堤坝。后人为纪念这位为民办实事的官员称此堤"杨公堤"。白居易、苏东坡、杨孟瑛不仅在当初为杭州老百姓解除了水患，也为我们后人留下宝贵的遗产！

杨公堤相比于白堤和苏堤，虽没有白娘子美好的传说，也没苏堤春晓的美景，但它是三堤中最长的，约 3.4 公里，比苏堤略长，更是白堤三倍多，可见工程量要比前二者大得多。而且杨公堤的景点也比其他二堤丰富！由北向南依次串联起曲院风荷、金沙港、杭州花圃、郭庄、赵公堤、茅家埠、乌龟潭、三台梦迹、浴鹄湾和花港观鱼等著名景点。如果你要把这些景点游览一下，走马观花也至少要花上两天时间，每个景点各自都有特色，每个景点都有自己的故事。一步一景的曲院风荷，谁能联想到此院竟是南宋时期酿酒的酒厂，当时酿酒师傅取金沙涧的溪水酿造名为曲酒的美酒，而附近的池塘种有菱荷，每当夏日风起，酒香荷香沁人心脾，因雅正为曲院风荷。而堤畔的豪宅——郭庄则是建于清光绪三十三年（1907年）。最初取名"端友别墅"，主人为杭州商人宋端甫，因此庄园俗称宋庄。民国期间，转卖给汾阳籍贯富豪郭氏，由此改称"汾阳别墅"，俗称郭庄。可见无论是什么年代富豪都喜欢购置高档房产。总之杨公堤上的景点是你来杭州必须游览的胜地。有意思的是杨公堤上的桥的数量与苏堤一样都是六座，由北向南分别为：环璧桥、流金桥、卧龙桥、隐秀桥、景行桥、浚源桥。如果杨公堤上的桥按白堤和苏堤的桥与桥之间距离的标准来建造的话至少是九座，可能杨知府比较谦虚，认为数量绝不能超过白、苏

山河与草木

241

二前辈，最多是平手。哈哈哈祖先的这种谦让的美德老杨家应该代代相传和发扬光大！

# 湖 中 三 岛

我是在苏堤北山路口上船的，船家也很会做生意，明明是每人 45 元，吆喝声"每人 35 元"，把其中 10 元的上岛门票没有叫进去，你说上了船有哪个人不上岛的？这可能也是船家的低价策略吧！我坐在船上四周是波光粼粼的湖面，环顾西湖，水阔天空，群山环抱着秀美的西子，各个景点依稀可辨。

从北出发游船第一站经过的是阮公墩，为保护岛的生态环境，游客已不允许上岛了。该岛是清嘉庆五年（1800 年）浙江巡抚阮元主持疏浚西湖后，以浚湖淤泥堆积成岛，故后人称之为阮公墩。阮公墩虽是三岛中最小，但岛上树木葱茏，芳草萋萋，给我感觉是天真未凿别有一番风味。

第二站是湖心亭，该岛与阮公墩一样也是不能上岛的。它是三岛中的老二，这老二的来头不小，岛上的一座亭子是中国四大名亭之一，因为岛上有这样一座有名的亭子，自然这岛就被叫成了湖心亭。湖心亭处于外西湖中间，四面环水，景色清幽，犹似人间仙境故也称"蓬莱"。

第三站是三潭印月，其是湖中三岛中的老大，也是唯一可以上岛的，景色秀丽享誉中外，是西湖十景之一，岛上柳绿花明，与雕栏画栋的建筑相映成趣。具有湖中有岛、岛中有湖、园中有园、曲回多变、步移景新的江南水上庭园的艺术特色。人民币一元纸币的背面采用三潭印月的盛景，可见三潭印月在我国风景名胜中占据的地位。

走到岛的最南端，穿过"我心相印亭"就可以看见开阔的湖面上有三座石塔，恕我直言，在白天观看这誉满全球的"三潭印月"真的不咋的。据导游介绍：三座石塔最美的时光应该是在中秋时节月夜下，那时人们会在塔中点上蜡烛，并在塔身旁边的圆形小洞上蒙上一层薄纸。这时光线就会透过纸，印在湖面上，和天上的月亮交相辉映，风景如画，给人视觉享受，是真正的三潭印月！可见世上任何事物要达到最完美、最辉煌都需要天时地利人和！

# 保俶塔

保俶塔犹似一位亭亭玉立少女含情脉脉地注视着西湖南岸的英俊潇洒少年雷峰塔已有上千年了。保俶塔的传说很多。有说这建塔的僧人叫永保师叔，简称"保叔"，人们纪念他称塔为保俶塔；也有传说是当年有嫂叔感情很好，嫂嫂常到塔里保佑在前线当兵打仗的小叔平安，所以称"保俶"塔；有文献记载是北宋开国皇帝赵匡胤于开宝八年（975 年）灭南唐后，吴越国王钱弘俶至北宋首都汴京（今河南开封）进贡。吴越的大臣们和百姓担心国王被赵匡胤扣留，为祝福他平安归来，特建此塔，故名保俶塔。不管何种版本的传说，这矗立在宝石山的保俶塔已是西湖风景区的一个主要景点。其八角形的塔身和尖尖的铸铁塔顶在众多塔的建筑中也是别具一格的。

我是"笨人"，从黄龙洞这边远绕上山去保俶塔的，正常的话应该是从北山街葛岭那里上去比较近。我之所以从黄龙洞上去主要是也想到初阳台领略一下西湖的全景。虽然今天能见度不是很高，但在初阳台的感觉还是蛮好的，白堤和苏堤尽收眼底，而朦朦胧胧的西湖别有一番韵味，真应了"淡妆浓抹总相宜"，想必苏东坡的大作也是实地考察后一挥而就的。西湖除了苏堤白堤还有西面的杨公堤，都是为官一任为民办实事的重要功绩，苏东坡、白居易、杨孟瑛疏浚西湖不仅在古代为杭州百姓带来了享不尽的福利，而且为当下杭州旅游业的发展做出了重要贡献！这可能是三位当年所没有预料到的。

我再往东走就到了保俶塔，说实话走近的保俶塔不如远眺的漂亮，真应了那句"距离产生美"的老话。也正因为保俶塔与雷峰塔相隔一个西湖，一个在湖的南岸，一个在湖的北岸才会惺惺相惜、相爱至今。假如两个长期厮守一起可能塔早就崩了！

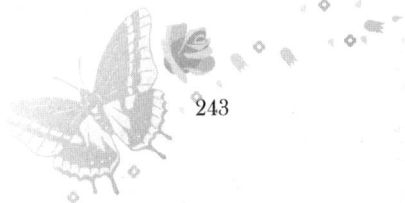

山河与草木

# 南 山 路

西湖十景有两个在南山路上:南屏晚钟和雷峰夕照,可见南山路在西湖风景区中的地位。而这两个著名景点又是隔路相望,雷峰夕照在南山路北面的雷峰塔下,南屏晚钟在南山路南面的净慈寺边上。雷峰夕照最早出自北宋时期,隐居在西湖孤山上的林和靖先生,他在诗中赞美当年的夕阳景色:"夕照前村见,秋涛隔岭闻。"因而"雷峰夕照"不胫而走,成为西湖十景之一。对这个闻名遐迩的景点也是智者见智,仁者见仁。在古代文人墨客笔下是如此美好迷人,但在我们老乡鲁迅先生眼里却是另一种感觉,其《论雷峰塔倒掉》是一把批判当时现实社会的武器,其描述的雷峰塔是"破破烂烂的映掩于湖光山色之间""仍然希望他倒掉"最后还用了"活该",可见鲁迅先生对雷峰塔有多厌恶。我们现在所见到雷峰塔是1999年重建的,不知先生在天堂见了又有何感慨!

与雷峰塔隔路相望的是净慈寺。净慈寺最早出现在我的记忆中是在我年轻的时候,当时比较喜欢文学,对一些有名的诗与词下功夫背诵过。其中宋代杨万里《晓出净慈寺送林子方》我还是比较喜欢的:"毕竟西湖六月中,风光不与四时同。接天莲叶无穷碧,映日荷花别样红。"到了21世纪初我调到杭州工作,去了几次净慈寺,其实也想去感受了一下诗人当初情景,可叹的是我们凡人与诗人还是有很大差距,我东看西望都没有看见背诵诗文时脑海里呈现的景象:那密密层层的荷叶铺展开去,与蓝天相连接,一片无边无际的青翠碧绿;那亭亭玉立的荷花绽蕾盛开,在阳光辉映下,显得格外鲜艳娇红。啊!不得不佩服先祖诗人丰富的想象力!

南屏晚钟也与净慈寺中的大钟有关。净慈寺是在南屏山脚下,当傍晚寺里大钟敲响时,它的回声在屏风似的山峰岩壁上产生共振效应,后经文人骚客描述后更有赞誉,特别是北宋画家张择端画了《南屏晚钟图》后就广泛传播开来。但如果你现在去实地聆听这南屏晚钟可能会有点失望:因为出现的场景与古人描述的差距太大了。

总而言之,这趟南山路的行走,使人感到一是景区的宣传需要有浓厚的文化底蕴，二是凡人与文人还是有很大差距，三是耳听为虚眼见为实！

## 湖 滨 路

"一边是海一边是火焰"，行走在湖滨，是"海"的一边：湖水清澈碧波千顷，微风吹来，吹皱湖面，像是一块掀动着的绿色软缎。眺望湖景，湖中三岛、断桥白堤、保俶塔、雷峰塔等景点尽收眼底。那天我碰到的是阴天，虽没有领会到"水光潋滟晴方好"，但老天作美，行走一会儿天突然下起雨来，此时湖上轻烟弥漫，湖里湖水跳珠，珠落雪溅，好似一幅"山色空蒙雨亦奇"的水墨画。

是"火焰"的另一边：是热闹非凡的商业街，人群川流不息、商品琳琅满目，令人眼花缭乱，虽是雨天但熙熙攘攘的人群中随处可以听见人们的欢笑声和街头商店里那优美动听的音乐。真是"琳琅满目新潮喜，熠彩多荣璀璨间"。一幅太平盛世红红火火的色彩画。像湖滨这"一边是海一边是火焰"的情景在全国乃至世界也是独一无二的！

这次行走还知道了湖滨这一南北不到一公里的地方竟有六个公园，而且它们的名字也很简单，从南到北依次叫一公园、二公园、三公园、四公园、五公园、六公园。哈哈哈来杭州十多年，以前只知道一公园和六公园，哪晓得还有二三四五公园，真的又长知识了。

杭州是很感恩的：在湖滨坐落着我们最可爱的人志愿军战士的雕像和淞沪会战的烈士纪念碑，因为我们今天美好的生活是烈士们的鲜血换来的；在不远处还塑着外国友人马可·波罗，他在《马可·波罗的游记》里赞誉杭州是"世界上最美丽和华贵的城市"。为杭州走出国门走向世界打了最响亮的广告。

当然在湖滨也有阴暗的东西留给世人，那就是风波亭。英雄岳飞屈死之地。但愿这历史悲剧不再重演！

## 北 山 街

朋友，如果你对当下火爆的房地产市场不理解，那么请你到北山街

山河与草木

245

去走一走、看一看，或许那静静地躺在湖畔的几十幢中西合璧的建筑会给你一点启迪。北山街东起保俶路口西至曙光路口，北背靠一山二岭（宝石山、葛岭、栖霞岭），南临美丽的西湖，在这总长不到三公里的北山街上有几十座上百年的美轮美奂建筑，我流连忘返在这些建筑群中，在阅读每幢建筑的故事的同时，仿佛也理解了过去与现在为什么一些达官显宦、一些文化名流都会热衷于购买豪宅。也许人的生命有限，长命也不过百岁，而建筑不会，尤其是名人的建筑更不会，当你百年之后已被人们遗忘的时候，那些建筑的一砖一瓦、一草一木会向人们诉说当年那个你的故事。

岳王庙是国家购置的房产，它告诉人们要精忠报国；南浔富商邢代家做生意发财了就掷重金打造了巴洛克风格的三层红砖的"抱青别墅"这座号称西子湖畔最美的民国别墅；西湖博览会旧址是张静江为中国商品走出国门而建设的房产；其他如秋水山庄、孤云草舍、坚匏别墅、静逸别墅、穗庐、玛瑙寺等等背后都是那个年代风流人物留下的房产。

# 孤　山

孤山严格讲不是一座山：高 38 米，占地约 20 公顷，就是一个弹丸的小丘地。孤山虽小，环境却很优美：四面碧波环绕，山间花木繁茂，众多错落有致的亭台楼阁散布在山上，看似一座融自然美和艺术美为一体的立体园林。明代凌云翰有"冻木晨闻尾毕浦，孤山景好胜披图"的佳句。

更有甚者孤山好像特别偏爱绍兴人，曾有"鉴湖女侠"秋瑾，其生前亲密战友、刺杀安徽巡抚恩铭后被剖心摘肝的徐锡麟，浙江光复后任总参谋的陶成章埋葬于此，此三人都是绍兴人，都是清末著名的革命人士。除绍兴革命人士外国民党元老陈其美，这位被孙中山称为"民国起义首功之人"的革命者也葬在孤山的北麓，另外传奇的"革命和尚"苏曼殊也归葬孤山，所以也有人称孤山是革命者的孤山。除此之外，中国历史有名的绍兴人文化战线上的"斗士"鲁迅、民国时期教育家蔡元培等雕像也塑在孤山上，这足见杭州对绍兴人的喜爱！尤其是对绍兴文化人的尊重！

孤山既是风景胜地，又是文物荟萃之处，南麓有文澜阁、西湖天下景、浙江博物馆和中山公园，山顶西部有西泠印社，东北坡有放鹤亭，等等。其中山北麓的放鹤亭是为纪念宋代隐居诗人林和靖而建，他有梅妻鹤子之传说。传说林和靖长期隐居孤山，终身不仕不婚，遂有以梅为妻，以鹤为子之说。在当时"不孝有三，无后为大"的封建思想的朝代能有几个林和靖这样的人？放在当下都很难避开老爸老妈的催婚指令，何况一千多年前的宋代，看来孤山的革命精神在那个时代已经开始了。当然孤山除了革命还有吃喝玩乐。"山外青山楼外楼，西湖歌舞几时休？暖风熏得游人醉，直把杭州作汴州。"在江山已被人家占了大半，朝廷只隅居江南一角时还纵情声色寻欢作乐。楼外楼的西湖醋鱼、东坡肉、叫花鸡、宋嫂鱼羹，再加上苏小小的歌舞伴宴，真的是美景、美食、美女共餐。谁还会去收复江山，谁还敢收复江山！岳飞就是想收复江山而遭到如此"待遇"！

孤山虽小，但蕴藏着无数的故事，这就是西湖的魅力！

（作于 2022 年）

山河与草木

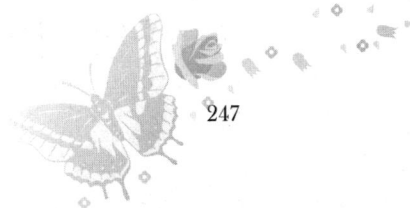

浙江电力文学丛书

散文评论卷

# 守望百年的江南传统村落

周 游

中华民族自古逐群而居，至晚到公元前六千年，发展了农业，也发展了定居的聚落。在"区系类型"的观念中，人类因地制宜，逐渐呈现出不同特性的文化圈。而传统村落正是这些不同特性的文化圈聚落的其中一种表现形式。在浙江台州，也留下了一些传统村落，年代或早或晚，十分有意思。去年借一次契机来到临海的坪坑村，立刻被它养在深闺却天生丽质的气质所迷。

早在清康熙年间，位于临海括苍镇黄家寮村的戴氏二十世祖允祥公忽一夜梦见祖曰："栅下坪坑里，一株毛竹红到底。"他一梦惊醒，只觉梦境如在眼前，拂之不去，便背着草鞋去寻找梦中之地。历经半个月，终于在来到栅下后，找到了梦境中的坪坑，于是举家迁居于此。从此，戴氏家族在山水之间茁壮成长，世世代代书写着辉煌的篇章。300 多年过去了，时光将坪坑村的恢宏往事轻糅在乡野闲趣之间。

在四五十年前，公路尚未铺到坪坑村，要想进入村子，只得翻越险峻陡峭的栅头背。此处为天堑险阻，犹如倒挂的漏斗。溪水从上游缓缓而来在此汇聚磅礴力量，形成百丈的瀑布倾泻而下。栅头背地势险要，加之坪坑村的东、西、北三面为悬崖峭壁和深山密林，村子便显得易守难攻，固若金汤。

如今，一条不宽的水泥路直通村口，略显局促却方便了往来。沿着石板小路从栅头背踱步至村口，会产生一种恍若隔世的错觉感：青苔爬上石板，尽情相拥，最后水乳交融；村口两棵挺拔的香樟树争相比高，用枝繁叶茂为建于清中叶的水口庙遮风挡雨；横跨小溪的老石拱桥依然身姿挺拔，用坚硬的身躯迎来送往每一位行人；清澈的溪水穿过拱桥，在石头缝中回旋而过，留下一丝丝涟漪。如果清晨到此，石板路、拱桥、老庙、大槐树、溪水，升起氤氲之美。山深人不觉，人在梦中行，便是这样的情景了。

进入坪坑村村口，按山形地貌和建筑高低布局，就能清晰地看出村子的上、中、下三层。戴氏家族将其称为上台、中央台、下台。

下台，原为戴氏家族第三代所居住，这里坐落着一座台州罕见的长方形四合院。院中正房有七间，两侧厢房各有通道与外部连接，长方形的天井伸向碧蓝的天空，尽情享受着阳光雨露的给养。最早在此居住的是戴氏的一对兄弟。民国时期，两兄弟中的弟弟因不想当保长，抓壮丁，翻山越岭跑到了上海。在上海，他通过聪明才智，积累财富，从上海将四合院的样子模仿过来，结合坪坑的特色，建造了这座长方形四合院，好不风光。但到了土改时期，村里将这座四合院分予了广大农民。随着百年的变迁，这儿早已人去院空，留下精美的雕梁画柱以及稠密的青苔，孤芳自赏，与君共勉。

顺着青石板路继续前行，小溪边的一处残垣断壁格外醒目。这儿曾居住着被称为"江南才子"的戴秀庭。如今保留下来的双台门出入形式和墙面上精致的石雕镂空窗，依旧向游客叙述着恢宏往事。阳光顺着竹子的缝隙在残垣断壁上挥墨作画，微风拂过，竹子的剪影在墙上显得活灵活现，仿佛孕育的新生气将跃出画面。青石板路顺着下台宅院通向村口，继而翻山越岭，盘旋而去。这儿走过戴氏家族一代又一代人，走得最远的，还是戴秀庭。

中央台又称大堂前、大道地，是允祥公在他五个儿子长大后造起的。民国前逢年过节，村里人便汇聚在中央台上舞狮、打拳、鼓乐，好不热闹。至清、民国时期，逢有娶嫁大喜之事，一路上便是"红帽黑帽旗罗伞"，热闹至极。四合院为一进院落，气势恢宏，在当时的条件下，必然是"超级豪宅"。虽然经过岁月的侵蚀，正房倒塌，院中的水井被尘封在地下，留下东西厢房对面而立，但一砖一瓦、一草一木，依稀可见当年的从中央台拾级而上，便到了上台。上台原为戴氏家族第二代所住。如今，上台的宅院大多改为田地，只剩一间三层老房。但上台最吸引人的还是那棵枝繁叶茂的香樟树。据推测，在建村之前，大树已扎根在此。香樟树张开胸怀，扎根故土，庇护着古村的安详，指引着戴氏后人回望乡土。在巨大树根上，竟有一棵长势喜人的红豆杉，看来"大树底下好乘凉"到这并不适用，或者说这是大树的恩赐。

太阳渐渐西沉，整个村子从奶黄色渐变成金黄色，将守望文化馆照得锃亮。守望文化馆位于下台，于 2018 年底正式投入使用，馆内分农耕馆、民俗馆、展览馆、农家书屋、文化讲堂、文化长廊、文化舞台等，适合开展教育实践、旅游休闲、文化体验等活动。有着坪坑村村委会主任和文化馆管理员双重身份的戴克兵，如数家珍地为每一位游客介绍着，"村里邀请浙江财经大学团队来设计守望文化馆，这个设计还荣获首届浙江省大学生乡村振兴大赛金奖。接下来，村里计划在坍塌的原双坑公社五七中的旧址上建立坪坑村文化礼堂，在文化馆的前面空地上，种上一片花海。"从他眼里，流露出对家乡的热爱，更是对古村华丽转身、焕发新颜的憧憬。

那时候，新老融合的坪坑村，不仅是戴氏后人回望乡土的那份寄托和沉淀，更是愈来愈多游客的神往之处。

（作于 2021 年）

# 牛　郎

朱　坚

　　牵着"缺角龙"从草屋出来，我把牛儿带过铁路，放到自家生产队的花草田里。"萤火虫亮亮，牛卵泡荡荡。"黄头阿三躺在红花草田里，胡诌自编的牧歌，惹得下田的姑娘绕开这个家伙，避开这无聊油滑的歌谣，走竹林边的小路了。看见我牵牛过来了，阿三突然跳起来，"哎哟，我的乖乖!"阿三边喊，边撩起手中树枝向田中央奔去，树枝落到他的小牛屁股上，轻飘飘没有力量，大片的红花草已经被小牛啃出了一块空缺，裸露黑黝黝的泥土。这是一个花开的季节，水乡气温湿润，紫红色的花草铺满了田野，我遇见了邻村的放牛老农阿三。

　　"你偷我们队里花草。"我大声吆喝。看阿三落手的轻飘，我就知道阿三故意放小牛到田里去吃花草的。"小弟，勿要讲出来，我教你骑牛背好了。"阿三讨饶。看见阿三看管的小牛还在挑拣着嫩嫩的花草咀嚼，我的"缺角龙"猛冲过去，驱赶吃草的小牛。阿三再次扬起手中的树枝，狠狠地抽打"缺角龙"，他有点心疼自己放养的牛犊，转手又把小牛拴到榆钱树下休息，自己躺在树下看远处河港里的帆船，继续着他不知什么时候创作的小调。

　　阿三是邻村芦花村单身的老贫农，不知姓黄还是他从小头发就黄，大家叫他黄头阿三。他住的芦花村和我落户的柱头港村只有一河之隔，老沪杭铁路穿过河流，在我们居住的村庄南面通过，河西是嘉兴的他，河东是嘉善的我，同样住在村庄，我俩是不同县城不同身份的农民，他是旧社会为财主打过工的老贫民，我是新社会接受贫下中农再教育的新农民。

山河与草木

251

从发现黄头阿三把牛放到我们队的花草田开始，我就警惕阿三偷红花草，他的牛经过我家生产队田地的时候，我总要跑到铁路路基上，居高临下盯着。阿三对我非常客气，他口口声声叫起小弟。时间长了，他看到牧场里每天都是我出来放牛，就问我，怎么这几天出来放牛的都是我一个人。我实话告诉他，队里修改了放牛轮户头的办法。现在，每户人家轮流，供两头牛吃草，这放牛的活就专门交给我了，这是看我下放青年，年龄小、肩膀嫩，吃不起重活，算是照顾的。"这好啊，小弟你不用下田，像我这样放放牛过日子好了，我教你放牛。"阿三不知是想套近乎，还是真的认为像他那样，靠放牛挣点工分过日子蛮惬意的，他仍旧小弟、小弟地称呼我，还愿意带我一道去放牛。

春天，太阳没出来的时候，我的"缺角龙"就要出来溜达，黄头阿三说，这种时节牛要吃点嫩草，去干活才有精神。冬天，青草枯萎，牛没有青草可吃时，给吃的是稻草。冬天是牛养精蓄锐的时候，放牛人要给牛吃豆包，寒冬的时候还要给牛吃热水的。"小弟，不要怠慢牛，牛通人情，耕田出力要靠伊，伊是种田人的命根子啊。"说起牛来，阿三的话特别多。果然，阿三没有失信，他不光嘴上讲讲，还教我骑牛，他让我蹬住"缺角龙"的前腿脚弯子，拉住牛鼻绳，攀住牛的后项，用力翻到牛身上，跨住牛身。我胆子小不敢，阿三把我抱起来，送上牛背，让我先尝尝骑牛的滋味。阿三说，放牛的小孩连骑牛背也不会，那是要一世苦杀的。阿三还教我打牛桩结。一个放牛的人，连牛桩结也不会打，甭说放牛，连拴住牛也难，这也是阿三说的。阿三伺候牛有经验，他教我烧牛饮水、包黄豆包喂牛。

有阿三做我的师父，我的放牛活干得顺当开心，生产队虽然只给六分半的照顾工分，但是这就不用挑担负重，不用弯腰种田，爬行在田里耘田了。有时候，骑在牛背上看看风景，牵牛在铁路旁边走过，闻闻货车开过时候散发出来的水果香味，看看旅客车厢里探在车窗边上的人头，还莫名其妙地开心。只是那"缺角龙"有点蛮横，它不太听话，如果你打了它，它还会"呼哧"一下，扭过头来凶你。阿三会看牛相，他牵牛到我牧场来歇脚的时候，我向他讨教办法。"晓得哇，你们队里的'缺角龙'半只角就是年轻时候和老牛角斗伤掉的，牛跟人一样，有本事也傲气，做惯农活的牛，怎样犁田，怎样耙田，怎样走垄、转弯、抄田角都晓得。牛服你，它会来教你帮你，牛不服也要摆摆架子。小弟你农活拿不起，假如我是牛，也要欺负你的。"阿三说。

阿三说这些话是可怜我，希望我放牛练出点真本事，将来是个种田好把式，不过放牛也不太容易。阿三自己也确实有点本事。有一次，我们村的"缺角龙"，牛鼻绳断了，满野乱跑，村里人追过去，它就摆出拼命的架势，用一只角抵向来人，大家怕"缺角龙"跑到铁路上撞上火车，急得没了主意。我飞奔到芦花村，请来了阿三，阿三不是穷凶极恶地追赶，他健步近身"缺角龙"，走到它身边"缺角龙"不逃了，阿三一把掐牢"缺角龙"鼻子，"缺角龙"服帖地让阿三穿上鼻绳，系好绳子，乖乖地跟着阿三进了牛棚。见"缺角龙"服帖黄头阿三，阿狗队长一高兴，送了阿三一壶烧酒，黄头阿三分了我半壶，对我说："小弟啊，今朝是你让我黄头阿三出了风头，我是要谢谢你的。"

记不清哪年冬天，"缺角龙"卧在牛棚起不来了。我去芦花村，请黄头阿三给牛看病，阿三摇摇头说，"缺角龙"恐怕老熟了。果然，自此以后"缺角龙"不吃，不动，打它起来，勉强站着，望着你发呆。这年冬天，报公社批准，村里杀了两头老牛，杀牛的时候，我没去看。村里人说，牵"缺角龙"去屠宰场时，它难舍自己的家，死不肯走，它也晓得寿数到了似的，眼睛里还有泪水。腊月初八，牛棚上的草扇换新，泥墙补好夯实，村里每户人家都分了牛肉。阿狗队长宣布，由小队会计去信用社申请贷款，到"上八府"那边去买牛，选头年轻力壮的，赶在春耕前牵到。

"小朱你可以学犁田、抄田的活儿了，种田人要学会使唤牛啊。"评工分时，阿狗队长顺口添了这句，我晓得今后不用我放牛了。那年，应该是一九七二，就是那年夏收夏种时节，我和同队知识青年周富根，游泳到芦花村偷西瓜吃，被农民抓住，我俩湿淋淋地被罚，站在邻村的打谷场上晒太阳，是黄头阿三为我俩说了很多好话，让他们的小队长宽容，将我们两个人放行。

两年之后，我干农活，有了每日挣八分半工分能力，可以遥望年终分

山河与草木

253

红了。这年秋天，还没到收获庄稼的时候，乡亲们把我送出了柱头港。花草谢了、牧场拆了、牛棚没了、阿三死了、知青小屋要坍了？是因为这些，村里户户人家签名，把我撵走的？不是，乡亲们说我是城里人、白脚梗，有机会总还是要送我回去的。

倏忽，十八岁的少年满头霜雪，曾经赤脚走过田埂的牛郎，站立在老沪杭铁路边远眺乡村。"种田人要学会使唤牛啊。"四十六年前，阿狗队长的声音，像路边榆钱树的年轮一样，圈合在"小弟"的生命过程中，那年轮被皱裂斑驳的树皮包裹掩盖收藏，安放在我的生命岁月里。

（原载《江南》2019年浙江电力文学增刊）

# 烤　番　薯

朱巧娟

不知道你们喜不喜欢吃烤番薯？

反正对于我这个生于二十世纪七十年代的农村孩子来说，童年时代，对于番薯，我的内心是拒绝的。当时农村的物质生活还是较为贫乏，白米饭已能够管饱，至于零食等其他，便是想也不敢想的奢望，番薯几乎是一年四季一日三餐之外唯一可以糊嘴的零食了。

每年到了秋天番薯开挖的时节，沉甸甸的番薯压弯了父亲的扁担，父亲跛着脚一担一担一颤一颤从山上往家里挑。母亲白天忙好了田间地头的活计，晚上就忙着制作各种番薯做的吃食。番薯干、番薯片，程序烦琐，但存放的时间较长，几乎可以吃上半年，母亲做好，便用塑料袋包好放进洋油箱里等到来年开春后吃。一整个冬天，抓在我们手里，填进我们胃里的便是简便易行的煮番薯了。每天早上在土灶上烧好一天的饭后，便在锅里倒入半锅的水，一个个长相寒碜、瘦不拉几，在做番薯干、番薯片中淘汰下来的番薯洗干净后一股脑儿倒进了锅里，然后在炉膛里添上一截柴火，便锁上门锁下地干活去了。等到中午回到家，打开锅盖，一个个番薯软绵绵地趴在锅沿，锅底只剩下一点点黏稠油光发亮的水在"咕噜咕噜"地冒着泡，番薯便算是煮熟了。母亲便把它烤在火笼上。我下午放学回家，父母还在地里干活，在等待吃晚饭的时间里实在饿得受不住了便吃上一根。但吃多了实在让人发腻，稀稀溏溏的，可是又没有其他东西可以充饥。即便如此，据我爸说，平时瘦成一把骨头的我每年到了出番薯的季节都会长胖几斤，我也因此得了一个"番薯囡"的外号……

255

　　后来，我离开家乡到了杭州读书，每到冬天，学校周围的街头巷角经常会有烤番薯的摊点，硕大的桶炉，里面燃了红红的炭火，番薯一块块架在炉壁上，温润的炉火慢慢地烤，散发出诱人的香味，吸引了不少行人驻足，我也偶尔停留买上一个，相比 Q 弹滑溜的甜果冻、色泽诱人的蛋糕，烤番薯显然寡淡无味，我依然没觉得多少好吃，只是热乎乎、软酥酥的口感，吃出了家乡的味道，勾起了一缕淡淡的乡愁……

　　前段时间下班回家的路上，偶然间瞥见街角有卖烤番薯，簇新铁皮做成的桶闪得发亮，带着温度的香气袅袅钻入鼻孔，一时兴起，买上一个，剥开烤得焦黄干硬的外皮，露出金黄金黄的瓤，一口咬下去，绵软软、甜丝丝的，冒着热腾腾的香，和深藏记忆深处的岁月深情碰撞，许多年前的童年往事，如同顺着食道慢慢往下滑的番薯，热乎乎的，在心头慢慢氤氲开来……我想我吃在嘴里的这根番薯，长在泥土里时一定也很热爱阳光，热爱回忆，热爱文字……

　　前几天外出办事，回到县城已是华灯初上，又冷又饿之中分外想念烤番薯，开着车几乎找遍整个县城，未见有卖，只能悻悻吞下一碗馄饨聊以充饥。据说世上最好的东西便是"想而不得"，烤番薯便成了这几天挂在我心尖的一个念想。在 2019 年初冬气温骤降的夜晚，我坐在温暖的被窝里，写下这篇文章，实在太过煎熬，那种满口糯甜、余香袅袅的味感，让我一边写字一边直咽口水……

（作于 2019 年）

# 齐 云 山

朱旭辉

山不在高有仙则名，水不在深有龙则灵。

"山不在高有仙则名"，以刘禹锡此联上半句来形容齐云山是极恰当的。齐云山，海拔不过五百余米，却以中国四大道教名山闻名于世，道家以修仙为最高目标，之所以选中齐云山为清修之地，自然是因为此山有神仙，或显示了神迹，或暴露了仙踪。

那么，齐云山的神迹在哪里呢？恰恰就在于山中的一座真武像。这座真武像不是人塑的泥偶，而是百鸟衔泥造成的偶像。有嘉靖皇帝修建的真武新道场大殿碑文为证："徽州府休宁县齐云山齐云观原有真武圣殿，相传自宋宝庆中建，而真武像则百鸟衔泥所塑成者，迄今数百余年，金容如始，遐迩人民，凡有祷祈，必皈赴焉。"平民百姓去祈祷都会应验，以嘉靖"飞元真君、忠孝帝君、万寿帝君"（嘉靖主要的道号）之非凡身份，自会应验，而齐云山也颇给嘉靖面子，嘉靖年过三十而无子嗣，祈祷真武后却连得四个龙子，由此齐云山从民间道场一跃而成皇家道场，开启了这座道教名山的中兴之路。

嘉靖修仙不像秦始皇似的出宫寻访，其一生幽居内宫专心修道兼治国，不太爱往紫禁城外跑，所以其关于齐云山的认知大概出于别人的形容。正所谓："惟此山高百仞，盘绕百余里，上应斗宿，俯瞰大江，峰峦秀特，岩洞幽奇，允为东南之福地，神仙一洞天也。"我可以想象嘉靖三十七年（1558年）的一个夏日午后，老皇帝端坐在帷幕内，听人禀报玄天太素宫落成时，他敲击铜磬表示认可的情景。从嘉靖三十岁派人到齐云山

山河与草木

祈福开始，他一生对齐云山感念甚深，或许他一生中无数次神游此山，却不能亲身造访，而从能够亲身造访齐云山的这一角度来说，我们都比嘉靖幸福，想象能到达的程度总比不上身临其境。

嘉靖为真武修建的道场为玄天太素宫，如今的此宫，皆为 20 世纪 80 年代后新建，老建筑已被破坏殆尽了，连同被毁的还有嘉靖的碑文，当然还有那座百鸟衔泥而塑造成的真武像。

"水不在深有龙则灵"，以刘禹锡此联下半句来形容齐云山脚的横江也算恰当，只不过要改成"有形则灵"，山以丹霞地貌造就的红色巨岩而邀来神灵喜爱，而水则以环绕之形神似八卦图形而赢得仙人垂青。从月华村高处俯瞰，横江流淌穿过齐云山与黄山之间的谷地，形成一个 S 形的曲线，整个谷地像极了太极八卦图。日出之际，山谷内依然阴暗，而山谷外被太阳照射的区域则一片光明，中间恰好以横江及山峦线为界，一半阴，一半阳，怪不得寻道之人到了齐云山都会感慨神仙创世的奇妙而愈加笃信了。

横江不仅环绕齐云山，给齐云山八卦神迹，且跨越横江之上的登封古桥也是出入齐云山的必经之路。万历年间，约玄天太素宫建成的三十余年后，有一个年轻人在离开黄山后前往齐云山，寒风凛冽的日暮时分，他才来到登封桥，此时天色已晚，他竟不管不顾地摸黑上山。这个年轻人不会想到，五百年后当地人会以他的名字命名古道：霞客古道，这个年轻人正是徐霞客。经霞客古道上山是一段颇让人愉快的漫步，山不高，路不陡，短短九里路大致均匀分布着十三个凉亭，供游人休息，而九与十三皆符合道教道义。从徐霞客两次游齐云山的经历来看，他真正够得上一个"古代驴友"的称号，缘由有二：一是徐霞客的旅行瘾，他几乎是刚下黄山，就马不停蹄来到齐云山，山瘾极大；二是他吃苦耐劳的劲头，冬天的齐云山颇不给这个旅行家面子，他在山上待了七个昼夜，齐云山漫天风雪，云山雾罩，始终不肯露出真面目来，徐霞客在简陋的山房里熬着，就是不肯下山。

民国才子郁达夫也是先游黄山后游齐云，与徐霞客正儿八经的笔记不同，郁达夫留下了一篇懒散而自由的散文。郁达夫是有才的，他也只在齐云山上待了不到一天，却能够东拉西扯地写出一篇冗长的散文来，在我看来，全文有一句给后人画了重点："我想总有一部伟大的《齐云金石志》

好编。"此言不虚，漫山的丹霞岩壁上都是摩崖石刻。

入夜了，山风徐来，微凉，十三房的碧云道长正坐在茶桌边，道长仙风道骨，看上去已年逾八十。我道一声："老神仙，讨一杯山茶喝喝。"便坐下来听道长说法。茶座边有来自江苏溧水的朱姓善众说自己与齐云山颇为有缘，这已经是自己第多少次来山上了，他向碧云道长讨教道教与道家的差异，碧云娓娓道来：道家在人心中，人人皆可修道；而道教则不然，需要许多仪式的。这齐云山上处处皆可见道家的符号，如横江之曲折就像极了太极的形象云云。

夜宿山房，不能寐，推开嘎吱作响的木窗。仰望星空，只见香炉峰顶上的晴朗夜空，繁星如斗；俯瞰人间，则见山谷中齐云山镇中万家灯火亦彻夜不息。有趣的是我们住在月华村的悬崖边上，恰如身处这人间与天堂的中间地带，怪不得历朝历代的儒释道，都喜欢居住在这半山中，正在胡思乱想之际，一列慢行的火车长鸣着，劈开这夜晚山居的静谧，并且这种现代化的轰鸣声长达一刻有余，方才消失，火车线路远离此山，为何却能传播如此遥远？令人费解。如果真有神仙，每晚忍受这种噪声，又会做何想法？

下山时我们另辟蹊径，走了一条据说是民国时期修建的山路，到了山脚，是一片茂密的枫树林，可惜现在时节是谷雨，当然看不见红叶风景，在太阳底下再往横江边上走去，绕着一片油菜地，原来我们在山上看见的八卦田正是这片油菜地，也不赶巧，油菜花大概已经谢了快半个月了吧。如此种种，无论是红枫树林，还是油菜花海，都在诱惑着我们在另一个季节重返齐云山。

经过另一座横江上新建的桥梁，再抬头看山，父亲说："看月华村中的那一幢房子，就是我们昨天晚上住的山房。"儿子问："明年我们还能来这里玩吗？"我没有回应年幼的儿子，而是暗自想着：横江流逝，人不能跨过同一条河流，更不能够回到同一个夜晚，而齐云山永远矗立在这里，倒是可以回去的。

（原载《江南》2019 年浙江电力文学增刊）

山河与草木

# 小溪从村边淌过

朱育新

一条小溪，汇聚了许许多多叮咚响的清泉，欢快地从大山深处走来。迎面是郁郁葱葱的南山，小溪便在南山脚下打个漩儿，折而向西，从浙西南山区一个秀丽的小山村旁流过。这个小山村就是生我养我的故乡。

儿时的记忆是美好的。

孩提时，故乡的溪水清澈透明，溪底颗颗沙粒清晰可见。溪水或深或浅，那水底的卵石随着波光水流的变幻而变幻着，仿佛也若浮若沉地翻滚、流动起来。青翠的水草犹如美人的长发婀娜地漂浮，游弋其间的小鱼儿或隐或现，就像悬浮在空中。水面柔软如绸、平滑如镜、晶莹如玉，草木山岩、白云蓝天都倒映在水中，清晰如画。

褪去冬日的寒冷，悄然间"二月春风似剪刀"的诗意春天已经降临，小溪开始涨水。不出半月，溪水便蔓延开来，小溪的水面一下子阔出了许多，渐渐地，小溪两旁藏小虾的石块便淹没在水的中央了。

暖暖的春风吹过，桃花盛开，桃林环抱着一座秀丽的小山村，桃园里荡漾着孩子们的笑声。春风轻轻吹来，飘落的花瓣便随风飘摇而下，似仙女散花一般。粉红的花瓣慢慢地飘到小溪之上，又慢慢地落在小溪的水里，溪水便像涂了一层胭脂，煞是好看，引逗得一群小鱼争相蹿出水面。

清晨，雾气四散，宁静的小山村里没有任何嘈杂的声音，农夫、村姑有的荷着锄头去南山劳作，有的拎着篮子去镇上赶集，从桃花丛中路过，古色古香的倒影在溪水中，美得像是水墨画里走出来一样，让人如痴如醉。

桃树上的桃子结成枣子那么大的时候，小溪里的水早已浩浩荡荡了。

村民们穿了一冬的棉袄要拆洗，盖了一冬的被褥要翻新。女人们抱着衣物，提着竹篮子，你打我一下，我推你一下，嘻嘻哈哈地来到溪边，顿时，爽朗开心的笑声便在山间飘荡。不一会儿，从溪边传来小伙子兴奋的尖叫，不知他惹着了哪几位厉害的小媳妇，小伙子被泼了一身水跑了出来，兴高采烈地狼狈逃窜，身后留了一阵又一阵哈哈大笑的声浪。

如果说，春天里的小溪像一幅美丽的画卷，那么夏天时则似一个充满情趣的乐园。我们可以在那里游泳、摸鱼虾、打水漂。尤其是洗澡游泳。

故乡的小溪，一曲一折间，留下了许多独特美丽的水潭。乡亲们按形状、水深分别给它取了诸如米筛潭、水井潭、水牛潭之类的名字。

小溪里的潭不大，但积水多，很深。没大人带的孩童多半是不敢去的。一旦能在水里鱼儿般游弋自如时，这里的水潭也成了我们快乐的天堂。大人们是不允许我们去水潭里洗澡的，而童年是最不知生命之重的，许多时候照旧偷着溜进水潭，开心玩闹。那时，我们常在水中比试水性，比如："旱鸭凫水"、深水"采藕"、翻跟头，扎猛子看谁扎得远，潜入河底看谁吹的气泡大、水下停留的时间长……胜者，挺起胸脯，得意扬扬；败者，不甘示弱："今儿个不算，明儿见!"

几个小时争斗，体力消耗殆尽爬回溪岸。树荫下，碧绿的小草随风弯腰，美丽的蜻蜓时起时落。叽叽喳喳的小鸟在树权间跳来跃去，舞弄身姿。知了、大肚子蝈蝈，还有躲藏在草丛里的蟋蟀，也紧着震动双翅，高唱不已。在这里开得最煽情的是牵牛花，她竟在一个夏天沿着柏树树干爬满整个树冠，一树紫的花、绿的叶如同少女家的窗帘一般温馨，如此温婉，几乎让人不敢走近，倒引得蝴蝶成双成对，翩翩起舞。真是，在这风景秀丽的溪岸上乘凉是一种妙不可言的享受。我们常常在这里一睡就是一两个小时。

洗了，玩了，我们还是不甘心，还要摸些鱼带回家去。也许是上苍对我们这些孩子格外关爱，或许是小溪里的鱼多得没处躲藏，就凭赤手空拳，每个人都能摸一二斤活蹦乱跳的溪鱼。在那个物资匮乏的年代里，就非常高兴了，可美滋滋地享受一番。

回到家中，只说去溪里摸鱼的事，而对去水潭游泳则讳莫如深。

山河与草木

261

但若被大人们知道了，准要打屁股。而打屁股叫人心悸。大人们打时不用手掌，而是用从山上折来的杉木针。只要轻轻在屁股边上一抖，犹如万箭穿心般疼痛，杀猪般的号叫声和求饶声能传遍全村。

记忆中的故乡小溪，就是这样静静地流淌，美丽地流淌着，宛如美妙而遥远的梦幻与童话般充满魅力，深深地吸引着我，以及我那些而今耕作在小溪两岸的当年的伙伴。

多年前的一个初秋时节，我再回故乡，站在村头，眺望远方。印象中卵石滩后是暗红色的蓼草，蓼草后是白色的芒花，芒花后是青翠的松林，松林后是沉郁的山岩，一层一层，次第展开，错落有致。可如今河道加宽，河床抬升，河床上当年那些光溜洁净的鹅卵石也很少看到了，取而代之的是一片片泥沙和散乱的建筑垃圾。两边长满松树、杉树和灌木的青山也变成了光秃秃的荒山。脚下的溪水正在逐渐缩小，有些浑浊，水面上还有几个塑料袋向下游漂去，女人们也不敢去溪边洗衣服了。路经儿时洗浴儿的水潭边，再不见光着屁股嘻嘻哈哈嬉水打仗的儿童，却见着了爬满溪边的青苔；偶尔还能看见一两尾鱼，挣扎着浮出水面，仿佛在诉说着什么……印刻着故乡小溪的寂寞与苦涩，我的心里不由得感到阵阵悲哀。

山花谢了春红，太匆匆。故乡的一切都在经历着沧海桑田的变化。前些日子的一次公干，我再次回到故乡，迎接我们的村委会主任得知来意后，满面春风地介绍说，随着"五水共治"的开展，村里家家户户参与治理，先是对村庄进行截污纳管，消除污染源，然后组织专人分段清污和维护，形成"爱我小溪，洁净家园"的良好民风，极大地改善了村庄环境和居住环境。随后跟着村委会主任走在溪岸上漫步，我欣喜地发现，小溪开始变样了，溪岸两旁的树木长得茂盛了。溪里三五成群的小鱼小虾在石缝间悠闲地追逐。大人们在树荫下乘凉，看着孩子们开心地打水仗，女人们在溪边又用起了捣衣杵洗衣服了。这时耳畔小溪哗哗的水流声好像在说："我终于变回洁净又美丽的样子了！"

啊，故乡的小溪，但愿您永远美丽，并成为农村美好生活的新起点。

（作于 2019 年）

# 我在雨夜绣了两棵树

赵 波

我在湿答答的夜里绣了两棵树，一棵是宋树，另一棵还是宋树。

一棵是花叶树，一棵是椿叶树。

这两棵树已在画布上存活了一千年。

一千年前，范宽端坐在终南山云雾间，于云烟惨淡、风月阴霁中，纵目四顾，对景造意，把千岩万壑寄于笔端，不取华饰，写山真骨。这两棵树是山之灵魂，是范宽把它们的壮干密枝、婆娑繁叶定格在一个瞬间。定格之前，这两棵树抑或在终南山上已经存活了上千年？

一千年来，不知有多少赏画人像我一样盯着这两棵树看啊，画啊。也是这样的雨夜吗？

一千年后，只要地球不流浪，也一定会有人像我在这个雨夜一样，盯着这两棵树看啊，画啊。

即便去流浪，也一定会带上这两棵树吧。一千年来，不知它们经历了怎样的颠沛流离，在民间辗转流传得以幸存。

九十多年前的一个深夜，故宫午门口荷枪实弹、戒备森严，两千余箱国宝在这一天秘密离京。当民族遭受磨难，有这么一批爱这些树的人带着它们从紫禁城开始流浪……

范宽，一说名中正，因为人温厚大度，才名"宽"，美国某杂志评选2000年来对人类社会最有影响的一百位人物，他是中国唯一入选的艺术家。

范宽人如其名，其画作用笔多样复杂，那一片片叶子绝无两片相同，范宽师承李成，而又得出"吾与其师于人者，未若师诸物也；吾与其师于物者，未若师诸心"，于是居山水间，终日危坐，师于物，更师诸心。

感谢现代科技，让我们不必远渡海峡，就能在网上观摩其真迹，让我们用不是太高的价格就能得其高清复制件。今夜，我在复制件前平心静气地摩挲着这幅《溪山行旅图》，1958 年，有人在这幅流传千年的名画中发现了一个惊人的秘密：范宽把他的名字藏在了树叶中。我细细地察看，静心地绣着两棵树的叶子，努力地绣成该有的样子，却不停地把叶子绣成了一个模样。

站起来，伸个懒腰，座位背后就是其师李成的《萧寺晴峦图》挂图。画的上半部分，有高峰山峦出入于云雾之间，叠泉奔流，仿佛能听到水流淙淙。中部是 S 形的曲折山径，尽头鹿角枝掩映处是高耸的古寺。下半部分则是一个热闹非凡的宋代小镇，镇上酒旗招展，有人正在食肆中盘着腿高兴地吃着喝着什么，有人已经用餐完毕则在兴高采烈地谈着什么。在最底下的山径中，有人挑着担子，骑着毛驴兴冲冲地往小镇赶来。为什么每个人都这么高兴啊，是因为久雨后天刚放晴吗？我被画中人物的高兴劲感染了，像一缕阳光照进了心田。这可是千年前的阳光啊，这光一照就是千年。

（作于 2019 年）

# 聊聊"体检"

黄海珍

有人说，当你觉得时间过得快，说明你老了！

我觉得，时间过得确实挺快，尤其是过了三十岁以后，每当别人问我年龄，心里都要算半天，真不是故意，是数字太大，真的不好算！

现在，又多了一症："体检"怕怕怕！

## 体 检 前

听说有些老同志快到体检的日子，就找单位负责体检的管理人员，要把时间往后挪挪，有些人还一推再一推，还有些人就算单位安排体检一年一次，但本人自己主动放弃一次，改成两年或三年一次。

小伙伴很不以为然，这是为啥呢？

嗯，想当年我也不明白，现在我终于"懂了"！

不要问我为什么，谁问跟谁急！

而且，为了"迎接"体检，有些老同志至少提前一周开始不辣且少盐少油少糖，尤其外卖那是坚决不能碰的。

小伙伴估计又疑惑了，不按照日常的饮食进行，这不是临时抱佛脚，考前作弊嘛！难道体检前不辣且少盐少油少糖，会有病变没病？重症变轻症？

嗯，当年的我也是这么"十万个为什么"，而且非常自信，一如往常，我要看看"真实"的自己。

现在……虽然不至于提前一周开始"尼姑"吧，但有时候一想马上要体检，剥好的小龙虾又放回盘里。

尽管，咱不"服老"，但事实如此。

对小伙伴来说，体检是医院诊室"半日游"。

但对老同志来说，那是"过五关斩六将"。得把时间往后推推，心理建设好了才能"闯关"；得清淡饮食，不然"一高"变"二高"，"二高"变"三高"……

# 体 检 时

记得二十多岁的时候，那体检跟捉迷藏似的，哪边速度快，哪边人少，小伙伴们口口相传，大家楼上楼下来来回回，连楼梯台阶都是三步并一步，就怕晚来一步，是又丢西瓜又丢芝麻！心里还惦记那顿免费的早餐，还剩点啥？还能赶上不？

小伙伴估计要笑了，现在各大医院都有了体检 App（手机应用），按照体检 App 导航的指示一个个叫号，用不着这么"上蹿下跳"了。

嗯，我知道，这不是怀旧嘛！

最重要的是，那时候来来回回、楼上楼下地跑，跟赶集似的，我都忘了：今天体检哪几个科室我要重点问问医生。心里尽想着能不能快点做完，赶紧走人！

这下好了，有了体检 App，不怕有人插队，大家都安心坐在大厅里等。

等着等着，这边小伙伴百般无聊，拿出手机逛淘宝、打游戏……

那边，老同志等着等着，心里就开始琢磨了，去年那个建议专科就诊的结节不知道怎么样了，那个建议随访、复查的指标不知道好点了没？

好不容易轮到了，想起当年的 B 超不分男女，排队的时候忍不住要问问是不是女医生，曾经为了女医生宁可排很长的队伍，好像男医生做 B 超，看的不是咱的肝胆脾胰肾输尿管……

小伙伴又笑了，想多了吧！隔壁那个 B 超男医生可帅了，我倒是想去那边，可是导医不让！

# 体 检 后

对小伙伴来说，今天体检完，这事翻篇，晚上回家倒头呼呼睡！

但对老同志来说，今天体检完，那只是开始，后边还有一大堆事没完……

没等单位负责体检的管理人员去取体检报告，过两天，自己就忍不住，得上医院公众号看看。

体检报告的那个"总结"要先看。话说这个"总结"，从几行到一页写满三分之二，再到现在已经有点"论文"的架势了……

还好，那些每年都有的毛病咱心里有数，毕竟老同志，"见多识广""身经百战""意志坚定"……

就是，咋又多了一个？锁骨下动脉斑块？这什么毛病？都没听说过。

小伙伴急了，找百度啊！

嗯，我知道，可是……

翻看几页，百度说，这玩意往上走是脑梗，往下走是心梗……

走走走，必须立刻马上去医院。

到了医院，心里一遍遍唱着《忐忑》！

进入诊室，是既希望又害怕医生多看几眼自己，别说医生皱眉，就是医生拿着仪器的手多停留一会儿，咱也能立马回应坚定的眼神：怎么啦？您说，我挺得住！

熬过了开单、化验、等报告……

再看到医生，他终于开口了：这个年龄，这个也还算正常！

此刻！我悲喜交加！

（作于 2022 年）

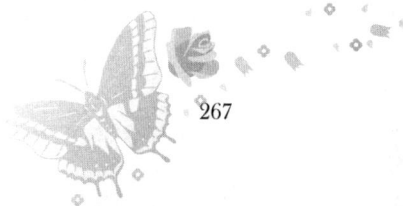

山河与草木

267

# 渐行渐远的故乡

黄吉祥

　　当听说瓦窑头已经被夷为平地时，我的心里还是"咯噔"了一下。据我所知，我们家族至少从我曾祖父那一辈起就已经在那里繁衍生息了，瓦窑头的一方水土养育了我们家几代人，我也在那里度过了难忘的童年和少年时光。瓦窑头离城不远，脚步快点走个把钟头就能到市中心，算是近郊，那里的住户居民和农民大约各占一半。曾有一段时间，我对这个生我养我的故土一度失去好感，总想寻找机会逃离，后来这个愿望终于实现。20 世纪 80 年代中期，我通过考试被省城的一家单位录取，在收到通知书的那一刻，却又突然对家乡眷恋起来，最后还是在父母的鼓动下去单位报了到，从此辗转在省内的各个电厂建设工地，每年回乡的日子屈指可数。

　　当年我之所以想逃离瓦窑头，是因为觉得那个地方已经不适宜人类居住了。瓦窑头人算不上富裕，这里的大部分人都靠着传统的手工业吃饭，每天起早落夜制作砖瓦，非常辛苦。正因如此，方圆十里的瓦窑头每个角落整天都能听到噼里啪啦做砖瓦的声音，一年四季从不间断，只要不是下雨天，从满天星斗还没散去就开始响起，到又一次的满天星斗登场还停不下来，听得让人心烦。这种嘈杂的噼里啪啦声貌似毫无章法，若是细听还带有些节奏感，此起彼伏，像是多重奏的打击乐。刚刚做出来的砖瓦还是软软的，需要摊在平整的空地上晾晒，等成型后再转移到别处。因此在瓦窑头只要太阳能照得到的地方，遍地都晒着砖瓦，大路小道两边都会被占领，对面有人走来都得侧着身才能过去。做砖瓦的原料主要是泥土，制作砖瓦的时候，砖架和瓦盘（做砖瓦用的模具）只要是与烂泥接触的部位，都要撒上一把煤灰防止粘连。若是大风天气，尘土漫天飞扬，空气污染比沙尘暴还严重。

在很长一段时间里，瓦窑头的地标性建筑，是三支高耸的烟囱。当年从工地坐绿皮火车回家，每当临近绍兴火车站时，我就会迫不及待朝车窗外张望，远远看见熟悉的三支烟囱时，就知道自己离家越来越近了。三支烟囱对应的就是三座轮窑，也是当年瓦窑头最重要的工业支柱。所谓轮窑，就是循环烧制砖瓦的椭圆形大窑，长度达百米。轮窑的特点是可以分段工作，这边烧砖那边冷却，前面装窑后面出窑，不相干扰，实现不停炉生产。三座轮窑中有两座是村办企业，解决了当地因土地严重不足造成的大量剩余农村劳动力的就业问题。另一座就是地方国营绍兴砖瓦厂。我的父母当年都是国营绍兴砖瓦厂的职工，在机械化制砖的流水线上工作，一直干到退休。

我在砖厂也曾有过几个月短暂的搬砖经历，那是我从毕业到工作的一个过渡阶段。搬砖是苦力，就是把完全晒干的砖坯用板车拉到轮窑里去进行最后的一道工序烧制成品。砖厂正式职工看不上搬砖的苦活，他们宁愿旱涝保收每个月只领取三十一元的工资，也不屑去干那种牛马不如的苦力。当年我是以职工子女的身份报名去当了临时工。搬砖是按工作量计算报酬的，包括装车卸车在内，我搬一车砖大概要半个钟头，差不多能获取二毛钱的报酬。以当时的体力，我一天最多也只能搬十车，能挣到两元多钱。当然也不是每天都有活干，下雨天出不了工也就没有收入。记得我在砖厂领到的第一份工资有五十多元，全是一元纸币，装在一个信封里，鼓鼓囊囊的，让人兴奋，我立即跑到绍钢厂附近的百货商店，把已经去看过好几回又下不了手的一套《红楼梦》买了回来，价格是三元四角五分。后来，我还用搬砖赚来的钱买了一块上海产的钻石牌手表。当年入秋不久，我就收到了从杭州寄来的录取通知书。自从去单位报到上班后，也就暂时作别了瓦窑头。

查询百度，全国范围内至少可以搜到几十个被称作瓦窑头的地名，仅浙江省内就有好几处。刚参加工作那年，坐公交车去半山电厂工地，过了拱宸桥没多远，就有一个瓦窑头站，当时觉得新奇，第一次知道除了我的

山河与草木

269

家乡居然还有其他叫瓦窑头的地方。文友鲁晓敏在他的散文集《潦草集》中，开篇写到他的家乡也叫瓦窑头。不过在我看来，家乡的瓦窑头应该是最正宗的，毕竟有那么多的砖瓦窑，又有世世代代靠砖瓦养家糊口的百姓人家，并且还有史书记载，可以说是名副其实。

《绍兴市志》对瓦窑头有这样一些记载："明代，绍兴瓦窑头为著名砖瓦产地……清代，砖瓦制作方法接近现代，砖瓦窑分布各地，其中会稽县大多在瓦窑头村。宣统三年（1911年），有窑工12500人，年产砖瓦7260万块（张），山阴、会稽、萧山3县建房用砖，多由瓦窑头供货。民国初年至抗日战争前，绍兴瓦窑头村有窑户3000多户，砖窑72支，年产砖瓦7000多万块（张）……民国二十九年（1940年），日军侵绍，砖瓦业衰落，瓦窑头荒草没膝，十窑九空。中华人民共和国建立后，人民政府组织窑户生产自救。1952年，瓦窑头朱尉砖瓦社成立。从业人员近600人……1954年，绍兴县（现绍兴市）朱尉砖瓦社始以'嘉兴大窑'替代'鸡笼窑'，用煤烧制砖瓦。1958年，朱尉砖瓦社易名绍兴砖瓦厂，与上虞四合窑业社、诸暨砖瓦厂相继改为地方国营砖瓦厂……1970年，绍兴砖瓦厂建成18门轮窑1支，并购400号制砖机1台，开始机械制坯、轮窑焙烧，年产砖1850万块。"

我的父母都是1952年朱尉砖瓦社创建时的第一代社员，单位更名砖瓦厂后才由社员改称为职工。在我上小学之前，家里没有人照看我，父亲就经常把我带到他工作的岗位上，那是制砖流水线上从泥土搅拌挤压后制成砖块前的一道工序，父亲的工作就是全神贯注监视着制砖泥条搅拌机上方的大漏斗，如果前方输送的速度过快，漏斗里的泥土就会溢出来，父亲就要按开关停止输送，并通过铃声让前方减缓泥土的运送速度，再把满出来的泥土一锹锹铲回到漏斗里去。我去的次数多了，也看得多了，很快就熟悉了这套工作流程，有时候看父亲忙不过来的时候，我也会自作主张帮他按一下开关或打一下电铃。

大概到了十岁，我已经会帮家里干些活了，到了星期天我有时会去砖窑的灰场捡煤渣。小时候家里人口多，政府定量供应的煤球基本不够烧，从窑室清理出来的煤渣还有些是没有燃尽的，就和邻居家的几个小伙伴约好一起去捡。找一根小铁条，在冒着热气的煤渣堆里拨弄翻掏，有时小半天也掏不到半篮子，但这半篮子煤渣偶尔还真能解决家里的燃"煤"之急。

父母每月从砖瓦厂领取的微薄工资是我们一家全部的生活来源，可以说是砖瓦厂养活了我们一家子老小，同时还解决了我们不少的日常生活问题。比如冬天洗澡，在那个年代还没听说过谁家冬天能在自己家里洗澡，如果不去厂里的浴室，就只能走上几公里路去城里的公共浴室洗，既花钱又费时。所以只要轮窑还在，窑火不灭，我们就不担心冬天的洗澡问题。去厂里浴室洗澡，我们有时还会带去一些红薯或年糕。洗完澡后，就跑到轮窑平台上加煤的地方，在窑火将要熄灭的区域，一边利用炉膛的余热来烘烤食物，一边将洗澡换下洗净的衣服慢慢烘干。用不了多久，衣服烘干了，带去的东西也烤熟了，瞬间平台上香气四溢。再比如梅雨季节家里洗出来的一堆潮湿的衣服被单，尽可以拿到窑里去烘干。

记得在父亲退休后不久，瓦窑头的三座砖瓦厂相继关停，继而兴起的是大量个体的小瓦窑，它们雨后春笋般地迅速遍布整个瓦窑头。半年不回家乡，几乎已经不认识那个地方了。虽然我没有去专门统计过，但我能够感觉到当时整个瓦窑头新建的小瓦窑至少有五十座，仅在离我家不足五十米的地方就建了两座，样子像个蒙古包，上面一支不太高的小烟囱，冒着滚滚浓烟，时光仿佛穿越到了志书中记载的民国初年，又像是回到了大办钢铁的那个年代，整个村庄一片乌烟瘴气。地上、屋顶上、草地上、菜园子里都覆盖着一层厚厚的黑色尘土。当地人的脸上、衣服上也是黑黑的。家后面那条小时候我经常钓鱼钓虾的河道里也漂浮着一层油光光的亮色，甚至空气里也时常夹杂着一团团黑色的絮状浮尘。

瓦窑头突然呈现一派热火朝天的景象，貌似传统产业复活了。但眼前的一切却使我的心情沉重起来，仿佛瓦窑头的末日即将来临。这里复活的是小瓦窑的兴起，失去的是生态和环境，还有我童年记忆里运河两岸麦浪碧野的田园景色，月光下蛙声如潮的一片沃野。鼓起来的是窑主人腰包，损害的是瓦窑头居民百姓的健康。我无法阻止这里近乎疯狂的建窑烧窑热潮，很想带着我的父母迅速离开这片他们生活了大半辈子的故土，但我无

山河与草木

能为力，更是无法改变现状。好在这样的疯狂持续时间并不太久，在政府和市场的干预下，若干年后这里的数十座小瓦窑陆续熄火停产，烟囱也从此不再冒烟，但生态已经遭到严重破坏，小瓦窑周边瓦砾遍地，土地不再适合种植庄稼，窑体外墙的石缝中杂草疯长，远远望去，只露出半个圆弧形的窑顶，像是荒野里的一座座坟茔。

看着日渐荒芜的瓦窑头，我忽然羡慕起邻近的两个村子来，同样作为绍兴昌安门外最具特色的村落，瓦窑头的遭遇可以说是惨不忍睹，以工业化和发展致富的名义将历史倒退了大半个世纪，代价十分惨痛。而另两个村落则要幸运得多，它们一个叫塘湾，另一个叫则水牌，虽然现在也全都改头换面，见不到当年的模样，但至少没有遭受过严重污染的劫难。

绍兴是水乡泽国，河网把这片古老的土地分割得七零八落。河道有宽有窄，窄处仅够两条小船并行，而宽阔的地方就成了一个个湖泊，也可以说是曲曲弯弯的河道把大大小小零散的湖泊串了起来。有的湖泊中还会有几处自然形成的湖泊岛屿，最大的两个有人居住的岛就是塘湾，大的叫大塘湾，小的叫小塘湾，紧挨着杭甬铁路和曾经的绍兴钢铁厂，与瓦窑头隔岸相望。塘湾人世世代代以打鸟为生，远近闻名。小时候只要听到有枪声响起，就知道塘湾人在打鸟了。那时小孩一哭闹，大人们只要说塘湾人来了，小孩就会吓得不敢出声。后来，野生鸟类受保护了，法律也不允许居民私自持枪，塘湾人打鸟的传统从此匿迹。现在，塘湾的那片自然水域已经成了迪荡湖公园的一部分。

则水牌南边连着塘湾，东部与瓦窑头相邻。则水牌也叫测水牌，是一个古老的渔村，早在春秋时期已有先民在此繁衍生息，因为古时此处有测量水位的石碑，后人将测水碑改名为则水牌。则水牌很少有可耕作的土地，当地的极大部分村民严格意义上讲应该称作渔民，祖祖辈辈多以捕鱼为生。则水牌是当时城东公社的驻地，既富庶又繁华，公社撤销后这里又先后成为东湖镇以及后来的东湖街道驻地。虽然只是一个村子，但比一般的集镇要热闹得多，当年我们有时家里来了客人要招待，想买些鱼肉荤菜一般都去则水牌。这里的人口建筑都非常密集，历来是全市水产品交易的集散中心。则水牌多富豪，村里的房子比周边村都气派得多。早年当地渔民想建房苦于没有土地，就把目光投向了本已经不算宽阔的水域，都一窝蜂地填河建房。有人计算过，光是填河造地花去的钱，可能已经远远超过了地面上建筑的投入，可见当年则水牌渔民有多土豪。

塘湾和则水牌在之前的十至二十年间先后被政府整村征收拆迁，拆迁户早都住进了新楼房，三个特色村最后留下的就只有瓦窑头了。而此时的瓦窑头已经萧条得不成样子了，有能力买房的早已搬离，住在这里的人也越来越少，留下的也大多是老年人，整个村子显得死气沉沉。作为城乡接合部，在房子被全部推倒前的瓦窑头，破败的状况不堪入目，房子老破旧不说，坑坑洼洼的小道，杂草丛生、垃圾遍地，一到下雨天，路上更是泥泞不堪。这幅景象与不远处的城市 CBD 建筑群极其不相匹配，与穿村而过宽阔大气的浙东运河极不协调，与颇具规模的现代化绍兴港格格不入，与快速智慧路高架路格格不入。当地的小伙子好不容易谈个女朋友都不敢把她带回家去。三年前，瓦窑头终于盼来了官方的棚户区改造公告，政府启动了瓦窑头的首次征迁工作。因为是首次，只有一半的房子被列入征收范围，也就是说另一半还得继续在这里坚守。这一半并不是按地块来划分的，而是以住户的户口身份划分，首次征收的只是农民的房子，也就是集体土地。居民的房子属于国有土地，不在首次征收范围。

瓦窑头独特的行政区划模式估计放在全国也是罕见的。同一片土地，居然归属两个街道管辖，而且有两个不同的地名，一个是瓦窑头社区，属于迪荡街道。另一个是朱尉村，属于东湖街道。居民和农民的房子混杂在一起，像是钢琴上的琴键一样，黑白交错，但没有规律可循，从房子的新旧程度和房屋结构去辨别，或许还能判断出来，稍微新一些的楼房住的大多是农民，居住在集体土地上的农民才有盖房的资格。居民的房子则以低矮平房为主，住在国有土地上的居民没有建房的自主权。也就是说，迪荡和东湖两个街道在瓦窑头有无数块飞地，好比是围棋盘上的黑白棋子，分别代表着国有土地和集体土地。这样的飞地面积可以小到以户为单位。由于两个街道征迁工作不是同步启动，造成一整排房子一家拆一家不拆的怪状。第一批被征迁的农民高高兴兴进城住新房去了，只是苦了留下来的居民，日常生活受到严重影响。后来，留下来的居民住宅又以运河为界南北两岸分阶段实施征迁，前后相隔了两年多时间。

前些日子，我特地去了一趟瓦窑头，想看看被夷为平地的瓦窑头会是怎样一副模样。车到村口远远望去，只看到一大片废墟，原本杂乱无章的房子几乎全被推倒，在残砖碎瓦的尽头，绍兴港码头的建筑更加醒目，矗立在废墟之间的树木也显得越发高大。脚下已经没有像样的路了，我踩着咔咔作响的瓦砾，凭感觉朝着老宅的方向寻去，一路见不到人影。在老宅位置的废墟前驻足，眼前的一切已经面目全非，之前的任何痕迹都已荡然无存，曾经熟悉的一屋一墙一草一木，当年宽的窄的长的短的弄堂小巷，仿佛一夜之间，全都灰飞烟灭，只能凭想象去感觉老宅曾经的存在。环顾四周，能作为参照物的只有屋后仍在缓缓流淌的小河，以及东头和西头的两座小石桥。

伫立在老宅的遗址前，我任凭烈日当头，大汗淋漓，内心五味杂陈。记忆中许多曾经发生在老宅和在瓦窑头的画面，像幻灯片一样在我脑海里快速闪现，心情久久不能平静。

我孤独地站在东头的那座小石桥上，回想着小时候夏天的傍晚，晚饭后经常乘着月色到桥上乘凉听大人讲故事。小石桥也不再是当年的小石桥，为了便于车辆通行，被无数双脚板打磨了上百年的青石板台阶早已换成了水泥坡道。当年在桥上讲故事的老人几乎都已作古，而听他们故事的孩子多数也到了花甲之年。

我继续踩着瓦砾在废墟里走了一大圈，再从另一个方向慢慢踱回到停车的地方，发现了瓦窑头最后的钉子户。两扇画着门神的大门紧闭着，门楣上方挂着一块匾额，上面有四个烫金大字："朱太守庙"。朱太守庙的主人叫朱买臣，西汉时期曾任会稽太守。不知是在哪个朝代，当地老百姓为歌颂朱买臣的功德，在这里建了一座朱太守庙。不过瓦窑头人从来不叫它为朱太守庙，而是称作白庙。早年曾听村里长辈说起过，当年乾隆皇帝微服私行察访来到绍兴，见府城东郊有一道道浓烟升起，随风飘动，觉得奇，一问是瓦窑头人在烧窑。乾隆到了瓦窑头东走西绕，感到口干脚软，就去庙里讨茶歇脚。乾隆看了看供奉的神像，才知道是西汉贤臣朱买臣。乾隆回京后拨库银下旨重修朱太守庙，不料被所派的钦差使了调包计，领了库银将朱太守庙建在自己老家附近的昌安街引虎弄。瓦窑头人很是生气，但也没有办法，只能发发牢骚，说这庙白造了，后来干脆就叫作白庙。朱太守庙虽历经数百年，几度重修，但庙宇建筑、塑像、陈设等基本保护完好。"破四旧"时这里还曾当过生产队的队部，直到21世纪初由当地村民自发捐资重修。朱买臣在绍兴留下过许多传说，成语"马前泼水""覆水难收"的故事就出自这位朱太守，朱尉村的村名也由此而来。

作为故乡的瓦窑头已渐行渐远，留给后人的也只不过是一个曾经的地名而已，那堆废墟估计很快也将不复存在，只能以照片的形式安静地留存在我的手机里。随着时间的推移，保持了几百年传统手工业特色的瓦窑头终究会从人们的记忆里被抹去，幸好还有朱太守这位钉子户坚守，保留住了瓦窑头最后的印记。

（作于 2023 年）

山河与草木

# 从三里街村三官桥说起

李钧军

五云街道三里街村又称山岭头村，距县城三里，是千年古村，有千年古道，还有百年古亭、百年古桥……

## 三　官　桥

三官桥，位于五云街道三里街村北面，建于清乾隆五十二年（1787年）。《缙云县志》载："三官桥，贡生赵瑂倡捐建，石桥三空。"东西走向，横跨浣花溪，南连三里街村古道，北接古石公路。桥为 3 孔石拱结构。桥长 27 米，桥面为条石横向铺设。桥墩迎水面设有分水尖。桥拱呈半圆形，净跨 7.2 米，拱高 3.7 米。三官桥造型美观，工艺精良，保存基本完整，现在其交通功能已被附近新建的公路桥梁所代替。

为何取名"三官"，无从考据，问村中老者，皆不能答。从百科字典中了解，古代三官。指大司徒、大司马、大司空。还有解释"三官"，指管理农工商的田师、器师、市师。道教中将"三官"解释为尊奉三位天神，即天官、地官、水官。"三官桥"由清朝贡生赵瑂倡捐助建设。我们可以这样设想：清朝乾隆年间，秀才中的成绩优异者，曾在京师国子监读书，且无官职，但面见县官不用跪拜作揖，每月有银两补贴的学者赵先生，慷慨解囊捐资兴建了三官桥。那取名的含义，是否可以这样理解：走过此桥，实现自己的理想，成为有官之人。"三官"是赵先生的愿望，是古代读书人人生的一大追求。这样的解释是否合理，尚在研究之中。

从三官桥向东，沿着靠山的古道走向三里街村，是一段被杂草淹没，宽不到 2 米的泥石路。想起 90 年前，这是从金华永康通往丽水及温州的主要通道。曾经的熙熙攘攘、热热闹闹已变为冷冷清清，数百年的辉煌逃不过岁月变迁的沧桑。1934 年，金丽温公路建成后，这条古道就衰落了。改革开放后，金丽温高速公路建成。金温公路两次迁改，绕开县城和三里街村，古道完全离开了百姓的视线，成为青草茂盛的羊肠小道。

# 来 苏 亭

沿古道向南，右手边是田畈，一片时令蔬菜挂满枝头。走过二百来米，远远就能见到一个黑瓦白墙的亭子。站在亭子北门，门梁上石匾刻着"来苏亭"，建于民国十二年（1923 年）。村中老者介绍此亭是一位村民的江苏朋友路过此地，建议并捐款建造的，但捐建者具体的情况无从考据。从文字上理解，"来苏"：谓因其来而于困苦中获得苏息。《尚书·仲虺之诰》记"徯予后，后来其苏"，解释为从疾苦中获得休养生息，更生恢复的希望。恰好此亭子就在村边，旁边是一片农田，就是让村民在田间劳作后，能在此亭休息，并能恢复体力，再做劳动。很合此亭取名的本意。至于老者说，是江苏朋友捐建，从中取一个苏字，就称"来苏亭"，也许有点牵强。此亭子是该村流传至今，有较高历史价值的建筑之一。因顶部受损，南边砖墙坍塌，1974 年进行了重修。经作者测量，此亭为正方形四角攒尖顶，三架梁，中间四根，外围四根，共置八根石柱。中心顶点最高为 5.5 米，四周外墙高 4 米，四周边长 6.8 米。南北门总高 3.5 米，半圆高 1.3 米，宽 2.45 米。北边的砖墙完好，南侧已改用石头垒砌，亭子面积约 50 平方米。

据村中老者介绍，此亭原有两层，顶部是双层，为双檐四角攒尖顶（初步推测）。二十世纪五六十年代，曾在二楼建成小学，作为教室，两边的附属用房作为老师办公宿舍场地。北门两旁原立有石麒麟，现已毁坏。

穿过来苏亭，向南进入三里街村的主街道，长 200 多米。它是古代永康县、新建镇等北部城乡百姓进入缙云县城的主要通道，宽 3 米左右。原

山河与草木

由砖和泥土垒砌（土木结构）二层老房子基本上已由框架结构的房子替代了。很多一层的房子作为店铺，原有的石子路已改为水泥路面，干净清洁。常看见老人在闲谈打牌，安享晚年。

## 岱 岭 亭

三里街村地势较周围高，进村古道，南北均为下坡。最高点，古称岱岭头，背靠皇坟山，海拔 210 米。也是钱塘江、瓯江流域的分水岭。有传"岱岭头，水望两府流"。又传"岱岭头，骑两方，戏台建在岱岭岗；前檐水流入瓯江，后檐水流进婺江（钱江）"。

岱岭头上建有岱岭亭，做过往客人的休息停留之用。该亭为硬山顶，亭内从北到南共设十二根石柱，分成六个门型架构，柱上置五架梁，东西墙由泥土和部分砖头垒砌，南北门外墙以马头墙形式垒砌，两门均高 3.15 米，宽 2.35 米，门上半圆高 1.2 米。长廊长 21 米，宽 4.2 米，顶高 4.8 米。亭中面积 80 多平方米。村中老者介绍，该亭有 200 到 300 年的历史（尚无考证），在 10 多年前进行重修，主要是顶部修缮，东边墙基本完好，西边墙部分重建。

站在岱岭亭边，岭下就是原金温公路，望着穿梭来往的车辆，从百年前的肩挑人扛，到现在的车轮滚滚，据统计每天来往的车辆不下二万台，摩托车、电动车更是不计其数。改革开放前，因地势险要，又是进出县城的门户，建设了粮库、油库，现已迁建。村民利用交通便利，人员来往较多，发展了传统产业，如餐饮的馄饨、烧饼，还有打铁、做豆腐等行业，久负盛名。现在做建材、装修也很多，形成一批专业商铺，生意兴隆，热闹喧嚣。

## 赵 庵

岱岭亭的正东面，跨原金温公路，有个小山坳称为赵庵（属三里街村），现址为缙云油库。油库油罐边曾经是南宋吏部尚书赵顺孙的祖墓，

20 世纪 70 年代后已迁建。笔者来到了赵庵，虽然已看不到任何历史文物的遗迹。但想起八百多年前，离三里街村仅 200 米的云塘村，出现了一位叫赵顺孙（1215 年—1277 年）的南宋名臣。赵顺孙的父亲赵雷，是理学大师朱熹的学生。赵顺孙在南宋淳祐十年（1250 年）进士。曾任吏部尚书、参知政事，知福州兼福建安抚使。著有奏草 29 篇、《四书纂疏》10 卷、《近思录》《精义录》等名作。

赵顺孙所处的南宋末年，可谓内忧外患交织、风雨飘摇、国将不国的时代。北方强大的蒙古帝国虎视眈眈，国内政治腐败，奸臣专权，朝臣离心离德，民不聊生，国运已是满地荆棘，亟需扭转颓势的大人物出现，人们不约而同想到了辞官几年的"顺孙先生"。朝廷请赵顺孙出任宰相，但那时他已经病入膏肓，同时明白"时局不可为"。虽然皇帝不惜请御医为他诊治，深知自己时日无多的赵顺孙依然再三推辞，并在南宋灭亡前二年溘然长逝。赵顺孙去世前，坚决拒绝吃药医治，面对"国破山河在，城春草木深"的局势，他满心愤懑与不甘。感叹："不见人烟空见花，烟笼寒水月笼沙。人生自古谁无死？莫怨东风当自嗟。"

生在美丽的缙云，死亦葬在美丽的缙云。从起点到终点，赵顺孙年少时候的游历和学习，跨越两代人的理学经典，最终也成了赵顺孙的经典。只是，老年生病回家以后，家乡美丽风景，赵顺孙却无心欣赏，更多的是忧国忧民却无能为力的困惑之心。

赵顺孙是人杰地灵缙云的杰出代表人物之一。赵顺孙生不逢时，出生在了战乱的南宋末年。借用沈括的《仙都山》来总结这个地方最合适不过了："苔封辇路上青山，鹤驭辽天去不还。惟有银河秋月夜，鼎湖烟浪到人间。"是非人力所可为焉。

（作于 2023 年）

山河与草木

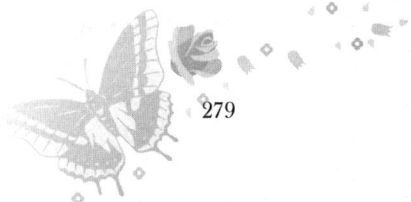

279

# 听 野 课

林应强

简单的晚饭后，匆匆走上街头，已是华灯初上。骑着自行车，一点寒意都没有，这个冬日的夜晚，居然是大雪节气的前一天。

伴随着红色尾灯的车流，很快到了老城区。还了借用的公共自行车，转入步行的旅程。抬头望去，在周边靓丽高楼的挤压下，眼前这些留存的老屋，分外低矮萎缩，犹如风中残烛。

拐进小巷里，经过教堂雕花镂空的窗户后，很快到达约定的听课点。有着一个古老大台门的"洪宅"，是小城里面最有文化底蕴的一座老屋。相传其最早的主人是大学士出身，官居要位，子子孙孙在这座老屋里上演了形形色色的传奇故事。经过历史的各种转折，几经翻修，现在的居住者，与老屋的原主人已经没有一点关系。

天井的四周，挂满了红灯笼，正对大门的授课者，斜靠在座椅上，已经抑扬顿挫地开讲。悄悄地找个椅子，一边打量着四周的情形，一边聆听着"一家之言"。院子里形形色色的听众，年龄跨度极大，有十余岁的青葱学生，有二三十岁的少年才俊，有我们这些经历岁月的中年人，也有饱经风霜的老人。

当晚的授课者，是我微信里关注的一位公众号老师，是一位很勤奋的创作者，每天都会发上一两篇文章，讲述自己的生活和感悟，顺便获得一些打赏。不是很同意他的观点，也没给他打赏过，但很敬佩他的勤奋。妻子经常鼓励我向他学习，建立一个公众号，把自己的文学爱好发扬光大，顺便赚点小钱，但我一直没有这个自信心。

不同的年龄层次，不同的兴趣爱好，授课者吸引住听众是件很难的事情。自幼讷于言的我，遇到那些侃侃而谈、引经据典、口吐莲花、把很小的事情说成优美故事的人，特别崇拜。这位授课者，也很了不起，整堂课的核心就是两个很简单的观点，他居然用了两个多小时演绎。

一个观点是：一个人即使很勤奋，如果没有合适的客观条件，也终是徒劳的。他举了一个例子：两只蚂蚁，一只很勤奋，一只很懒惰，如果来了一个小孩，一时兴起，要捏蚂蚁玩，不管蚂蚁是勤奋还是懒惰，都躲不过小孩的轻轻一举手之力，没有任何道理可讲。

另一个观点是：在同样的条件下，一个人努力一些，总会比不努力的人多些机会。他举了一个例子：两个资质平凡的学生，怎么努力也不可能考上一流的名牌大学，但如果一个学生放弃努力，那就连普通的高校也考不上，这也是我们身边都遇到的现象，很朴素很现实的道理。

夜色越来越深，天气逐渐变冷，身体不自觉地开始打哆嗦。看着天井上深邃的天空，月色如水，仿佛觉得老宅子的历代主人也在某个角落里，静静地倾听着，仔细地琢磨，这两个观点都对，可好像又很矛盾。

我们这些平凡人，都是世间忙忙碌碌的蚂蚁，用自己的努力和方式，极力争取更多的食物，喂饱自己，喂饱孩子，再争取有一点点储备，以备不时之需。可是，在遭遇社会大风浪的时候，也是小孩子手下无助的小蚂蚁，听天由命。从较高层面来说，和平稳定的年代，是勤劳蚂蚁的最好时光。

不得不说，现在的年代，是个学习的好时代。传统的年代，要寻找一位老师，听一次讲座，那都是要千辛万苦，付出相当代价的。如今只要你有学习的意愿，到处都是学习的场所，网络里电视里，每时每刻都有老师在讲课，免费与大家分享所掌握的知识。

繁忙的工作之后，想转换模式放松一下，顺便充充电。到附近各个地方听听课，感受下社会各路人士的人生与学术观点，领略点各方面的专业知识，是我的一个小爱好。

高等教育的普及，社会氛围的宽容，如今能讲课的人越来越多，听课的机会自然不少。这些课不收费，还经常会找些古色古香或环境高雅的地方进行，且不像课堂上那样正规有束缚，听得住坐上两个小时，听不住坐上十分钟悄悄离去，很自由，很让我喜欢。

地方报社一位总编的讲课，如果有时间，我基本上每次必去。在他年轻的时候，我也很年轻，每个不值夜班的晚上，在简陋的宿舍里，放着收音机，静静地听他所主持的情感交流节目。面对人生这盘复杂的大棋，年轻的我觉得手足无措，不知道如何下棋，只是像小卒子一样，用尽全力使劲地往前拱。如此盲目下去，不是被车马炮所绞杀，就是成为沉底的小卒。

这个节目里，男女主持人感情丰富地与我们分享他们的感悟，把生活中的点点滴滴解剖开来，告诫听众们既要面对生活的不如意，更要善于捕捉生活中的美好。多年后细细回想，才理解到，主持人一直在给我们灌输：生活不只有眼前的苟且，还有诗意和远方。

如今的总编，关注的角度已从远大浪漫的青春梦想，转变到本乡本土的角落了。每个乡镇的典故，每个村子名字的由来，都成为他讲课的内容。全面深入的考证，田间地头的调查，反映出总编严谨治学的态度，让我收获颇大。

不断地听课，不断地感悟，觉得这些授课者有一个共同的特点。就是学术起点不一定很高，自身资质不一定很好，但是都在极度认真、坚持不懈地耕耘，最终开出幸福花，结出成功果。

（作于 2019 年）

# 读懂父亲

陆　烨

南方到了梅雨时节，总是湿漉漉的。周五下班，依然与晚高峰相遇，驱车一小时，走到熟悉的门口。母亲一脸笑容地打开门，父亲则在厨房里战斗着。"爸，少做几个菜！""知道了，马上好！"

从厨房到餐厅，母亲欢快地进进出出。一会儿，香煎牛排、酸菜鱼、盐水虾、海蜇拌青瓜、小葱土豆饼、红烧油面筋、雪菜芦笋，一道道美食把桌子铺得满满当当。

弟弟一家前后脚进了门，读高二的孩子忍不住嚷嚷："爷爷做的菜，闻着都流口水了。"

"大厨"从闷热的厨房出来了，洗把脸，换件 T 恤，这才入座。每周五是一家人团聚的日子。为了这顿晚餐，年过七旬的父亲会在本子上先写好菜谱，有时还跟着电视学些新菜。看着我们吃得唇齿留香，父亲的脸就像秋天的菊花，心满意足地绽放着。

自从母亲确诊患了阿尔茨海默病，烧菜的活儿父亲全包了，母亲帮着打打下手。她常常想不起要拿什么，也想不起东西放在哪，一遍遍唤着父亲的名字，问了又问。

父亲是吃过苦的。爷爷早逝，奶奶体弱，靠着大伯赚钱养家。十七岁时，经亲戚介绍，父亲从无锡来到宁波一家军工企业。那时，他的体重只有七十七斤。

不用饿肚子，还能学手艺，父亲怀着感恩，没日没夜地在车间里忙碌。最初他做钳工，长时间保持一种姿势，造成左手大拇指和食指变形，

山河与草木

以后再也无法伸直。父亲是那批入职同事中第一个入党的，二十岁出头，就作为党代表出席了总部的党代会。

也许是见过太多的病痛，父亲很注重锻炼。等我和弟弟长大了，晨跑的队伍中，就多了两个小尾巴。

夏日，天亮得早，听着鸟鸣，一咕噜就起来了。到了冬天，听风就冷。父亲总有办法，让我们不偷懒。匀速跑、变速跑，父亲在前，我在中间，小我三岁，长得胖乎乎的弟弟，落在最后。

挂个沙袋，绑个篮球，水泥台上搭块木板变成乒乓台，父亲想着法儿，让我们在家边玩边练。如今我和弟弟，都把运动当成习惯，才懂得年少时，那些苦没白吃。

清晨，从家门口出发，跑了 5 公里，抵达海边时，一轮红日正冉冉升起，海面上泛着金光，四周格外安静。父亲扭过头，微笑着说："今天我们每个人唱首歌吧，我先唱!"

他清了清嗓子，面朝大海，"唱支山歌给党听，我把党来比母亲……"那是我第一次听见父亲唱歌，歌声悠悠，如泣如诉，那画面像烙印一般镌刻在我的记忆里。

那时军工企业都在山沟沟，父亲在住处后面的坡上，开出一小块地，种上丝瓜、扁豆、番茄。周末，一家人上山除草、松土、浇水，到了收获的季节，菜园里挂满果实，绿的、红的、紫的，热闹得很。

搬到城里后，父亲在楼下空地上，种了马兰和香椿。春天里，马兰拌竹笋、香椿炒鸡蛋，不光让家人有了口福，还体验到劳动的乐趣。

小区有块地，下面是化粪池，父亲就买些盆，种上花花草草，春夏时节，红的月季、紫的绣球、白的栀子，还有香气扑鼻的白兰花，最不起眼的地方，变成了大伙儿最喜欢的花园。

父亲出过一本书，很薄，只印了一百册，那是父亲怀念奶奶的文字。钢笔字一笔一画地写满五十几张纸，好多处字迹模糊了，又在旁边重新标注。《我的母亲》是父亲在奶奶离世四十周年时完成的。近六万字，配两张图，一张是父亲和奶奶唯一的合影，另一张是奶奶一个人的画像，都是黑白的。

"听母亲说，小姐姐那时发着高热，一直说胡话，'我是伤兵，我要吃肉'，母亲赶快答应着，等她从街上急急忙忙买来一块肉，小姐姐已经闭上眼了……"文字记录着不曾忘却的苦难，因为一场疾病，他十岁的小哥、六岁的姐姐，在短短十八天里，先后离世。受到极度刺激的奶奶，从村子的东头哭到西头，又从西头哭到东头。或许奶奶的不幸感动了上苍，她四十高龄又诞下一子，就是我的父亲。

父亲只读过两年半初中，工作后自学完成高中、大专课程，写这篇长文，他花了多少时间，我不清楚。但一定有无数个夜晚，他流着泪，思念着天堂里最爱他的人。

我从未见过奶奶，照片里的她矮小、瘦弱，表情严肃。"爷爷奶奶的一辈子，没过上一天这样的好日子。"餐桌上，父亲时常情不自禁地感叹着。

如果说父亲是一本书，阅读半生，才渐渐懂得，原来翻过的每一页，都藏着一个家族独有的精神气质。每每感到孤独无助，总会想起那个矮小、瘦弱的奶奶，想起书中熟悉又陌生的父亲，想起明天又是新的一天。

（作于 2021 年）

山河与草木

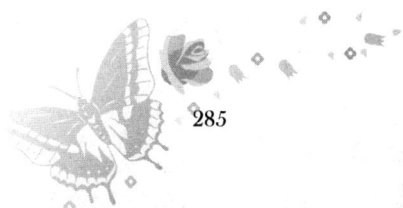

# 雪中的印记

冉 豪

雪下了一整夜，栏杆、树枝、电线、屋檐，都铺盖上一层十多尺厚的积雪。雪后初晴，坐在不开灯的房间里，阳光折射的雪光，映衬得不大的房间分外亮堂。手捧书卷，只听得见雪正在悄悄融化，大滴大滴的雪水从高处滴答落下的清脆声响，还有那从高矮不一的树木上扑簌簌掉雪条的声音。是枝丫不堪重负，任性地摇落它们；还是早已不见踪影的飞行动物扑腾的双脚用力一蹬？

一切都太静谧！静谧得近乎神秘！

而因大雪"封锁"了电源，我隔绝了一切电子娱乐工具，捧起了书，甚至提起了笔。这一切还得益于我从积尘的书柜中抽取了一本昔日大学校友的著书。如果这世上真有时光机器，我想此刻，它就是这一本书。大雪天，当我仔细擦拭干净书上面的积尘，并翻看到书皮上的照片和介绍时，记忆中关于他的画面，以大脑自动化的选择顺序杂乱地闪现着。但有一点是明晰的：他给人留下了格格不入，同时不受人喜欢的印象。

他与班里的同学有很大不同，这显而易见，虽然我不与他同班，但我能体会大学某些班级中总会滋生的鄙夷勤奋学习习惯的奇怪氛围，他认真学习功课，自然成为另类。他还与所在学校组织的大部分"同事"不尽相同，这是我所亲历的：他做事认真且周到，为人老成而世故。同为二十岁，大家做事是凭借天真的认真，他却是郑重其事的周全的认真；在休息之余开出的玩笑，同为二十来岁，他的玩笑与幽默，似乎停留在二十世纪九十年代的空气中，飘荡在二十一世纪，成了冷笑话。

大家都不能与他笑到一块儿，有时无奈拧到一起，只有拿他取笑。我虽有时对这样情境中的他生出些怜悯，但更不愿意他人把我和他当作同一类人，所以有时也跟着一起拿他开玩笑。为什么是他？为什么不想跟他一样？因为他"土"，身上带着一股子"土劲儿"，因为他是土生土长的农村人。

来到大学，如果家里经济条件不好，正值青春年少的孩子们虽不求有很多花样的穿着，但至少想守住起码的"底线"——时尚，不能让人说"土"。但他的穿着却不甚讲究这一套。夏天一件规律密布着黑点样式的白底衬衫，一条触碰到鞋面还堆起褶的黑裤；有了夏天的打底，冬天似乎更简单，也就是外面再加一件灰白相间的棉外套。不记得他有买过什么新衣物，换过什么新的样式。这一切，也让他与大家相比，显得那样格格不入。我不想跟他有近的联系，还因为"清高"的我，不愿意跟我所认为的"圆滑世故"的他有过多交集，尽管他的这一特点并未有所妨害。他能察觉到我的态度，却也很把我看作他的朋友，真诚地跟我交流分享，热情地提供帮助。

时至今日，我依然记得十年前的一次实践活动路途中发生的事。我们几个志同道合的同学组织前往贵州黔东南做义务实践活动，途经他家，一行人自然会去做客。他家并不在县城的正街，需要我们来到小巷子，拖着行李箱走上一条铺着石子路的坡道。两边高矮不一的民房面向小路，却也是各有偏斜，各有讲究，唯没有规律可循。走上这条坡道，他便不同于平时的插科打诨，正经却不严肃。迎面跑来六岁左右的小姑娘，一下扑倒在他怀里，他把两只手分拿的行李并拿作一只手，单手抱起了个子小小的孩子，两人都是喜笑颜开，亲热地谈起几句儿童的日常。我们还来不及问想问的问题，就已经跟着他来到了一座两三层的砖房前，只用灰色水泥刷了墙面，除了几扇必要的窗户，外墙面并无其他装饰。来到三楼，他的母亲招呼我们坐在客厅，也是饭厅里。在大家七嘴八舌的交谈中，我们才知道他有个妹妹，这是他们租的房子，便于送小妹妹上学，我们还从他的出生一直聊到了现在……

现在偶然回想起自己站在他家三楼的阳台上，当时那在烈日骄阳下吹

山河与草木

287

来的让人心生惬意的凉风，可能让我无暇去思索：他在楼下用并不粗壮的胳膊托起妹妹的那一刻，还有他在饭桌前对妹妹细致入微的照顾，都让人深受触动。在这里的他，我有些陌生，没有了任何只言片语的"场面话"，倒像是大了我们好几岁的大哥！相比之下，他"圆滑世故"的表演何其拙劣，什么样的人会将此表演得拙劣？

是一个曾经身体瘦弱，每天往返四十里路去上小学的儿童；是一个高考失利，没脸回家，只身去成都打工的少年；也是那个争取一切机会，努力适应规则的青年；更是那个不怯于袒露自己贫困出身，倾吐热烈乡土情结的农村孩子……

"嘀——"

电热水器的声音提示电路整修好了，我合上了他的散文集，却没有打开电视。我随即打开大门，踏上在茫茫雪被上的第一片脚印，正如我重新向这位老朋友问好一样。

（作于 2023 年）

# 暗　　香

宋秀华

　　月亮投下一片清辉，疏影篱落，繁华了整个夏日的凌霄如今也只剩下些不肯凋落的黄叶，挂在虬曲的枝条上寂寥枯萎着。初冬的夜晚，空气料峭而清冽，还有一缕暗香，幽微的、清淡的，然而又是那么独特得让人无法忽略。循香而去，小院一角的花坛中一丛将近两米的菊花真正茂盛，在月光衬托下，更显得豪气冲天，朵朵粉花在寒风中从容开放，那睥睨俗世的傲立风姿，让我不由得倾心。

　　去年秋天，亦是伴着皎洁的月光，我把一颗乒乓菊种到了花坛中。菊花是邮寄来的，装在纸箱里小小的一盆，唯独花开得十分可爱和喜人，淡粉色圆圆的花球端端正正地立在花梗上，形状大小与乒乓球简直一模一样，看着一个个憨态可掬的花球，心都软化了。我屏着气，小心翼翼地把她同纸箱分离，再小心翼翼地把她同塑料花盆分离，生怕一不小心圆滚滚的花球便会滚落了下来，直到把她平稳地送到泥土里，我的心才安定下来。"采菊东篱下，悠然见南山"，在院子里种下一棵菊，既有我附庸风雅的私心，也有我"岁晚归枕囊"的俗念，更有对菊花隐逸、傲霜、不媚俗品格的钦佩。

　　然而，去年冬天，这棵在花坛里扎了根的菊花却死去了。2020年冬天，江浙地区遭遇了强寒潮气候，我连夜把盆花转移到了室内，可面对那些花坛里的花草我陡然生出些无奈来，移不走，搬不动，便只能绑上些塑料袋、塑料膜做简单保温。接连几场寒潮，雨雪冰冻，天地肃杀。等终于迎来了久违的阳光，赶紧拆掉了那些保温，却发现许多植物都蔫萎了。又过了一段时间，那些蔫萎了的植物便都死去了，那棵乒乓菊也在其中。望

山河与草木

着花坛里萧瑟衰败的景象，我不禁唏嘘大自然大杀四方的无情和冷酷，一花、一草、一世界，虽然草木亦有情，可惜却再没有来年了。

次年春日，我新买来一批花草，替换花坛里那些枯萎了的植物，却发现那棵死去了的菊花枝干上竟然多出了一点新绿，比米粒还要微小许多，如若不是我对这棵菊花有些感情，要铲除时又多看了两眼，根本不会发现这微小的生命迹象。我有些惊喜，毕竟不是所有的枯枝都能逢春，我还有些怀疑，这棵死去了的菊花真的要活过来了吗？好像为辩驳我的怀疑似的，接下来的时日，这棵菊花每天都会有些变化，从刚开始的几点新绿，到慢慢舒展长开的成对成对呈羽状的碧绿色的叶子，我不得不刮目相看，佩服她强悍的生命力。或许是凌霜傲雪的气节不允许她蛰伏太久，亦或许是不屈服于大自然对生命的剥夺，仅剩的一杆枝丫拼命从泥土里汲取能量，仅仅开枝散叶是不够的，定要铮铮傲骨豪气冲天。于是原株才两个手掌高的菊花，竟长成了一米多高，惊讶之余我只能打了顶，希望能遏制那冲天的势头。可没过多久，打顶处又生发出些枝条，目标却出奇一致，如疯魔了似的一味向上。很少看到一棵菊花会如此这般地努力向上，我放弃了干预，到底心里亦存了一分好奇，想看看这棵野蛮生长的菊花究竟会长成什么样。

菊花依旧继续向上，长到两米多高的时候便不再往上生长了，却在枝干顶端结了许多小小的花蕾。花蕾是豆绿色的，犹如一个个紧握成团的迷你小拳头，从枝干不同的方向举向天空，这豪迈的阵势颠覆了我对菊花的认知和想象。花蕾日渐饱满，隐隐透出一点粉色来，犹如美人额前的"红梅妆"。那点胭粉越长越大，终于在某日清晨绽放了。一束束粉色的花球向着太阳升起的方向争相怒放，有几束还开到了木格栏上，像极了调皮的孩子，探头探脑地想翻过格栅去窥探邻居家的秘密。淡淡的清香萦绕过来，低调的、幽微的，让人神清气爽，精神为之一振。这棵菊花用蓬勃的生命力让我看到了什么是铮铮傲骨和豪气冲天。

"东篱把酒黄昏后，有暗香盈袖。莫道不销魂，帘卷西风，人比黄花瘦。"望着面前的菊花，我不禁生出些遐想来，假如李易安看到我坛中这丛菊花的强悍模样，不知会写出怎样的诗句来。

（原载《神华能源报》2021 年 12 月 21 日）

# 丰收时节去看田

王黎敏

久闻泽雅纸山梯田大名，趁着秋阳正好，时节正好，来一次说走就走的看田。

计划车停唐宅，穿越小石垟、岩门、犁头垟，至龙井山，坐72路公交回唐宅，漂亮的环线，完美的路线，只上不下，符合我们爱护膝盖爬山久的原则。只是，这次六只脚没能提供参考线路，一切全凭我们自己。

唐宅，10∶36。

上行的山路平缓，应该是古道。转个弯，扑面一片稻田，无可争议的黄，沉沉的稻穗肆意享受着最后的阳光。收割刚刚开始。

说是一片，其实是一小块一小块弯弯的梯田，沿着平缓的山体层层铺开，在十月金色阳光下散发着淡淡的稻香。农民们三三两两田间劳作，一会儿割稻，腰弯得像沉沉的稻穗，一会儿脱粒，头发随着秋风飞扬。

田间地头，停着几辆车子，是在外的子女回家帮父母收割。农民伯伯老陈同志不由得回忆起他少年时割稻的情景："我那时候勤力兮，日日去割稻，都晓不得累，热起就往稻田里一倒，糊一身泥水几多凉快……"

我眼前无端浮现出少年闰土的形象：明晃晃的阳光下，手持一柄镰刀……

顺着车道，盘旋而上。天空湛蓝透亮，阳光温暖明媚，云彩丝缕飘逸。蓦然回首，却见小小山峦层层梯田，几间黄墙灰瓦的老屋子静静沐浴在明亮的秋阳中，惬意安详，温暖宁静。

我想有一间房子，面朝梯田，秋暖稻香。

有行者匆匆而过："这里有什么好玩的吗？"仿佛甚为不解我们何以在

这山弯田间流连，而且说话间，竟已把我们甩后丈余。有什么好玩？这蓝天白云阳光稻田！这野草离离兼葭苍苍！

道不同不相为谋。看她们在道路上瞬移，一会儿就消失在山弯，我们自顾自慢悠悠行进在阳光普照的大道上，时不时回望一下远山如黛，还有远山和此山间愈加宽广辽远的层层梯田和隐约其间的暖暖老屋，默默体会这温暖的静美。

大道变为小路，远芳侵了古道，我们钻进了幽秘的山林。走过一段遮天蔽日的密林，眼前豁然开朗，石头路接上洁白的水泥车道，道旁，又是一片片黄灿灿的稻田，映衬着茂林修竹的青翠，阳光下灿烂，秋风中恣意。

火斤同学一挥手："前面就是小石垟村了，我们去那里吃粽子。"粽子照耀着我们继续前进，道旁的田水也照耀着我们的眼睛，嘿，那是菱角欸。山上也能种菱角，全赖那肆意流淌的山水吧。清澈山水哺育的菱角，是不是分外鲜嫩多汁？

我们好像还没看清楚小石垟村的模样，一下子就到了岩门村了，村口一座岁月留痕的石桥做门，就是岩门村名的由来吗？中午的村子静悄悄的，村民中心红旗飘扬铁门紧锁，半山坡上方尖顶的教堂在阳光下静穆安详。村后也建了一道城墙，崭新瓦亮高大气派，又高又挺的两株树冲顶而出，像两个坚实的卫兵，傲然守护着这方水土。

岩门村，12：15。

我们把城上的亭子做了餐厅。吃着粽子，晒着太阳，低头捉着紧紧钩在裤腿和护膝上的某类植物种子，深切体会到了冬日午后乞丐吃饱了饭晒着日头捉虱子的幸福。

小憩片刻继续上行。路边又见一小片菱角塘。我们决定不再放过这唾手可得的福利。登山杖一钩，菱角大花一样的叶盘翻过来，是一堆纺锤状的叶柄，我是第一次看到菱角活生生的样子，故而一开始并未注意到叶柄间隐藏的一枚菱角，灰绿夹杂。摘了几个，到溪水里洗净、掰开，洁白的果肉甜脆多汁，口感味道介乎生吃的荸荠和红薯之间，极好的饭后甜点，刚才真应该多偷几个的。哎，谁说偷啦，谁偷啦？窃菱不为偷也，咮！

火斤同学看看地图又一挥手，前面犁头垟有一个大水库，我们快走啊。想着水库的库水微微泛着清波，能驱走我们头顶晒的青烟，我们加快了脚步。

静谧的山间，阳光下白花花的山道，除了偶尔的牛哞，便是我们四人轻轻的脚步声，连一声鸟鸣也无。不规整的石头路中常露出泥面，深深刻着牛蹄的印痕。这条道，也许牛儿走得比人多。

山道上横出一扇柴门，隔出方宅十余亩，草屋八九间，狗吠柴门前，鸡鸣竹林巅。稻田里，两位老人正热火朝天劳作着，看到我们全副武装，笑问客从何处来，自云此间山头仅剩他们一户人家了。

果然，附近再不见人烟。古朴的村庄，青壮年都已经远走城镇，仅剩老人，守护着一亩三分地，静待日出而作日落而息。再过些年，这些柴门、这些稻田，怕是再也不会有主人来开启来耕种了吧。

翻过这片稻田宅院，旁边山坡上不少稻田已然荒弃，长了离离的芦苇，阳光下泛着耀眼的银光。石头山路渐渐隐入莽草之间，失了踪迹，阳光下显出莽苍的感觉。白花花的车道已经在不远处，可就是绕不过去。我们意识到，我们总算迷路了。

亏得左侧跃下去两三米处有一片稻田，两位老人一边劳作，一边指挥我们绕行一大圈出了莽草原，一边叹息："你们白白花力气爬山走路，不如过来帮我们割稻。"我们嘿嘿笑着，燕雀岂知鸿鹄之志，忙人怎享闲菜之乐。

车道边就是水库，水库很小，库水也并不清澈，像个浑黄的水塘。令我们惊异的是，四周并不见人影，电线杆上的喇叭里却播放着一首悠扬欢畅的歌，歌声穿透水塘，飘扬在天地间，有一种时空交错的隔世感。

犁头垟，13：45。

我们在车道上迷茫，来回问了几人，才确认了通往龙井山的路：过了前面的村，翻过村后山上石头路，就是了。想着胜利在望，顿时脚下生风，很快就站在了石头路底下。

站在底下仰望，石头路天梯般直达山顶，从海拔六百多米，爬升到龙井山八百五十米，估算台阶一千二百级。

虽然之前在大太阳底下走了三个多小时，但一路山道平缓爬升不大明显，我们并不觉得很累，我们也以为会一直这么平缓到底。

293

现在才明白，所有前面平缓开阔的坡地，都是在为这最后一道天梯做着伏笔。

天青色等烟雨，而天梯在等你。爬吧，既然没有被捉去割稻，爬山是我们唯一的选择。

天空净蓝，早已没有了一丝云彩，阳光似乎又强烈了些。纵是秋风凉爽，也不能减我们汗如雨下。我们低着头，尽量匀速地迈腿，不愿抬头多看一眼前方似乎无尽头的石头路。没有鸡鸣狗吠，没有鸟语虫声，唯有我们越来越重的呼吸声，交谈都成了奢侈。不说话，脑子却开始乱转。想起那烈日与暴雨下拉车的骆驼祥子，又想着那无数的光子，从太阳出发仅需八分多钟，就以光速撞击到了我身上，我是变得更加沉重，还是获得了更多能量？头昏脑涨！

气喘如牛爬上了天梯，才发现这仅仅是一个折点，前面还有长长的路，只是稍微平缓了些。

龙井山，15：30。

龙井山之巅，有一座龙井宫，气宇轩昂，是全部由精雕细琢的石料修建而成的石殿。附近是精心修造的山顶公园，游玩者众。与适才一路的莽原荒野，恍如隔世。

听说最后一班 72 路公交已经于 15：00 开走，而我们经过最后一段天梯的冲刺，再也没有力气从这里走回唐宅。热心的老师母帮我们联系了小面包，我们喝水休息耐心等候。

约莫一个小时后，车子来了，载着我们回到唐宅。我们马不停蹄冲往纸山客栈，清爽的农家菜为我们此次泽雅纸山观梯田的风雅之行画上圆满句号。

最美的时节，最美的秋阳，志趣相投的伙伴，一起看到了最美的丰收。

可遇不可求。

（作于 2019 年）

# 配 电 房

王洛枫

往往建造在文明世界的孤僻幽深处，有二三人士封闭在其中与自我纠缠不休。这厅堂非由他们修筑，前人于空地之上打好了地基，砌好了房屋，备齐了器物，设计以向外输送光明和爱的方式运作。之后就总有二三人士，接受了独特的训练和传承，在此维护光明和爱的通路，长久防范一个危机的可能。

清冷的氛围持续累积，嗡鸣的声响回荡其间，这厅堂无限小又无限大。二三人士日夜巡视其中，经年生活其中，感受辐射的波动，感受时间的磨损，感受冷暖干湿，感受一切状态的变化。他们用一支笔和一张纸，记录下状态的变化和生命的经验，记录下潜在的危机和永恒的孤独，记录随之成为新的传承。

以上描述的当然是配电房而非诗歌，其中的二三人当然是电工而非诗人。电代替了语言连接人和世界，而当人们失语时，已无人急切吟诵，以虔心求助诗歌。

## 请为我读诗吧

用一生，穿过山崇水阔、鸟飞兽奔的别苑，奉皇帝的命令，我们，全国的诗人，来进入他的头脑，为纾解他的头痛。

咚咚敲击耳垂，朱门打开。而诗人们依自恋程度排队，走入耳廓。须注意躲避。皇帝打鼾震下一些耳屎。此时他正梦见一群蜜蜂还巢，它们所收获的多彩花蜜，构成了他这一瞬间的无理由难过。

先行者的眼光如手电照亮黑暗的曲折的甬道，但后进诗人仍以嗅觉导引，保持礼节性微笑，即使这感觉总是指向同一条道路。不必掩饰骄傲。诗人天生知道使命在此，像盲人一样前进，一样触摸未来的形状。

终点是形如巨门的青铜地宫或者深如地宫的青铜巨门。穿过它或是进入它，诗人们踩在了向地心延伸的阶梯之上。"请为我读诗吧。"皇帝的回声将宫灯依次点亮。锈迹和苔藓间，墙壁上诗句浮现。

以不同文字不同句式不同色彩呈现，每一个诗人身旁都有一首。人人皆知是好诗。他们写下的最好的诗，以不同声音不同腔调不同情绪朗诵。从远古的呓语到未来的狂想，所有的诗人、所有的诗在这条幽暗潮湿的阶梯上复活。

"请为我读诗吧。"皇帝梦中秋寒起，而蛙声蝉鸣骤停。诗人们结束了诵读，炯炯眼光为我取暖。而我身旁的墙壁空白一片。我们都在等待。当我开口，皇帝将以新的头痛治愈旧的头痛：

"闹市咖啡馆，你坐在我对面，我坐在你对面。你问我在写什么。'写诗呗。'我回答。我放下笔，手探下桌底，捉住你雪白的脚踝。而你露出认真的表情，嘴唇轻巧翕动：'请为我读诗吧。'"

"用一生……"我的声音渐消于无。

（作于 2022 年）

# 出了线头的红棉袄

吴荣芬

南方的冬天，阴雨缠绵，总是冷得彻骨些。每到入冬时，母亲便给外婆送去厚厚的棉袄，颜色不一，款式却很相似。外婆最爱的是前年的红色棉袄，粗布滑面，大花图案。花是用细线钩绣在衣服表面的，有些老式，但看起来倒也立体美观。

"这颜色很好，也很暖！"外婆抬着头扣起领口最后一颗纽扣，夸母亲买的棉袄合心意，然后扶着椅子站直身，使劲拉了拉左右两个衣角，让自己看起来更有精神。

说来也奇怪，现在记忆中关于外婆的一切，都裹在这件红棉袄里，没有脱下。九十岁的外婆，穿起棉袄显得臃肿笨重，在衣服内衬缝上两个小口袋，装些零钱，便可以轻松出门了。

她每天都在五层楼高的楼梯上上下下，贴着楼梯扶手一步一步移动。扶手是铁制的，表面刷上铁锈般的棕红色，摸起来粗糙硌手，外婆的双手与扶手之间磨出"刺刺"的声音，磨得久了，手掌越发粗糙，棉袄也被刮出不少线头。

下楼买些早餐和蔬菜，回到家里，外婆能一口气灌满两个水壶的热水。每次去看望她，她都在门内大声问我是谁，听到我声音后才会开门，因为她很听家人的嘱咐：一个人在家要提防陌生人。外婆做到了，一做就是十六年。

进了家门，外婆在前我在后，一起走向木椅坐下。"外婆你买新衣服啦？"我问道。她站起身转了小半圈："你娘买的，看得哦？""好看，这颜色特别适合您。""我都说不要买，穿不完……"就这样聊一番家常后，我搀扶她到走廊上站会，让她一定要注意身体，出门走路要小心，不要再一个人乘公交……外婆点头说好，乖得像个温顺的小孩。

五月初的一场意外，外婆右腿骨折，卧床三月。

她躺在床上，意识渐渐模糊了起来，数不清日子，数不出自己九十一岁生日。还时不时右侧着身子安排后事，安排了十几次，也哭了十几回……

在全家人的悉心照料下，外婆终于重新站了起来，为了方便照顾，我们决意让外婆和我们同住。外婆答应了。

外婆在生活中有一个习惯，习惯将衣服叠成四方形，三四件摞起来，然后用绳子从正中间绕起，绕成"田"字打包放进衣橱。2016 年 8 月，我们一家四口手拎一包，把外婆接进了家。

虽恢复了行走，可外婆站着却伸不直膝盖。她说自己没用，骨头都硬了，硬得爬不起床，扎不了头发，扣不到裤扣。于是，母亲打点起了她的一切，烧饭时把外婆带在身边，也会安排她在房间看电视或在阳台晒衣服，外婆很听话，摆着脚坐过来。待到开饭前五分钟，外婆提前坐好等我们一起用餐。她的位子和侄子挨着，从住进来第一顿饭开始到离开的最后一餐都这么坐，说和"小皇帝"挨着坐吃得开心。她每餐一菜一汤，或是切足了蒜和辣椒的菜卤酱，或是咸得不能再咸的酸菜。我偷偷给她夹些蔬菜和肥肉，她嚼着嚼着咽不下喉，就放下碗筷，铺开一张面巾纸来，吐在纸上。随即便是喷嚏声，间断着打两三分钟，时常喘不过气儿。

侄子淘气地嚷着给她递过面巾纸，而外婆接过纸后要从额头往下擦，擦到鼻子和嘴巴，然后迟缓地扭过头夸侄子。见外婆袖子上的线头随着外婆身子在摇动，侄子伸出手去抓，没料却扑了个空，引得全家人欢笑。

时光太瘦，指缝太宽。侄子学会了擦鼻涕，外婆学会说"乖"。

十月的一个夜里，家里返潮得厉害。外婆交叉着十指靠在窗台上，如往日一般张望着马路。只是，夜被阴沉沉的雨帘笼罩着，望不到边际。一阵风吹过，她关上窗户，小心翼翼地摆进卧房找出那件红棉袄，理直了衣角，衣角已起了稀稀落落的线头，不时看到里面的棉絮。原来，棉袄和外婆一起，在慢慢老去。

随着天气渐冷，外婆在棉袄里一件件地添加衣服，从一件加到四件，加到抬不动双手，添到走起路来僵硬无力。即使每天按时在阳台上活动手脚，可身子骨还是一天不如一天。有时真的抬不动手脚了，她便坐在阳台那张旧木沙发上，帮母亲装黄豆、剪海带，等母亲回来，黄豆撒了一地，海带似剪非剪……

与少年不知愁滋味、为赋新词强说愁的80、90、00后我们不同，亲身经历过粮票、挣工分的峥嵘岁月，外婆对现在的生活显得非常知足、平和，夸现在形势好，不愁吃不愁用。是的，吃穿不用愁，可她却愁起了眼下的日子。

她经常问我今天几日，我翻翻手机日历告诉她说初一了。然后她掰动手指，抬起头问我："那这天初五？"我说初一，她盯着我："所以说今天初一啊。"如此反复两三次，我不耐烦走开了，她还是坐在那里数，数今天初一、明天初二、后天初一……真正到了初一、十五时，她却不知道起来了。

家里有一把20世纪90年代的藤椅，由于位子高而宽敞，成了外婆的喜爱之物。她喜欢坐那晒太阳，坐到吃饭时间，再回来坐到黄昏，坐到幽暗的夜色慢慢上升。

有一日阳光正好，我执意帮外婆洗脚，她很开心，双手缩在棉袄口袋里，和我说起以前的日子。那个年代很清苦，外婆共生了九个孩子，有生下来就夭折的，有生下后被领养的，最后留在身边的五个孩子都是从挑担开始挣口粮。外公外婆带着孩子们每天翻山越岭挑过一座山，在山上过夜，第二天又继续赶路，卖了担子才能回家……讲到这，她不禁摇起头，说"人老了就是没用，以前能挑百来斤的担"，现在却成为你们的负担。我转动着眼睛，说了许多感谢的话，让她消除这个顾虑。

眼前这双被裹了的小脚，干皱裂皮。人老终去，是每个人绕不过去的人生命题。

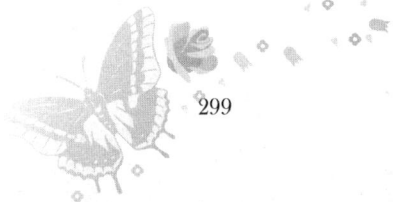

山河与草木

299

洗完脚后，我一并给外婆剪了指甲，并剪去衣服的线头。"外婆，我给你买个新棉袄吧！"外婆急忙摇起了手说："不要，等我好些了，你再带我去，试了身才好买。"

可次日母亲便买来了新棉袄。她心里知道外婆是出不了门的。外婆伸手试了身，便让母亲帮她脱下，说没力气再试。那日晚上，她就进了医院，恰逢 2017 年元旦。

在病床上躺了十五天后，外婆日渐消瘦了下去，最后说想回家。我们尊重她。出院的那天，母亲为外婆梳洗好，穿上了新的棉袄，依旧大花粗布，只是，没有了线头。

临终前，外婆的叮嘱是这样的。叮嘱选个好日子让她走。选个好日子，让子子孙孙积福。

这便是一个普通女人即将走完一生时留给下代的唯一嘱托。这嘱托轻，轻得比不过生命；这嘱托重，重得我们无法承受这份情。她爱所有人，可她却不得不离开，"抛弃"了我们独自一人走完未走完的路，我想，阳光在那儿慢慢地淡薄、脱离，凝作一缕孤哀凄寂的红光一步步爬上墙，爬上楼顶……

（作于 2022 年）

# 我在衢江边上住

徐艳丰

小时候，离我住的村庄不远有一条河，我们叫它"衢江"。衢江绕着大半个村子，默默养育着一方百姓，年复一年。对于它从哪儿来，将要到哪里去，幼时的我不得而知。

从小，我是喝着衢江水长大的。小时候，记忆中村里家家户户都通有"自来水"，而这水就是衢江水。饮用、洗衣、灌溉，那时的衢江水清澈见底，甘洌清甜，是养育百姓的一方好水。打我记事的时候起，夏天基本是"泡"着衢江水度过的。那时的衢江河面宽阔，河水清澈，水流平缓，水里有成群的小鱼，那是我们眼中的"水上乐园"。小伙伴们一起成群结队来到河边，在河里的浅水处嬉戏打闹，或追逐河里的小鱼，或是上岸在河边的杂草土堆里抓螃蟹，玩得不亦乐乎，虽然更多的时候我们在洞里找到的只有癞蛤蟆。天色渐晚，江边就会出现很多白色的小飞虫，一团团，在空中乱舞，那时我们也差不多玩得精疲力竭了，收拾收拾衣服，赶紧往家的方向赶。

那时的衢江风景很美。岸边覆盖着大片大片形状和颜色各异的鹅卵石，每个都比拳头还大，印象中每次洗完澡赤脚踩在鹅卵石上，脚掌总是被硌得很疼，走起路来也是高低不平，很是难走。过去对于它的存在早已习以为常，可如今想着它的美，再要去找寻，却已经消失不见。由河滩往村庄里面走，临近河滩的是一大片绵延数里的桑叶林，那时家家户户都以养蚕为生，每年父母亲都会在桑叶树中间套种西瓜，一到夏天，我们在桑树林中摘桑葚吃西瓜，甜甜的，沁人心脾。唯有一点遗憾的是，每隔三五

301

年河里总会发几次特别大的洪水，每次洪水都会漫过河滩，甚至没过桑叶林。每次站在堤坝上，看着裹挟着黄沙的浑浊的河水不断上涨，慢慢淹过西瓜和桑树，别提有多伤心和难过。

每到暑假，母亲因为要起早贪黑地忙地里的农活，总会让我帮忙去河边洗衣服。每个天刚蒙蒙亮的清晨，走过那片宽阔的河滩，来到衢江边，就地取材，找些大的鹅卵石交错地堆在一起，垒成一个墩子，将搓衣板往上面一搭，临时的洗衣平台就搭好了，坐在河滩边的鹅卵石上洗着衣服，可以清楚地听见流水潺潺的声音，伴着河面上吹过的凉爽的江风，别提有多惬意。渐渐地，陆续有三五成群的村里的女人拎着盛满脏衣服的竹篮来到河边，交谈声、嬉笑声，还有棒槌的敲击声，加上河水潺潺的流淌声，好似一曲混合协奏的交响曲，好一派热闹的景象！待茶余饭后的闲聊结束，太阳已经升上了半空，衣服也洗得差不多了，大家又各自挎着竹篮成群结队地回家了。

衢江边离村口不远处，那里有一个简易的渡口。渡口停着一条旧旧的用于摆渡的乌篷船，船不大，每次只能载个一二十人，但却是村里人渡河的唯一交通工具。船主是村里年长的艄公，据说撑船已经撑了好几代了。村里人搭着渡船带着独轮车、土特产和生活用品，往来于集镇和村子之间。记得小时候我就随母亲到河对岸的集镇上卖过自家种的荸荠。百米宽的河面，十几米长的竹篙有时候都撑不到底，船慢慢悠悠地能在河上划上好长时间，但无论刮风下雨，渡船都确保着船上的村民平安往来于两岸之间。

对于衢江的来龙去脉，长大后我才知道，衢江从开化的钱江源发源，从村子旁流过，最后汇流到杭州钱塘江，也算得上是衢州境内的"母亲河"。听母亲说，她就是在衢江边长大的，外公外婆的家就在衢江边一处大岩背上。母亲说以前衢江里鱼很多很大，在江边经常可以看到有半人高的鱼跃出水面。外公常年靠在江上打鱼的方式维持着一家老小的生计。那时江水很清很清，没有污染，水也被村民从衢江里挑上来直接当成饮用水。

可是，随着时代变迁和工业经济的发展，到了二十世纪九十年代后期，衢江慢慢就被上游化工厂排出的工业污水和上游人们的生活污水污染了。记得有一次，在外求学的我回到村子里的时候，特地跑去衢江边看，却失望地发现江水很绿很绿，水里长满了青苔和藻类，往日清澈的景象消失不见。再后来，听说江边办起了沙石厂，河滩上的鹅卵石全部被碾碎成沙卖到各地，从此记忆中的美丽的衢江和河滩再也不见了。

在城市慢慢扎根定居后，似乎对周围的水污染也见怪不怪了，原本我以为我已经忘了那条江的存在，忘了它的伤痛。直到有一天，当我不断听到"五水共治"的口号，看到到处都在积极倡导"绿水青山就是金山银山"的理念时，渐渐地听父母亲说起了村子里的巨大变化：垃圾开始集中投放了，鸡鸭猪不再散养了，养猪场也搬到离村子更远的地方了，等等。在科学治水剿劣的过程中，慢慢地我发现周围环境都在向好的方向改变，无论城市还是乡村，水变清了，山更绿了，环境更美了，这确实是一件让人高兴的事。衢江，也终于迎来了它期盼中的又一轮新生的曙光！

（作于 2020 年）

山河与草木

# 桂 花 三 弄

邱国福

我家园子里植有三棵桂花树，这是二十多年前刚迁入新居时山里一位培植花木的朋友送我的。初植时树苗刚高过头顶，现如今株株树高在六七米，巨大的伞状树冠吸引着斑鸠、黄鹂、白头翁等鸟儿在上边栖息筑巢繁衍着后代。

当初，友人送来树苗时我还抱怨他，同样的桂花树你缘何送了我三棵？他说是三种不同花色的桂花树，一株是金桂，一株是丹桂，另一株是银桂。以前我只闻桂花香倒是没注意过桂花还有什么花色不同，友人说"到了明年农历八月桂花一开你就知道了"。

第二年入秋的一天清晨，刚刚睡醒睁开眼，就闻到了房间的空气里弥漫着桂花的诱人的香气，用力深深地吮吸了一口，顿觉桂香沁入了心肺，人也就立马清醒了许多，猛想起是不是园中的桂花开了？推开窗户一瞧，果然园子中的三棵桂花已是满树绽放。下得园中细看，那株花色金黄的必是金桂无疑，另一株花为赤红色的应该就是丹桂，而那株淡黄色中透着一丝丝青色的便是银桂了。

我头天傍晚走入过园中，没见一株桂花树上有过一个花序，令人称奇的是如同约好了一般一宵之间三棵桂花居然同时开放。虽然，三株桂花各有三种花色，嗅嗅各树的花香却是一样的浓烈和醇厚，仔细一看桂花的花序就耸立在每一个叶片的根基部，每片叶基都簇拥有三二簇花序，一簇花序便有八九枝花梗，花梗顶上的花朵只有小米粒样的大小，桂花花瓣不同于桃花、李花等为奇数，桂花的花瓣是偶数只有对叶四瓣，花内有不太明显的一丁点花蕊，桂花芬芳的花香就是从这小小的花朵中逸散出来的。

如果真要说三株桂花有何区别，花色不同为其次，主要还是银桂与其他二色桂花大有不同。若把丹桂喻作桂花中一位大方端庄花后的话，那么，金桂便是一位绰约多姿的嫔妃，而银桂则是一位充满青春活力的少女。丹桂、金桂积蓄了一年的能量一次性绽放于八月，银桂除了八月同期与丹桂和金桂开花后，它还能在以后的岁月里陆续开放多次，能开过农历的冬月，虽开花量递次减少，但它的桂香依旧，每次银桂花开依然能勾起人们对八月那段美好的时日的回忆。

牡丹花，因其天姿国色代表着荣华富贵，当属百花之魁首；亭亭玉立的荷花，因其出淤泥而不染的品性，以洁身自好被誉为清廉的象征；蜡梅，则以其不惧严寒率先百花迎春怒放，展示的是一种勇往直前的无畏精神；那么，桂花则不以其花色的鲜艳来吸引人们的眼球，而是以它的那份热烈火辣闻着就令人舒适的花香而备受人们的青睐。桂花虽小，但它的散发香味能力之大是任何其他花香所无法比拟的，一株桂花的花香能浸润方圆百米内的空气，一周盛花期内这花香始终浓烈而深远。

桂花揭示的是一种团结的力量，一朵桂花散发的香味是有限的，而千万朵桂花同时绽放集成的香是何等浓烈，汲取、积蓄，能量的瞬间同时怒放，桂花以如此的配合默契成就了它在百花中的地位，这无疑是大自然赋予桂花的一种神奇魅力。我们人类何尝不是同理，一个人的力量是有限的，因同一个目标而凝聚起的千万万人的力量将是巨大的。

桂花还是赏食两用少有的花种之一，用桂花制作的"白糖玫瑰"，是我国传统糕点制作的一种香料，无论是煮一碗汤圆还是做一碗甜羹，还是蒸制糕点，撒上一些"白糖玫瑰"不仅能起到点缀增色增香的作用，还能增加人们的食欲。有几年我家曾经制作过"白糖玫瑰"，制作的方法并不复杂，待桂花盛开二三天后，拿一把有柄的雨伞撑开了倒挂在树枝上，用一根小竹竿轻轻敲打树枝让桂花陨落于伞中，收集后铺开在桌面上仔细拣去其中的树叶、花梗、杂物后淘洗干净沥干，撒上适量的食盐搅拌均匀，盛于不透水器皿中过夜后，再沥去腌渍出来的水分，加拌适量的白砂糖装于大口玻璃瓶中，压实加盖密封即可，"白糖玫瑰"能久藏不坏。

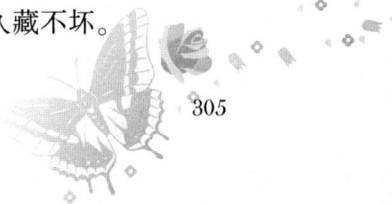

山河与草木

然而，现代人讲究健康饮食，减少了对甜食的喜好。就算是当地的宁波人，老底子过年家家必会磨上一小缸汤果水粉，一家人的年夜饭，或是有客登门，一碗热气腾腾的宁波汤圆上，撒上一撮"白糖玫瑰"，香气扑鼻软糯甜滑是当时人们的最爱，如今再也不见了。我家几年前制作的"白糖玫瑰"，除了当时送给了好多亲朋好友外，如今还有好几瓶存放在食柜里。因为，我家如今也很少吃汤圆和做糕点了。

（作于 2021 年）

# 家乡的粽味

杨极云

晚间，散步在大运河的大兜路历史街区，疫情松散些的街道行人多起来了。只见一楼瓦房低垂的门前围着一群人，指指点点在议论些什么，走近一瞧，是一位约莫七十年纪的大妈在裹粽子。只见大妈娴熟地选出两张粽叶，把叶尖部分拗成漏斗形，铺上糯米压实，放一块肉，再铺一层糯米，再压实，然后把叶柄这头拗过来覆盖在糯米上，拿线裹紧，一只小巧的三角粽就做成了。

难怪这些日子空气中能闻到粽叶的味道，原来，端午节快到了，一只小小的粽子承载着老杭州的传承。

岁月悠悠，带着家乡稻木灰味的粽味又从记忆中蹿出来。小学四年级光景，那时十岁，从家里到村里的小学有七八里路程，那时村里叫生产队，大人们白天到生产队出工，晚上还得去队里记工分，吃的粮食凭工分到生产队领取。小时候家里弟妹多，领的粮食总不够填饱肚子，妈妈为补贴家用，总是起早贪黑在仅有的几分自留地种些蔬菜、杂粮什么的。红薯是吃得最多的了，所以多年后我见到红薯都不愿意碰。

那年头，小孩子们最盼望的是过节的日子，生产队会在过节那天向每家每户分发点猪肉、牛肉等只有过节才能见到的东西。凭工分发放，劳力多的人家自然就多，我家劳力少，是贫困户，每次分到的自然就少，但节日里能够闻到肉香味孩子们也很开心。

端午节那天，妈妈大清早就交代，放学后去生产队里领过节的物品。那天上什么课不记得了，但领的东西至今还在脑海里打转。两斤一两猪

山河与草木

307

肉、八两牛肉、十二个馒头、十五个粽子。粽子是蒸熟了的，可以现吃，领的时候还冒着热气。

这种三角形粽子每户当家人都会做，老祖宗流传下来的，用草木灰泡水，制成灰水，再浸泡糯米，糯米染上色，这样包出来的粽子就叫作灰水粽，蒸熟后褪去粽叶，粽子黄亮艳丽、晶莹剔透，吃起来清爽可口，如配以蜂蜜那是极致的享受了。

回家的路要穿过一段小山岗，两旁的树密密麻麻的，有些阴森可怕。到了山岗中央，同年级的小伙伴牛妹子，拽着我说休息下，其实他就是想乘着没人的时候悄悄地吃些粽子。两只小手猴急地伸进小提袋，一眨眼工夫他就啃掉了几只。我也馋得不得了，粽香飘向我，嘴唇不由自主在打架，握着粽子袋子的手松了又紧，紧了又松。当脑子里浮现弟弟妹妹们盼着我回家的样子时，我还是打消了念头。现在想起来，牛妹子最终没有离开小山村，而我能够靠读书走出大山，来到大城市里工作，还是跟顽强的毅力与懂得肩负的责任有关的。

二十世纪七十年代末生产队解散了，分田到户，弟妹相继上学，家里的境况依旧不好。但条件无论怎样艰苦，端午节那天，妈妈总会亲自包些粽子，弄些肉食给孩子们吃。读高一时，端午节在学校过，下午光景，老师通知说有家人找，出校门一看，是妈妈步行三十里地，带来一大竹筒饭菜给我，里面竟然有粉蒸肉！当然，包里还有黄亮艳丽的糯米粽子。手里捧着包裹，望着妈妈远去的背影，我的泪水掉了出来。

从此，粽子的记忆成了我刻苦读书的动力，再后来成了我时刻想念妈妈的牵挂。在杭州这些年里，好说歹说，妈妈来小住了一段时间。怕给儿子添麻烦，妈妈总是推托家里的事情离不开，其实心里是很想来杭州的，上有天堂，下有苏杭，谁不想来看看呢。记得第一次去车站接妈妈时是一个周末的下午，一路上河呀，水呀，房子呀，妈妈总是问个不停。看着老人家开心的样子，我心里美美的。

那些日子是我人生最快乐的时光，陪妈妈一边聊过往一边看风景，讲杭州的风土人情，道杭州未来发展怎么怎么的。望着妈妈微驼、行动迟缓的背影，顿觉此生忙于工作，忙于家庭，亏欠她老人家太多。我知道，尽孝的岁月不多了，我得想办法把劳累了一辈子的老人家留在杭城。

初夏的一个周末，带妈妈走走千年运河，下午出发，故意走得很远，一生节俭的老人家只好同意晚饭在外面吃了。我找了一家海鲜大排档落座，点了小黄鱼、梭子蟹、带鱼外加一份辣椒菜，两只五芳斋粽子。海鲜是重点要上的，从小到大都待在山洼里，妈妈一辈子都没吃过海鲜。要了一小瓶黄酒，与妈妈对饮起来，聊着妈妈走三十里路送粽子，为了凑齐我的学费下雨天上山砍柴的往事，泪水又流了出来。

在老家，家家都会自酿米酒，劳作之余溯点小酒，那是幸福的事。此时此景，在杭州，在运河旁，溯点小黄酒，天伦之乐融于酒杯，那是萦绕我一生的幸福时刻。

走着走着，大兜路历史街区看到头了，运河对岸便是家。我知道，家乡的粽味只在记忆中渐行渐远了，但毅力与责任的传承我会一直坚持。

（作于 2022 年）

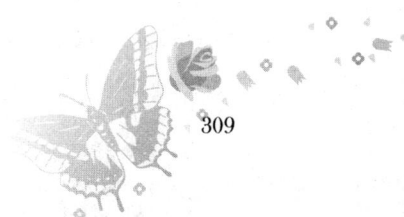

# 种　太　阳

余登分

那一只鹰在白云间盘旋。

阙祖贵抬头看了一眼，低下头，继续打扫赤石乡杭汀村饮用水池周边的卫生。竹枝划过地面的声音变得急促、有力。5 月 17 日这天，他要前往磨石平自然村的库北便民服务中心。

9 点 40 分，阙祖贵骑着三轮车来到磨石平自然村，库北便民服务中心就坐落于村子的山谷里。今天是杭汀村"金阳光"共富工坊开工的第一天，阙祖贵不能错过这非同寻常的一天。

这时，一个瘦小的女人驮着一大篓自家的金竹笋，低着头，腰弯成九十度走进了"金阳光"共富工坊。她是六十二岁的马少玲，家里有五亩多竹林，在过去，遇到竹笋采摘旺季，吃不完的就扔掉、烂掉，今天拿到"金阳光"共富工坊烘干后销售，为家里挣份收入。当天马少玲加工了二十多斤笋干全部销售给了城里人。

在"金阳光"共富工坊包装车间里，林伟昌左手拿着塑料包装袋，正准备往袋里装番薯干，看到阙祖贵出现在眼前，忍不住跟他拉起了话："阙书记，您也来学习呀！我这把老骨头了，没想到，在家门口还能找到一份称心的工作。我以后每天来这里包装番薯干，家里过来只要十几分钟，不仅可以打发空闲时间，每个季度还能赚到一千多元的工资。"

杭汀村，2018 年 7 月由店子村、担布坑村、南洞村、高山村并入，距离云和县城三十二公里，这里是独处、放空、自愈的世外桃源，因为地理位置偏僻，缺乏产业经济发展，怎样才能让村里两百余位留守老人实现共富呢？这一直是杭汀村现任村委书记马山花在探索的一个难题。

3月初的一个清晨，紧水滩供电所党支部书记花庄和同事到库北便民服务中心检修电力线路，正好遇上日出云海，满山谷泛起了金色的阳光。花庄愣在院子里好几秒，紧接着，眼前迅速闪过几个画面。

国网浙江营销服务中心、浙江省红石慈善基金会发起"'益'起种太阳"公益项目；三栋闲置的房屋，屋顶布满蓝色的光伏板；房屋内机器轰鸣，村民搬来自家的农产品加工；山谷里回荡起汽车的鸣笛声，一车车农产品运出村庄，远销全国各地……

不久后，紧水滩供电所党支部书记花庄与杭汀村委书记马山花聊了自己的构想，村里提供三幢废弃的老屋，建造一座山区光伏发电站，紧水滩供电所定期检修共富工坊的电器烘干设备，为杭汀村农产品产销一体化发展提供电力保障。光伏发电站建成后，要是遇上共富工坊农产品加工停电，光伏发电站第一时间可为加工坊供电。充分利用村里的光照资源，光伏电站全年所发电量还可通过国网云和县供电公司的电网销售到外界，销售电量所赚的钱作为集体经济收入分发给村里的两百余位留守老人。老人足不出户就有一笔固定收入可领。村民在共富工坊加工、销售农产品全部免费。碰巧的是杭汀村委书记马山花也在寻找村民共富项目，一座由国网云和县供电公司联合乡政府建造的"金阳光"共富工坊就这样诞生了。

"金阳光"共富工坊是国网浙江营销服务中心、浙江省红石慈善基金会发起的"'益'起种太阳"公益项目之一，总投入约三十二万元，装机容量七十八点三八千瓦，每年为杭汀村带来直接经济收益四万余元。电站配套建设了储能模块组成的山区微电网，在上级电网失电情况下可自动切换至孤岛运行模式，支撑杭汀村生产生活用电十八小时以上。

"金阳光"共富工坊内部划分收购区、清洗区、蒸煮区、烘干区、展销区等不同功能区域，形成"种植+收购+加工+包装+销售"于一体的全产业链条，实现了从单一的农产品种植到集农副产品深加工、产销一体的多元经营工坊的转变，提升农产品价值约百分之二十，直接带动低收入农户每季增收一千元以上。

马山花抑扬顿挫的讲解声通过讲解器传入众人耳畔。

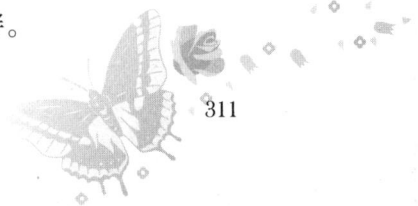

这时，在清洗区的倒影里，呈现一个精神矍铄的老人。他是阙祖贵，今年六十三岁，业绩、名气，他都有了。他曾是杭汀村店子自然村四届村支部书记，四届村委会主任。每次他出现在众人面前，不是商讨村里修公路，就是安装民用自来水……唯有参观"金阳光"共富工坊是个例外。

水影里，阙祖贵看见自己一身蓝色粗布衣服，默默地站在店子村大会堂里，听村干部动员店子村、担布坑村、南洞村、高山村村民参加赤石乡麻垟电站建设。那是 1976 年的事了，那个时候，店子村五百八十人，担布坑村五百六十八人，南洞村、高山村也有五百多人，都是属于比较热闹的人口大村。

麻垟电站建成后，闲置下来一套柴油发电机，赤石乡政府考虑到这四个村的村民参与麻垟电站建设付出了不少辛劳，村里也需要先进设备提供照明，就把这套柴油发电机赠送给了店子村、担布坑村。因为柴油发电机发电量小，只能满足居民晚上六点至十一点照明，居民想用于碾米、磨面等生产用电都不能如愿以偿。在有限的电力资源供给下，为了平衡两个村的用电需求，村里人想出了一个新规定，每户人家只使用一盏或者两盏十五瓦的白炽灯照明，每盏灯一个月收取费用一元至一块五毛钱。高山村、南洞村及其他自然村因路途遥远，不方便架设供电线路，没能通电，仍然使用煤油灯照明。

柴油机发电也有不如人意的地方。每当遇上村里办酒席，全村人在同一个时段开灯照明，灯的亮度犹如萤灯一般，小孩写作业抱怨看不清，一种无力感瞬间涌上村民心头。因为供电技术不够先进，又受经济和物质条件限制，供电导线线径很小，供电半径很大，发电量小，遇上打雷下雨，经常断电。当时又属于计划经济体制，柴油需求靠分配，经常买不到柴油，发不了电，村里没电用。发电的柴油只能到赤石街上购买，通往赤石街上的路只有一条狭窄的机耕路，买柴油往返一趟需要时间较久。

随着人口增长、经济发展，柴油发电机的发电量远远不能满足村民的用电需求。1976 年至 1980 年，深居店子村、担布坑村、高山村、南洞村的汀州移民骨子里仍继承了先辈的开拓精神，敢想，敢为。他们选择星光闪烁的夜晚，聚在一起商讨建设双坑口水电站。因为水源不足，不能持续发电，晚上只能发一两个小时的电，电站没能建成功。

一时的失败又算得了什么呢！时光向前，村民的心中也该有新的向往和追逐。1980 年，担布坑村村民总结了以往造电站的经验，外出邀请专业水电人员，走遍村庄的角角落落勘探、测量，为村集体建造了一个十五千瓦的小水电，供担布坑村照明，优化了村民的用电环境。直到 1986 年 12 月云和电力公司大网通电后，这个小水电才退出村民照明的舞台，之后供村民碾米专用。

物的连接生发了人与人、村与村之间的和美。1965 年之前，店子村、担布坑村、高山村、南洞村常住人口两千人以上。数百年来，村民与他们的先辈一样，世代以农耕为生。每到秋收时节，村里人以水碓为中心，排队等候碾米的间隙，细说戏曲人物，拉拉家常，说些体己话……一出出生活味十足的曲目在水碓这片小天地演绎得淋漓尽致。是水碓催生了人间烟火，也催生了乡村史诗。

日复一日，村民单一地劳作生活，不知不觉地从 1965 年走到了 1970 年。水碓碾米，长久的等候耽误了他们不少农事。得知赤石人民公社可以用柴油机碾米，碾米速度快，排队时间短，村民推着一车车稻谷赶往赤石人民公社。在通往赤石的道路上，他们独自面对过天寒地冻，雷雨交加，酷暑难忍，也赶过了人生四季。

1970 之后，四个村的村民各自集资购买了一台柴油机碾米。每当其他自然村需要碾米时，自然村里的村民就会安排六个人来到店子村、担布坑村、高山村、南洞村搬运碾米设备，他们做好分工，两个人抬碾米机，两个人抬柴油机，一个人担柴油，一个人扛柴油皮带。他们躬身抬着重重的碾米设备，一步一停地行走在乡村的小道上。

水影里，阙祖贵看见了一张熟悉的脸，那是在库北乡政府商讨安装高低压线的座谈会上，一个乡领导满怀关切地说："我最担心的是店子村投工投劳的工作不能落实，安装高低压线路的钱收不上来，通不了电。"1986 年，阙祖贵第一次当店子村的村委会主任，那时他才二十六岁，因为人年轻，缺乏工作经验。听到这番话后，阙祖贵默不作声，他在心里对自己说，多想想办法，早点把钱收上来，争取比其他村早通电。

山河与草木

313

阙祖贵回到村里立即召开村民代表大会，给店子村十个村民小组分解筹工筹款任务。店子村、担布坑村、高山村、南洞村每人需要投资四十五元、每个人投四个工日，从龙门乡接线路，需要建设高压供电线路约四点二公里；低压线路由各村村民自行承担费用，每人需要承担五十至一百元、每人投工日十余个。供电设备建成后，政府给予高压线路每人十至二十元的补贴。

那个年代，村里没有经济来源，大多数村民家中没有余款，人口多的人家需要筹款将近一千元，这可是笔天文数字，怎样才能收齐筹款呢？阙祖贵为此事犯愁，有时整夜难眠。在那段日子里，阙祖贵白天在地里忙农活，夜幕刚降临，晚饭没吃，他就奔走在乡村小道上，挨家挨户了解筹款情况，帮村民解决筹款难题。电是一定要通上的，为解燃眉之急，村民只好销售自家部分农产品，并向亲朋好友借一部分，全村人只用了短短两个月时间就交清了费用。在当年春节前，店子村成为第一个通电的村。

为了改善生活环境，让村民乘着梦想飞得更高更远，过上好日子。阙祖贵为村民搭建了一座座桥梁。修公路、通电、安装民用自来水，在政府、县玩具城、村里几头跑，他永远都在忙。忙得天昏地暗，常常累得腰酸背痛、胃疼，家里人也不理解他，劝他为了公家事情不用那么拼命，只有他自己知道，他踮起脚尖，用生命在付出。

阙祖贵的努力没有白费。1999 年下半年，迎来了云和电力公司两改一同价，全面开始农村电网改造。2001 年至 2003 年库北乡开始实行电网改造，改完后资产属于云和电力公司。供电和服务得到了提升。

由于单电源供电，没有双电源可供切换，供电可靠性还是有些薄弱，2016 年在黄岗变电站投运后，新建了一条 10 千伏建林线通到库北，电网结构得到了加强，供电服务得到进一步的提升。

2018 年，又新建了建林线与大源线联络线，库北至此有了三个 10 千伏电源。电网供电得到加强。

此刻，"金阳光"共富工坊清洗区，阙祖贵在水影里看着自己的过去，觉得很恍惚。村会计、村支部书记、村委会主任、护林员、饮用水管理员，每一程路都留下了自己满满的足迹，我为什么跑到这里来观望？如今，村民们又开始了新的生活，我，到底有什么放心不下的？

"阙书记，您到这里来了，我到处找您呢！"马山花递给阙祖贵一杯热茶，像递过一满杯的阳光。

"马书记，您带领得好啊！把生财的路子引到我们村子里来了，村民在家门口就能实现致富梦。"阙祖贵回复道。

马山花说："阙书记，你就像竹林深处的萤光，照亮了我前行的路。"

阙祖贵笑而不语。

他的眼里早已泛起了一层雾花。

（作于 2023 年）

山河与草木

# 同 学 会

张水明

近年来，流行聚会：同乡会、战友会、知青会等等。当然要数同学会最多了：初中同学会、高中同学会、大学同学会，听说同上过幼儿园的也在开同学会了。哈哈，开吧开吧，这说明人们生活条件好了，有闲情逸致了，互相关爱了，会享受生活了，总而言之：这是一个幸福的时代。

我是在去年年底的时候听一个同学说的，我们高中毕业满30年了，要开个同学会，问我参不参加。我一听，第一反应是：时间过得真快啊，老了。老什么呀？同学回答，真是黄金季节呢！我苦笑，是黄金瓜了吧——不值钱了。值不值钱不讲了，到底参不参加？同学很干脆问。我只好答：参加。

其实，自从中学毕业后，经常联系的同学很少。大多数同学30年了没看到过，所谓的天各一方；有的同学知道在周边，但没有交集，就没来往。这样，要开同学会，得先联络上。于是，由一个同学牵头，广泛发动信息渠道，一个一个地找，一找二、二找三，很快就有了三十多个同学的信息。好在现在资讯发达，QQ群一建，仿佛就在身边一样，随时可以聊天。风吹皱了记忆，雨淋湿了思念，有缘同窗苦读不枉此生。

请出当年的班主任老师，先几个同学聚一聚。老师笑得合不拢嘴，有学生当了大学教授、政府官员、公司掌门人，他们是有出息的人，是老师的得意门生。更多的是一般的公务人员或企业员工，当然也有赋闲在家的。说到一个同学"回娘家"了，大家唏嘘不已，感叹做人是做客，要想得通；聊到一个同学"进高墙"了，都说何必呢，钱财乃身外之物，吃用不愁就好了。宴散，一个出息的同学大笔一挥签了单，送老师回家。

定下日期，那么费用怎解决？有同学说，当然是 AA 制。要多少呢？算一下：吃两餐、制作纪念册、给老师买点礼物、搞一下娱乐活动，每人 500 大洋差不多了。有同学提议应该让做老板的同学出或者让当官的出。可是，这两类同学没有爽快地主动地站出来承担，也许他们有苦衷，怎么办？只有老师出面了。可老师同他们打电话联系时，话到嘴边又吞了下去，毕竟老师不是商人，只好笑哈哈说开同学会时要参加的哦。

社会上流传，开同学会是"拆散会"，有好多夫妻因开了同学会而散了伙。老师给我们打了预防针，我们很自信这是不会发生的，毕竟年近半百了，大多数同学的子女都参加工作了，不像 30 多岁的人，有七年之痒什么的，大家都是有地位有身份要脸面的人。倒是知道了男 A 君与女 B 君都是单身时，老师与同学纷纷撺掇他们成一家子，无奈他们都是受伤太深心如死水，擦不出火花，只叙姐弟之情。

也有人说，开同学会是"攀比会"。是的，同学相见，免不了会问谁谁官多高权多大，谁家有房子几套，谁谁开什么级别的车子，谁家的子女如何争气，等等，可是，不是你的想也不用想，该是你的就是你的，真所谓人比人比杀人，还是不比的好。抱着这样的心态去参加同学会，就不会忐忑不安，可以落落大方，聊得来的聊一下，聊不来的就不聊，完全可以一副云淡风轻的状态。当然，同学之情同市侩之交完全是天壤之别。

我们给我们的老师献上了鲜花，送上了红包，感谢他们的教育之恩，祝愿他们身体健康长命百岁，期待过五年或十年开同学会时再邀请到他们光临现场。我们互祝同学们事业有成、家庭幸福。

我们几十年没碰到过的同学交换了联系方式，约定互相帮助互相关心，让同学们都生活在友爱之中。

开吧同学会，赶上了改革开放的步伐，我们是幸运的一代人！


（原载《河南科技报》2020 年 7 月 26 日）

山河与草木

# 父　亲

章妙妙

　　父亲老了。短短几年，他移动的速度，从跟狗儿赛跑，到只能跟乌龟漫步。

　　我有点懵懂。想不出来从什么时候开始，仿佛一夜之间，我的父亲就从年轻进入了衰老。

　　这些年我在忙什么？好像是从一个时空，被旋风卷着进了黑洞，不知不觉就跳到了另外一个空间。

　　我的忙碌，确实成就了我的幸福。而同时失去的，是我父母满头的黑发，以及他们不再年轻的身体。

　　如果时光可以倒回……然而生命是一条直线，我们被推着向前不可能从头来过。人生许多的遗憾，也就成了文字里面些许的哀叹。

　　母亲一再告诫我，不可以拖着父亲再出去。我这般任性，何时听过母亲的话？如同梦游，我们真真切切是来到了曹娥江边。

　　寒冬已过，春寒依旧。每年正月未过，阴晴不定的天气总还是会让身体着凉。看着一江两岸在水中的倒影，父亲一再问我：这是曹娥江？

　　我说：曹娥江是很绵延的。它和嵊州的剡溪相接，也直通钱塘江入口。经过赵家大桥、人民大桥、城南大桥……往前就是曹娥庙。

　　唤醒，父亲的眼睛突然一闪亮。曹娥庙是我父亲熟悉的，从小他就给我讲孝女曹娥。在我们上虞，当今兴起的孝德文化中，曹娥沿江号哭寻找父亲，七天七夜找不到，然后就毫不犹豫投江寻父。

　　这个故事很悲凉，我不想复述。却也是不经意中，深刻到了我的脑海里。我和父亲有一样的童心，走路的样子也是同样腰背挺直像走 T 台。也是因为在这样的文化氛围中，从小我就对父亲特别敬爱。什么小棉袄、小情人，我应该是都占全了。

江风吹起父亲的白发。他渐渐消瘦的身体，有一阵神情恍惚中我怕他从我的面前消失了。父亲穿着之前的衣服，我的手触碰上去宽大了很多。用我母亲的话，就是他已经撑不起这样的衣服了。

醒神的那一刻。我看到父亲遥望着曹娥江，一个人自言自语地说："这是曹娥江吗？江上面的船怎么有这么大？我怎么没有来过这里？这里又是什么地方？……"

跟着船划过的涟漪。江上白色的鸥鸟，三三两两惊飞于芦苇荡中。白色的芦苇花稀稀拉拉垂着头，东西南北任由寒风摆弄着摇晃。当我惊觉父亲的存在，他手里已经是捏了一把餐巾纸。我这个父亲毛躁的姑娘，只顾着自己跟小狗玩耍而忘记父亲了。

我会把我父亲弄丢吗？回程的路上我时不时放慢脚步，我听到了父亲沉重的喘息声。我跟父亲说："我们歇歇吧，前面不远就有椅子。"我心想：龟兔不要再赛跑了，我父亲已真真切切不是我脑海里从前的模样啦。

# 思　　念

2021 年正月初四。今晚，我特别想我父母。因为一场疫情，远隔两座城市的我们。足足两年，都不能在一起守岁吃年夜饭。

已经是 20：57。孩子在做作业，爱人在旁边陪伴着。我在另一个屋里，朗读着刘亮程《一个人的村庄》。他写道："不知太平渠还有谁在那个晚上听到鸟叫了。"

我想这个时候，早睡的父亲他已经睡着了。这个时候，我的母亲她应该还在电视机前吧？我想象着母亲看到某个情节，是孤独到流泪？还是喜悦得哈哈大笑？

今年的春晚，我就是因为一个相声，差一点笑到进医院。这个相声讲的是，家长给孩子报很多的培训班。这个其实不好笑，我笑着滚到爱人怀

山河与草木

里的那一段，是孩子做算术。那种紧张、焦虑、傻呆！

爱人见我笑得脸色通红嘴唇发紫，赶紧喊孩子用身体挡住了屏幕。那一晚，我知道父母也一定在看春晚。他们八十几平方米的屋子里，一定也是和我们家一样灯火辉煌。不同的是，年轻的我们可以放声大笑。兴许是爱人也笑得失控，没有搂紧我的他，一不小心让我滚到了椅子下面。

这些年我学会了报喜不报忧，很多的时候我也能消化自己的情绪。不像儿时，自己不小心摔到地上，都能在母亲面前哭上半天。

我在想，如果我的体重没有减下来。那么春晚的那一天年三十，我一定会因为激动过头而血压升高。尽管我也知道很多的东西不能假设，但我却非常明白，不能让父母为我担心。

朋友圈里，不少人在晒跟父母一起玩耍。而我父母搬去另一个城市居住的十年，我们基本上都是聚少离多。老家的三楼还在，今晚倒是真的物是人非。

此刻我不敢跟母亲视频，担心我的思念一不小心滑出屏幕。夜深人静的时候，我明白做父母的肯定也非常想念孩子。这样的伤痛，就地过年的我不想轻易地去触摸。

新冠，这个可怕的名词总是让我们胆战心惊。我们害怕去人员密集的地方，更害怕跟别人在一个餐桌上吃饭。

黑夜慢慢沉下去，鸟儿们应该去睡觉了。早睡的人们过了 21∶23，都已经在梦周公了。我继续朗读，以此消解这长夜里的生离苦楚。

《一个人的村庄》，这应该是作者一种极致的孤独。今晚我和刘亮程一样，仿佛也听到了那只鸟的叫声。他写道："那只是一只鸟的叫声。我想。那只鸟或许睡不着，独自在黑暗的天空中漫飞，后来飞到黄沙梁上空，叫了几声。它把孤独和寂寞叫出来了，我一声没吭。"

是啊，这夜多么安静。鸟长长短短叫几声，叫累了它也就回鸟巢睡觉去了。我很想挨上枕头，将一份远方的思念拼接到梦境里。

国家号召就地过年，就是为了控制疫情的蔓延。我们不想给国家添乱，在家附近，方圆几十里自驾不玩景点。有时出门透透气，尽量错峰在少人行的大自然走走。

21：36了，母亲应该也要上床睡觉了吧？这个时候我更不应该去打扰她，扰人清梦只会让母亲睡不着。

离别是为了之后更多的团圆，即使父母年事已高，每次相见他们的白发都在增多。母亲也再三跟我说："一定要健康平安！我们都很好，不要牵挂。"我也常常跟母亲讲："健康平安！"

今晚不管怎样，夜深时候窗外，花睡了，树睡了，草睡了，小兽们也睡了。母亲是否睡着？我是否能安然入梦？我都只想说一声：爸妈晚安，好梦。

（作于 2021 年）

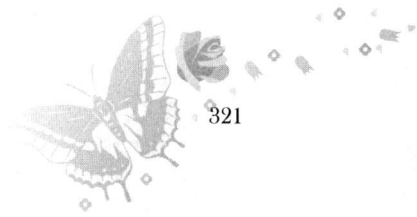

浙江电力文学丛书

散文评论卷

# 缅怀我的音乐老师陆申

傅海静

我不能精确说出他的生卒年，但是他在我的生命中就是一颗明星！

我不能脱口而出教过我的所有老师的名字，但是他，我一直知道、一直记着……

我不是颇有天赋的孩子，称不上他的"得意门生"，但是他的教诲让我受益一生！

偶然得知他已经往生多年的噩耗，我写下这篇，缅怀我的音乐老师——陆申！

## 每当唱起这首歌

每当唱起这首歌，多少感慨在心头，又回想起小时候，我的第一堂音乐启蒙课。老师是当时余姚顶好的音乐老师，后来活跃在音乐教坛上的许多老师都听过他给我们上的示范课，至今还深深铭记着他的名字……课堂上，老师让我们第一次听音练耳，我们佩服极了；可老师说有一个耳朵特灵的人，是他远不能比的，我们倾慕极了；老师说那个人有四个耳朵，我们好奇极了；老师说人如其名，那个人的名字叫"聂耳"，是一位伟大的音乐家、爱国的中国音乐家，他创作了我们中国的国歌，我们激动极了；老师说聂耳是他的偶像，可惜英年早逝，没能留下更多更好的作品，我们惋惜极了；老师弹唱了聂耳的很多作品，我们震撼极了……我们学的第一首歌就是《义勇军进行曲》！

每当唱起这首歌，老师的教诲又拨动我的心弦。音乐无处不在，只要你心中有爱！让自己的"名字"如音乐一般"美"！人之爱，首先国家！要用"心"唱、用"爱"歌！每当唱起这首歌，眼前仿佛一片"东方红"：一轮红日在东方的地平线上喷薄欲出，就像我们的中华人民共和国！这红是红火的未来，立志存远、奋发图强！这红是血染的风采，英灵不朽、精神永垂！"风云儿女"，奋勇前进！无论是战争年代还是和平时期，无论是"最危险的时刻"还是正崛起的复兴时期，永远不忘本、永远向前进！老师说这歌是在敌人的炮火中诞生的，我们这跨世纪的一代要懂得珍惜和感恩，好好学习、天天向上，茁壮成长、报效国家！

也许是陆老师教唱这首歌的印象太深刻，升到初中后的第一堂音乐课上，当老师说想听听我们歌声，让我们随便唱一段时，与我同一个小学音乐老师的男生，站起来就唱了"起来！不愿做奴隶的人们！……"在他的独特示范下，很多男生都不约而同地唱起了这首歌！

每当唱起这首歌，总想对恩师轻轻地诉说。我们的祖国越来越强大，我们的生活越来越富足，我们会永远高唱这首歌！在和平崛起的奋进中，在民族复兴的路途上……不仅在嘴上唱，更在心里唱！您没有看到我们长大，但我们常想起您，特别是每当唱起这首歌！向您汇报，我们从事着各行各业，我选择了"光明的事业"——电力！这是以电相连、用心沟通的时代强音，到处是美妙的音乐，为中国经济社会科学发展的主旋律"先行"领奏！

# 音乐试点班

1985 年 9 月，还不到 7 周岁的我经过考试，上了小学——余姚市实验小学。余姚人简称为"二校"。实验小学应该是浙江省首批试行素质教育的小学，是当时余姚最好的小学。我们那一届四个班，每个班五十多个学生。一班、二班的学生年纪较长，学校在他们两个班级中最后选了一班作为"数学试点班"，提早插入奥数课程。三班、四班年纪较小，打算选一个作为"音乐试点班"。一次，学生们都被叫去集中在小礼堂，老师让我们以班级为单位唱歌，依稀记得是唱少先队队歌。我们班有几个男生特别调皮，在他们的带领下，我们班的声音越来越大。据说学校领导当场就说"好，就他们了！"于是，我们四班就成了音乐试点班。

音乐试点班的授课老师就是陆申老师！与其他班级不同，他对我们班的音乐课就是一种特别的教学。

每次上课，我们都整齐静坐着，等待陆老师从门口径直走向教室右前侧的钢琴，打开琴盖，坐在琴凳上，边弹琴边唱"同学们好"；然后，我们跟着唱"您好，您好，老师您好"。用音乐的方式开课致礼后，陆老师会带领我们走进丰富多彩、新奇美妙的音乐世界。

陆老师会用音乐"点名"，即用二胡模拟人名的发音，让我们辨别，我们惊诧极了！听到自己名字的同学，会情不自禁地站起来。

陆老师会用钢琴弹奏某个单音，让我们记住它，然后弹奏另一个音，让我们辨别是什么音。答对了会被表扬"多了一只耳朵"呦。当大家几乎都能答对，他就开始加大难度，同时按下两个音（键），让我们听音练耳。有时候，陆老师还会抽出几个同学站到前面，分别扮演不同的音阶，他弹钢琴，台上的同学遇到自己的音就要蹲下，台下的同学可以跟着老师唱乐谱（音阶），也可以看热闹纠错误，然后去替换出错的同学。

陆老师会教我们用手势表示音阶，即"科尔文手势"，7个手势代表7个基础音，借助7种不同手势和在身体前方不同的高低位置来代表7个不同的唱名，在空间把所唱音的高低关系体现出来。大家练熟了以后，陆老师就让我们跟着他的弹奏或者歌唱而同步用手势表达。1155665……是我们后来的常用练习曲。就是那首"一闪一闪亮晶晶"，中国歌名曰《小星星》。陆老师让我记的是他的曲调。它的谱曲是莫扎特。当然，除了莫扎特，陆老师还说起过贝多芬，但他特别钟爱"钢琴诗人"肖邦，他的作品被誉为"隐藏在花丛中的大炮"。"不论你在哪里逗留、流浪，愿你永不将祖国遗忘，绝不停止对祖国的热爱，以一颗温暖、忠诚的心脏"。陆老师说肖邦的音乐被人们热爱的原因也许是：它不仅是在诉说波兰的美和忧伤，而且诉说的是一种炽热的爱国之情。肖邦和聂耳都是爱国的音乐家！是陆老师特别欣赏的偶像！

陆老师会教我们唱儿歌。《粉刷匠》《春天在哪里》《歌声与微笑》《小螺号》《小燕子》……聂耳作曲的《卖报歌》《毕业歌》，还有那首《八月十五月儿圆》（又名《爷爷为我打月饼》）。我学会了，回家唱给最疼爱我的爷爷听，爷爷可开心了！

陆老师教我们用身体唱歌。手掌、手臂、腿部、脚、肩肘等部位进行不同动作的组合，代表不同的音阶和旋律。大家能整齐划一地在陆老师的钢琴伴奏下用身体演唱《八月桂花遍地开》，从全程不用嘴巴唱歌，而是用身体打出节奏到边唱边打节奏，一气呵成。后来，我才知道这首歌是一首源自大别山的民歌。

陆老师会教我们欣赏和演唱民歌。陆老师是擅长唱民歌的，我们见过他办公室里一张黑白照片，是他参加声乐比赛的舞台照。他穿着朴素，却很有舞台范儿。他的手势，似乎是在演唱一首劳动号子。在我们的音乐课上，我听到过《河边对口曲》，这是来自《黄河大合唱》的一首对唱合唱曲目，陆老师能一人分饰两角。他会先让我们听，再教我们唱。有时候自己唱给我们听，有时候让我们听他准备的磁带，配上图画，讲解歌曲的创作背景、音乐风格等，引导我们欣赏民歌、民乐。他也会教授我们民歌的发声方法，总是提示我们"唱到楼上去"，即发声共鸣腔。有时候，他让我们静静地看着图画，欣赏《渔舟唱晚》；有时候他自己清唱《乌苏里船歌》，让我们跟着他"摇"、跟着他"唱"；有时候他直接上乐器，跟着他《赛马》驰骋、跟着他《十面埋伏》……他说瞎子阿炳的《二泉映月》可谓绝唱。最初我知道的《春江花月夜》是名曲，而不知有词。《红梅赞》《珊瑚颂》《沂蒙山小调》……似乎，我这辈子听过的民歌、民乐都是在陆老师的音乐课上所得。小学音乐课的乐理知识让我一辈子受用。

陆老师会教我们吹口琴。从二年级开始，全班同学学习吹口琴。他让同学们选择适合自己的口琴，我的是单音口琴，也有选重音口琴的。熟练到不用嘴巴去找位置，而是听着音就知道位置对不对了。后来，教我们用复音口琴吹奏和弦、和音。这个有点难，我反复练习都不能做得很好。陆老师说只要觉得自己练好了就可以找他去考试。我去了很多次，陆老师也指导了我很多次。我不断地努力、一次比一次进步，但终归不是特别好。

山河与草木

最终陆老师给我打了98分的高分，他说是为我不怕困难、勇敢挑战、勤奋努力打的分！还开玩笑地说我嘴巴小，能吹成这样已经很不错了。后来的初中音乐课才开始教授口琴和五线谱识谱。可我已经能闭着眼睛吹口琴、看着五线谱唱歌了。音乐老师轻轻跟我说，记得抄写一下他指定的五线谱曲目，完成作业就好，唱歌和口琴就免考好了。

# 小 乐 队

我们一年级的时候，陆老师成立了学校民乐队。我们都称呼其"小乐队"。我也报名了，可是父母不同意，我就没能参加。后来，班主任老师找我说："有一位同学要求退出，你是否愿意补上？但是，因为已经有一段时间了，同学们都已经分配好了乐器，你现在进去恐怕没有多余的乐器，而只能去打击乐了。"我当下就说我要去！当我在课余时间第一次参加小乐队训练，只见训练教室的黑板比普通教室的大了很多，贴着两大张粉红色的纸，上面用毛笔写着曲谱。各种乐器和椅子的摆放位置是基本固定的。最前面最居中是扬琴，其左侧是二胡、琵琶，后侧是笛子、三弦、木琴、吉他、手风琴、月琴，右侧是小提琴，其后为大提琴，电子琴（钢琴）另设，最后一排是打击乐。我是最后一个去的，被安排在最后一排。其他乐手已经经过陆老师的基础培训，能勉强演奏整一首歌曲，只是还不熟练，技巧也不精纯。打击乐，陆老师曾委托另一位音乐老师训练我们的节奏感。其他的，都是他现场教。他总是说：台上一分钟、台下十年功。除了在校训练时间，陆老师要求我们平时利用碎片化时间随时随地进行训练，例如揉弦、轮指等等。管弦乐、弹拨乐、打击乐等分步指导，乐手点对点分别指导，乐队联合训练、彩排，陆老师都一个一个地抠，力求完美。每教一首曲目，陆老师第一步就是让我们识谱、记谱，之后才是技巧，而最重要的是感情。至今，《彩云追月》《采茶舞曲》等曲目，我是张口就来，就是那时候下的功夫。我们那个小乐队，基本上是同一届的，来自不同的班级，但是主要以我们四班学生居多，毕竟是音乐试点班嘛！所以，只要小乐队有训练或者演出，我们班的教室里几乎就只剩下一半的学生了。陆老师为了激励大家，在二胡和小提琴中，设置了"首席轮换制"，据说正规乐队都是这样的，最好的乐手就该坐在最明显的位置，接受来自观众最直接的瞩目和掌声！所以，那些年，连末首席小提琴手也在更换。我们打击乐一直在最后一排。因为打击乐器声音大，为了音效排在最后面。就像上台演唱最好站在舞台的黄金分割线上，那样的音效最好。陆老师鼓励我们打击乐也很重要，在某些曲目中是"点睛之笔""重中之重"。终于，我们打击乐有了出彩的机会！

小乐队排练《金蛇狂舞》，乐谱纸也换成了黄色，简谱是陆老师用毛笔亲自写的。这是陆老师的偶像——聂耳于1934年根据民间音乐《倒八板》整理改编的一首民族管弦乐曲。乐曲旋律昂扬、热情洋溢，锣鼓铿锵有力，渲染了节日的欢腾气氛。《金蛇狂舞》开篇就是一段打击乐，由大鼓开头，大锣接上。我的乐器是二锣。陆老师指挥鼓手一遍一遍练习，错一点、慢半拍都得重来，其他所有的乐手都屏住呼吸，跟着鼓点的节奏，顺势进入。鼓手一下子成为视觉中心，神气了不少，我们一众打击乐也提振了精气神，更加专注了。开端和间奏部分都完美配合、精准到位。这是小乐队所有曲目演出中，全体乐队成员最众志成城的一次！

小孩子终归是玩性重的多，同班的乐手们多次被陆老师叫去他家里"课后辅导"，也总有"逃课"的。我们打击乐课后基本是靠自学，所以，我没有去过陆老师家里。训练时段中间休息，小提琴手们喜欢跟我换乐器玩耍，我总是很乐意！因为，我实在觉得小提琴洋气、琵琶优美、二胡飒爽。因此，十年后参加工作，我用自己的工资，在姚江边的琴行里买了把400多元的二胡。琴行售后服务就是推荐教琴的老师。每周末，我从城西骑自行车去城南老师家里学习一课时，按月结算学费。那位老师看到我有些惊讶，第一次遇到"大人"来学琴，问我为什么；我说是为了圆小时候的梦。老师好奇我虽然没有学过拉二胡，指法、弓法都是现学的，但是却能自己听音调音，还八九不离十。我说我小学是"二校"，我们班是音乐试点班，小时候学过听音练耳……话没说完，就被打断了，"我去旁听过你们班的音乐课。""我的音乐老师叫陆申！""是的、是的！陆老师啊！"原来我们"小时候"就见过啦！哈哈……

山河与草木

# 百　度

音乐是这个世界上最好的东西，每当遇到挫折，我总是会用音乐治疗自己……小学毕业后就再没见过他。时光飞逝，我没有他的消息，虽然一直惦记。《每当我走过老师窗前》是他教我们唱的。特别是每年教师节临近。2008 年参加浙江省电力作家协会活动后，我特别想写一写陆申老师。于是，总会不经意地百度他的名字，期待会有他的消息，毕竟他曾经是余姚顶好顶好的音乐老师。可是，一直没有。2022 年 3 月 23 日，不知怎的，我又在百度上输入了"陆申音乐老师"，这次，竟然直接搜索到了有这两个关键词的一条信息《学生惦记老师，两年里替他匿名付费 1.6 万》。我兴奋地点开来。

原来，陆老师 1949 年后就从事音乐教育，一直在慈溪的几所中小学任教。1982 年回乡担任了余姚市实验小学的音乐老师，一直做到 1992 年退休。几十年里，可谓"桃李满天下"。但与事业相比，陆老师的生活却并不如意。早年和妻儿分开的他，退休后独居余姚。1994 年，右眼因青光眼突然失明，第二年左眼也患上了严重的白内障。2003 年，生活不便的他住进了余姚市长青老年公寓……

这篇报道讲述了几位学生默默帮陆老师支付老年公寓费用的故事。原来是《宁波日报》教师节前的一篇专题报道。文末，记者写道——陆老师很感动，说："学生是我最大的财富和一辈子的骄傲！"学生们说陆老师永远都是他们的好老师！

看到这里，我兴奋地跳起来，终于！终于！终于有陆老师的消息了！虽然文中提到的几个学生，我都不认识，好歹知道陆老师住在哪里了！可再一看这篇报道的时间，竟然是 2008 年，十四年前！

我立马把这篇报道链接转发到微信小学群，"同学们有谁知道陆老师的情况？" 2008 年，文中提示是 77 岁，那么十四年后的今天应该 91 岁了。患病、失明、独居……以我从事多年老龄工作的经验，我感到有些不妙。有同学提示我打电话到老年公寓问问，我说："我不敢去问，我怕……会有不好的消息。"但我终究还是去问了，只是不敢直接问，而是辗转找了老龄委、卫健局的朋友去打听……

雨停了，天还朗了起来，但是看不到太阳。我一个人在公司附近的舜北公园不停地走路，绕了不知道多少圈，一直在默念、祈祷……希望有好消息，希望有奇迹！54分钟后，看到了微信回复：长青那边说陆老师走了好多年了……我的泪，终于决堤了！

我想让自己平静下来，可是很难！我甚至怨起了百度。我不止一次百度过陆申老师，这么多年，就算按照最低频次一年一次算，也不至于在2022年才搜索到2008年的信息吧?！十四年啊！我竟浑然不知他的离世！浑然不知他的失明、他的独居！哪怕是2008年那则信息之后的一年、两年、三年、四年，让我看到！我就能找到他！再见到他！让我尽一尽一个学生的"孝道"！即使他已经看不见我、不记得我！

陆老师！

我的老师！

…………

我把这个噩耗回复到了小学群。同学们开始回忆："陆老师放学周末免费教学乐器，我没有珍惜，还想着逃课去跳橡皮筋。""陆老师鼓励我去考剧团，少年宫免费让我去上课，但是我最后没有去考，有点后悔的，要不然还可以为余姚的非遗文化贡献点力量。""陆老师家以前记得去过一次，老平房，陆老师和他妈妈一起住，那个房子黑黑的感觉，还有个保姆。""退休了，买个乐器，练练，基础还是有的。""是的，以后有空了，还会再去学乐器的，只是今天聊到了陆老师，很伤感……"

我想让自己平静下来，可是很难！哭得有点头晕，不忍接受这样的事实！竟然把同事小于喊成了小王……

今天，2022年3月25日，我写下这篇《缅怀我的音乐老师陆申》，思绪还是有些凌乱，写着写着，眼泪止不住地夺眶而出，换了个键盘……

（作于2022年）

山河与草木

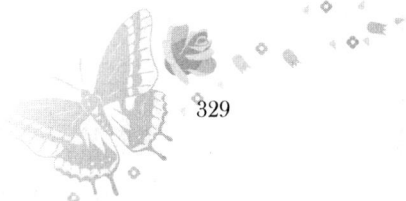

329

# 向 书 而 栖

黄瑾瑶

　　暮春，市图书馆。

　　窗外绿树成荫，苍翠欲滴，室内书香浓郁，知识爆棚。我心如蝶，流连在书的百花园，在"一枝淡贮书窗下，人与花心各自香"的意境中物我两忘。

　　这是宁波市最前卫的一座图书馆，分地上四层、地下一层，总建筑面积约 31866 平方米，拥有艺研室、图书借阅区、电子阅览区、古籍阅览区等多功能区块，是我心仪已久的打卡地。

　　身临其境地感受着现代化科技所带来的便捷，我的心中颇为感慨，"想当年"就差脱口而出，彼时那景就像纪录片回放，历历在目。

　　那是一家承载了青春记忆的图书室，遇见，怦然心动。刚出校门的我在那家工厂培训，绿意融融的厂区深处悄然设立着一个图书室，老式的木结构平房，不甚宽敞明亮，低矮陈旧，脚踩在有年头的地板上会发出"吱嘎吱嘎"的声音，仿佛年代久远的叹息。然密密匝匝排列着的书籍，比黄昏清浅的发黄纸张，如一枚时光琥珀，散发着书的专属芬芳，让我默然欢喜。

　　雨天是最能消磨时间的，我靠坐在窗边，手执一书，看着时疏时紧的雨丝轻轻地敲打着窗棂，望着被雨水滋润得越发翠色欲流的树叶儿，听着颇有戴望舒韵味的雨声慢慢地潜入我的思绪……这样一坐往往就是一个下午，也许那时我只是喜欢那里静谧的环境，那股淡淡的书香味，让远离家乡的心在书中寻找到一块停泊地，拥有一个宁静致远的心态，而去热爱生命中的每一个当下。

　　那时的书大多是借读。上学时的书，大抵是父亲从学校的图书室借来的，供我在寒暑假阅读，书目基本是老师指定的。书摊上的书尽管种类繁多也吸人眼球，无奈囊中羞涩，只能跺跺脚狠心离去，诚然同学间的借阅也是有的，只是僧多粥少，往往不能尽兴。图书馆则是城市里的奢侈品，虽则卷帙浩繁，但于我而言却是遥不可及。

岁月荏苒，现今读书最多的是在晚上，抛下白日挤进心灵的琐碎杂物，在文字中惬意行走，生活磨砺出的角质层慢慢得到修复，一颗心就此变得轻盈可飞。

百岁老人冰心的《寄小读者》这样说道："夜渐长了，正是读书的好时候，愿隔着地球，和你们一起勉励着在晚餐后一定的时刻用功……"受此感染，爱其作品，敬其品质，我渐渐地养成了夜读的习惯，小说、散文、传记……有文坛新秀的处女作，也有文学巨匠的经典之作，透过这些泛着书香的文字，生活的质地如河床上的卵石，开始慢慢地彰显出来，夜呈现出另一番迷人的景色……

临睡前的夜读，其悠而闲，其安而逸，无不堪胜陶潜的"把酒话桑麻"的惬意。夜来读书，是为疲惫的羽翼洗尘，是为紧张的灵魂松绑，是为劳碌的生命歇憩，是为逝去的光阴追忆，夜读是思维和智慧的心灵之约。余秋雨的《文化苦旅》、杨绛的《我们仨》、汪曾祺的《人间草木》等都是我所喜欢的，唐诗宋词、明清小说则是我书桌的常客，在柔和的灯光下，我常常这本翻翻，那本看看，视线在它们之间跳跃，乐此不疲，那样的夜晚散淡而平和、真实而宁静，我尽情地在属于自己的时间里游荡，在字里行间追寻着与美好片段的邂逅。

夜真的是人类一种很浪漫很理智的时段，似乎可以挤出好多汁水，而睡眠则仅仅是最后的乐章。这几天捧读的是阿列克谢耶维奇的《我是女兵，也是女人》，"这是一本痛苦的书，也是一本真相的书"，作者通过几十趟的旅行，数百盒录音带，几千米长的磁带，五百多次采访来倾听在二战中幸存的女兵们的讲述，讲述那个我们所不熟知的血腥又残酷的战争场面。真诚地感谢作者多年的聆听，让战争的真相得以还原一个角落，不至于全部都永远地消失在历史的长河中无人问津。掩卷之余，让我们致敬那些逝去的生命，致敬战争中的女兵，并由衷地庆幸我们生活在和平繁荣的

山河与草木

国度，共享和谐发展。

当然，更多夜读的主题还是类似于《今生今世》的美文，生活需要真爱，需要感动，虽则都市冷漠，但毕竟还未练就"金刚不坏之心"。让我们在书籍中穿行，阅读会把生活泡成一壶浓郁的茶，茶香弥久，久久不散……

也许有人认为夜读是寂寞的境遇，非也，人可以孤独但不能寂寞，书是最好的知己，他会拽着你的衣襟，跟你心境交会，情意绵绵，在孤独的灯影下，人的心灵得到调养与慧悟，获得一份释然，明天的脚步会变得轻快些。我记得《收获》曾有这么一句广告语："当世间所有虚妄的追求过后，文学依然是灵魂的一片净土。"清新直白的语句道出了沉溺于物欲中的人们不可缺乏的精神追求话题，网络文化、快餐文化，固然能博得感官的愉悦，却无暇反刍由此带来的心灵的粗糙与徒然的匆忙，更没有对人性温柔的触摸和对人生睿智的点拨，文学的可贵与超然，使夜读成为人与书无缝的匹配和融合。

窗外晓风残月，星光点点，我蜷在这夜为我织的茧里，那种安全和满足混合着书香弥漫了斗室。帘动微风入室，我抬头望望苍茫的夜空，让思想插上翅膀四处飞翔，让心灵撤去屏障汲取营养。

四季的夜读，季季绚烂多姿。春雨潇潇的晚上，闲坐在书桌前，听那窗外春雨在屋檐咏叹，在《潜意识的力量》里开发自己的潜能，深入了解自己的内在。在月朗星稀的夏夜，朱自清的散文捧读在手，追寻着大师的背影，或感伤或叹息，领略着人间的至境。金风乍起的秋夜，我会走进芦花飞舞的芦苇荡，去解读孙犁的《白洋淀记事》，寒意蓊蓊的冬夜，我窝在沙发里，阅读的是沈从文轻灵的文字，体验着流淌着情感的湘西山水，不知东方之既白。

阅读的况味是一种深度的安静与省察，正是一次次的"书卷多情似故人，晨昏忧乐每相亲"，让我聆听到高贵灵魂的诉说，收获到如诗般的遐想和对崇高品质的向往。

向书而栖，初心永存。

（原载《脊梁》2020 年第 5 期）

# 东南沿海行记

郎　建

　　职场的列车，到站下车了。整天的忙忙碌碌，一下子空闲下来了，闲了就想干点什么，无用方得从容。一方面想总结一下四十二年的职场经历，另一方面，也想出去看看。

　　怎么走？去哪里？从容地想了好长时间，最终定位在"自驾自由行"。自驾是我比较喜欢的方式，早年间因为孩子小，出去要这要那，去参加大团不方便，加上自己也喜欢驾驶，一天开个千把公里基本没事。这些年的实践证明，我无论是单日自驾还是持续自驾都没问题。自由行是一种全新的尝试，这是着眼于退休后的一种尝试。过往的出行，都有详细的安排、属地单位的支持或朋友的帮忙。我想尝试一种全新的模式，做好大致攻略，随心行，凭借手机来完成旅行。

　　思路确定后，就是论证和实践。把这个想法与几个朋友一交流，得到热烈的响应，而且家属的反响更强烈。我想有几个前提抛出来，大家讨论：第一自驾自由行；第二海岸线游，先往南，目的地东兴北仑河口；第三，尽量不去大城市，因为大城市大同小异，一般都交通拥堵，出入不便，且大城市去过的人多；第四，家庭行，以家庭为单元参加。大家拿着意见，回家去商量，并做好各自的攻略，之后，集体又商量几次，把各个攻略汇成一个总攻略。说实在对攻略我关心得不多，我关心的是出行本身及大家满意度及模式。

　　对于浙江的沿海城市与岛屿，因为太熟了不考虑。进入福建的第一个城市是宁德。太姥山、霞浦、三都澳去过多次，特别是三都澳常年可停靠

50 万吨船只。那里的水上鱼排村值得一游，海鲜也很不错。它是目前我国万里海岸线一块尚未开发的处女地。考虑来考虑去，最后把南游的第一站选在福州。

3 月 3 日一早，从稽山一品出发，3 台车、11 名成员，为了让行程更有效率和组织性，我们这个东南沿海行团，设有团长 1 个，领队 1 人，副团长 5 人，普通团员 4 名，是一个团结、友善、有效率的团队。对出行我有一丝担忧，是团员的自驾能力，11 名团员中，只有我和团长算是有自驾经验的。行前我一再关照，不要跟车，各开各的，有事联系。一上路，大家还是很兴奋，撒了欢地跑。结果有 1 台车就因超速，罚了 6 分。到了中午，3 台车相约在福建一个服务区，一看状况都不错，我想驾驶关可能就过了。

听从了旅行社朋友的意见，我们把第一站的驻地定在"闽越水镇"。闽越水镇位于闽侯竹岐新区，隔一条闽江与福州市区相连，是由福建龙旺投资公司投资的一个 3000 亩的项目，说白了就是一个房地产项目，建一个主题文化公园，围绕这个公园开发房地产，这是大型房企常规的操作手段。对于龙旺投资公司，你可能比较陌生，但如果你常去超市，就会对它旗下的龙旺食品熟悉一点。我们入住在"闽越水镇"内的"海丝馆"。

"闽越水镇"是为了纪念闽地的先驱闽越王——无诸（姓驺氏）。无诸是越王勾践后裔，从越国南下，到闽地，开辟闽疆，自称"闽越王"，号"治城"。秦末，刘邦抗秦，闽越王率兵北上，助刘灭秦，所以，汉高祖五年（公元前 202 年），被刘邦复立"闽越王"，后闽越国被汉武帝所灭。因闽越人依水而居，城池宫殿临水而筑，所以把主题公园叫"闽越水镇"，它借鉴了福州"一楼两塔"城市格局，以海丝、闽越为主题，吃住行游购娱于一地，力求再现福州百年水乡风貌。

从我个人的观察来看，"闽越水镇"经营得不错，我们入住的海丝馆，就位于公园内，凭房卡，免门票，房间的环境、布设、空间一流，价格实惠，公园的人气很旺，各项活动也不少，闽越主题很鲜明，白天景色很美，夜景灯光秀更漂亮。

在多个主题馆陈设中，我对"福船"馆较感兴趣，福船是我国古代四大船型之一，它凭"水密隔舱"这项先进技术，成为中国古代最具有远洋能力的商船。福船"水密隔舱"技术的发明领先了西方1000多年，在至今的世界造船航运中仍发挥着巨大的作用。2010年，这一传统技术被联合国教科文组织列入《急需保护的非物质文化遗产名录》。明代郑和下西洋，他的船队基地就在福州长乐太平港，他所用的船只，就是福船。福船馆把福船的技术造型、文化模拟场景，有机整合，构思巧妙，结构紧凑，知识满满。在福船馆旁边的水面上，还停泊着一艘实体的福船，加深你的印象。

到了福州，大多团员都没有去过三坊七巷，于是就决定团队摆驾三坊七巷。这里要提一笔，几次来福州，对福州的城市交通印象不好。交通拥堵，是大城市的通病，但福州我觉得理念、设计、管理上还有提升空间，例：二路高架交会后，成一车道通行，这在平时想不堵都难，更别说高峰时段，所以导航上29分钟的路程，足足开了1小时40分钟。

根据团员建议，我们晚餐安排在文儒坊的书香文儒酒店，酒店古色古香，环境陈设均具品位。原址为螺洲陈氏陈懋侯故居，陈家世代簪缨，共出了21个进士，108个举人，名副其实的"书香文儒"。这里闽菜馆让你体验到地道福州菜——佛跳墙。上这道菜前还有一个仪式，用竹制的木盒抬上，敲着大锣，有一个福建阿姨讲了一通的福建话，边上一大叔用普通话翻译给大家听，介绍佛跳墙。每一盅佛跳墙都是料足味美，每一道菜品极为精致。大家吃饱喝足，回味无穷地走出酒店，我悄悄打听一下餐费，直呼奢侈，居然还收10%的服务费。

如果大家以后来福州，要体验闽文化，这里是一个很好的选择。无论环境、位置、美食都属上品，顺便讲一下，酒店的房间也很有特点，预算足的朋友可选此。

出了书香文儒酒店，顺着文儒坊，步行百米就到南后街，南后街是三坊七巷中轴街，全长约1公里，你只要记住，它的西侧是三坊，它东侧是七巷，就不会在这个老街区转晕。

现在许多城市都修有历史街区，我也走了不少，总觉得福州的三坊七巷、成都的宽窄巷属于比较成功的。我没有具体的数据支持，主要从人气和业态来评估。周末的三坊七巷人流涌动，摩肩接踵，而其中年轻人居多，留得住年轻人，就留得住市场和未来。

出了福州，我们转向平潭岛，这是我特地加的一个点。我们行驶过投资百亿，历时 7 年建成的世界上最长跨海公铁两用大桥——平潭海峡公铁大桥，桥全长近 17 公里，跨海段约 12 公里，上层双向六车道，下层双线铁路，它是我国高速公路网京台线重要组成部分。

我们来到环岛公路，整个海岸线景色宜人，沿着海岸线，到了北港村。北港村是一个依山而建、高低错落的小渔村，村不大，名气大，她入围"中国美丽乡镇"、中国地理网红打卡地，有"中国爱琴海"之称。村中民居多以石头搭建，就是传说中的石头厝。游人不少，这是我登上平潭岛看见的最多人的地方，这是一个安详、秀丽的小渔村，喧闹的游客，增添了它的人气，为了迎合这人气，村上修了不同风格的民居。能静下心来，小住几天，面朝大海，春暖花开，关心粮食和蔬菜，那一定是十分惬意的事情。令我感到意外的是，在村边海湾最核心的 C 位上，正在装修我们大国网的一个服务驿站，神州大地，大国网无处不在。

出了平潭，我们转向莆田，进入莆田，先去了莆田南少林，20 世纪 80 年代由电影《少林寺》引发的少林热，也引出《南北少林》，也带动福建的南少林热。南少林的由来众说纷纭，相传唐初有"十三棍僧救唐王"，唐王登基后，为表彰少林武僧，特许在全国建十座少林分寺，然后，就有了福建少林寺。随着少林热，福建有了泉州少林寺、福清少林寺和莆田少林寺，都说是由少林寺棍僧创立，都说自己是正统，各执一词，争论不休。

转而走向湄洲岛，走近了解妈祖文化是我们来莆田的主要原因。到了文甲码头，用身份证购买船票，上船不准带打火机。等出岛时，我才发现，出岛是不用再买船票的，用身份证一刷就出来了，这挺方便的。

湄洲岛面积 10 多平方公里，妈祖祖庙所在地。妈祖文化是中国特有"海洋文化"，"有海水处有华人，华人到处有妈祖"。妈祖文化肇于宋、成于元、兴于明、盛于清，繁荣于近现代，是由民间兴起，中国本土生产的信仰文化，与我国的海上贸易及沿海港口开发密不可分。许多沿海城市的开发与之息息相关，如："先有娘娘庙，后有天津卫。"到目前全球共有5000多座妈祖庙，2亿多信徒，而且信仰文化中有掏火割香仪式，用这种仪式把移民与移民的原乡联系起来，实现了"神同源、文同脉"的延续。

登上湄洲岛，第一个意外就是我们所订的"王朝度假山庄"是一幢沿街的民居，招牌比房子都大，我们实实在在地被名称忽悠了一把。岛上区域不大，与众多的信徒与游客相比，接待能力不足，全岛大概有近5000张床位，基本上是小型宾馆和民宿。所以游湄洲岛一般都是早上进岛，下午出岛，住在大陆上。

在导游的建议下，我们夜游了妈祖庙。夜幕下的妈祖庙，在灯光的映照下，建筑主体线条清晰，大气庄严；泛光灯带色彩分明，熠熠生辉；雕塑佛像，金碧辉煌。庙宇的灯光装点得如此漂亮，实属少见。庙区游人稀少，游览的舒适感超好。

早上，踏着网红的环岛彩虹路，来到了湄屿潮音，湄屿潮音，是一段由风蚀、海蚀形成的花岗岩海岸线。由于我们去的时段风和日丽，所以没有感受到如管弦、钟鼓般的潮音，欣赏到听得见的风景，但看到千姿百态、气势磅礴的岩滩。海蚀岩滩，游人稀少，大部分的岩石通体洁白，被海水海风蚀得千疮百孔，十分奇异，石质坚硬。我想随便挖几块，放到院子里，也不输灵璧石、太湖石。我专门查了这是什么石材，据查，这一段海岸线由二长花岗岩、黑云母花岗岩及辉绿岩组成。我一人在这空无一人的海岸线上，默默地走了很久，静静品味这大自然的鬼斧神工。

感受完妈祖文化，接下去感受潮州文化。之后，我们去了潮州、汕尾、揭阳。说实在对潮汕文化，我知之甚少，只知道功夫茶、牛肉火锅还有潮州富豪。潮汕几个地方转下来，与心里想象的潮汕比较，差距还是很大。首先感受的是交通，城市路网建设得也不差，但管理很乱，道路不分类不分道，摩托混同汽车行驶在同一车道，车速很快，车流很密，摩托如有个闪失，一定是车毁人亡，我都不知道怎么开车了，一路战战兢兢。此外，城乡的差距巨大，城市的景气指数的确与浙江有较大差距，难怪"共同富裕示范区"会落户浙江。但潮汕的美食的确名不虚传，我们品尝了最好的牛肉火锅、当地的海鲜，值得一夸的是那些餐馆老板，无论是火锅

山河与草木

店，还是海鲜店，我们遇见的都是尽心想让你吃好、想让你感受他的美食、不在乎金额的老板，大过嘴瘾。

在汕尾还看到了一个特别的民俗，家家户户，门上点着一盏红灯。问了人后，才明白，潮汕地区有"尚红"的习俗。这灯叫"门卡灯"，以前初一、十五、过年过节，拜神拜祖公点几天，后来有了电，就长点了，代表财丁两旺，在海边有出海人的家庭，更是希望点亮一盏回家指路的灯，给出海人以信心和温暖，真是"十里不同俗"呀。

在潮汕地区见到的海岸线都是清澈的海水，整洁的沙滩、峻峭的海岸。不像我们家乡到处烂泥滩、黄汤水。那海岸真叫一个漂亮。这种自然条件，在浙江人眼里，那就是几个亿、几千万的财富，浙江在烂泥滩、黄汤水上都要玩出个花样来，而在潮汕，这种自然条件没有被激发出它的商业属性。这是一个很奇怪的现象。

潮汕文化，我一直认为是一个很神秘的文化，潮汕的商业文化有着悠久的历史，从唐宋时期，随着大规模移民的进入，就形成了海上商业，后来，制糖业、棉纺业的快速发展，更加促进了海上商业。海禁的放开，在清末民国时期，造就了大规模的海外移民和潮汕商帮的崛起。由于异地谋生和海寇之害，潮汕人聚族而居，形成了鲜明、有力的宗族文化。凭借这种文化力，形成了遍布全球的潮汕帮，潮汕会馆布满全世界。特定的历史背景，孕育了潮汕人冒险、博弈的精神。

值得一提的是揭阳，在我看来三个城市，无论是经济还是城市管理水平揭阳都要高于潮州、汕尾。本想去逛一逛揭阳的玉石市场，结果，一早赶到揭阳，市场冷冷清清，大都闭门。一打听，我们外行了，揭阳的玉石市场一般都是中午开门，一直营业到半夜。我们逛了逛，仅有几家开门的店，从市面业态上来看几乎所有店面都是跟玉石有关的，无愧于"亚洲玉都""不产玉的中国玉都"。

不产玉的揭阳能成为玉都，跟我们的义乌成为"小商品城"发展经历相似。当年揭阳阳美村的村民，因土地不足，农闲时"挑八索"，就相当于义乌人的"货郎担"，走街串巷，买卖旧货，收购旧玉、簪花等首饰贴补家用。在具体的实践中，他们发现收金银获得的利润，还没有收旧玉，改造后出售的利润高，于是把收旧玉作为主攻业务，成为一代玉农。改革开放后，玉农成为玉商，开始向下端，延伸到玉石产地，向上端，扩展到高端加工，由此形成了完整的产业链，孕育了完整的玉石市场。到现在成为有商户5000多家，工作室500多家，从业人员8万多人的中国玉都、亚洲玉都。

潮汕是一块神奇的土地，孕育着中国最早的海洋商业，精明、能干的潮汕人，一直走在时代前列，华人富豪中潮汕人不胜枚举。

出了潮汕，前往珠江区域，那边的好多城市我都已去过，最后选了一个陌生的城市——茂名，入住位于浪漫海岸国际度假区内的温德姆酒店，这是一家建在海滩上，有着东南亚风格，并以"浪漫"为主题的度假酒店，拥有几公里私享海岸，也是一个4A级景区。酒店入住客人进景区是免门票的，酒店很有特色，房间的设施、空间极为舒适，房价也不高，性价比较好，是一个理想的度假选择地，它的边上还紧挨着号称"中国第一滩"的海滩，也是一个4A景区，拥有长达12公里的沙滩，沙滩外侧有800～1000米的沿海防护带，防护带延续80公里。几公里外，还有一个叫放鸡岛的潜水基地。

那天，且逢三八妇女节，由团长提议，以团的名义为全体女同胞（五个副团长）庆祝妇女节，请女同胞吃一顿日本料理，主菜是和牛，男同胞沾光。

离开茂名进入广西，我们登上了涠洲岛。涠洲岛是中国最年轻的火山岛，有"蓬莱岛"之称，也是广西最大的海岛。全岛面积24.74平方公里。一上岛，从植被上就感受到热带风情，入住一个叫"海韵之嘉"的民宿，民宿条件一般，但位置尚可，去哪都不远。郎冠迪选了一家号称涠洲岛美食环境榜第1名的餐厅——"青骊北院骊餐厅"。它是一家位于海边屋顶的露天餐厅，可以边欣赏落日，边就餐，夜幕降临时，用一盏盏氛围灯营造出浪漫的场景，环境确实不错，美景佐美食，大家兴致很高，拍了许多照片，也消灭了不少"16年茅台"。

涠洲岛拥有大片火山岩海蚀形成的海岸，形成了鳄鱼山、五彩滩、滴水丹屏等景区，由于我们一路沿海而行，见了许多美丽的海岸线，所以涠洲岛的景区值得一看，但无惊奇。整个岛环境及规划说不出有什么好，但

山河与草木

339

我觉得这里充满着人间烟火气，适合慢游，岛上有多家电动车出租店，租上一辆，才几块钱，然后慢慢悠悠地逛岛，必定是十分有趣的事。到了晚上，各类夜宵烧烤摊，遍地都是，霓虹闪烁，流光溢彩，逛累喝杯啤酒或咖啡，歇个脚，那也是人间美事。

最让我羡慕不已的是岛上到处盛开的三角梅。那个茂盛、那个浓郁、那个艳丽，煞是好看，让我大开眼界。三角梅我们家乡也可以种，但需要盆栽，因为到了冬季需要搬入室内保温，叶子会全部落下，第二年要重新长叶，花也开少了，开得晚，几年下来就退化了，而涠洲岛上的三角梅是地生的，终年不落叶，四季常有花。三角梅不仅是北海及国内许多其他城市的市花，海南的省花，也是日本那霸市的市花，赞比亚的国花。由此说明三角梅是多么得人青睐。

出了涠洲岛，我们奔向此次沿海行的目的地——东兴北仑河口。

进入东兴，我们先去了京族三岛之一——万尾岛，到了它的最南端——万尾金滩。同在广西，万尾金滩名气没有北海银滩大，但它和北海银滩一东一西，一金一银，各有风姿，万尾金滩以沙细、水清、坡缓、浪平闻名，金滩长达 10 公里，自驾直接可以开到海滩边，抬脚下滩。走在金滩上，举目望去，海天一色，海风习习，海浪刷滩，渔船点点，低头细看，滩上满是移动的小海蟹，一派南海风光。这里你只要花 100 元，渔民就会给你开上一艘渔船，到深海去逛一逛。沿滩都是一家一户的小商户，整个原生态，自驾到此康养，又是一个好地方。

沿途我们又去了一个叫"崇左"的小城，在此之前，我对这个城市一无所知，到崇左，是为了游览号称"亚洲第一、世界第四"的德天跨国瀑布，德天瀑布就位于中越 53 号界碑旁，由中国的德天瀑布和越南板约瀑布组成，相依相连，宽 200 多米，落差 70 多米，纵深 60 多米，三级跌落，年均水流量是黄果树瀑布的 3 倍，四季飞瀑，号称全世界最美丽的瀑布。上规模的瀑布我见得不多，对此称号，既不敢否定，也不敢肯定。

瀑布位于左河支流——归春河的上游。观瀑布有步行及坐竹筏两种选择，我们选择了坐竹筏。河对岸也是一个景区，不少越南少男少女在结伴赏春，拍照留影。因为河不大，两岸可谓鸡犬相闻。一个西方老外，穿着

T恤、短裤、拖鞋，看着我们的竹筏发蒙，两个越南小哥爬上瀑布边岩石，在岩上钓鱼，两岸共现一幅和谐美好的赏春图。

据说夏季是观德天瀑布最美的时节。德天瀑布的确很美，跟黄果树瀑布相比，各有千秋，权威的《中国地理》把它和黄果树同列为全国最美瀑布。

离开德天瀑布，我们奔向沿海行的目的地——东兴竹山村。

导航到竹山村，村内建有停车场，徒步几十米就到"大清国一号界碑"处。当年，在中法战争结束后，划定中越国界是当务之急，经历了七个月的和谈斗争，最终在清光绪十六年（1890 年）将界碑立在现在的竹山村。在竹山村立的是第一号。所以称大清国第一界碑。碑正面书有"大清国钦州界"，正楷阴刻。

"大清国一号界碑"位于一处小山坡上，正下方即为北仑河口，屹立百年，历经沧桑，寸土未离。"大清国一号界碑"的路对面就是沿边公路的起点，建有"零点"纪念坛。我们到的时候，一个做自媒体的大哥自拍说要怎么样从起点，一路奔向终点。从"零点"纪念坛下去，走过一座小桥，就到了"山海相连地标广场"，广场建有一个 35 米高的雕塑，由红蓝相间组成一个抽象的"兴"字形状，红色和蓝色寓意山海相连，广场分为"山之广场""海之广场""山海之间广场"等区域，是东兴地标建筑。

全团成员都颇为兴奋，就像学生完成作业一样，为自己的新经历而兴奋，纷纷留影合照，抒发自己的心情，我也随即发了一个微信，庆祝打卡成功。

自驾到东兴，一路过来，累计已超过 3000 公里了，对全团的绝大多数成员都是第一次，实现了安全新突破，而且这次我们进行了全新的尝试，就是一脚油门，一台手机，一路畅游，行前的许多担心、许多考虑，在全体团员的共同努力下已不存在。全团共识是：游得好，走得畅，玩得开心，收获感、成就感满满。

徐徐落下的夕阳提醒我们该告别竹山村、告别"大清国一号界碑"了，我们沿"五七"堤前往东兴市，到东兴入住华美达广场酒店。

华美达广场酒店是东兴最高（35 层）最好的酒店。酒店一边就是界河，与越南隔河相望，一边就是东兴口岸，站在酒店的顶层看越南一侧，

山河与草木

零星的农舍散落在葱绿的土地上，晚上，灯火稀少，再看中国一侧，建筑密密麻麻，夜晚，灯火通明。在一位保安大哥的推介下，我们在酒店的不远处找了一个挺不错的餐馆，丰盛的海鲜、平民的价位，庆祝我们全团顺利抵达目的地。"16年的茅台"又消费了不少，还有团长带的红酒。

沿口岸，无论是路边还是街面，全都是越南的商品，品种繁多，有越南的药、红木雕件、摆件、食品、香烟，大多是资源类产品。有一种产品，就是越南产的橡胶拖鞋、凉鞋，我看看好像也不怎么样，但好多商家在卖，有买才有卖，虽然我看不上，但一定有消费需求，才会大量进入中国市场。所以围绕着东兴口岸，是整一个越南小商品市场。实际反过来也一样，记得有一年去瑞丽，去了对面的城市，那里就是整一个中国小商品市场。

离开了东兴，完成了既定目标，进入返程阶段，进入团员真正的自由行。有团员选择了百色，我们就到了百色，参观了百色起义纪念馆。在百色还吃到一种叫"鱼生"的美食，就是把鱼切成薄片，周边围着十六种配料，然后你自己选上配料，倒上花生油，鱼片裹着配料，塞到嘴里，这道菜我们谁也没有吃过，上了那么多东西，也不知怎么吃，在服务员的教导下，才完成这道菜的第一口。

之后，我们又去了阳朔，游漓江，漓江我去过几次，漓江依然是那么美，游客依然那么多，整个阳朔被挤个水泄不通。可惜的是漓江山水的美好仙境，被竹筏的柴油机声吵着，流水线那样赶着，意境全无，又加上是漓江的枯水期，天气也不怎么好，原本要细细品、美美看的仙境，被赶集式的游览搞得体验不好，还是怀念早些年来的时候，人没那么多，船是慢慢行，境是细细品的时光。

出了广西，我们赶往衡山，在五岳中，衡山我从未到过，到了衡山，一打听，前一日开始，衡山索道检修，时间为半个月，要我一双老腿徒步登衡山多少有点力不从心，只能留下遗憾了。

当夜，恰逢本团有一名副团长生日，另一名有心的副团长早早地记着，悄悄准备了鲜花和蛋糕，于是我们在南岳衡山脚下的仁和饭店，举行了全团庆生餐，鲜花和生日烛光，既祝寿星生日快乐，也祝旅行美满顺达。

　　由于不少团员都因脚力不济，对衡山敬而止步，于是我们游览了南岳大庙。南岳大庙是历代帝王祭祀山川社稷的主庙，与泰山岱庙、登封中岳庙并称于世，衡山又是五岳中的寿山，人们常说"寿比南山"，就是指南岳衡山，所以福寿文化在衡山广为流传。南岳大庙是佛道并存的庙，有别于我们平时接触的佛教寺庙，所以进南岳大庙要事先做做功课，不然烧香都找不到正主。

　　出了衡山，我们来到了宜春，来到了宜春明月山度假区，这又是一个疗养的好地方，以富硒温泉著称，对宜春的温泉，江湖上有许多传说，我们是慕名而来，这里大部分人也都是慕名而来，疗养居多，不少是租房长住的。度假区中心广场区域，沿街所有店铺都是洗脚按摩店，门口一排排木桶，一排排塑料椅蔚为壮观。原来有一口大井，人们可以自带桶，自掬自泡，现已被截流，输入沿街铺子了，我们也入乡随俗，找了一个安静一点的地方，全团泡脚，价格也不贵，10块钱，按摩费用另算。

　　一眼温泉带动整个度假区。同样，原定登明月山、览胜景，到了景区门口，工作人员告诉我们登山索道检修，徒步登顶单程需要4小时，吓得我们望山而退。

　　离开宜春，我们转入南昌，又见到八一大桥上的巨型白猫、黑猫。记得我第一次来南昌，还在办公室做秘书，跟着吴局长来南昌，当时江西电力公司一把手，也姓吴，也是绍兴人。应他的邀请去南昌。那次我们游览完井冈山后，一天早上，从井冈山锦绣山庄离开，赴庐山，赶到庐山已是下午，游览了庐山几个点后，在牯岭镇上用餐。为了表达重视，江西省公司专门将冬季停开的省公司庐山招待所临时开起来，服务人员也叫了回来，结果在吃晚餐时，山上下起鹅毛大雪，一会儿工夫，地上已积成厚厚一层雪，当地的接待人员告诉我，看这个样子，晚上一定会结冰，明天车子可能下不了山。我们原定是第二天玩一天，晚上回南昌，我请示吴局长后，吴局长决定连夜下山，最后，我们在警车的带领下，匆匆下了庐山，后半夜赶到了南昌，等于我们一天玩了井冈山、庐山，并回到了南昌。一晃二十多年了，仿佛就在昨天。

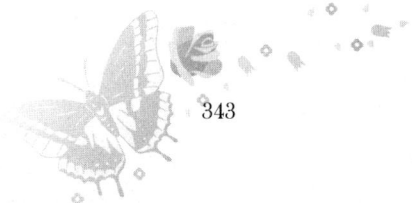

这次到南昌，老婆提出去海昏侯墓看看，我一查离驻地大约 37 公里。原定下午去滕王阁，于是征求了团员的意见，大家同意加一个临时行程，说走就走。到了南昌汉代海昏侯国国家考古遗址公园，才感受到南昌为这个海昏侯国遗址所做的"一流展示工程"，整个遗址公园，修有长达 10 公里的专用公路，园区布置气势恢宏。作为一个门外汉，我说不出这百年考古新发现的价值，一位考古专家说过："海昏侯国考古价值需要两代人的研究。"

我通过博物馆的现场学习，掌握了几个知识。第一个知识点：关于海昏侯——刘贺，海昏侯刘贺（公元前 92 年—公元前 59 年），大家可能比较陌生，但一说他的身世，大家就会明白得多，刘贺系汉武帝刘彻之孙，昌邑王刘髆之子，西汉第 9 个皇帝，他 5 岁即位，成为第二代昌邑王，19 岁时，因汉昭帝死后无嗣，被权臣霍光拥立为帝，仅仅在位 27 天，就被赶下帝位，史称"汉废帝"。据史书记载，他在位时"行昏乱，恐危社稷"，还记载了他的 1127 件荒唐事，我粗估他每天要干 40 多件荒唐事。不过史书都是成功者的史书，刘贺到底是一个什么样的人很难说，从出土文物来显示，他"知书达礼、爱好音律、情趣高雅"。是"好青年"还是"昏君"这个命题留给史学家吧，反正刘贺的人生确实丰富，33 年的岁月，经历了"王、帝、民、侯"四个身份，确实传奇，说他是"史上第一人"也不为过。

第二个知识点：关于海昏侯的"海昏"词解，对于"海"字大家认知基本一致，古代把湖泊、大面积水系称为"海"，但对于"昏"字就有不同的见解了，一解为"水灾"，又有一解为"乱"，专家纷说，我个人比较认同的一种解释为："海"指湖泊，指鄱阳湖；"昏"字我国甲骨文已有，为太阳落山之意，表示黄昏，代表着方位之西。"海昏"即解释为鄱阳湖西面。

第三个知识点：海昏侯墓为什么历经二千多年而未被盗，博物馆几张鄱阳湖历史水系图揭示这个秘密。东汉末年，鄱阳湖区域发生了大地震，后又经历了大洪水，晋代以后，这个区域沉入湖底，一直到清代，沧海桑田，这个区域才慢慢浮出水面，再次成为陆地。千年沉于水底，一方面保持墓地的密封性，另一方面也减少了墓地被盗的可能性。

第四个知识点：海昏侯墓是怎样被发现的。2011 年 3 月，有群众举报，一座古代墓葬被盗掘，为此开展了长达 5 年的考古发掘。从后来的考古发掘来看，那个不知名的盗墓贼真是一个高手，他从 15 米厚的土层上方，准确无误把盗洞打在了墓室的正中央，可是由于地震或其他因素，主棺发生了偏移，移到了墓室的东北角，所以本应正中主棺的盗洞，落在了空地上方，这一方面证明了李强总理所说的"高手在民间"，另一方面也说明，这小贼财运未到。

参观完博物馆后，女团员对这 115 公斤闪闪发光的黄金及重达 10 吨的钱山惊叹不已。男团员对那些青铜玉石感叹不已。据介绍，海昏侯出土 1 万多件文物，主要分"简牍、印鉴、金石"三大类，其中竹简木牍 5200 多枚，签牌 110 枚，这些文字对于西汉文化的研究，对于中国文化的多个学科都有着难以估量的价值。

"所有的文物，因为有了文字，才具备了灵魂"，而学者就是要使有"灵魂"的文字焕发出生命，体现出价值。而这个过程将会是很多年，或许多年后，中国会有"海昏学"。

依依不舍地离开了海昏侯国家遗址公园，到了滕王阁已接近傍晚时分。滕王阁与岳阳楼、黄鹤楼齐名，同为江南三大名楼，加一个蓬莱阁就是中国古代四大名楼。来得早不如来得巧，登上阁顶围廊，刚好欣赏到"长河落日圆"的景象，在阁顶美美地拍了一大通"落日余辉映滕阁"的美景，然后依次游览了分布在各层有关滕王阁的史料介绍。

滕王阁始建于唐永徽四年（653 年），系唐太宗李世民之弟李元婴所修，原属于滕王歌舞宴乐场所。所以妻子登阁游览时问我，这滕王阁原来是干吗的？我告诉她相当于现在的 KTV 会所。它因初唐四杰王勃所作传世名篇《滕王阁序》而闻名于世，更因"落霞与孤鹜齐飞、秋水共长天一色"这样的千古绝句，让天下文人趋之若鹜。如此盛名之下，难免陷入"荡涤必系于天灾、兴废自叶于时数"。自唐永徽四年创建至今的一千多年里，创而建，修而毁，迭废迭兴 28 次之多，是天下名楼中绝无仅有的，我们现在看到的滕王阁是第 29 次重建的产物，看夜幕下金碧辉煌的滕王阁，

山河与草木

不禁感叹恰逢盛世，又逢盛世。

完成了南昌游览，我们又游览了鄱阳湖湖区，途经开化稍作休整，直接返绍。

从绍兴出发沿海经福建、广东、广西，又从湖南、江西返回绍兴，历时 15 天，行程 6000 多公里。圆满完成"沿海行，到北仑河口"的既定目标，通过这次旅行，团员们表示学了本领、壮了胆，为下半年"沿海行，到鸭绿江口乃至抚远黑瞎子岛"增加了底气和信心！

（作于 2023 年）

# 怀念蔡利民老师

王重阳

## 1

蔡老师离我们远去了，这些天恍恍惚惚，至今不敢相信这个事实。

2021 年 11 月 3 日 22 时 27 分，学棉老师通过微信给我发了消息。手机没有放在身边，直到 22 时 40 分才看到微信。我惊愕万分，太震惊了，太意外了，是那个蔡利民老师吗？怎么可能啊？

蔡老师博学睿智、体格健硕、精神饱满，他怎么可能这样呢？学棉老师也没有更多的信息，听说或者推测大概是抑郁症。

太可怕了！为了他那边家里的一些事情，我们几个月前还联系过。虽然费了一些周折，但总算结局圆满，皆大欢喜。那时，他一如既往坦诚谦和，世事洞明，礼数周到，处处也为我们考虑。

这天晚上，很晚了还没有睡着，翻来覆去，断断续续，回想着和蔡老师一起的点点滴滴。

## 2

二十多年前，我入大学。

那时候，蔡老师应该是系副主任，教我们全校的马哲公共课。工管、税务、财会、管理、法律，大概好多个专业的学生，蔡老师一起给我们上大课。在教一的大阶梯教室，黑压压的二百多人。蔡老师在黑板上写下名

山河与草木

字，大气端庄，遒劲有力，显然是练过书法的。"有缘千里来相会，德胜门外朱辛庄。"他说大家都是有缘人。那时候年轻人春心萌动，所以大家热烈鼓掌会心大笑。工作后我还写过两本书，都提到了朱辛庄和蔡老师，这是后话。

他介绍说自己是盐城人。蔡老师时而斜靠讲台，时而双手插在裤兜中，时而双臂抱在胸前，身上洋溢着一种自信与光芒。盐城是有丹顶鹤保护区，讲到激情之处，老师还学着丹顶鹤的姿态，在讲台上鹤立舞步，要我们独立高贵，应该鹤立鸡群，不可如啄食之鸡，俗不可耐。

其实，对于这种哲学课，过去的印象都是概念，以识记、灌输、应试为主，说不上有特别兴趣。可是，蔡老师不同，第一节讲的是"苏格拉底的痛苦与猪的快乐"，这让我认识到，仅仅寻求简单的快乐，那将是多么肤浅。蔡老师的课，有故事、有逻辑、有内容，柏拉图、苏格拉底、黑格尔什么的，起承转合，一节课下来，竟让我们陶醉其中。这应该是我第一次听到与众不同的哲学课。后来讲哲学的几对范畴——物质与意识、主观与客观、本质与现象、偶然与必然等等，印象非常深刻。自那个时候起，我对这些课程才有了根本的改观。

蔡老师上课深入浅出，看到课桌上那些涂抹，会和我们讲课桌文化，用鲁迅的著作说"大一呐喊，大二彷徨，大三沉沦，大四朝花夕拾"，我们自然又是会心大笑。不知不觉，又会过渡到帕斯卡"人是会思想的芦苇"、康德"位我上者，灿烂星空；道德律令，在我心中"，敬畏之意油然而生，心里觉得沉甸甸的。记得有一次上什么课，教室里关了电灯，点燃一根蜡烛，黑暗中烛光摇曳，我们都陷入了沉思……

还有两个细节，这么多年过去了，至今记在心中。一是讲到尼采，说看到农夫用鞭子抽打驴子，他便不顾一切冲上去，抱着驴头失声痛哭："我受苦受难的兄弟呀！"尼采"疯了"。这个悲悯万物的人类时刻，让我内心隐隐感到了不安——哲学或学术开天辟地，难道必须以"疯"为代价，不绝对就难开先河？二是讲到周国平，那时他刚刚出版《妞妞：一个父亲的札记》——因为恶性眼底肿瘤，妞妞不到两岁就夭折了，全书以父亲日记的形式记录妞妞生前的成长细节，生离死别，至亲至痛，不忍卒读！

发疯癫狂，生离死别，才能成就哲学大家，虽然心向往之，但肉体凡胎，这未免也太沉重了吧，代价也太大了吧！

那个时候，对我来说，更喜欢无拘无束，自由自在，喜欢自己乱翻书。有一次，大概是头天熬夜晚了，结果第二天睡过头了，千不幸万不幸，竟然被蔡老师抽查点名了，搞得好没有面子。当时心里还很不理解，大学嘛，也尊重一下学生的爱好，睡太晚起不来，迟到、翘课也情有可原嘛！蔡老师很有原则，如果的确有事，可以提前请假。但这种熬夜之事，算什么理由，如何张得开口？

我看书驳杂，凭着兴趣，胡闯乱看，但并不深刻。班上的小平同学，经历比我丰富，生活比我坎坷，看书、写作、思想，都更胜我一筹。小平好像看了《失乐园》，写了一篇什么作业，文采好，又深刻，获得了蔡老师的隆重表扬。在二百多人的大教室里，蔡老师用他那浑厚的男中音，好像把整个文章读了一遍。作为小平的同窗好友，我都感觉与有荣焉。每个人都有不同的特长，相信这能给小平带来长久的鼓励。

## 3

蔡老师开了很多选修课，无论多大的教室，总归是名额有限，几个人才能中签一个。遗憾的是，蔡老师公共选修课，我从来没有中过签。虽然没有中签，但我零零星星听过。

我印象中，第一次听蔡老师的选修课，大概是受到老飞同学的劝导，在图书馆一楼的一个教室里，感觉有点偏僻不大的地方，听过一次蔡老师的"社会心理学"。记得蔡老师说到南北方的差异，南方人细腻、北方人粗犷。又说苏州人吵架，那种吴侬软语，听起来像是唱戏，走出三条街回来，他们还没有动手，还在那里吴侬软语。然后又讲起热带的人怎么样，寒冷地带的人怎么样，我们那时候眼界窄，还没有接触到孟德斯鸠，这种环境塑造文化影响人的事，听来真是大开眼界。

此外，蔡老师好像还开有"《论语》导读"，和夫人火玥丽老师一起，后来又开了"《中庸》导读""《大学》导读""《孟子》导读""《老子》导读"等，在这个以理工为主的学校，扛起了传承国学文化的大旗。

蔡老师开的这些选修课，都是他自己编写的教材，文采斐然，逻辑清晰，自成体系。尤其是文采，儒雅浓郁，不但是在我们学校，在全国都堪称一流。蔡老师不经意间透露，他在山东大学读本科时，就在《人民日报》发表过文章。1998年，轰轰烈烈搞校庆，全体同学学唱校歌，我们听说，校歌作词就是蔡老师。时间过去太久了，记忆已经不确切了。现在回想，那种民间相传的小道消息，反映出当年的蔡老师，就是神一般的存在。一个在北京城郊的学校，位于昌平和海淀的接壤处，当年的校区还不是很大，却被老师写得大气磅礴。因为喜欢蔡老师的文采，所以大学毕业的时候，我在学校的教材科，把蔡老师编写的教材，全部采购打包带走了。

蔡老师文采好，那时候学生办刊物，都向蔡老师约稿。在校内刊物《太阳雨》上，我曾看到过蔡老师的文字，署的名字是"蔡函甫"。后来，蔡老师觉得人文学院，应该也办一份刊物。记得当时征集刊名，我模仿北大的刊物，提供了一个《大社科》还是《大人文》，没有中选。小平提供的是《我们》，很好，被宣布采用。当时我在系学生会，主持编辑了几期《我们》，既有学术论文，也有文艺作品，希望百花齐放、百家争鸣，既要文以载道，也要反映人性，记录生活，包容百家，兼收并蓄，"冰炭同器，云蒸霞蔚"，"海纳百川而不失其洁"，那时写的编后记，至今还记得几句。蔡老师看了后记，对我大加赞赏，既肯定思想，又赞许文采，那种热情与肯定的神情，至今还温暖着我。

4

毕业后，我到杭州参加工作，和蔡老师一直保持着联系。

那时候，通信技术还没这么发达，逢年过节流行邮寄贺卡，单位有时候也发一些。所以，春节前后，贺卡纷飞的季节，总不忘给蔡老师写一个。我曾在贺卡里写道："华电无函甫，四年如长夜"，这当然有夸张的成分，但也是走出校门后的感慨。蔡老师也会给我回寄，有时候蔡老师的贺卡，比我寄出的还先到，这也会让我有点尴尬，学生先给老师拜年才对呀。

当时，蔡老师出版了新书。蔡老师赠书给我，并题写了"知者不惑，仁者不忧，勇者不惧"。2004 年春节后收到书，还给蔡老师写了一封信，探讨国家发展、民族走向、体制改革、宗教信仰等各种问题，提到了顾准、朱学勤等，回忆当时上大课的情形。我信中写道："从您的课程中，我们才逐渐知道了尼采、叔本华、萨特、海德格尔等，更深地理解了毛泽东、鲁迅、胡适等，让我们从单纯的中学教科书的水平中走了出来，开始了自己拥有自己脑袋的年代。我曾言，'华电无函甫，四年如长夜'，不是恭维，的确是我的感受，尤其是在我们这种理工科学校，我没有理由不这样心存感激。"

我毕业后，蔡老师曾经去国家电力公司党校、现在的国家电网公司高培中心，好像做过一两年的教务长吧。我在信中曾替他惋惜，"不知国家电力公司那边是否又多了一名官员，但电力大学乃至中国肯定会因此又少了一位出色的学者，我觉得您是在走下坡路（其实您究竟是去那边做什么的我都不大清楚）"，这是我信中的原话。那时我工作还没有几年，高校和企业收入差距不大，我希望蔡老师能回到学术上来。那次，我还给蔡老师邮寄了两本书，一本是法国丹尼尔·哈列维的《尼采传》，一本是朱学勤的《风声·雨声·读书声》。

后来，受到我爱人单位邀请，蔡老师曾作"传统文化与电力企业"方面的讲座。讲座是内部的，我没有去听。讲座完成后，我奉命去作陪。第二天有半天空闲，我开车带蔡老师散心。我们先去萧山湘湖跨湖桥博物馆，参观八千年跨湖桥文化，蔡老师说萧山的史前文化，历史这么悠久还真没想到。后来，又带蔡老师到杭州西湖，在平湖秋月、孤山公园附近，中午在楼外楼就餐。随后，送蔡老师到城站火车站，他要去南京看妹妹。他说妹妹在南京工作，好像社科院或者社科联，我觉得他们兄妹感情很好，他们家族都挺有才华的。

大概 2012 年 10 月份，爱人回学校参加毕业 10 周年纪念活动，我碰巧

山河与草木

当时在北京出差，我们一同又回到了大学校园。蔡老师是学院领导，请我们在餐厅包厢吃饭。我酒量极差，属于沾酒就倒的那种。那天，我看到蔡老师带着酒。我极力推辞，说不能喝酒。蔡老师说，这个酒是东北带来的，他担保一点问题都没有。于是，我就放心地喝起来。果然，喝到最后也没有问题。心想，难道我酒量好起来了？后来，蔡老师说，这个酒度数低，大概只有32度，怪不得呢！饭后快两点了，蔡老师戴上领带，幽默地说："戴上狗套开会去！"说罢告别，他则朝那个新建的气派的大楼礼堂走去。

<h2 style="text-align:center">5</h2>

有了微信之后，通信联络方便很多。春节、教师节、五一节、国庆节，各种节日，蔡老师都会致以问候。蔡老师的微信古朴雅致，可我们这一代人，应试教育出来的，基本没有国学底子，有时候为回复微信，我都觉得有些犯愁。常常词不达意，迟复为歉。

这些年来，国内国外，云谲波诡，有些事情莫名其妙，愈发显得世界荒诞。那些有责任感的灵魂，那些有判断力的智者，大概或轻或重都会心生焦虑。很多的事情，我们都有过交流。我们的观点，也都大致认同。蔡老师曾说："人，在有些人眼中，永远都是可以利用的材料或者工具，为了目的不择手段，这既是他们的常道，也是他们的非常道。我们，别无选择，只有直面对冲、迎头相撞。我们不能留给后代美丽的符号，至少我们可以留给他们可能美好的希望！"这让我想起了老师的课堂，"人是目的"，这是哲学家康德的名言。

去年暴发疫情，自春节开始，来势汹汹，各方面都受到影响，作为知识分子，我自然也看在眼里，急在心里，忧国忧民。听说蔡老师在学校上课，课前第一件事就是，为那些不幸离世的生命默哀。

"这个世界会好吗？"在大学课堂上，蔡老师反复启发追问，在年轻人的心田，种下一颗颗奋发向上的种子。我们每个人都在其中，这个世界不好的话，我们还有退路吗？这个世界必须好起来，哪怕历尽千辛万苦，每个人都不能逃避自己的责任。把一个千疮百孔的世界，留给我们的下一代是不道德的。也许，能力有大有小，但都要凭良知全力去做。"唯有爱，救世界""无善无恶心之体，有善有恶意之动。知善知恶是良知，为善去恶是格物""敬天理，存良心，致良知"，这也是蔡老师经常说的。

老师教书育人，真诚敬业，播种耕耘，为这个世界变好一直在努力，烛暖人间，精神千古！

# 6

蔡老师离开我们几天了，我一直不愿相信这个事实。蔡老师体格健壮、精神饱满，无论如何和抑郁症都搭不上边啊？有朋友翻出老师 10 月 31 日的朋友圈，这是您生前的最后一条朋友圈，您说因为母亲去世，五内俱焚，痛苦失眠，几近崩溃。11 月 3 日下午，您终因不堪忍受选择离开了这个世界。

让我遗憾的是，10 月 31 日是星期天，我和爱人都在家里休息，竟然没有看到这条朋友圈。否则的话，我们应该会电话过去，和您聊聊具体情况，或许就创造了一个奇迹。失眠固然痛苦，但现在的医疗条件，总会有办法的。让您睡个觉休息几天，痛苦必会大大减轻。即使诱发抑郁症，这也不是不治之症，那么多患者，不都活得好好的？黑暗也就几年，咬牙坚持过去，一切都会好起来的。

说一千，道一万，真是一个天大的遗憾！

听到您离开，我们都很震惊，都很惋惜。"有缘千里来相会，德胜门外朱辛庄"，这是您在大阶梯教室里说的，可是如今，您去另一个世界了，愿那里没有忧虑和痛苦。

在那所以理工为主的大学里，能够遇到您是我们的幸运。回忆在德胜门外朱辛庄的日子，您是大学里难忘的明亮时光。朱辛庄的日子里有我们的青春，在那些或惆怅或昂扬的岁月里，总有一抹记忆和老师在一起。

我们是您的学生、朋友、亲人，这些天来，大家都自发地用各种形式，表达对老师的敬仰、理解和怀念。《怀念我们共同的蔡利民老师》发

山河与草木

出后，短短几天来，有 630 多条留言，共 24.8 万人向您致敬告别。

您一直都没有走远，您永远都在我们心中。

蔡老师，我是您万千学生中的一个。我希望用这些文字和温暖，送老师最后一程，愿您在另一个世界里一切都好！

先生安息！

您的学生王重阳

2021 年 11 月 8 日晚于杭州

# 黄山走笔

陈飞月

## 山　魂

　　山是有魂的，黄山的魂是干净的魂，他用山的本色昭示了他的纯粹。有别于其他名山，此处没有一丝香烟缭绕，想来他已有足够的底气撼动和吸引往来的人流和倏忽而去转眼又复来的鸟禽。飒爽的风抚过秀而不媚的山的骨骼，绵密的张力从他的灵魂深处恣意伸展，充斥着整片头顶的天和脚底下的地。天地本是如此简单，山峰以独有的骨感的姿态存在着，自然的神秀一路铺陈开，让我无所适从于这几近透明的纯粹，谁又能号准这山的脉搏。山本是一些耸起的想法，黄山的想法并不奇峻，反倒有那么几丝的圆润和宠辱不惊。千峰竞秀，山峰与山峰之间是没有隔阂的，所以他冷静地告诉来此的人们暂且放下心诽、腹剑、绯闻，还有那毫无生命可言却又遍地生花的冠冕堂皇……

　　看山是山，千万别勉为其难地顺着导游的手牵强地把它看成什么。山的灵魂可以读可以品也可以追寻，但绝不是指点。对于黄山真的没有太具体的印象，以至于也没有刻意去记住黄山零零碎碎数之不尽的景点。但我还是不容拒绝地记住了"始信峰"，到此方始信，如果你真心实意地去过那么一趟黄山，那么你真的该信，信他的魂魄是干净的是纯粹的，虽然并不奇峻并不妖娆，但他还是把一缕平和又绵悠的意蕴写在了苍穹上，等你去读。

# 松　语

　　黄山的语言是葱翠的，山的力量几经积蓄便成一片言简意赅。松树是黄山的精气所在，绝处逢生，风霜无惧，生命的信念从来不挑出处。岁月剥蚀如鳞，日月、故事、吼呢、呐喊、缝隙、棱角……一百个词在红尘里翻腾纠结，黄山松却在折叠的岩石间遒劲泰然着，一扎就是千年。黄山的语言又是丰富的，每一棵松树记述着属于黄山的每一份心情。找准自己的位置，扎稳自己的根，苍劲或盘结，低谷或高峰，阳光透过叶缝洒下的点点金光，不同个体的性格相映生辉，他们用不同的声高亢着同一首曲子。迎客松，做一个简单的邀请姿势，便把千人万人纳入黄山的怀抱。送客松意味深长向你道一个别，许多抑扬顿挫，回环跌宕，让你自己去回味。黄山无语，松树是他全部的语言。每一棵松树从一个小小生命开始，踉跄过一个个春夏秋冬，一步一叩自己的心灵，良知尚在？信念尚在？于是属于黄山的语言涅槃成一枚枚的果实缀满山体。

　　这一刻，人们在小心翼翼中试图获得一切，而黄山的语言在葱翠与坦然间人神共享着。

# 雾　情

　　能不能见到黄山的云雾是要讲一个"缘"字的。云雾于黄山而言好比柔情萦系于侠骨，缠绵、飘忽……雾起雾落不随人的意愿而改变。山，岿然不动；雾，飘舞萦环。是翩翩然的衣袂，是朦胧的面纱，是剪不断理还乱的心绪，是因缘际会中一场谁都左右不了的迷藏。

　　洁白的、阴浊的、轻盈的、沉郁的，喷薄中做聚散状浮沉，变幻间暗合生命的某种意态。"东边日出西边雨，道是无晴还有晴。"身在黄山中，刚惊叹于雾锁金边的神奇美景，转眼又沉沉然欲雨未雨，不得不说黄山的云雾真的是感性的，古松奇峰隐现于云海间，雾气升腾跌宕平添几丝红尘之外的仙风道骨。云从山脚升起又从山顶散落开去，云雾是没有定势的，也没有高低远近的计较，她变幻莫测的身姿舞动的是一段亘古不变的情。一份美丽的许诺飘浮中寻找着落脚点，透过这层朦胧我看到了她的微笑，飘过的不再有痕迹，把信心镶在心底，那棉质的意态中有变幻的涟漪和旋涡，涟漪是顺畅路上的笑容，旋涡是风险中的欢喜。

有人伫立于黄山一隅看风景，雾起云涌，许多生命在不断破碎、喷薄又重生。云中有路，那路比湖面更宽广……

（作于 2022 年）

山河与草木

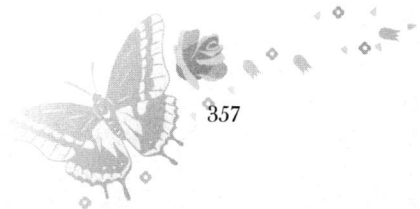

357

# 评论卷

山 河 与 草 木

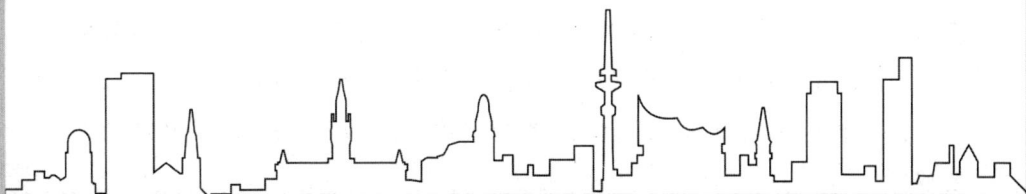

# 在"私人地理"上构建的沙丘

## ——舟子《倒带·玄鸟掠过海的空》诗集序

冬 箫

　　我曾经写过多篇关于地域文化的文章，其中有这么一段文字："地域性是对地域文化的本质审视，丰富性是对地域文化的内涵审视，亲缘性是对地域文化的情感审视，稳定性是对地域文化的价值审视，动态性是对地域文化的历史审视。其实，任何一种文化，其地域性是与生俱来地存在于作者血液之中的，它可以通过作者的思维习惯、文化积淀、道德判断，以及性格特点来逐步渲染出来，达到某种文化的空间或者镜像。"究其根本，"私人地理"就是其中的最精要之处。它是通过作者的"灵魂故乡的情结"来延伸对生活、生命乃至人性的表达。它是让作品和作者逐步达到天人合一的绝佳手段和基础。这里的灵魂故乡不是简单意义上的故乡，而是融入血液与思想的故乡之"存在"。在当今诗坛热闹喧哗的背景之下，能够安静下来，拒绝媚俗、投机甚至是哗众取宠的写作，用自己的"私人地理"名片来书写自我生命感悟和价值的作者已经不多，而《倒带·玄鸟掠过海的空》的作者舟子就是其中一位。

　　我和舟子相识多年，共同的喜好和对诗歌的认同让我们走得很近。但这并不等于我今天会在此为他脸上贴金。因为在有人呐喊"谁敢让我砍"的当今诗歌江湖之上，金是贴不上去的。我不想行走江湖，我只想静静地读一下他的诗，把我读到的感动、感悟，以及灵魂行走方式说出来，如此而已，不想也不可能左右诸位读者的思维。因为，诗歌不可解也没必要解！

阅读舟子的诗歌，有一种特别直观的感受，那就是海水的味道。那么什么是海水的味道呢？在诗人眼里，除了"岛屿的礁岩、石笋，拥有无边的静美"和"咸涩的水，包含盐粒的水"之外，那就是他自己所说的"一个把'大海藏在内心'的人/看得见站立在纸上的涛声"和"当人的内心被海水充盈/这岁月累积的回声总有所阐述"。由此可见，他的"海水"之味，是融入胸口的波涛，游走脑海的浪花，然后才可能成就他灵魂的诗篇。我们来看看他的这首诗《家门口的那些海水》：


月光里那些闪闪发亮的海水

似乎呈现着事物的高贵

不知今夕何夕，或者：朝花夕拾

好像有"有一打话儿在挣扎"

仿佛"那些绝望的爱和赴死"

像极了"无法收回的身体"

海湾里高低起伏的波澜

看起来欲求快意的普蓝

却是那些能让人渴死的咸水

咸涩的水，包含盐粒的水

难道暗语锋芒，反话正说？

钝如我？面对杂陈的镜面

波澜壮阔的回忆，隐私纸上

我想这样，浪费一域景色

"存在于锋利的视线之外"

一浪一浪，顺势拥着含糊的辩词

而更深的快乐如新奇的状态

潮水般隐退，耐着性子淡化

大海因为辽阔而显得如此无知


　　这首诗其实代表了诗人舟子的一个状态，描述一种种"静物"的状

山河与草木

361

态，通过对他"私人地理"中常规静物——海水与波澜的本质描述，再加以自我对"静物"的故意操纵，使作品体现出了词与物的共振效应，抵达了诗人在心灵上绘制的"过去"记忆，这就是诗人"倒带"的时光，带有一定的魔幻与憧憬。

但是，就是这样似乎应该充满现实的作品，诗人却也是对此保持了相当的距离。因为他充分理解"艺术的自主性和独立性"的含义。在现在的诗歌界中，一些极其现实的作品大行其道，我虽然并不否定现实的作品，也不否认现实作品中有很多好作品。但实在有些担心另有那么多所谓的"现实"作品，那些充斥着琐碎经验和情感，充斥着"卑微与低下"的姿态，真的是现实的再现吗？我们都认同一点，那就是"写诗是为了关心灵魂的未来"。那么难道这样的"现实"就是灵魂的未来？答案自然是否定的。所以，我们在现实中要敬畏现实，敬畏现实中那些健康、醇正、敦厚的人性特征。舟子就是因为有了这样认知，才能保持那份难得的清醒和自觉。

再看这个《就像我着迷大海贴近大海》（节选）：

如果你再次像沙滩那样倾斜下来
像鸥鸟起舞，那时刻，我好像
就站在长涂江边的礁石上
任你闭上很细腻的眼睛
并用世界上最温柔的声音
靠近我，那一刻，一个港湾是属于你的

我像拾贝那样，在语言的滩涂跋涉
我收获的是大海中的那些精盐
鱼群带着它的翅膀无声无息而去
但这一切还是让我感到些许慰藉
就像今天想起那晚的星星和月亮
也仍带着那一片海域　比此刻深沉咸

是不是感觉到了很浓的海水味道啊？是不是感觉到这个海水味道的特殊呢？看这首作品时不由得让我想到了一个场景：那一夜，我独自躺在东极岛的海边，看着满天空的星星，心胸特别特别开阔，似乎这夜空就是可以任我游历的欢乐场，我可以拨弄每一颗星星，而所有的浪涛声都在随着我的心情起伏，连满鼻的海鱼味也突然特别好闻起来，就这样，我和天、和地、和大海无声交谈了一夜，直到黎明。我的这个难忘的场景在诗人舟子眼里可能是再平常不过了，因为他有血液里的海洋和沙滩，所以他可以有"精盐"收获，可以听到"世界上最温柔的声音"。而这也展现了舟子的第二种状态：重构。

作为诗者，重构是非常关键的一个步骤，且重构方式多种多样，我这里只说诗歌意象的重构和精神元素的重构。在舟子上面这首诗中，那个"大海贴近的大海"其实就是精神元素的重构，因为一个人不可能同时看见两个大海的贴近，那只能是心与心之间即将交汇的海洋。而有了这样的前提存在，使意象的重构在"沙滩""鸥鸟""港湾""鱼群"等等上达到了预设的效果，体现出了不同的意义。

既然刚才说到了舟子写诗的意象，那么就多说几句。在构成意象的过程中，诗人最重要的是不能失去事物的根本，而只是将意象潜入到"场景"或者构图的内在现实中。这需要有较为艰苦的训练，因为如若潜入过浅，则意象失去作用，如果过深，则让人觉得艰涩隐晦，不明所以。舟子写作多年，自然对此得心应手。他所常用的还是古典意象居多，它是一个从感性体验到蕴含理性的过程，是基于对感性的认知和把握，使最终的事物饱满而生动。它所运用的意象有着"公共"的特征，但如果能给公共意象赋予新的"形象"，那么就可以转变成现代意象了，这里我举一个舟子的例子《旧针眼》：

如果我是光阴抑或光线
那么你应该是一枚针眼

当早年的桃花开出相思
生命之思一次次穿越

而笨拙的手艺
总让季节的血滴在针眼里

那么刺眼让花事如泪
缝合伤口　难工女红

当那一夜　光线穿过了
你的针眼却恍若飞梦

花草与芳香的纠缠
迷乱激情亮丽的青衣

幻境　施舍　仿佛一个补丁
更如同河流对大地的呵护

抒情的水草收割时光的丰盈
一颗流动的心眼像火苗时明时暗

在这里，"光阴"与"光线"、"桃花"与"相思"等都是古典意象，但当"光线穿过了/你的针眼却恍若飞梦"之后，又有"青衣"和"补丁"相托，是不是就成了现代味很浓的作品了呢？这就是诗者舟子的"品性"。明明有大海的胸怀，却偏偏用"细腻"的情怀去怀古论今。

说到这里，可能有些人还在疑惑，我为啥要将舟子创作的作品喻为沙丘？沙丘不是松散、坍塌的代表吗？其实不然，正因为浪潮的汹涌，能在海边耸立的沙丘才是永久的"高峰"。它是大海百态的见证，更是大海留给人间美好的印记。我希望，舟子现在及今后的作品，也成为这样永久的"沙丘"。

（作于 2020 年）

# 史料中透出诗情画意

## ——谈《中国电力工业简史》的文学色彩

卢炳根

陈富强编著的《中国电力工业简史》（以下称《简史》），16 开本，近 42 万字，有着沉甸甸的手感。一部承载 140 年电力岁月的书，在我的双手中，让我爱不释手。

我在电力院校求学 5 年，又在电力行业深耕 40 年，退休后在电力行业协会服务 8 年，有着先后在水电、火电和供电企业从业的经历。如今，我还在浙江湖州市老年科协的岗位上服务，做着与能源电力相关的课题调研工作，十分关注与电力相关的信息，并为政府相关工作建言献策。

我对电力企业和电力人充满了情感。在阅读《简史》时，我并不感到它是部史料性的作品，从书中品味到了浓浓的文学色彩。《简史》应该是一部写电力史的报告文学作品。循此而言，我的这篇读后感也可以划入文艺评论的范畴了。

我翻开《简史》，目随字移，心随情走。书中呈现的所有画面和镜头时而清晰，因为我曾经参与其中；时而陌生，因为我与其所述距离遥远；时而愉悦，那是因为我曾身临其境，付出过辛劳……总之，随着我读《简史》的一页页一行行，过往的岁月就在我的眼前重新涌现。读到情辞优美之处，我击掌感叹，史料中透出的诗情画意让我动容。

山河与草木

# 文章结构框架宏大而简洁

140 年的时代跨越，在书中如一座结构复杂而精巧的大厦，梁柱墙檐缺一不可，这样才能让读者走进这座大厦时不会有眼花缭乱之感。陈富强犹如工匠一般，轻车熟路，舍去繁缛，取之简洁明了，构筑起电力史料的大厦。

全书仅以六章的篇幅就将中国的百余年电力工业史高度浓缩于其中。第一章《东方启明》中，作者以五节内容叙述了晚清最后曙光的熄灭，和上海第一盏灯光的闪耀，电力工业"啼声初响"。中国共产党走上历史舞台，引领中国的电力工人走向光明之路。文中表明：中国的电力工业将在中国共产党的领导下，迈上健康发展的道路。这一章内容实质上也为全书指明了思考方向。

再看第二章《筚路蓝缕》，作者亦用五个节段的叙述对应着中华人民共和国成立后的我国经济建设五个时期："经济恢复时期""第一个五年计划""大跃进""文化大革命"和"恢复性整顿转折时期"。电力工业发展之路上时而顺利而行，时而磕磕绊绊，时而蓄势待发。这个部分将那段时期的历史表现得淋漓尽致。这部分尽管篇幅不长，但所述内容时间跨度长达 30 年，直至党的十一届三中全会召开。改革开放的春风为电力工业的高质量发展注入了勃勃生机。

如此这般的结构模式在全书其他章节中，得到充分展示。

# 书中各章节段落循时渐进

编著者陈富强牵时代红线，落重要节点之墨，展史料本来面貌。如《简史》第三章《凤凰涅槃》的第三节《电力体制改革路径探索》中，作者写的此项内容，让我感到很亲切。

凡经历者皆有体会——改革走什么路？怎么样改革？其间用了几年时间，在各个层面上进行探索，最终形成了电力工业体制改革的"二十字方针"，即"政企分开、省为实体、联合电网、统一调度、集资办电"的方针。这个"二十字方针"，是 20 世纪 80 年代电力体制改革的基本路径，同时亦为今后电力工业行政管理体制改革、企业改革和市场经济体制为目标的各项改革，提供了创新的基础，指明了方向。

我对这"二十字方针"非常熟悉，它为当时电力建设资金短缺找到了"金钥匙"，如出售用电权、集资办电建电网、发行电力建设债券、利用外资办电等。电力人用这把"金钥匙"，打开了各地缺电少电的"瓶颈之锁"，为加快电力工业的发展和繁荣当地的经济注入了原动力。

20 世纪 80 年代后期，我于浙江某电厂任职，也曾从事过与地方政府部门集资办电"来煤加工"、下达用电量计划指标的分支业务。也就是由政府经济技术协作办公室牵头，政府与电厂方签订合同，组织适发煤炭送到就近电厂，由电厂按矿发煤炭指标重新检测并核定煤价，确保煤炭指标在可安全发电的前提下，与库存煤混合掺烧，然后按煤耗指标核定供煤方权有的供电量。最后，由省电力公司戴帽下达用电量指标给所在地区。这样既缓解当时电煤紧缺情况，又解决了地方用电紧张的情况。这种模式，在当时曾经流行了一段时间。

## 书籍目录的版式设计鲜明新颖

打开《简史》目录，我顿感醒目，新奇的是目录标题栏采用三重文字竖横结合的版式。这在我所见图书中极为鲜见，给读者一种站在高处、统窥全书内容结构之感，有高屋建瓴之气势。

全书以《电气时代的中国之光》《新中国电力工业风雨兼程》《体制释放的巨大能量》《经济社会发展的原动力》《电力工业的历史转折点》《电力央企的新使命》六个板块标题，对应于《东方启明》《筚路蓝缕》等六个章节标题。这六个板块涵盖了各章节一共一百一十三个小标题。目录层层递进，让读者脉络清晰，一目了然。

目录的这种排版布局，做到了与《简史》内容脉络高度吻合，给读者的印象是编著者与出版社编辑匠心独具，有巧思妙想。

山河与草木

# 全书叙述细节典型生动

我看到第四章第二节之六《水电奥运》，其中有机组的国际招标与国产化的内容，印象深刻。三峡电站水电设备采购项目因单机容量最大、直径最大、质量最重而被全球著名水电制造厂商瞩目并冠之"水电奥运"。陈富强在文中翔实展示了该电站左岸机组的外商供应过程后，笔墨重点留在了右岸部分机组如何加快国产化改造的进程上。终于，中国国产水电单机进入了 70 万千瓦的时代。这个细节的取材，典型而生动。更为可喜的是，后来"2017 年 8 月开工建设的白鹤滩水电站，更是以国产单机 100 万千瓦的雄姿，英发在世界水电之巅峰"。这样精彩的细节叙述，在全书各章节中比比皆是。

我进入电力行业先是作为电站建设者，于 1970 年先后到富春江水电站和乌溪江水电站建设工地工作。两站均在"大跃进"时期开工建设，因各种原因经历了停工缓建、复工和建成投产的阶段。富春江水电站首台机组 1968 年年底发电，1977 年全部机组建成投产；而乌溪江水电站是 1979 年 9 月首台机组发电，全部投产是在 1980 年。两者的共同特点就是单机容量小，从 2.6 万千瓦到 12 万千瓦不等，总装机也只在 30 万千瓦至 37 万千瓦之间（其中富春江水电站总装机 29.72 万千瓦，乌溪江水电站为 37.2 万千瓦）。这个时段，我在浙江水电建设的从业经历与《简史》中所述的"水主火辅"和电源项目的"大干快上"内容相吻合。

弹指一挥间，我国水电单个装机容量从仅一万千瓦起步跃升至百万千瓦。抚今追昔，这是非常值得书写的一笔。

# 全书文字语言流畅

纵观《简史》全文，文字简练，形象生动，虽为史料而文字没有丁点枯燥乏味，反而是具象有塑、生机盎然。章节冠名栩栩如生，如《凤凰涅槃》等。小节用词充满诗意，如《灯火阑珊，城市依然温暖》等。字里行间充满诗情画意,如谈到风电光电,"风光,大自然的馈赠""风力发电唱响《大风歌》""不尽长江滚滚流,流的都是煤和油"等。通读全文,我发现,全书几乎每个章节、每个页面中都有如此生动形象的字句,值得读者慢慢咀嚼体味。

仅此简析,全书的文学色彩依然呈现。

电力文学界的人和浙江电力行业内的人都知晓,编著者陈富强有中国作家协会会员、中国电力作家协会副主席等多重身份,且在文学创作领域尤其是报告文学、历史文学等方面多有建树。他有《中国亮了》《铁塔简史》等多部文史兼备的著作和《一盏灯的光荣史》等多部报告文学著作。能将枯燥乏味的电力史,演绎成一部既有史料又有可读性的文学作品,恰似一盘荤素搭配、色香味形俱佳的美食被端到了读者面前。

## 读者开卷有益也掩卷而有思

正如陈富强在本书前言中所说:"力求做到结构简洁,叙事准确……史料翔实,考证严密,细节生动,叙述流畅,让读者能在相对较短的篇幅内,手握一卷,读懂中国百年电力史……"我以为,陈富强做到了,且做得很圆满。任何一位初入电力行业者,只要手握此卷,便能从中受益。

开卷有益,纵览《简史》,你会对中国电力工业 140 年的历程有所了解,其中的发展过程也会有较为全面的把握。

掩卷而思,一个个问题跃然纸上,那就是走什么路、什么是航向、动力是什么、保障又是什么等,书中皆有答案。

掩卷有思,答案就在《简史》最后一章的最后一节《中国电力工业发展的基本经验》。在这里,陈富强给了我们最好的回答——在中国共产党的领导下,电力人必须始终坚持"人民电业为人民",与时俱进,共创未来。

从文学的基本原理出发,任何一部文学作品从诞生起就具有三大功能,即教育功能、审美功能和认识功能。读者受到作品的启迪、蒙教,辨别真理与伪识,这是教育功能所在;读者从作品中感知美的存在、接受美学熏陶，这就是审美功能所在；而读者了解到作品所展示的历史阶段，并为某一个历史事件所启发，那么这就是作品的认识功能了。我以为，《简史》已体现了这三大功能。

如今，我国正由世界电力大国向世界电力强国迈进，电源电网建设都取得了举世瞩目的成就。这本书的出版恰逢其时。

（原载《脊梁》2023 年第 6 期）

# 绽放在新时代的玫瑰

## ——《经山海》里的女干部新形象

吴苗堂

　　《经山海》是著名作家赵德发新近奉献给读者的一部书写新时代中国乡村振兴伟业的现实主义小说力作，塑造了一个扎根山海间，致力于改变乡村面貌，一心要为老百姓做实事的"黄文秀式"的乡村女干部新形象。整部小说的故事框架放在党的十八大召开前的 2012 年 8 月，到党的十九大召开前的 2017 年 7 月间的宏大历史背景之下，紧扣新时代大脉搏，在广袤的时空中呈现出强烈的时代感。

　　小说塑造的吴小蒿为代表的乡镇干部朴实无华，是奋战在乡镇一线的党的好干部的集中群体，默默承担着那一份坚守与付出。在他们心中唯有群众的冷暖与期盼，唯有振兴乡镇的投入与奉献，唯有理想信念的忠诚与担当，他们的心态，决定了他们在书写新时代中国乡村振兴伟业中的实践高度。

　　读罢《经山海》，深深地为主人公吴小蒿的忘我精神、专注于乡村振兴的一件件具体而朴实的事例所感动所折服，尤其是吴小蒿对第一书记们的"三个到位——职务到位、感情到位、心态到位"嘱咐，更是真切地体察到了我们许多奋战在第一线干部的不容易，同时，我深切地感受到"三个到位"是我们做好工作的前提与保障。

　　吴小蒿之所以在楷坡镇能够干出了一番新天地来，与她的"三个到位"说有着直接的关联，小说中塑造的她分管的工作每每都有起色、都有成效，最根本的是她的躬身为民倾情投入。她始终有一种深厚笃定的力

山河与草木

量，不争不怨，只为手中的工作和楷坡未来的发展。一般人总结会说，我都做了什么或者只会常态叠加工作的数量，又有多少人会说，我改变或推动了什么，在当今科技领衔的快速发展中，唯有思考、实践并学习着，并始终与脚下的这方热土保持着情感交融，方能"不辜负我们这个伟大时代"，也因此，吴小蒿这个新时代人物的出现是适时的，也是具有鲜明意义的。

吴小蒿参加工作十年后，之所以参加科级干部招考，来到山水相间的楷坡镇当一名分管安全、文化的副镇长，本意是不想平平庸庸在办公室终老。在区政协工作，每年编一本文史资料，轻松安逸，下班后做做家务，带带孩子，小日子过得有板有眼。报考副科级干部到乡镇任职，自然遭到许多人的反对，包括丈夫、孩子，没有一个同意的，但吴小蒿仍然心意已决，只为经山历海、振兴乡村，开启吴小蒿的新时代。

事业与家庭，相较于通常人的认知，是人生的一个考验和锤炼。而对于有着崇高信念的人来说，那不仅仅是一种考验和锤炼，更是一种内在的本质要求。毕竟吴小蒿们也有凡人俗举、七情六欲，在家庭与事业上，他们很难两全，有诸多烦恼乃至种种磨难。吴小蒿在工作的间隙或者晚间常与女儿电话连线，女儿成绩下降了、优秀少先队员未被评上、初潮了自己都不在身边，以致吴小蒿常常自责，甚至吴小蒿在女儿的眼里就是"官迷心窍"的人。吴小蒿们产生于我们这个伟大的时代并将在这个伟大时代砥砺前行，他们把自己的一切献给我们伟大的党、祖国、人民，在平凡的工作岗位上做出了不平凡的业绩，他们饱含着对党、对祖国、对人民的赤子情怀，主动投身到党和国家的事业最需要的地方去，把个人得失和功名抛在身后，用实际行动践行对党绝对忠诚的政治品格。

《经山海》首发 2019 年《人民文学》第三期，卷首语写道：

时代需求与历史文化的有机化合、社会发展与自然生态的有机化合、新人成长与世情国运的有机化合，都细化在乡镇基层干部吴小蒿面临的种种身心考验和经受的种种复杂境遇中。那些都是新时代乡村深化改革最具体又必须解决的疑难课题——从安全、环卫、拆迁、引进"深海一号"到申遗、考古、复植楷树、建渔业博物馆，从与切近的公心私事的纠结、与渔霸的斗争到事业的新开局，从个人价值意念到百姓利益为宗，从职责操守到发展理念，从历史上的今天到今生的每个日子，从"鳇岛"、楷坡小镇活生生的地方性到山海，到人类命运共同体以至世界、星空、远古……吴小蒿的形象终是与开阔又深微的新时代的化合。

渔民出海归来能够远远望见家园的那座小山，名为"挂心橛"，对立志要造福一方的吴小蒿来说，老百姓的美好生活就是她的"挂心橛"。这是一部"挂心"的作品，人民的念想在一桩桩一件件的具体事务中始终处于中心地带，也使主人公秉持忠诚担当的信念和勇气、怀素抱朴的体恤和行动，找得到在现实中开拓成长的坚实依托。于是，才有如此丰富的经风雨的历练和如此走心的经山海的故事。

吴小蒿名中的"蒿"字原意为生长在胶东半岛的一种极为寻常的野草，然而却极具生命力，柔弱单纯的吴小蒿在这方土地上心心念念的只是为百姓做好事办实事解难事，尽管是那么朴实、低调，不那么刻意张扬，却也是风生水起。

（原载《当代电力文化》2022 年第 1 期）

# 《乌溪江文艺》：映照湖南镇电站的来时路

周　萍

　　近期，在筹备黄坛口电站展厅过程中，一位当年的工程建设者、文艺青年的遗属，向乌溪江电厂无偿捐赠了七册精心保存的《乌溪江文艺》杂志。

　　1958 年 5 月，黄坛口电站发电后，成千上万的工程建设者，转移到乌溪江上游的衢县（现为衢州市）湖南镇项家村，建造湖南镇电站。工程开工不久，乌溪江水力发电工程局党委为了让文艺工作更好地为生产服务，在办好《工程战报》（内部出版）的同时，组织工地上的文艺爱好者，编印了《乌溪江文艺》。这是一本铅印的、内部出版的文学杂志。杂志用各种文艺形式反映工地蒸蒸日上的面貌，歌颂建设工地上的英雄人物，为广大建设者鼓劲加油。

　　1958 年 8 月，湖南镇电站动工。9 月 10 日，《乌溪江文艺》创刊号出刊。杂志由地方国营兰溪人民印刷厂印刷，售价每册人民币八分。《乌溪江文艺》在 1958 年 9 月、10 月、11 月，1959 年 1 月连续出刊四期后，1960 年开始，计划每逢"五一""七一""十一"、元旦等重大节日出刊。但实际上，只在 5 月 1 日和 9 月 1 日出刊两期，所用纸张也是粗糙的黄表纸。1961 年 7 月 1 日，为庆祝中国共产党成立 40 周年出刊了第七期，这也是最后一期。杂志价格也从最初的八分钱逐渐涨到一角、一角二分。

　　《乌溪江文艺》刊载了特写、通讯、散文、思想评论、杂文、诗歌、快板、相声、小演唱、小说、小故事、图画、歌曲等各种体裁的作品，记录了湖南镇电站工地进程、安全生产、技术革新、生活场景等。作者大多是职员中的文艺爱好者。如今，翻阅这七期杂志，当年电站建设的历史画面历历在目。

　　1958 年 9 月《乌溪江文艺》创刊号中的散文《江边一瞥》，这样描述当年电站建设的壮观景象："'爷爷，看！机器船来了……爷爷，我听街上的人说，黄坛口运来推山机，到乌溪江工地去建设大电站的！'老大爷望着湖心，一只汽艇拖着数十只木船，装满货物，浩浩荡荡往上游开来，像一条长龙……"

从《乌溪江文艺》刊登的特写《陈新才》中，我们知道当时的生产生活条件是多么艰苦："（工程所在地）项家村还是一片杂草丛生的荒山，来往之道，亦是崎岖的羊肠小道，而要在这些地方，筑起房舍、公路，困难不会没有的。不出老陈所料，到项家村后，住的是只能遮日避雨的箬棚，饭吃不好，唯一的菜便是竹笋，吃饭也在雷声、闪电惊人的树下。一下雨，一天到晚泡在烂泥里……"

尽管条件十分简陋和艰苦，但当年的建设者依然以苦为乐，笑呵呵地面对重重困难，努力创业。当年的工程局工人、文艺爱好者姚春荣（笔名珊卡），如今已年过八旬。老人回忆说："当时我才20岁左右，年少气盛，激情奔涌，工地建设如火如荼，要高山低头河水让路，向大自然要电的战斗场景吸引着我。虽然我只有初中毕业，但一下班总是躲在工棚里写诗写歌，抒发内心的情感。我们还成立了工人业余文工团，我吹笛子唱歌，过着充实而快乐的艰苦生活。"老人曾是《乌溪江文艺》的骨干作者之一，杂志为他的业余爱好提供了用武之地。从那时喜欢上歌曲创作，他将这个爱好保持至今。今年新冠疫情期间，他创作了《我们永远生死相依》等抗疫歌三十余首。

党的十一届三中全会后，湖南镇电站工程快马加鞭。1979年9月30日电站首台机组发电。此时距离开工已有22年之久，许多开工时的青年，变成了竣工时的中老年，有的胡子都花白了。人们幽默地称湖南镇电站为"胡子工程"。

如今，半个多世纪过去。湖南镇电站已实现了无人值班、少人值守，昔日繁荣喧嚣的建设工地，现在一片安谧宁静。七册《乌溪江文艺》杂志，不经意间让我们回望了来时之路，它激励着我们更好地走向美好未来。

（原载《衢州日报》2020年6月7日）

# 格非的先锋与传统

马春江

从 2004 年的《人面桃花》开始，格非进入了创作的又一个高峰期。而上一个高峰期，还要追溯到 1987 年，格非在那一年的《收获》第六期发表了令其声名鹊起的《迷舟》。从《迷舟》的"叙事空缺"开始的这个高峰期，在 1995 年的长篇《欲望的旗帜》引发无端争议后，逐渐消退，前后持续了有十来年，与先锋小说的盛衰期大致吻合。在这个高峰期，格非佳作连连，《褐色鸟群》《青黄》《锦瑟》《雨季的感觉》《傻瓜的诗篇》《相遇》等篇什均为经典之作，频频出现在当时的各种先锋选本中，也奠定了他作为先锋小说代表作家的地位。

20 世纪 80 年代以来，西方现代主义各种流派的文学作品纷纷被引入国内，表现主义、意识流、新小说、荒诞派、魔幻现实主义，不一而足，极大地开阔了我们的写作视野。在这种背景下成长起来的中国先锋派作家，多受惠于西方的现代和后现代名家，如卡夫卡、乔伊斯、普鲁斯特、博尔赫斯、卡尔维诺、福克纳、塞林格、罗伯-格里耶、马尔克斯等等，马原、余华、苏童，以及格非、北村、孙甘露等人莫不如此。格非对博尔赫斯的迷恋更是深入骨髓，诸如时间、迷宫、梦、镜子、棋、死亡、欲望之类虚幻迷离的意象在其早期小说中俯拾皆是。为了与传统叙事方法特别是中华人民共和国成立后的"十七年文学"相区别，彰显文本的"先锋性"或"实验性"，先锋作家们往往专注于"怎么写"，而将"写什么"刻意模糊化、边缘化，也许是走得太远，过于新潮前卫，导致大多数作品晦涩难懂，令普通的读者难以读完。之后，时间来到了 90 年代，随着社会发生的种种变化，特别是90年代中期以后，先锋小说日渐式微，格非转入沉寂，作品明显减少，其分量与影响性已不能与先前的同日而语，另一些作家则开始与"先锋"貌合神离，渐行渐远。

我在80年代末开始接触先锋小说，由于这类小说完全打破了中华人民共和国成立后主流文学政治性凌驾于文学性之上的藩篱，与当时年少叛逆，并深受传统语文教育之苦的我一拍即合，我甫一阅读，便迷恋其中。自小语文老师就教育我们好的文章都要有一个中心思想，这个中心思想必须高大上，于是我们在日复一日的阅读理解中，逐渐磨灭了个性与想象力。为什么文章非要有中心思想？为什么"一株是枣树，还有一株也是枣树"这句话一定反映了鲁迅在国民党白区无比苦闷的心情而不是为了多赚点稿费？记得对于《红楼梦》，鲁迅说过："道学家看见淫，才子看见缠绵，革命家看见排满，流言家看见宫闱秘事。"《红楼梦》的妙处正在于包罗了世间万象，而当年的执话语权者却火眼金睛地认定这部书揭露了封建大地主阶级的腐败与黑暗，起到了反封建的进步作用，这让曹雪芹情何以堪。其实我非常喜欢鲁迅关于枣树的这句话，漫不经心间隐隐有一丝玩世不恭的味道在里面，而这种味道，正与我当初喜欢的先锋小说相契合。

现在回望先锋小说，不免存在这样那样的缺陷与遗憾而为人诟病。过度繁复的修辞，过于诗化的语言，刻意布置的迷津，模糊不清的指向，甚至通篇呓语，佶屈聱牙，漫漶无边，文本成为炫技的舞台，这一切都将大量的读者拒于门外。1993年花城出版社出过一套《先锋长篇小说丛书》，每种的印量只有区区的一万册，要知道，当时的这些先锋作家在圈内早已是声名大噪，而这一万册，大多还是被各级图书馆消化了。但是我们不能用是否畅销来衡量文学作品的价值，正如一位评论家所说的，先锋小说的出现一扫当时矫揉造作的文坛之风，给原本僵化的文坛注入了源源不断的想象力。另外，如果你关注当代文坛，就可以发现当下成名成腕的作家中，至少有半壁江山曾操练过先锋小说，包括莫言，甚至还应算上老一辈的王蒙。换句话说，到目前为止，还没有哪个作家群的整体文学地位有超越当初这批先锋作家的迹象。在"怎么写"这个问题解决后，"写什么"对于这些有故事且擅长讲故事的高手，仅仅是水到渠成的事。

山河与草木

　　在先锋小说没落将近十年之后的 2004 年，格非在《作家》杂志刊发了长篇小说《人面桃花》，三个月后，单行本发行。对于暌违已久的先锋派，这一次媒体与评论界出奇地保持了统一口径，认为 2004 年的先锋派，因为格非的《人面桃花》而显出真正的意义，这是先锋作家群体沉寂之后推出的一部重要作品。格非本人也因此作而一举夺得了"华语文学传媒大奖"颁发的"2004 年度杰出成就奖"和第二届"21 世纪鼎钧双年文学奖"。媒体与评论界的好意并不能掩盖他们的肤浅，时过境迁，对于写作已有二十余年的格非，这时候称先锋派已是不妥，况且，每个年代都有它的先行者，如果 20 世纪 80 年代的先锋在新世纪仍是先锋，岂不是时代的悲剧？

　　没人知道，在相对沉寂的十年里，格非在思考或是想解决什么问题。格非是一个甘于寂寞且耽于冥想的人，这样的人天生就是当作家的料，寂寞而自由，两者缺一不可。格非曾经说过："小说写作是我日常生活的一个重要部分，它给我带来了一个独来独往的自由空间……在写作中，岁月的流逝使我安宁。"在作品集《树与石》的自序中，格非表达了类似的意思："我随手写下《树与石》这个书名，并无特殊的含义。也许它仅仅能够留下一些时间消失的印记与见证，让感觉、记忆与冥想彼此相通。"

　　看过《人面桃花》后，我一厢情愿地认为，在此前的十年里，格非一定是沉浸在中国古代的浩瀚典籍中，于明清小说尤其用力，《人面桃花》最重要的意义在于，格非把早期得自于西方的叙事技巧、圈套与中国古典文学的意境、感觉完美地融合在一起了，这才是真正的收获。所以，相对于媒体的抓住先锋字眼不放，《人面桃花》的授奖辞则要靠谱得多："他的写作既有鲜明的现代精神，又承续着古典小说传统中的灿烂和斑斓……既充分展现了汉语的伟大魅力，又及时唤醒了现代人对母语的复杂感情。"其实在格非早期的小说，比如《锦瑟》《凉州词》《雨季的感觉》诸篇中，虽然形式感稍嫌强烈，这种中西方的融合已初现端倪。从他的小说，我们往往可以窥见唐代传奇、志怪笔记、明清奇书甚至禅宗公案的流风余韵，同时也可感受到废名、沈从文、汪曾祺这一脉的雪泥鸿爪。有人说，格非是当代作家中传统文化最深厚的一个，我觉得并非溢美之词，他的语言唯美隽永，与古典诗词意象一脉相承，写来闲庭信步、波澜不惊（实则暗流汹涌、云谲波诡），读来语感极佳，光看篇名就弥漫着浓浓的书卷气，也正是这个原因，在国内众多博尔赫斯的追随者中，格非一开始就在气质上更胜一筹。

借由《人面桃花》迈出重要一步后，格非一发不可收，接连在2007年和2011年发表了《山河入梦》与《春尽江南》。这两部长篇与《人面桃花》一起组成《江南三部曲》，在2015年获得了第九届茅盾文学奖。茅奖授奖辞明确认为："这是一部具有中国风格的小说，格非以高度的文化自觉，探索明清小说传统的修复和转化，细腻的叙事、典雅的语言、循环如春秋的内在结构，为现代中国经验的表现开拓了更加广阔的文化空间与新的语言和艺术维度。"显而易见，这里所谓的中国风格，并不是说这部小说又回到原来老旧的章回体写法，相反，整个三部曲处处体现出格非特有的行文风格，魔幻、诡异、迷离、神秘，各种元素一样不少，而且在格非日臻纯粹、洗尽铅华的叙事中毫无生硬堆砌之感。一个中国作家终于写出了一部中国风格的小说，这听起来有点匪夷所思，但是对于格非来说，他足足摸索了三十年才达到这一步，个中艰辛，也只有他自己才能体会。

兹以三部曲中第二部《山河入梦》的相关情节为例，来简要说明格非对先锋与传统的融合所做的努力。人面不知何处去，山河一片入梦来，故事发生在20世纪五六十年代，《人面桃花》中秀米的儿子谭功达此时已是一县之长。作为一个缺乏洞明世事的能力，人情也不练达的县长，其政治事业注定滑向悲剧的深渊，另外，此人性格偏向贾宝玉一路，"仿佛每看到一个漂亮的女孩，都会在心里埋下哀伤的种子"，目光变得飘忽，神情趋于呆滞，这样一个主人公，爱情上的不尽如人意也是可以想见的。另一主人公姚佩佩，形容姣好，冰清玉洁，自小父母双亡，寄人篱下，在一个偶然的机会成了谭的秘书。两人虽早已情愫暗生，却迟迟未能捅破那层纸，直到谭受人排挤陷害，丢掉县长一职，去农村接受监督改造。佩佩则由于朋友的设局出卖，被一省级高官夺去贞操，不堪受辱，杀了高官后踏上了逃亡之路。小说在此之前一直是传统的叙事路子，而后，故事进入第

山河与草木

四章即最后一章，高潮终于姗姗而来，虽说前面的铺陈略显冗长，但这种强劲反弹、蓄势喷发的叙事策略却也有酣畅淋漓的戏剧性效果。整个第四章，格非写得缠绵悱恻、荡气回肠，尤其是佩佩不顾暴露自己，于颠沛流离的逃亡途中写给谭功达的那些信件字字泣血、催人泪下。同时，格非娴熟的写作策略，也就是以前一直操练的先锋文本技巧也展现得淋漓尽致，一方面谭功达对"花家舍"这个乌托邦农村的了解逐渐深入，真相即将浮出水面，另一方面佩佩的信件内容大段大段地作为文本出现，表面上看花开两朵，实则一体两面，两条线两种文本交相缠绕在一起，越绷越紧，随着佩佩被抓获的可能性越来越大，气氛似乎凝固了，我深深体会到了那一刻的绝望与呼吸困难。无法忍受煎熬的谭功达最终毅然离开"花家舍"，决定在佩佩被抓捕之前见她最后一面，这里，格非的叙事技巧再次展露无遗，在谭功达费尽气力赶到佩佩的藏身之处时，在我们一厢情愿地认为两个主人公终将见上一面时，执法人员已先行一步带走了谭的心爱之人，一切都已无法挽回。在佩佩的藏身之所，谭功达找到了一封尚未寄出的信，信的最后，佩佩这样写道："苦楝树下那片可怜的小小的紫色花朵，仿佛就是我，永远都在阴影中，永远。它在微风中不安地翕动，若有所思，似火欲燃……"

我认为这是格非迄今为止用情最深的一次写作。作品完成后，格非仍然意犹未尽地说："不管姚佩佩如何挣扎，那片阴影永远不会移走，因为它镌刻在她的心里。为什么我的内心一片黑暗，可别人的脸上却阳光灿烂？这是姚佩佩的问题，也是我的问题。"他甚至毫不掩饰地表示，谁不喜欢姚佩佩，他就不喜欢谁。所幸的是，在这一点上，我与格非保持一致。

在写作《江南三部曲》的间隙，作为大学教授的格非，还出版了数量颇丰的论著与随笔集：《卡夫卡的钟摆》《文学的邀约》《博尔赫斯的面孔》以及《雪隐鹭鸶——〈金瓶梅〉的声色与虚无》，从这些书名及其中的篇目也可以看出，西方的技巧与中国的传统，一直是格非的左右手。可能本身是小说家的缘故，格非的论著非常好读，毫无学究气，又不失深度，让我们看到了格非作为学者博识丰赡的一面，把这些论著随笔与他的小说比照着读，不啻一场非常有意思的阅读之旅。在 2012 年的中篇《隐身衣》后，2016 年，格非完成了长篇《望春风》，这次格非给我们带来了一个江南乡村在 50 年间沿革、变迁，以及最终消失的故事。一直以来，格非深深迷恋于时间的流逝与人事的无常，从他的作品中，我们总能体会到麦秀黍离的凄美与无奈，而这种凄美与无奈，则可以从中国文学的传统中找到源头。

（原载《江南》2019 年浙江电力文学增刊）

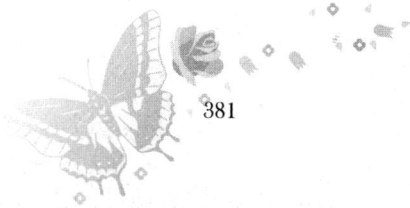

山河与草木